KB111737

시한부
엑스트라의 시간

# 시한부
## 엑스트라의 시간 IV

자은향 장편소설

초판 1쇄 찍은 날 | 2021년 12월 23일
초판 1쇄 펴낸 날 | 2021년 12월 30일

지은이 | 자은향
발행인 | 이진수
펴낸이 | 황현수

기획 | 정수민
편집 | 윤수진

펴낸곳 | 주식회사 카카오엔터테인먼트
등록번호 | 제2015-000037호
등록일자 | 2010년 8월 16일
주소 | 경기도 성남시 분당구 판교역로 221 6(일부)층

제작·감수 | KW북스
E-mail | cl_production@kwbooks.co.kr

ⓒ 자은향, 2019

ISBN 979-11-385-0227-6 04810
      979-11-385-0223-8 (set)

# 4

# 시한부
# 엑스트라의 시간

자은향 장편소설

Yeondam

# CONTENTS

Epilogue 1 (2)

아지다하카의 도움을 받아 수도로 온 지 한 달도 되지 않아 출산 일이 다가왔다. 아이가 태어나는 일은 무척이나 고통스럽고 동시에 생경하면서도 경이로웠다. 그러나 두 번 하라고 한다면, 솔직히 지금의 카리나로선 자신이 없었다.

"으아아아앙! 으아아앙!"

터진 울음소리를 들으며 카리나가 지친 듯 숨을 몰아쉬었다. 산 파가 그녀의 품에 아이를 안겨 주자 울음을 터뜨리던 아이는 순식 간에 조용해졌다.

쪼글쪼글한 아이를 이리저리 살피던 카리나는 말없이 입을 벌렸 다. 제 배 속에서 태어난 생명이라는 것이 도저히 믿기지 않았다.

'……이 아이를 품고 있었구나.'

이 감정은 단순히 벅차오른다는 말로 설명할 수 없었다. 말로도 생각으로도 설명할 수 없었다. 품에 안긴 따뜻한 온기가 아이의 살 아 있음을 증명했다.

카리나는 시야가 흐릿해지는 것을 느꼈다. 몇 번인가 다시 눈을 뜨기 위해 일부러 눈에 힘을 줬지만 쉽지 않았다. 눈꺼풀에 무슨 무 거운 추라도 달린 듯했다.

"피곤하시면 주무세요, 마님. 아기님은 각하께 데려다 드리겠습니다."

산파가 카리나의 품에서 아주 조심스럽게 아이를 데리고 가 부드러운 하얀 천에 돌돌 감쌌다. 멀어져 가는 아이를 보며 카리나가 눈을 깜빡였다.

"으아아아앙!"

또다시 터진 울음소리에 카리나가 손가락을 꿈틀거렸지만 그것이 한계였다.

'조금 더 안아 줘야 할 것 같은데……'

또한, 그것이…… 마지막 기억이었다.

카리나가 다시 눈을 뜬 것은 며칠이 꼬박 지난 후의 일이었다. 중간 중간 깨서 식사를 하고 약을 먹은 기억은 있지만, 대개의 시간을 잠만 잤기 때문에 거의 아무것도 하지 않은 것과 마찬가지였다.

완전히 정신을 차렸을 땐 오랜 시간 잠을 잔 까닭에 머리가 지끈 거렸고 온몸은 젖은 듯 무거웠다. 손가락 하나 까딱하고 싶지 않았다. 그럼에도 떠지지 않는 눈을 억지로 잡아 올린 것은 기억의 마지막에 서럽게 울음을 터뜨린 아이 때문이었다.

'아이를 어떻게 사랑하나 싶었는데.'

머리로 생각해서 이해할 수 있는 게 아니었던 모양이다. 이미 아이의 얼굴을 마주한 순간 카리나는 아이에게서 벗어날 수 없다는 걸 느꼈다. 사랑할 수밖에 없다는 것을 깨달았다.

"······카리나?"

"······이······ 라이······ ㅇ······."

목소리가 잔뜩 쉬었는지 가라앉아 제대로 나오지 않았다. 카리나는 몇 차례 애꿎은 입술만 벙긋거렸다. 소리를 내지 않고 움직인 입 모양에 밀라이언이 고개를 끄덕였다.

"자, 물. 일어날 수 있겠어?"

밀라이언이 그녀의 등을 제 팔로 단단히 받쳐 주며 조심스럽게 앉혔다.

허리와 다리 사이가 뻐근했다. 끙끙 앓는 소리를 내며 물을 몇 모금 마신 카리나가 그의 어깨에 이마를 기댔다.

"아이는요?"

"그대의 뒤쪽에."

"······왜 여기에 있어요?"

"그대가 옆에 없으면 울어. 내가 안아 주면 잠깐 괜찮았다가도 또 멀어지는 것 같으면 울더군."

밀라이언이 어깨를 으쓱이며 말했다. 그러면서도 아이를 바라보는 시선이 따뜻하기 그지없다. 밀라이언이 물끄러미 아이를 바라보다가 카리나에게 시선을 옮겼다.

"눈동자가 그대를 닮았더군."

"저를요?"

"그래. 양쪽 눈 색이 다른 건 처음 봤는데······ 전부 그대의 색이야."

웃음기를 머금은 목소리로 밀라이언이 카리나의 버석버석한 입술 위에 가볍게 입을 맞췄다. 깃털처럼 닿았다가 떨어지는 입술에 카리나가 가볍게 그의 볼에 입맞춤을 했다.

"머리카락은 밀라이언을 닮았는데요."

"그렇더군."

드문드문 보이는 남색 머리카락에 카리나가 조심스럽게 손을 뻗어 아이의 오동통한 볼을 슥슥 쓰다듬었다. 아이가 칭얼거리듯 몸을 움직이더니 이윽고 눈을 번쩍 떴다. 왼쪽의 황금색 눈동자와 오른쪽의 푸른색 눈동자가 빛을 받아 반짝거렸다.

아이가 무언가를 찾는 듯 양손을 이리저리 휘젓기 시작했다. 좌우로 움직이는 짤막한 팔을 카리나가 물끄러미 바라봤다.

"안아 봐."

"……다칠 것 같아요."

"그런 걸로 따지면 내가 더 심했어. 잘못 잡으면 부서질 것 같아서 얼마나 노력했는데."

밀라이언의 말에 카리나가 어색하게 웃었다. 그녀가 조심스럽게 두 팔을 뻗어 아이를 안았다. 아이는 생각보다 너무 가벼워서 그녀는 놀란 눈으로 아이를 내려다봐야 했다.

"참고로 여자아이야."

밀라이언의 말에 카리나가 고개를 끄덕였다.

"그리고 아이가 소리에 예민한 건 맞는 것 같아. 냄새가 나는 것도 못 참는 모양이고."

"……그래요?"

"그나마 우리 목소리는 익숙해졌는지 울지는 않아. 그래서 일단 이쪽으론 팽 이외에는 아무도 오지 못하게 막아 뒀어."

카리나가 고개를 끄덕였다. 옷자락이 스치는 소리조차 천둥소리처럼 크게 들릴 거라고 하던데. 그 감각이 그녀로선 이해가 가지 않았다.

'이해하도록 노력해야지.'

실제로 아이는 카리나가 조금 움직이거나 밀라이언이 조금 움직일 때마다 예민하게 귀를 쫑긋거리며 칭얼거렸다. 밀라이언과 카리나가 아무리 조심스럽게 움직여도 말이다.

카리나가 아이를 침대에 눕힌 채 조심스럽게 손바닥으로 아이의 귀를 막아 주었다. 아이의 눈이 조금 커진 듯했다.

"이렇게 하면 조금 조용하려나?"

작은 아이가 이윽고 환하게 웃었다. 화악 밝아진 아이의 얼굴과 까르르거리는 웃음소리에 밀라이언과 카리나의 눈이 놀라움에 젖어 들었다.

"웃는 건 처음 보는데. 그대가 귀를 막아 준 게 좋았나 보군."

귓가에 속삭이듯 말하는 밀라이언의 목소리에 카리나가 고개를 끄덕였다. 황금빛 눈동자가 족쇄라는 걸 깨달은 후부터 그다지 달갑게 느껴진 적은 없었는데, 이렇게 보니 너무 아름다웠다. 아이가 품고 있는 색을 물끄러미 내려다보며 카리나가 미소 지었다.

"……정말 신기해요."

"뭐가?"

"아이요. 그냥, 내가 엄마가 됐다는 것도 믿기지 않아요."

이 작은 생명체가 제 배에서 태어났다는 것이 믿기지 않았다. 밀라이언과 평생을 함께하겠다는 약속을 한 것도 꿈만 같은데 이 품에 아이까지 있다는 것은 더욱 믿기지 않았다.

"이름은…… 정했어요?"

"아이의 얘기를 전해 듣곤 페리얼이 가지고 달려왔어."

"페리얼이요?"

"그래, 세레누스(Serénus)는 어떠냐고 하더군."

카리나가 고개를 기울이자 밀라이언이 그녀의 곁에 앉았다.

"아이가 사는 세계가 소음이 아니라 잔잔한 바다처럼 고요함으로 가득했으면 좋겠다더군. 아이의 시간이 빛나길 바란대. 여러모로 말이야."

"쓸데없는 전쟁이나 싸움도 없이 말이죠?"

"그래, 언제나 쓸데없이 이상적인 놈이야."

그러면서도 이렇게 전해 준 것을 보니 밀라이언도 그다지 싫지 않은 듯했다.

'세레누스 페스텔리오'라. 약간 중성적인 어감이긴 하지만 나쁘지 않았다.

"좋네요. 밀라이언이 괜찮으면 저도 좋아요."

"나야 언제나 그대의 마음에만 좋으면 좋지."

밀라이언이 카리나의 목덜미에 입을 맞췄다. 부드러운 입맞춤을 보는 아이의 눈이 퍽 다채롭게 반짝여서 카리나가 슬쩍 그를 밀어 내곤 아이를 품에 안았다.

"잘 부탁해, 세레누스."

카리나가 아주 작은 목소리로 속삭이듯 아이에게 말했다. 아이는 다행히 인상을 찌푸리지 않고 까르르 웃음을 터뜨렸다. 마치 저도 마음에 든다고 주장하는 것처럼.

"애칭은 세렌이 좋겠는데."

"좋네요."

그녀가 고개를 끄덕였다.

아이를 품에 안자 아이가 꼬물꼬물 그녀의 품으로 파고 들더니 이내 눈을 감았다. 꾸벅꾸벅 다시 졸기 시작하는 아이를 바라보던 카리나가 밀라이언과 눈을 마주친 채 소리 없이 웃었다. 따뜻한 햇살이 무척이나 기분 좋게 내리쬐었다.

"세레에에엔."

빼꼼, 고개를 내민 페리얼이 도둑처럼 슬금슬금 아이를 찾아 눈동자를 굴렸다. 밀라이언이 어찌나 철통 수비를 하던지, 그는 아이가 태어나고 반년이 넘도록 제대로 아이의 얼굴을 본 적이 없었다. 물론 아예 보지 못한 건 아니다. 50m에서 100m쯤 거리를 유지하며 밀라이언이 무슨 적선하듯이 슬쩍 얼굴을 보여 주었으니까.

그리고 오늘, 페리얼은 결국 참다못해 아이의 얼굴을 보기 위해 페스텔리오 가문 소유의 수도 저택에 잠입했다.

'왜 나만 안 돼!'

페리얼이 억울한 건 그 부분이었다. 드래곤인 아지다하카도, 윈스턴도, 심지어 팽도 아이를 볼 수 있는데 왜 자신만 거리를 두고 아이를 봐야 한단 말인가! 가까이서 볼도 좀 만져 보고 싶은데!

_"네놈이 만지면 우리 애 더러워져."_

이유를 따지고 들었을 때 들려온 말은 딱 그거 하나였다. 다시 생각해도 머리끝까지 분노가 치달았다. 페리얼이 슬쩍 아이가 있을 법한 방문을 열었다.

"세렌."

문득 다른 방문 안쪽에서 들리는 목소리에 페리얼의 걸음이 뚝 멈췄다. 카리나와 세렌이 함께 있는 듯했다. 페리얼이 조금 미묘한 표정으로 볼을 긁적이곤 가볍게 문을 노크했다.

"들어와요."

안쪽에서 허락이 떨어지자 페리얼이 슬쩍 문고리를 돌렸다. 침대에 걸터앉아 있던 카리나가 들어온 낯익은 인영을 보고 눈을 크게 떴다.

"페리얼?"

"오랜만이에요, 카리나."

"여긴 어떻게……."

카리나가 제법 놀란 듯 눈을 크게 떴다가 품에 안고 있던 아이를 침대 위에 앉혔다. 그녀가 자리에서 일어나 대답 없는 페리얼을 보며 말없이 웃었다.

"차 한잔할래요?"

"……영광이죠."

페리얼이 미소 지었다. 별로 어색할 건 없지만 둘이 있게 된 적은 제법 오래전의 일이라서 뻘쭘한 느낌이 있었다. 페리얼이 카리나를 따라 그녀의 맞은편에 앉았다. 카리나가 찻잔에 차를 따르고 그녀의 잔에는 차가운 차를 따르더니 아이를 다시 품에 안고 페리얼의 맞은편에 앉았다.

"밀라이언이 하도 세렌을 보여 주지 않아서 몰래 보러 왔어요."

"이런, 용케 안 들켰네요."

"아무래도…… 편법이 있으니까요."

장난스럽게 한쪽 눈을 찡긋한 페리얼의 말에 카리나가 웃음을 터뜨렸다. 제법 자란 세렌은 기어 다니기도 제법 기어 다녔고 혼자서 앉아 있을 수도 있게 됐다.

"아우!"

"귀엽네요. 제가 애한테 무슨 짓을 한다고 도대체 안 보여 주려고 하는 건지."

페리얼이 툴툴거렸다.

아이는 손에 딸랑이를 쥔 채 이리저리 흔들고 있었다. 보통의 딸랑이라고 하기엔 그 안에서 나는 소리가 무척이나 작았다. 페리얼에게는 기껏해야 모래가 몇 알 굴러다니는 정도의 아주 작은 소리였으나 아이는 무엇이 그리 즐거운지 혼자서 까르르 까르르 웃기에 바빴다.

"그래도 많이 안정된 것 같아서 다행이네요."

"일주일에 한 번은 꼬박꼬박 신전에 가고 있거든요. 그래서 그런지 요즘은 우는 일도 많이 줄어들었어요. 그래도 여전히 소리가 시끄러운 건 힘든가 봐요."

"마아! 마아!"

세렌이 카리나의 다리를 툭툭 쳤다. 카리나가 능숙하게 아이를 바닥에 내려놓자 또 이리저리 기어 다니며 뭔가를 하느라 바빴다. 페리얼이 말없이 아이의 움직임을 시선에 담았다.

"그래도 대화 소리엔 익숙해졌나 봐요."

"……아지다하카가 너무 소리를 배척하면 나중에 더 괴로워진다고 해서요. 인간 세계에서 살게 할 거면 적응할 수 있게 도와주라고 했어요."

그래서 최근엔 사용인들도 이곳저곳을 돌아다닐 수 있게 했다. 밖에서 인기척이 느껴지면 세렌은 모든 일을 멈추고 귀를 쫑긋거리며 좌우를 두리번거렸지만 예전처럼 울음을 터뜨리진 않았다.

"세렌이 3개월쯤 됐을 땐 벌레 때문에 잠을 못 잤다니까요."

"아, 들었습니다. 밀라이언이 모기와의 전쟁을 벌였다고 하던데……."

"네, 사용인들이 전부 저택 문을 닫고 벌레만 잡았다니까요."

그 광경은 다시 생각해도 웃음이 터졌다. 다시 살아나고 아이를 품었던 시간이 1년. 그리고 그 이후로 반년이 더 지났다. 문득 차곡차곡 줄어드는 시간을 생각하면, 카리나는 이젠 그저 가슴이 아팠다. 아이의 삶에 오랜 시간을 함께해 주지 못할 것이 분명하니까.

그러니까 그녀는 최대한 세렌과 오랜 시간을 보내려고 노력했다. 웬만해선 세렌에게서 떨어지지 않았고 세렌의 외출 준비도 늘 그녀가 직접 해 주었다. 신전에 갈 때도 그림을 그릴 때도 카리나의 곁에는 늘 세렌이 있었다.

"그나저나 밀라이언은 어디에 있습니까?"

"오늘은 황성에 갔어요. 세렌이 주변 환경에 익숙해질 때까진 수도에 있으려고 하거든요. 이런저런 절차를 밟을 게 있나 봐요."

"그럼 안심이군요."

페리얼이 찻잔을 다 비우곤 냉큼 자리에서 일어났다. 쪼르르 아이에게 다가가 그 앞에 쪼그려 앉은 페리얼이 조심스럽게 아이의 볼을 쓰다듬었다.

"꺄아아! 꺄!"

양팔을 버둥거리며 세렌이 고개를 내저었다. 어찌나 필사적으로 저어 대는지 페리얼이 손을 뻗은 모습 그대로 완전히 석상처럼 굳어버렸다.

"세렌, 삼촌인데……."

"마아아!"

세렌이 냉큼 몸을 돌려 후다닥 카리나에게로 달려갔다. 아니, 정확히 말하자면 달릴 것처럼 필사적으로 기어갔다고 하는 것이 조금 더 알맞았다.

페리얼이 입술을 뻐끔거리다가 이윽고 절망한 표정으로 고개를 툭 떨궜다. 무릎을 꿇고 체통 없이 손까지 바닥에 댄 그 모습은 처연하기 짝이 없었다.

카리나가 세렌을 안아 들자 세렌이 카리나의 가슴 사이로 얼굴을 푹 묻었다. 그러곤 얼굴을 부비며 잔뜩 인상을 찌푸렸다. 세렌은 그가 근처로 다가오는 것도 내키지 않는 것이 분명했다. 물끄러미 아이를 내려다보던 카리나가 고개를 들었다.

"……혹시 페리얼, 여기 오기 전에 어디 다녀왔어요?"

"저택에서 바로 온 거라서 따로 들른 곳은 없습니다."

페리얼이 비틀비틀 자리에서 일어나며 대답했다. 그가 상당히 충격이라는 표정으로 침대에 털썩 주저앉았다.

"으음, 혹시 연구실?"

"네, 제가 있는 곳이야 대개 그렇죠."

"아, 그럼 그거 때문일 거예요."

카리나가 그제야 이해가 간다는 듯 안심한 표정으로 대답했다. 도리어 페리얼이 고개를 갸웃하자 카리나가 낮게 웃음을 터뜨렸다.

"기억 못 해요? 세렌은 후각도 굉장히 예민해요."

"아……. 하지만 오는 내내 거의 씻겨 나가서 냄새가 나지 않을 텐데요."

페리얼이 제 옷에 얼굴을 푹 묻으며 코를 킁킁거렸다. 옷에 바짝 코를 박고 숨을 크게 들이마시면 확실히 옅게 약품 냄새가 나는 것 같기는 했다. 세렌이 퍽 괴로운 듯 카리나의 가슴에 얼굴을 묻은 채 떨어질 생각을 하지 않는다.

"예민해서 그래요. 아마 씻고 옷을 갈아입으면 괜찮지 않을까요?"

"……끙, 공주님께선 까다로우시군."

그러면서도 페리얼은 익숙하게 옷장을 열었다. 당연하다는 듯 밀라이언의 옷장에서 갈아입을 옷을 챙긴 그가 다시금 한숨을 내쉬었다.

"빈방에서 씻고 오겠습니다."

"네, 전 잠깐 세렌을 달래고 있을게요."

"네, 절대 다른 데 가시면 안 됩니다! 오늘이야말로 안아 보고 싶습니다……."

"알겠어요."

페리얼이 냉큼 방을 빠져나갔다. 페리얼이 나가고 카리나가 여전히 괴로워 보이는 아이를 위해 창문을 활짝 열었다. 그제야 세렌이 한숨과도 같은 숨을 푸하, 하면서 내쉬었다.

'가끔 애어른 같을 때가 있단 말이지.'

세렌이 창문에 바싹 얼굴을 가져다 대고 숨을 열심히 들이마시고 내쉬었다. 카리나가 결국 웃음을 터뜨리며 아이의 볼에 입을 맞췄다. 사랑스러움이란 이런 거라고 그녀는 최근 배워 가고 있었다.

"세렌."

카리나의 부름에 세렌이 눈을 반짝이며 고개를 돌렸다. 여전히 색이 다른 두 눈동자는 미묘하고 신기했다.

"사랑해."

카리나의 목소리에 세렌이 화악 꽃이 피는 것처럼 웃어 보였다.

그러곤 꼬물꼬물 손을 뻗어 카리나에게 제가 쥐고 있던 딸랑이를 넘겨주더니 그녀의 옷자락에 매달렸다.

"마아! 마!"

"너랑 조금 더 오래 같이 있을 수 있으면 좋을 텐데."

나직하게 읊조리는 그녀의 말에 세렌이 고개를 기울였다. 꺄웃, 기울어지는 고개를 손바닥으로 조심스럽게 받치며 카리나가 세렌을 품에 안아 들고 오동통한 볼에 입을 맞췄다.

"엄마는 세렌이 행복했으면 좋겠어."

언제까지나.

세상의 어두운 부분보단 밝은 부분을 봤으면 했다. 타인의 아픔에 공감할 수 있으면 좋겠고 누구보다 강해졌으면 한다. 자신의 삶과는 달리 친구도 많이 사귀고 의지할 수 있는 사람도 많기를.

까르르 웃음을 터뜨리던 세렌은 말없이 카리나를 물끄러미 올려다 봤다. 눈을 두어 번 깜빡일 때마다 햇빛에 비친 푸른색 눈동자가 바다처럼 반짝였다. 아이는 때때로 무표정하게 자신을 올려다볼 때가 있었다. 그럴 때면 그녀는 조금 더 세게 세렌을 끌어안아 주곤 했다.

쫑긋. 아이의 귀가 움찔움찔 움직였다. 누군가가 다가왔을 때나 보이던 세렌의 반응이었다. 카리나가 이제는 익숙하게 문을 향해 고개를 돌렸다.

'벌써 페리얼이 돌아왔나?'

그렇다기엔 시간이 많이 지난 것 같진 않은데. 문고리가 돌아가고 이윽고 문이 조용히 열렸다. 세렌을 품에 안은 카리나가 세렌과 함께 문에 시선을 고정했다.

"아, 밀라이언."

"이런, 낮잠이라도 자는 줄 알았더니 둘 다 깨어 있는 줄은 몰랐군."

밀라이언이 어깨를 으쓱이며 성큼성큼 안으로 들어왔다. 익숙하게 망토를 벗고 재킷을 내려 둔 밀라이언이 느릿하게 아이를 향해 손을 뻗었다. 세렌의 코가 움찔거리며 두어 번 움직이더니 이윽고 밀라이언에게 양팔을 내밀었다.

"빠아아!"

"안녕, 세렌."

나직한 목소리에 세렌이 까르르 웃음을 터뜨렸다. 밀라이언이 카리나에게 다가와 허리를 숙였다. 그녀의 입술에 입을 맞추는 것으로 인사를 건넨 그가 느릿하게 테이블을 훑었다.

"손님이 왔었어?"

"으음…… 네."

카리나가 슬쩍 고개를 피하며 어색하게 웃었다. 곤란한 그녀의 표정을 가만히 보던 밀라이언의 표정이 순간 묘해지더니 미간을 좁혔다.

"페리얼은 아니겠지."

"……."

"카리나, 페리얼이 여기에 왔었어?"

밀라이언의 말에 카리나는 그저 말없이 웃었다. '왔었어'가 아니라 '아직 있어'라고 대답하면 씻고 있는 페리얼의 목 밑에 검이 쇄도할 것 같았다.

"세렌을 보고 싶다고 해서."

"……죽이고 오지."

"아니, 세렌 이름은 페리얼이 지어 줬는데 왜 못 보게 하는 거야?"

"변태 같아서."

밀라이언이 단호하게 대답했다.

팽과 원스턴은 별다른 사심 없이 그저 손주를 보는 마음으로 아이를 보는 것이 눈에 보였다. 크게 접촉을 하는 것도 아니었고 아이를 안아 보지 못해서 안달이 난 것도 아니다. 물론, 팽은 세렌에게 죽고 못 사는 것 같긴 했다.

반면 페리얼은…… '품에 안아 보고 볼을 꼬집어 보고 만져 보고 조물조물해 보고 싶어!'라는 의지가 너무 강하게 느껴졌다.

"변…… 태요?"

"몰라, 그놈은 예전부터 뻔뻔하기 그지없었다고. 언제 세렌을 데리고 몰래 도망 나갈지 몰라."

"그러진 않을 거예요."

밀라이언의 어린아이 같은 말에 카리나가 웃음을 터뜨렸다. 이러나저러나 두 사람은 여러모로 사이가 좋았다. 아마 곤란한 상황이 있을 때 밀라이언이 가장 먼저 의지할 대상은 페리얼일 것이다.

"밀라이언에게 페리얼 같은 친구가 있어서 다행이라고 말하면 화낼 거예요?"

"무슨 소리야?"

밀라이언이 세렌을 품에 안은 채 카리나의 맞은편에 자리 잡으며 말했다.

"기댈 상대가 있다는 건 중요하잖아요."

"그러고 보니 마린 에리얼이 수도에 오겠다고 난리더군."

"마린이요? 왜요?"

"아이가 보고 싶대."

"아······."

그러고 보니 너무 뜬금없이 떠나왔었지. 연락이고 뭐고 하지 못하고 아지다하카의 능력으로 수도까지 옮겨왔으니······. 여러모로 당황하지 않았을까 싶긴 하다.

"여기까지 어떻게 와요?"

"안 된다고 하긴 했는데······. 그 성격이면 이미 오고 있을 것 같군."

밀라이언이 질린 표정으로 고개를 저었다. 세렌이 눈을 깜빡이며 문 쪽으로 고개를 돌렸다. 쫑긋거리는 귀를 보아하니 아마도 페리얼이 돌아온 듯했다. 똑똑, 노크하는 소리에 카리나가 그대로 뻣뻣하게 몸을 굳혔다. 밀라이언의 눈이 가늘어졌다.

"······음, 들어와요."

허락이 떨어지기가 무섭게 문고리가 돌아갔다.

"카리나, 제가 돌······."

기대감에 찬 페리얼이 방 안으로 발을 들였다.

"······."

"······."

"······."

"꺄아아!"

세렌을 제외하면 방 안엔 서늘한 적막이 내려앉았다. 밀라이언이 카리나를 한 번 바라봤다가 이윽고 다시 고개를 돌려 페리얼을 바라봤다. 그의 눈꼬리가 부드럽게 휘었다. 그가 가볍게 아이의 귀를 커다란 손바닥으로 막아 주며 페리얼을 마주한 채 입을 열었다.

"미친 새끼, 죽고 싶나 보지?"

더없이 다정하게 웃는 얼굴로 내뱉는 말은 살벌하기 그지없었다.

귀를 막았으니 세렌의 눈에는 어쩌면 다정한 아버지의 얼굴만 보일지도 몰랐다.

"……자넨 대체 왜 여기에 있나? 눈치 없는 놈."

"남의 집 멋대로 쳐들어온 네가 할 말인가?"

"못 할 건 또 뭐야. 너도 심심하면 내 집 쳐들어왔잖아."

페리얼이 어깨를 으쓱이며 담담하게 대답했다. 물론 두 사람의 얼굴은 상냥하기 짝이 없었다. 표정만 보면 다정한 이야기를 나누는 것처럼 보일 정도다.

"그래, 차라리 마침 잘됐네. 나 여기 며칠 있으려고."

"뭐……? 미쳤어? 안 꺼져?"

"……카리나, 정말 밀라이언 말 너무 험한 것 같아요. 마음이 아프네요."

페리얼이 손등으로 눈물을 찍어내는 듯한 시늉을 하며 말했다. 밀라이언의 잇새로 으득거리는 소리가 흘러나왔다.

"안 될까요, 카리나? 밀라이언 없을 때 세렌이랑 놀까 하는데……."

축 처진 목소리로 페리얼이 말했다.

"오늘 놀 수 있으면 돌아가도 괜찮겠지만요."

카리나를 힐끗거리며 덧붙인 페리얼의 말에 밀라이언이 헛숨을 들이켰다. 저놈이 제대로 작정했다는 것이 물씬 느껴졌다.

'아카데미에 다닐 때도 저랬지.'

원하는 것을 이루지 못하면 될 때까지 끈질기게 쫓아다니곤 했다. 비단 밀라이언, 자신에게만이 아니었다. 페리얼은 여러모로 끈기가 강한 놈이었다. 이해할 수 없는 시험 문제에 관해서 대놓고 교수와 지식 배틀을 벌였을 정도로 말이다.

그는 물러날 수 없는 선을 정해 놓고 그 이상은 결코 물러나지 않았다. 그 선 직전까지는 얼마든지 물러나 주지만 거기까지였다. 그리고 밀라이언은 지금 이것이 페리얼의 마지막 선이라는 것을 깨달았다.

'……귀찮아지겠는데.'

여기서 놈을 쫓아내는 건 간단하지만 그 이후가 더 귀찮아질 것이다. 밀라이언이 물끄러미 페리얼을 바라보다가 한숨을 내쉬었다.

"너, 나랑 싸울 거야?"

밀라이언의 질문에 페리얼이 고개를 기울였다.

"인내심 싸움이라면 자신 있는데."

빙긋 웃는 페리얼의 말에 밀라이언이 결국 한숨을 내쉬며 물러났다. 그가 세렌을 앞으로 내밀자 페리얼이 냉큼 다가와서 조심스럽게 아이를 품에 안았다.

"왜 나한테 안 보여 주려고 했던 거야?"

"……아."

"뭐?"

"세렌이 너무 귀엽잖아. 그리고 넌 귀여운 거라면 사족을 못 쓰는 놈이고."

세렌을 품에 안고 동실동실 흔들던 페리얼이 그대로 뻣뻣하게 굳었다. 자신이 지금 무슨 소리를 들었는지 차마 믿기지 않았던 그가 힘겹게 고개를 들었다. 페리얼의 눈동자가 지진이 난 듯 쉼 없이 흔들리기 시작했다. 그가 이윽고 입술을 뻐끔거리다가 천천히 고개를 숙였다.

"자네, 진짜 변했군."

굳이 그가 아니더라도 팽과 윈스턴에게도 몇 차례나 들었던 말이다. 밀라이언이 페리얼을 못마땅하게 한번 힐끗 보고는 이내 팔짱을 꼈다.

"뭐 문제 있나?"

"아니."

페리얼의 입술이 부드럽게 호선을 그렸다. 기특한 아이라도 지켜보는 듯한 그 미소에 밀라이언이 퍽 떨떠름한 시선을 했다. 그가 이내 한숨을 푹 내쉬었다.

"그냥 기뻐서. 자네가 아버지라는 게 솔직히 믿기지 않았거든."

밀라이언 스스로도 아이를 품에 안기 전까지는 와닿지 않았다.

카리나의 말이 사실이었다는 것을 증명이라도 하듯 세렌은 페리얼의 품에 안겨도 칭얼거리는 소리 한 번 내지 않았다. 그저 처음 안겨 보는 품이 신기한 듯 그의 옷자락을 이리저리 당기며 옹알이 같은 소리를 낼 뿐이었다.

"정말, 아버지가 되었군."

페리얼이 세렌의 이마에 정중하게 입을 맞추며 말했다. 두 친우의 모습을 쏙 빼닮은 아이의 모습은 정말 사랑스럽기 그지없었다. 전하지 못한 사랑은 결국 스러졌지만 그다지 후회는 없다. 제 행복보단 두 사람이 행복하면 그만이니까.

"축하해."

페리얼이 제법 미뤄 왔던 말을 드디어 입술 밖으로 뱉었다. 언제나 혼자 다니는 것을 즐기던, 까칠하고 혈기왕성했던 친우는 벌써 저 멀리 앞을 걸어가기 시작했다.

"두 사람이 행복해 보여서 기뻐."

페리얼의 진심 어린 말에 밀라이언이 입술을 꾹 다물었다. 오랜

과거라도 떠올리는 듯 잠시 멀어져 갔던 페리얼의 시선에 빛이 다시 돌아왔다. 페리얼은 그리 오래되지 않아 밀라이언의 품에 아이를 돌려주었다.

"아이를 한 번 안아 봤으니 됐네. 이만 돌아가 보도록 하지."

페리얼이 가볍게 어깨를 으쓱였다. 조금 더 놀려 줄 마음이었지만 아이를 품에 안는 순간 그런 마음이 눈 녹듯 사라졌다. 그저 아주 조금 부러운 마음이 치고 올라왔을 뿐이다.

"페리얼."

"음?"

"자주는 안 되겠지만 종종 보러 와도 돼."

밀라이언의 말에 페리얼이 이를 드러내며 씩 웃어 보였다. 어릴 때로 돌아간 듯 퍽 짓궂은 미소를 띤 채 그가 고개를 끄덕였다.

"그래, 그거 영광이군."

몸을 돌려 빠져나가던 페리얼이 문 밖에 선 채 가만히 손을 내려다봤다. 닿았던 온기가, 들려왔던 심장 소리가 손끝에 남아 있는 듯했다. 심장에 전기가 통한 듯 아팠다.

"……어른이 되어 가는 건가."

아카데미의 시절은 제법 멀게 느껴졌다. 시간이 지나며 나이가 들고 있다는 건 어느 정도 인지하고 있었지만 아이를 보는 것은 새삼 기분이 남달랐다. 앞만 보며 살아가는 것에만 급급했던 친구가 조금씩 앞서가고 있었다. 자신이 따라가기에 한참 먼 곳으로.

적당히 생각을 마친 페리얼이 숨을 크게 들이마시곤 저택의 계단을 내려갔다. 계단 아래에서는 벽에 기댄 윈스턴과 그 옆에 선 팽이 제법 편한 표정으로 대화를 나누고 있었다. 페리얼이 계단을 몇 개 더 내려가자 두 사람이 인기척을 느낀 듯 고개를 돌렸다.

"세렌 님은 만나 보셨습니까?"

"응, 귀엽더군."

팽의 말에 페리얼이 순순히 고개를 끄덕였다. 귀엽긴 귀여웠다. 아이는 제 부모의 외모를 그대로 쏙 빼닮아서 아마 크면 제법 이성을 울리지 않을까 싶었다.

"둘은 언제 그렇게 친해진 거야?"

"이 나이에 서로 대화를 나눌 상대는 그리 많지 않으니까요."

"대개 제 하소연을 윈스턴이 들어 주는 편입니다."

윈스턴의 대답에 팽이 말을 덧붙였다. 페리얼이 어깨를 으쓱이곤 몸을 돌렸다. 윈스턴이 그의 뒤를 쫓아오려 하자 페리얼이 손을 내저었다.

"오늘은 급한 일도 없으니 오랜만에 회포나 풀도록 하게."

윈스턴의 고개가 살짝 기울어졌다. 페리얼이 묘하게 힘이 없는 것이 그의 눈에는 보였다. 나이가 드니 사람을 관찰하는 버릇만 생긴 것이 영 문제였다.

"무슨 일 있으셨습니까?"

"어른이 된 친구를 보니 이런저런 생각이 드는군."

윈스턴의 물음에 페리얼이 잠시 걸음을 멈췄다. 팽이 곁에서 윈스턴을 바라봤다. 페리얼에게 시선을 고정한 윈스턴의 미간이 살짝 좁아졌다.

'하여튼 착해서 탈이군.'

사람의 곤란을 무시하지 못하는 것이 문제다. 그렇기 때문에 그의 제자를 제 손으로 죽였다는 건 평생 말하지 못할 비밀이 되었다.

"어른이 되고 싶으십니까?"

윈스턴의 물음에 페리얼이 어깨를 으쓱였다.

"혼자만 동떨어진 기분이라서."

"어른이 되는 걸 서두를 필요는 없습니다. 어른이 된다는 건 아이를 낳거나 나이를 먹거나 늙어 간다고 되는 것이 아닙니다."

페리얼이 윈스턴을 향해 비스듬히 고개를 돌렸다. 윈스턴이 옅게 웃었다. 그의 눈에 페리얼은 여전히 갈피를 잡지 못하는 아이처럼 보였다. 그래서 곁에서 돌보고 있는 것일지도 모른다. 떠나고자 했으면 이미 오래전에 떠날 수 있었음에도 불구하고.

"어째서? 그럼 난 어른이 아닌 건가?"

"어른이 된다는 건…… 자신의 나약함을 마주 보고 그걸 인정하고 체념해야만 하지요. 그래서 세상에는 이른 나이에 어른이 되는 아이도 있고 아무리 나이를 먹어도 아이에 머무르는 성인도 있습니다."

윈스턴의 나직한 목소리에 페리얼이 묵묵히 고개를 끄덕였다. 후자는 이해했지만 전자는 제대로 이해하지 못했다. 윈스턴은 페리얼의 시선에서 그걸 알아채기라도 한 듯 이어서 입을 열었다.

"어른이 되는 것은 잃는 것이 많아진다는 것입니다. 많은 아픔을 겪고 수많은 실패를 하고 겨우 한 번의 성공을 하고 나서야 우리는 비로소 누군가에게 조언할 수 있게 되지요."

"그렇지."

"그러니 조급해할 것 없습니다. 누구도 당신이 멀었다고 느끼는 사람은 없을 거예요."

윈스턴의 말에 페리얼이 말없이 고개를 끄덕였다. 알고 있다. 괜한 조급증과 자격지심일지도 모른다는 사실을. 그럼에도 늘 곁에 있던 친구가 멀어져 가는 것을 보는 건 기분이 썩 좋지만은 않았다.

"각하, 페스텔리오 각하와 카리나 아가씨는 급하게 어른이 될 수밖에 없었습니다."

덧붙이는 윈스턴의 말에 페리얼이 얼굴을 굳혔다. 그가 이윽고 주먹을 꽉 쥔 채 고개를 끄덕였다. 윈스턴이 쓴웃음을 머금었다.

"그러니 저는 아직 이대로도 좋다고 생각합니다. 초조해하지 않아도 언젠가 어른이 될 시기는 누구에게나 찾아옵니다. 당신은 상냥한 분이니 무사히 어른이 될 수 있을 겁니다."

"……고맙네."

페리얼이 고개를 끄덕이곤 몸을 돌렸다. 울적한 기분은 하루 이틀 더 가겠지만, 그래도 윈스턴이 한 말의 의미는 어렵지 않게 알아들었다.

멀어지는 페리얼을 보며 윈스턴이 작게 한숨을 내쉬었다. 곁에서 지켜보던 팽이 그의 어깨를 툭툭 두드렸다.

"윈스턴, 내가 보기엔 자네야말로 상냥하기 짝이 없는 것 같은데."

"이쪽도 그런 척을 하는 것뿐이지. 나도 아직 멀었네."

윈스턴이 한층 가벼운 표정으로 웃으며 대답했다. 처음에는 조금 불편했던 이도 대화를 나누고 익숙해지다 보니 여러모로 편해졌다. 윈스턴이 다시 계단 난간에 몸을 기댔다.

"고용주에게 허락을 받았으니 이제 오늘 밤은 한잔 기울여도 되는 건가?"

"……언제는 잔을 기울이지 않았던 것처럼 말하는군."

"자네가 매번 한두 잔 마시고 일이 있다며 도망가지 않았나."

팽의 타박에 윈스턴이 입을 다물었다. 솔직히 반박할 수가 없었다. 도망간 것은 사실이었으니까. 팽은 생각보다 노련했고 주량도 셌으며 뭣보다 운동신경도 제법이었다. 윈스턴으로선 솔직히 따라갈 자신이 없었다.

"그럼 오늘 밤도 한잔해야겠군. 며칠 할 말이 많았거든. 일단 내 방에 가 있게. 뒷정리만 하고 갈 테니."

"어차피 세렌 아가씨의 자랑이 아닌가."

그러면서도 윈스턴은 순순히 그의 말에 수긍하곤 몸을 돌렸다. 익숙하게 방을 찾아가는 윈스턴을 보며 오늘 밤 수다를 떨 상대를 찾은 팽은 한결 가벼워진 발걸음을 재촉했다.

수도에는 최근 신예 화가 하나가 이름을 드높이고 있었다. 페리얼 가문의 든든한 후원을 받는, 얼굴을 보이지 않는 화가 '카리나'라는 존재였다. 그녀는 작품을 자주, 많이 내진 않았으나 꾸준했고 그것의 최근 경매가는 첫 경매 때의 열 배까지 치솟았다.

사교계에서는 '카리나'의 작품을 소유하고 있는지가 제법 큰 화제가 되어 귀족들 사이에서 '카리나'의 작품 모으기에 대한 경쟁이 벌어지고 있었다. 많이 가지고 있는 귀족은 그만큼 콧대가 높아졌고 가지지 못한 귀족은 그저 소외된 느낌을 받을 수밖에 없었다.

카리나의 작품은 독특한 화법과 대담한 화풍 그리고 화려하지 않은데도 눈길을 사로잡는 묘한 채색법으로 사람들을 순식간에 매료시켰다. 무언가 특별한 것을 그리는 것도 아니었다. 그녀가 그리는 그림은 대개 풍경화였다. 이따금 사람이 나올 때가 있었지만 아주 멀리서 보는 듯한 느낌의 그림뿐이었다.

최근 경매에 나온 그림 중에 수도를 위에서 아래로 내려다본 듯한 풍경이 있었기 때문에 한창 '카리나'는 뜨거운 감자였다. 아무래도 그 화가가 수도에 와 있는 것이 분명하다는 소문이었다. 화가는 한 명이고 수요는 상당했으니 가격이 치솟지 않는 것이 더 이상했다. 오죽하면 페리얼 가문에 흘러 들어오려는 뒷돈이 너무도 많아서 페리얼이 크게 화를 냈을 정도다. 한 번 더 뒷돈 얘기가 들려오면 그 가문은 무조건 경매 참여자 명단에서 제외하라는 명령까지 내렸다. 다행히 그 덕분에 뇌물로 인한 걱정은 줄어들었다.

레오폴드 백작가가 '카리나'에 대한 소식을 들은 것은 카리나 레오폴드의 죽음 이후 칩거에 들어간 지 무려 1년 반 만이었다. 장녀가 죽고 칩거에 들어간 레오폴드 백작가는 사교계에 두문불출했다.

레오폴드 백작은 영지에서 일을 처리했으며 수도에는 웬만한 일이 아니고서야 얼굴을 비추지 않았다. 쌍둥이와 레오폴드 백작 부인은 아예 사교계에 발길을 끊었다. 그나마 꾸준히 사람들 앞에 모습을 드러내는 것은 인프릭 레오폴드뿐이었는데 그도 언제나 훈련과 맡은 업무만 하곤 집으로 곧장 돌아가곤 했다.

그 덕분에 그들은 1년이 넘어서야 '카리나'라는 화가의 소식을 전해 들을 수 있었다. 쌍둥이는 모르고 있었지만 인프릭과 레오폴드 백작은 그 '카리나'의 정체를 알고 있었다.

1년 반 만에 그 소식을 전해 들은 인프릭이 달려와 레오폴드 백작에게 이야기를 전했을 때, 백작은 다리에 힘이 풀린 듯 휘청거리며 무너져 내렸다.

"……살아 있다고……?"

"네, 최근까지 낸 작품도 있다고 들었습니다."

인프릭이 1년 전에 비해 한층 더 살이 빠지고 주름이 짙어진 레오폴드 백작의 모습을 보며 숨을 삼켰다. 여전히 그는 나이보다 젊어 보였지만 드문드문 노쇠하고 피로한 모습이 엿보였다.

"그리고 페스텔리오 공작 역시 수도에 와 있다고 합니다. 아마 카리나도……. 보러 가시겠다면 채비하겠습니다."

인프릭의 물음에 레오폴드 백작이 고개를 저으며 소파에 깊이 몸을 묻었다. 아이에게 거부를 당한 것은 난생처음이라 당황스러웠지만 그 이후 레오폴드 백작 역시 깊이 생각해 봤다. 아이의 외로움에 대해 이해하려고 노력했다. 뒤늦은 후회였지만 그거라도 하지 않으면 버틸 수가 없었으니까. 아이가 되어 아이의 방에서 자고 그 방에서 나왔다. 그래 봐야 떠나간 것은 돌아오지 않았지만 그렇게라도 해야 할 것만 같았다.

"그렇구나……. 살아 있었구나."

짙은 안도감이 섞인 목소리로 레오폴드 백작이 손바닥에 얼굴을 묻었다. 일그러져 엉망이 된 표정에는 지독한 후회와 괴로움이 뒤섞여 있었다. 그럴 자격이 없다는 말과 그러지 말라는 목소리가 아직도 귓가에 맴돌았다.

살아 있다면 됐다. 죽지 않고 살아가고 있다면 괜찮다. 그 아이에게 행복을 줄 수 있는 것은 더 이상 자신이 아니다.

"됐다. 그 아이가 행복하다면 그대로 두자꾸나."

아이는 스스로 둥지를 떠났다. 새로운 둥지를 만들었다. 더는 오지 않겠다고 정한 것이다. 그것이 그 아이가 내린 벌이라면 마땅히 받는 게 맞다.

"더는 우리가 간섭할 수 있는 영역이 아니구나."

"……."

"카리나 레오폴드는 죽었다. 카리나는 이제 카리나로 살게 두자꾸나."

집안이 싫어서 성을 벗어던지고 나갔다. 뒤늦은 후회도 뒤늦은 사과도 전하기엔 너무 늦었다. 그렇다면 그저 바라는 대로 살게 두는 것이 부모로서 해 줄 수 있는 마지막 일이다.

"그래도 다행이구나."

레오폴드 백작이 몇 번이고 손으로 제 얼굴을 쓸어내렸다.

"다행이야……."

지친 목소리가 안도감에 젖은 채 몇 번이고 흘러나왔다. 인프릭은 그 모습을 그저 바라보며 묵묵히 고개를 숙였다.

"오늘은 신전에 갈 생각이다."

"네, 일이 끝나고 찾아뵙겠습니다."

"그래, 그러려무나."

레오폴드 백작의 말에 인프릭이 고개를 끄덕이곤 천천히 몸을 돌렸다.

그날 이후, 인프릭은 가끔 부모가 된다는 건 어떤 것일까 생각했다. 그리고 자신이 과연 좋은 부모가 되어 줄 수 있을지에 대해서도.

부모가 된다는 것은 많은 것을 인내하고 감내해야 한다는 말이겠지. 많은 것을 참고 배려해도 생각대로 되지 않는 일이 있을 것이다. 최선을 다해 옳은 방향으로 나아가려고 노력하지만 결국 침몰하는 배도 있는 법이다.

레오폴드 백작의 집무실을 빠져나온 인프릭이 천천히 숨을 내뱉었다. 소중한 여동생을 생각하면 마음이 아프고 제 아버지를 생각하면 서글펐다.

레오폴드 백작은 그날 이후, 일주일에 한 번씩 꼬박꼬박 신전에 방문했다. 기댈 곳이 필요했으리라고 인프릭은 감히 생각하고 있었다. 언제나 거대하고 견고했던 아버지에게도 지난 1년은 괴로운 시기였을 테니까. 집안 모두가 그랬다. 쌍둥이들은 장난기가 사라졌고 어머니는 기운이 없어졌다.

'……슬슬 나갈 시간이네.'

인프릭이 옷을 챙겨 입고 저택을 나섰다. 언제나와 같은 저택이 오늘따라 한층 더 크고 을씨년스럽게 느껴졌다.

"세렌."

"마아!"

카리나의 작은 부름에도 세렌이 쫑긋 귀를 움직이더니 장난감을 던지고 냉큼 뒤뚱거리며 기어 오기 시작했다. 세렌이 기어 다니기 시작했을 무렵부턴 바닥에는 한층 더 푹신한 러그가 깔리고 뾰족한 것들은 모두 자취를 감췄다. 하룻밤 만에 일어난 밀라이언과 팽의 합작품이었다.

"엄마랑 신전 갈까?"

"까!"

세렌이 카리나의 뒷말을 냉큼 따라 했다. 번쩍 팔을 들어 올리는 아이를 보며 카리나가 웃음을 터뜨렸다. 사랑스럽고 귀여워서 절로 웃음이 새어 나왔다.

아이는 호기심쟁이라 사고도 제법 많이 쳤다. 물건을 밀어 넘어뜨리기도 하고 스스로 딸랑이를 던져 놓고 울음을 터뜨리기도 했다.

가장 힘든 것은 시도 때도 없이 칭얼거리는 것이었다. 부모가 된다는 것이 이런 것일 줄은 생각지도 못했기 때문에, 아주 조금 난감했던 기억이 있었다.

다른 것은 다 쉽게 적응했지만, 새벽이나 밤마다 밥을 달라거나 기저귀를 갈아 달라고 우는 것만큼은 적응하는 데 아주 오랜 시간이 걸렸다.

물론 여전히 잠을 자다가 깨는 일은 무척 힘들었다. 그럼에도 아이의 얼굴을 보면 절로 사랑스러워서 결국 아무런 화를 낼 수도 없게 되어 버리지만.

아이를 키우는 것이 무척 힘든 일이라는 것은 알게 됐다. 아이는 귀엽고 사랑스럽지만, 손이 무척이나 많이 갔다. 애정이 있어야만 키울 수 있고 사랑해 주어야만 자라게 할 수 있다.

"그럼 얼른 옷 입어야겠다, 우리 세렌."

카리나의 말에 고개를 기울이던 세렌이 이윽고 까르르 웃음을 터뜨린다. 사랑스러운 아이의 이마에 입을 맞춘 카리나가 설렁줄을 흔들어 사람을 불렀다.

"부르셨습니까? 마님."

"응. 세렌이랑 외출을 하려고 하는데, 옷 좀 가져다 줄래?"

"아, 네! 알겠습니다."

시녀가 허리를 굽히곤 다시 방을 조심스럽게 나갔다. 카리나가 세렌을 품에 안아 침대에 앉히자 아이가 푹신한 것이 기분이 좋다는 듯 또다시 까르르 웃음을 터뜨렸다.

'예전엔 맨날 울기만 했는데.'

처음에는 정말 울기만 했다. 시끄러운 세계가 적응되지 않는 것처럼, 그저 울고 울고 울어서 발을 동동 굴렀던 때도 있었다. 그래도 지금은 이렇게 웃을 수 있게 되어서 다행이지만.

"신관님 만나러 가는 게 좋아?"

"아우?"

세렌이 손을 파닥파닥거렸다. 얼른 나가자는 제스처에 카리나가 결국 또 웃음을 터뜨렸다. 무슨 생각을 하고 있는지 참 궁금해진다.

'부모가 되는 건 어렵네.'

아이에게 어떤 말을 해야 하는지, 어떤 행동을 보여 줘야 하는지, 뭐가 되고 뭐는 안 된다고 말해야 하는지 모든 것이 다 고민이다. 좋은 것만 보여 줘야 하는지, 그렇지 않으면 좋지 않은 것도 보여 주고 그것에 관해 설명해 줘야 하는지도.

아이를 키우면서부터는 모든 것이 선택투성이였다. 아이에게 가르칠 거, 아이에게 먹일 것, 아이가 어떻게 자랐으면 하는지, 아이에게 뭘 알려 줘야 하는지, 아이의 잠자는 시간이나 아이의 말을 이해하는 것까지. 그 모든 것이 선택의 길에 서 있었다. 함께할 시간이 길지 않다는 걸 알기 때문에 아이에게 가르쳐 주고 알려 주고 싶은 것들이 너무 많았다.

"아직 너무 어리지만."

카리나가 세렌의 볼에 입을 맞췄다.

"사랑해, 세렌."

"따아! 라!"

입을 우물거리던 세렌이 카리나의 말을 따라 하듯 입술을 달싹였다. 그러곤 뿌듯하게 콧김을 훅 내뿜는다.

"아…… 진짜, 내 딸이지만 너무 귀여운 거 아니야?"

카리나가 무너지듯 세렌을 품에 안은 채 웅얼거렸다. 웬만하면 객관적으로 보려고 노력하지만…… 객관적으로 봐도 우리 세렌은 귀여운 것 같다.

"약간 밀라이언처럼 되어 가는 것 같아……."

카리나가 우울하게 중얼거렸다.

밀라이언의 팔불출은 이미 인간의 영역을 넘어섰다. 어딜 가든 세렌의 자랑을 하고 다니고 한 번은 세렌이 머리를 이리저리 헤집어 놓았는데, 그게 좋다고 온종일 그러고 다녔다. 그뿐이랴, 세렌을 어화둥둥 안고 다니는 것은 물론 세렌이 해 달라는 건 너무 다 해 줄 기세였다. 그러니까 어떤 식이냐면, 사과가 먹고 싶다고 하면 사과 농장을 구매할 수준이었다. 돈 많은 인간이 팔불출이 되어 버리니, 말 그대로 돈이 물처럼 줄줄 새어 나가는 수준이 되었다.

"옷 가져왔습니다. 세렌 님 준비하시면서, 마님도 같이 준비 도와드릴게요."

"응. 세렌, 옷 입자. 엄마도 옆에서 입을게."

카리나가 조곤조곤 말하자 세렌이 고개를 기울였다. 제대로 이해하지 못한 듯 했으나 어쨌든 방긋 웃어 주는 것으로 그녀는 만족했다.

준비를 다 끝내고 세렌을 품에 안은 채 계단을 내려오자, 어느새 얘기를 들었는지 팽이 마차를 준비해 놓고 기다리고 있었다. 공작가의 기사단 둘이 허리를 숙여 보였다. 아무래도 오늘 호위는 저 두 사람인 듯했다.

'……괜찮다니까.'

수도 한복판에서 무슨 큰일이 일어날 것 같지도 않은데.

카리나 혼자였다면 사실 거절했을 거다. 다만, 세렌이 있어서 카리나는 거절하지 않았다. 자신에게 무슨 일이 생기는 건 어떻게든 되겠지만, 세렌에게 무슨 일이 생기는 것은 견딜 수 없다.

"조심해서 다녀오십시오, 마님."

"응. 저녁까진 돌아올게."

"주인님께도 그렇게 전해 두겠습니다."

빙긋 웃은 팽이 허리를 숙이며 말했다. 팽의 표정이 퍽 밝다. 윈스턴과 자주 만나게 되면서부터 특히 얼굴이 밝아진 것 같다. 아무래도 친구가 생기니 좋은 듯했다. 북부 저택에선 그렇게 피곤에 찌들어 보이더니. 요즘은 피부가 한결 좋아졌다.

"그럼 다녀올게."

카리나가 기사단의 도움을 받아 세렌을 먼저 마차에 올리고 자신도 올라갔다. 이윽고 마차가 아주 부드럽게 출발했다. 흔들림이라곤 조금도 없었다.

수도 중심지에 존재하는 신전은 황성보다는 덜하지만, 무척 규모가 크고 멀리서도 눈에 띄었다. 새하얀 대리석으로 지어진 건물은 여러모로 눈에 띄지 않을 수가 없었다.

신전의 앞은 늘 성기사가 지키고 있었고, 안으로 들어가면 신도들과 새하얀 신관복을 입은 사람들이 제각기 맡은 일을 이곳저곳에서 일하고 있었다.

"꺄아!"

안으로 들어오자 세렌의 얼굴이 한층 더 밝아졌다. 세렌은 유독 신전을 편안해했다. 신전 본관으로 들어가면 한층 더 편안해했고.

"아! 카리나 님, 세레누스 님. 오셨습니까?"

"칼란 신관님."

"네, 일주일 만에 뵙는군요. 그간 잘 지내셨습니까?"

"저야 늘 그렇죠. 저보단 세렌이 더 잘 지내길 바라고 있어요."

칼란 신관이 빙긋 웃었다. 밀라이언보다 옅은 남색 머리카락을 날개뼈 부근까지 기른 남자는 머리끈으로 머리카락을 하나로 묶은 모습이었다. 새하얀 신관복에는 황금으로 된 신전 문양이 그려져 있었고 서글서글한 눈매나 입가에 떠 있는 미소는 사람을 무척이나 편안하게 만들어 줬다.

카리나가 마주 미소지었다. 세렌이 드물게도 꺄꺄 소리를 내며 칼란 신관을 향해 두 팔을 쭉 뻗었다. 안아 달라는 제스처에 카리나가 당황하며 세렌을 제품에 조금 더 끌어안았다.

"세렌, 안 돼."

"괜찮습니다. 물론, 카리나 님께서 제가 안는 걸 허락해 주신다면요."

"그래도."

세렌이 칼란 신관의 품에 쏙 안겼다. 기어코 그 품에 들어간 세렌을 보며 카리나가 한숨을 쉬었다. 신력을 좋아하는지, 그것에 편안함을 느끼는지 세렌은 유독 신관들을 좋아했다.

칼란 신관이 세렌의 등을 토닥이며 신력으로 아이를 감싸 줬다. 아이가 눈을 동그랗게 뜨더니 이윽고 또다시 까르르 웃음을 터뜨렸다.

"세레누스 님은 정말 신력에 민감하신 것 같네요. 참 특이하십니다."

"……그러게요."

신관에는 딱히 세렌의 사정을 말하지 않았다. 다만, 조금 예민하게 태어나서 신전 근처에 오면 편안함을 느낀다는 것 정도만 알고 있을 뿐이다.

칼란 신관은 두 사람이 이곳에 처음 왔을 때 안내를 해 줬던 사람이었다. 물론, 그 친절의 이면에는 페스텔리오 공작가의 막대한 기부금 탓도 있는 것 같기는 하지만. 덕분에 세렌이 주기적으로 신전에 와서 편하게 있다 갈 수 있으니 다행이라면 다행이다.

"오늘은 사람이 적네요."

"네, 오늘은 조금 적은 것 같군요. 본관으로 가시겠습니까? 아니면 별관 건물 안에서 저와 차를 한잔 마시는 편이 좋으시겠습니까?"

칼란 신관의 말에 카리나가 작게 미소지었다. 카리나가 본관에 가도 매번 멍하니 앉아 있기밖에 하지 않는다는 것을 알고 있기 때문이리라.

"아쉽게도 기도를 드리러 온 건 아니니 차를 한잔하는 쪽으로 할게요."

"카리나 님께선 신을 믿지 않으시는 모양입니다."

칼란 신관이 편하게 제 어깨에 기댄 세렌의 등을 쓰다듬으며 말했다. 제법 높은 신관이라고 알고 있는데, 아무래도 그의 행보가 다른 사람들은 퍽 신기한 모양이다. 지나가는 길마다 다른 신관들이 놀란 눈으로 힐끗거리는 것을 보면.

"믿어요. 누구보다도 신이 있다는 사실을 잘 알고 있죠."

신이 얼마나 잔혹한지도, 그리고 그 신이 얼마나 사랑스러운 것을 제 품에 안겨 줬는지도 알고 있다. 손에서 자아내는 예술이 얼마나 아름다운지와 그 아름다움의 이면에 존재하는 잔인함마저도.

"그렇군요. 그런데도 기도는 하지 않으시는 것 같기에. 바라시는 것이 없나요?"

"바라는 건 많아요. 인간이다 보니 욕심이 차고 넘쳐서요."

카리나가 어깨를 설핏 웃으며 말했다. 바라는 게 어떻게 없다고 할 수 있을까. 밀라이언이 행복하기를 바라고 세렌이 건강하고 아픈 곳 없이 자라기를, 언제나 행복하기를 바란다. 영지가 조금 더 잘됐으면 좋겠고 마물로 인해 밀라이언이 다치는 일이 없었으면 했다.

……그리고 아주 조금이라도, 하루라도 좋으니 아이와…… 그리고 밀라이언과 함께 하는 시간이 늘어나기를.

"하지만 신은 제 소원을 들어주지 않을 거예요."

바라도 바라도 들어주지 않을 것이다. 그럴 바엔 그 기도하는 시간을, 그녀는 아이에게 온전히 쏟고 싶었다. 밀라이언의 온기에 몸을 기대고 싶었다.

"이런, 왜 그렇게 생각하십니까?"

"화는 안 내시고 그게 궁금하신가요? 불경하다며 저를 혼내실 줄 알았는데요."

카리나가 눈을 동그랗게 뜨며 반문하자 칼란 신관이 여전히 보기 좋은 미소를 띤 채 고개를 저었다. 다정한 미소였지만 눈빛만은 단호했다. 마치 절대 그럴 일은 없다는 듯이.

"신을 믿으라고 강요하고 기도를 드리라 강요하는 것은 신관이 할 일이 아니지요. 그건 이도교와 다름이 없지 않습니까."

"……그건 그러네요."

본관 건물로 들어오자 세렌은 아예 색색거리며 잠에 빠져들었다. 낮 동안은 낮잠도 제대로 자질 못하더니, 신전에만 오면 편안한 곳에 들어오기라도 한 것처럼 꼭 잠에 빠지곤 했다. 제법 시끄러운데도 불구하고 그것이 아무렇지도 않다는 듯이.

칼란 신관이 응접실로 들어와 한쪽에 있는 침대에 아이를 눕히고 차를 준비했다. 신전에서 쓸 법한 단아하면서도 깔끔한 찻잔은 화려하진 않았으나 값이 제법 나갈 것처럼 보였다.

"그래서, 제 질문에 대한 대답은 들을 수 있을까요?"

카리나가 차를 한 모금 마시며 고개를 끄덕였다. 잠깐의 휴식이다. 아이가 잠시 낮잠을 잘 동안의 대화 주제로는 나쁘지 않았다.

"기도야 질리도록 해 봤거든요. 들어주지 않더라고요. 그냥 경험에서 우러난 말이에요."

"신전에서 한 제대로 된 기도는 아니지 않으셨습니까."

"네, 하지만 신전에서 한다고 달라지진 않을 거예요. 가장 바라는 것을 빼앗고 그의 욕심으로 절 채웠으니……."

그 바라는 것을 위해 밑도 끝도 없이 발버둥을 치고 제 생명을 갈아 넣게 만들었다. 그것을 카리나는 신이라고 생각했다. 가장 바라는 건 결코 주지 않는다. 신이 추구하는 아름다움을 위해서.

"신을 원망하시는군요."

"아뇨, 그로 인해 얻은 것도 있으니 원망만 하는 건 또 아니에요."

카리나는 조용히 고개를 저었다. 카리나의 표정을 미묘하게 바라보던 칼란 신관이 이윽고 천천히 고개를 끄덕였다. 그가 찻잔을 두 손으로 잡아 기울이곤 정갈하게 다시 내려놨다.

"원하시는 게 있습니까?"

"있어요. 하지만 말하지 않을 테니까 거기까진 묻지 마세요."

카리나가 단호하게 말을 잘랐다. 칼란 신관은 순순히 고개를 끄덕이며 물러났다. 더 물어볼 기색은 그에게도 없었다. 카리나가 낮은 한숨을 내쉬었다.

"그보단 세렌에 관한 일이에요."

"네, 무언가 문제가 있나요?"

"음, 그런 건 아니고…… 정확히 말하자면 남편에 관한 일이겠네요."

칼란 신관이 고개를 기울였다.

"팔불출이 너무 심한 것 같아요."

카리나의 진지한 표정에 칼란 신관의 표정이 기묘하게 일그러졌다. 그가 조금 당황한 듯 어색한 웃음을 입가에 그렸다.

"팔불…… 네?"

그는 답지 않게 말을 더듬거렸다. 그의 미묘한 시선을 보다가 카리나가 그제야 어색하게 웃었다. 하지만 그녀에겐 심각한 문제였다.

"음, 좋습니다. 사람은 모두 다른 고민을 안고 있는 법이니까요. 괜찮으시다면 세레누스 님께서 일어나실 때까지 제가 들어 드리겠습니다."

"음, 원래부터 조금 아이를 특별하게 챙기긴 했어요. 사실 첫 아이이니 조심스러운 것도 사실이고요."

"그렇죠."

칼란 신관은 가볍게 고개를 끄덕이는 것으로 그녀의 말에 수긍했다. 아이에 대한 고민을 하는 신도들은 제법 많았다. 실제 아이를 위한 세례를 하는 경우도 제법 있었으니까.

"근데, 최근 도가 너무 지나치다고 해야 하나……."

"지나치다면?"

"음, 세렌이 청력에 상당히 예민하니까요. 그걸 위해서 조금 특별한 딸랑이가 필요했는데……."

카리나가 말을 끄는 것을 들으며 칼란 신관의 고개가 기울어졌다. 그는 다행히 높은 계급의 신관으로서 인내심이 무척이나 뛰어난 사람이었고 기다림의 미학을 아는 사람이었다. 잠시 기다리자 한숨을 푹 내쉰 카리나가 입을 열었다.

"수도에 장난감 공장을 하나 세웠어요."

"……아, 설마 최근에 시끄러웠던?"

"네, 조금 유명했죠. 신원 미상의 인물이 갑작스럽게 장난감 공장을 세워서 시위도 하고 항의도 많이 들어왔었잖아요."

칼란 신관이 웃으며 대답을 회피했다. 실제로 그때 신전에 그에 관한 이야기가 많이 돌았었다. 기존의 장난감 공장 관련자 중엔 갑작스럽게 업계에 파고든 신원 미상의 인물에 대한 답답한 속을 하소연하거나 길 가다가 고꾸라지라는 소원을 비는 사람도 있었다.

"그…… 아무래도 원래부터 그 업계에 종사하던 분들이 계셨으니 말입니다. 반발은 어쩔 수 없는 일이었을 겁니다."

"네, 근데 그냥 특수 제작을 하나 요청하면 될 일을 공장까지 짓고 그렇게 일을 크게 벌일 필요가 있었나 싶더라고요."

카리나도 함께 사는 내내 밀라이언의 씀씀이에 대한 호탕한 면을 많이 봐 왔다. 그는 돈을 쉽게 쓰진 않았지만 한번 쓰면 정말 아낌없이 썼다. 아낌없이 주는 나무도 아니고 말이다.

"이유도 물어보셨나요?"

"네, 그이의 말을 그대로 빌려 쓰자면…… '다른 놈들이 만든 장난감을 뭘 믿고 내 새끼 손에 쥐여 줄 수가 있어?'였어요."

"……."

무슨 말을 하든 여태 대답을 잊지 않았던 칼란 신관이 결국 말을 잃었다. 카리나가 살짝 고개를 돌리곤 다시금 한숨을 내쉬었다. 그뿐이면 사실 말도 안 한다.

"음…… 그랬군요."

칼란 신관이 한참 만에 간신히 고개를 끄덕이며 대답했다. 누가 들어도 영혼이라곤 없는 말이었다. 그의 대답은 단순히 의무로 반응하는 쪽에 가까웠다.

"그뿐인 줄 아세요? 사실 세렌이 가장 좋아하는 과일이 사과거든요. 사과를 유독 잘 먹어요."

카리나는 어디 털어놓지 못했던 말을 칼란 신관에게 술술 털어놓기 시작했다. 솔직히 집주인의 욕을 집안 사용인들에게 할 수는 없는 노릇이 아닌가. 그렇다고 페리얼에게 하기엔…….

'페리얼도 밀라이언과 같은 과니까.'

더하면 더했지, 덜하진 않았다. 부자들이 조금 싫어질 것 같다. 신분 높은 귀족에, 권력도 있고 돈도 많은 부자는 자신의 행위가 평범함과는 무척이나 거리가 멀다는 걸 인지하지 못하는 듯했으니까.

팽에게 하기엔 팽은 밀라이언의 행위를 방관하는 쪽이었고 그렇다고 윈스턴에게 하기엔 그의 시간이 없었다. 팽이 윈스턴과의 수다에 맛을 들였는지 윈스턴이 이곳에 방문하면 세렌과 카리나의 정기 검진을 제외하곤 남은 그의 시간을 거의 독점하다시피 했다. 그 덕에 그날만큼은 팽은 말 그대로 칼퇴근했다.

'윈스턴이 워낙 말을 잘 들어 주는 사람이니.'

윈스턴은 사람을 편하게 해 주는 면이 있었다. 무슨 대화든 귀 기울여 주고 함부로 조언하지 않는다. 그가 입을 연다는 것은 반드시 그럴 만한 이유가 있을 때다. 솔직히 나이만 비슷했어도 카리나 역시 그와 조금 더 친한 친구가 되고 싶어 했을 것이다. 윈스턴은 싫어할 수 없는 사람이었으니까.

"네, 사실 세레누스 님을 위해 사과를 준비해 놓긴 했습니다."

칼란 신관이 웃으며 한쪽을 가리켰다. 퍽 질이 좋아 보이는 사과가 바구니 가득 담겨 있었다.

카리나가 어색하게 웃었다. 사과를 얼마나 좋아하는지 이유식도 사과를 으깬 것으로 시작했을 정도였다. 그렇다고 그것만 먹일 수는 없어서 일반 이유식과 사과 으깬 걸 번갈아 가면서 먹이고 있다. 그랬더니 세렌은 아예 맛없는 걸 한 번 먹으면 맛있는 걸 한 번 준다고 생각한 모양인지 불만스러운 얼굴을 하면서도 꼬박꼬박 입을 벌렸다.

"……생각해 주셔서 감사합니다."

"천만에요. 세레누스 님은 무척 밝으신 분입니다. 또한 기운이 선량하고 맑은 것이 신에게 사랑받고 계신 게 분명합니다."

"그거 다행이네요. 행복했으면 좋겠거든요."

"행복하실 겁니다."

단언하듯 말하는 칼란 신관의 말에 카리나가 낮게 웃음을 터뜨렸다. 칼란 신관이 말없이 그 모습을 바라봤다. 그가 기이한 눈빛으로 세렌을 한 번 보더니 옅은 미소를 띤 채 다시 입을 열었다.

"그래서…… 사과에 관한 이야기를 하다가 멈추셨는데 그다음 이야기도 있으신가요?"

"네, 남부에 사과 농장을 샀어요."

"……네?"

"남부에, 사과 농장을, 샀습니다."

카리나가 악센트를 줘 가며 또박또박 말하곤 고개를 푹 숙였다. 사과 농장은 너무하지 않은가. 그것도 밭 하나를 산 게 아니라 아예 그 마을을 독점하듯 사 버렸다. 그중에서 가장 질 좋은 한 상자를 북부로 가장 먼저 받겠다는 이유로!

그러니 팽의 스트레스와 일거리는 나날이 쌓여 가고 그가 윈스턴을 찾는 횟수는 점점 늘어나는 거겠지.

"음…… 사과 농장을요."

"네, 그것도 사과로 제일 유명한 마을에 있는 모든 농장을 사 버렸어요."

"……음."

천하의 칼란 신관도 결국 말을 잃었다. 뭔가 말을 하기 위해 입을 벌렸다가도 다시 닫기를 반복하더니 결국 어색한 웃음을 짓는 것으로 대답을 대신했다.

"……음, 사과로 사업을 해 보시려는 게 분명합니다."

"그렇게 될 수도 있죠. 주된 목적은 가장 질 좋은 사과 한 상자를 제일 먼저 받기 위해서였지만요."

사업이라는 사유가 뭐 100분의 1정도라도 있으면 다행이라고 생각한다. 오죽하면 사과 오래 보관하는 법을 연구하는 연구원을 고용할까 고민하고 있을 정도였다.

한참을 말없이 있던 칼란 신관이 결국 웃음을 터뜨렸다. 손으로 입을 가리고 고개를 돌린 채 푹 숙였으나 어깨가 덜덜 떨리는 것을 숨길 순 없었다.

"……."

"……죄, 크흠. 죄송합니다."

칼란 신관이 애써 입안을 깨물며 고개를 들었다.

"아니에요, 저도 황당했는걸요."

듣는 제삼자의 처지에선 얼마나 황당했겠는가.

카리나가 한숨을 푹 내쉬었다. 앞으로 벌일 일이 더 두렵다. 아이에게 위험하다고 저택 인테리어를 전부 뒤집어엎은 것이나 방음벽을 설치하겠다고 저택을 다 때려 부쉈다가 조립한 것은 이제 장난으로 느껴질 수준이었다. 카리나가 조금 멍한 눈으로 고개를 젖혔다. 약간 아득하기까지 했다.

"다음엔 무슨 일을 벌이실지 조금 기대가 되는군요."

"글쎄요, 확실한 건 세렌의 외모를 전부 죽이기만 하는 옷이 마음에 들지 않는다고 세렌 전용 디자이너를 고용할 것 같다는 거네요."

"이런……."

"그리고 이 모든 게 이번 한 주 동안 일어난 일이라는 사실을 알게 되신다면 더 충격받으실 거예요."

"……."

칼란 신관은 더 이상 당황함을 숨기려고 하지 않았다. 그저 말없이 미소 지을 뿐이다. 카리나가 어깨를 으쓱였다. 다음번에 올 때까지는 또 무슨 일을 벌일지 솔직히 조금 무서웠다.

"다음 주가 기대된다고 솔직하게 말씀드리면 화를 내실 건가요?"

"아뇨, 들어 주시겠다고만 한다면 화를 내진 않을 것 같아요."

"얼마든지 들어 드리겠습니다. 신도에게 신관의 귀는 언제나 활짝 열려 있으니까요."

"그런 것치곤 즐거워 보이시지만요."

카리나가 몇 번째일지 모를 한숨을 또 한 번 내쉬었다.

사락, 뒤에서 들리는 천이 스치는 소리에 그녀가 예민하게 고개를 돌렸다. 아이의 색이 다른 눈동자가 물끄러미 카리나를 바라보고 있었다.

"세렌, 일어났니?"

"마아……."

아이가 칭얼거리는 소리를 내며 팔을 허공에 휘저었다. 안아 달라는 신호에 카리나가 바로 자리에서 일어났다. 카리나가 조심스럽게 세렌을 품에 안자 세렌이 포옥 품에 안겨 온다.

"세레누스 님의 눈동자는 카리나 님의 눈동자를 고스란히 빼다 박은 것 같군요."

"……음, 그런 얘기 많이 들어요."

"최근 유명한 화가 하나가 수도를 떠들썩하게 하는 거 아시나요?"

칼란 신관의 말에 카리나가 고개를 기울였다. 가볍게 아이를 흔들며 등을 토닥여 주자 칭얼거림은 금세 멈췄다. 세렌은 아무리 봐도 다른 아이들보다 조금 어른스러운 듯했다.

"화가요? 어떤 화가요?"

"'카리나'라는 이름의 화가라고 합니다."

"……."

카리나가 뻣뻣하게 굳자 칼란 신관이 예의 온화한 미소를 만면에 띤 채 환하게 웃었다. 카리나는 슬쩍 시선을 내렸다가 다시 고개를 들었다.

"네, 그 화가가 무슨 문제라도?"

"아뇨, 공교롭게도 이 자리에 앉아 있다 보면 이런저런 소문을 듣게 되지요."

"무슨 소문인데요?"

"카리나라는 화가가 예술병을 앓고 있다거나…… 지금 수도에 와 있는 것 같다거나 하는 소문 말입니다."

카리나가 칼란 신관을 가만히 바라봤다. 그다지 적의가 느껴지는 시선은 아니었다. 그저 호기심이라는 건 카리나도 알고 있다. 애초에 별생각 없이 가명을 쓰지 않고 본래의 이름으로 낸 탓도 있으니.

"그게 무슨 문제가 되나요?"

"아뇨, 제가 그 화가의 대단한 팬이라서요. 저도 경매에 참가해서 한 작품 낙찰을 받았거든요."

"아……."

카리나가 세웠던 날을 슬쩍 내려놨다. 괜히 쓸데없는 말을 하지 않을까 걱정했는데 아무래도 그런 건 아닌 모양이다. 그녀가 눈을 데구루루 굴렸다.

"제 짐작이 맞는다면 사인 하나 해 주실 수 있을까요?"

"……."

칼란 신관이 조금 수줍게 웃으며 말했다. 그도 이런 말을 하는 것이 퍽 부끄러운 듯했다. 그리고 그 얼굴을 마주하고 있으니 카리나 그녀도 조금 부끄러워지는 기분이었다.

"카리나 님의 그림은 신의 축복이 내려진 그림이더군요. 아름다웠습니다. 그 붓끝에서 펼쳐지는 기적은 훨씬 더 아름다웠겠지요."

칼란 신관이 자리에서 일어나 벽에 걸린 캔버스를 조심스럽게 꺼내 왔다. 혹여나 흠집이 생기거나 색이 바래지 않도록 유리 상자 같은 곳에 보관해 둔 것을 보며 그가 정말 그림을 좋아하는구나 싶은 생각이 들었다.

조금 부끄러워지는 기분에 카리나가 볼을 붉적였다. 그도 그럴 것이 칼란 신관이 가져온 그림은 자신이 아직 예술병을 앓고 있던 때 그렸던 초창기의 그림이었다.

"누군가가 구매한 그림을 이렇게 보는 건 처음이네요."

"어딘가 전시라도 해 놓고 싶은데, 솔직히 문제가 생길까 봐 무섭네요. 이런 그림은 두 번 다시 탄생하지 않을 테니까요."

카리나가 놀란 눈으로 고개를 들자 칼란 신관이 말없이 미소 지었다. 그가 유리 상자에서 캔버스를 조심스럽게 꺼냈다. 그 손길이 어찌나 조심스러운지 모른다.

"하지만 유리 상자에 보관해 두기보단 그냥 전시해 두는 편이 좋을 거예요. 그편이 그림의 본래 아름다움을 느끼기 좋거든요."

시간이 흘러 색이 조금 바래더라도 그건 그것 나름의 아름다움이 있을 것이다. 그 모든 것을 계산했다곤 할 수 없지만 그럴 것이라는 자신감은 분명히 있었다.

"그렇군요, 참고하겠습니다. 그래서 사인은 해 주시는 걸까요?"

"칼란 신관께서 괜찮으시다고 하면요."

"영광입니다."

카리나가 그가 준 펜으로 캔버스 가장 아랫부분에 그리 크지 않은 사인을 했다. 칼란 신관이 무척 밝은 표정으로 그것을 가만히 들여다봤다.

"그러고 보니 카리나 님께선 그림에 흔적을 남기지 않으시더군요."

"아, 생각은 했었는데…… 아무래도 그림을 망치는 것 같아서요."

그래서 일부러 남기지 않았다. 온전히 그림만을 즐겨야 할 때 갑작스럽게 화가라는 존재가 튀어나오지 않기를 바랐으니까.

"그럼 제가 카리나 님의 사인을 받은 유일한 구매자겠군요."

"그렇게 되네요."

카리나가 웃음기를 머금은 채 고개를 끄덕였다. 칼란 신관은 그녀의 말을 따르기라도 하듯 그림을 유리 상자에 넣지 않고 빈 의자에 올려놓곤 다시 카리나의 맞은편에 앉았다.

"저 그림은 대단한 신력을 품고 있습니다."

"……신력이요?"

"예술의 기적이라는 것 자체가 신이 내리는 축복이 아닙니까. 기적은 많이 봐 왔지만, 사실 저렇게까지 신력이 담긴 물건은 처음입니다."

아슬아슬할 때까지 그림을 그리고 손을 놨다. 만약 붓질 하나하나에 신력이라는 것이 담겨 있다면 그의 말이 맞겠지. 터지기 일보 직전일 것이다.

"그리고 세레누스 님을 감싼 신력도 제게는 보입니다."

"……그렇겠죠."

세렌은 정말 특별한 존재였으니까. 아이는 무려 마력과 신력이 어우러져 태어났다. 그 탓에 드래곤의 예민함까지 물려받기는 했지만, 그래도 지금은 제법 편해 보여서 다행이었다.

"사랑스러우신 분입니다."

"……고마워요."

칼란 신관은 어쩐지 경외에 가득 찬 시선으로 세렌을 바라보고 있었다. 그의 시선에서 세렌이 어떻게 보이는지 의아할 정도다.

"세렌도 일어났으니 저도 이만 가 봐야겠어요."

"네, 세레누스 님과 카리나 님께 언제나 축복이 가득하기를."

칼란 신관이 옅은 빛을 품은 손가락 끝을 세렌의 이마에 경건하게 가져다 댔다. 세렌의 표정이 확 밝아지더니 까르르 웃으며 칼란 신관의 손가락을 냉큼 붙잡았다.

"조심히 들어가십시오, 세레누스 님."

칼란 신관의 인사에 세렌의 눈이 동그랗게 뜨였다. 그러곤 순순히 칼란 신관의 손을 놓았다. 카리나가 그 신기한 모습을 가만히 바라봤다.

"입구까지 모셔다 드리겠습니다."

"네, 감사하죠."

칼란 신관과 신전 내 마차 정류소에 가니 기사 둘이 대기하는 것이 보였다.

"조심히 들어가십시오."

"네, 다음에 뵈어요."

칼란 신관이 빙긋 미소 지으며 고개를 살짝 숙이는 것으로 인사를 대신했다. 멀어지는 마차를 보며 칼란 신관이 느릿하게 몸을 돌렸다. 손에 닿았던 온기가 퍽 따뜻하다.

"칼란 추기경 각하, 접견이 끝나셨다면 제발 밀린 일 처리를 좀 부탁드리겠습니다."

"그래야지요."

칼란 디움 추기경이 퍽 기분 좋아 보이는 표정으로 고개를 끄덕였다. 그를 보좌하는 상급 신관의 표정이 미묘해졌다.

"기분이 좋아 보이시는군요. 세레누스 님 때문입니까? 아니면 카리나 님?"

"둘 다입니다. 세레누스 님의 예민함에는 늘 경탄하지만, 카리나 님도 재밌는 걸 품고 계시더군요."

스스로의 신력을 막고 죽음을 미룬 듯했다. 그 근원에 있는 것이 무엇일지 궁금했다. 가설을 몇 가지 세우는 건 어렵지 않았다. 아마 신력과 상반되는 마력 쪽에 가까운 힘일 것이다.

"세레누스 님께서 신전에 들어와 주시면 좋을 텐데요."

"그럴 일은 없을 겁니다. 페스텔리오 공작은 제 것에 손을 뻗는 신경에 거슬리는 상대는 누구든, 설령 황실이라도 용서하지 않을 테니."

아이는 자라면서 더욱 거대한 힘을 품게 될 것이다. 어차피 필연적으로 그의 도움이 필요하리라. 굳이 조급해할 필요는 없었다. 마력이 아이의 몸 안에 똬리를 틀고 있는 거대한 신력을 억누르고 있지만 그뿐이다. 일주일에 한 번, 칼란 디움은 꾸준히 터져 나오려는 아이의 신력을 눌러 주었다.

"그리고 그 두 사람에겐 별로 미움받고 싶지도 않습니다."

상대가 품고 있는 호의를 굳이 적의로 바꿀 마음은 없었다. 욕심이 나지 않는 것은 아니지만 건드려도 될 것이 있고 안 될 것이 있다. 페스텔리오 공작은 건드려선 안 되는 쪽이다.

"다만, 누가 이쪽으로 오는 편이 좋다는 조언을 했는지는 조금 궁금하군요."

그냥 알았을 리는 없다. 처음 만났을 때 카리나 님도 분명히 그렇게 말했었다. 아이의 대부가 조언해서 오게 되었다고. 그 상대가 누구인지 조금 궁금해졌다.

칼란 디움이 카리나와 세레누스를 만나게 된 것은 단순한 호기심 때문이었다. 페스텔리오 공작가에서 제법 큰 기부금을 냈기에 그 이유가 궁금해서 일반 신관인 척 슬쩍 나와 본 것뿐이었다.

그때 처음 본 세레누스는 오는 내내 주변의 소음에 퍽 괴로웠던지 표정도 좋지 않았다. 그런 아이를 달래는 카리나의 얼굴은 어쩔 줄 몰라 보였다. 그나마 아이는 카리나의 품에서만큼은 제법 편안해 보였지만.

아이의 주변을 어지럽히는 소음은 아이의 예민한 감각으로 인해 발생한 문제였다. 신력으로 인한 몸의 과부하의 일종으로 마력의 부작용이라고 봐도 옳겠지.

"알아보시면 되지 않습니까?"

"페스텔리오 공작가는 정보 쪽으론 너무 철저해서. 게다가 그 옆엔 칼로스 공작도 있으니까요."

알아봤다가 꼬리라도 잡히면 곤란해진다. 손을 댈 수 없는 것은 손을 대지 않는 편이 좋다.

칼란 디움이 오늘 받았던 사인을 떠올리며 미소 지었다. 그 그림을 보는 순간, 칼란 디움은 그림에 순식간에 반해 버렸다. 응축된 거대한 신력이 그림 안에서 나갈 때만을 기다리며 똬리를 틀고 있었다. 그 아름다움이 절로 시선을 사로잡았다. 제법 많은 돈이 들었지만 사지 않았으면 도리어 후회할 뻔했다. 그 신력이 터져 나오는 순간을 보지 못한 것이 그저 아쉬울 뿐이다. 억지로 터뜨려 보라면 터뜨릴 순 있지만 또 굳이 그러고 싶지 않다. 그 기적이 눈앞에서 펼쳐질지도 의문이었으니.

"아이에 대해 눈치채면 욕심내는 이들도 많을 겁니다."

"특별하신 분이니까요."

"일거리가 많나요?"

"아침부터 접견을 핑계로 일을 전부 미뤄 둔 것을 말씀하시는 거라면 충분히 많습니다."

타박하는 듯한 그 목소리에 칼란 디움이 어깨를 으쓱였다. 기대되는 것은 어쩔 수 없지 않은가. 설마 페스텔리오 공작의 팔불출이 그 정도일 줄은 예상하지 못했지만.

"그러고 보니 세레누스 님의 생일이 곧이군요. 선물을 준비해야겠습니다."

기왕이면 그것이 그 대부라는 인물을 끌어낼 수 있는 계기가 된다면 좋겠다. 칼란 디움이 한숨을 푹 내쉬며 제 집무실로 걸어 들어갔다.

"교황 성하께선?"

"오늘은 온종일 기도만 드리고 계십니다."

"그렇군. 저번처럼 너무 굶지 않으시도록 해."

"네."

신전은 결코 정치에 개입하지 않는다. 감히 황실의 권위를 넘보지도 않고 서로의 선을 지켰다. 그것이 그들이 나름의 결정권을 유지하며 교황이라는 직위를 가지고 있을 수 있는 이유였다. 사실 역대 교황이 전부 그런 복잡한 걸 귀찮아했기 때문일지도 모르겠지만. 권력에 욕심이 없는 것은 여러모로 좋은 법이지.

"서류는 이쪽을 처리하시면 됩니다. 그리고 황실에서도 문서가 몇 개 내려왔습니다. 협조 요청 같았습니다만."

"협조 요청?"

"불순한 종자들이 최근 제국을 어지럽히고 있는 것 같으니 황실에서 열릴 연회에 참석해 달라고 합니다."

칼란 디움의 표정이 기묘해졌다. 그가 안경을 꺼내던 손을 들어 흘러내린 앞머리를 쓸어 넘기곤 의자에 몸을 기댔다. 그가 낮은 한숨을 내쉬었다.

"예의 그 이교도 건입니까?"

"네."

"당장 결정하고 싶은 문제는 아니군요. 그 건은 마지막으로 미루겠습니다. 다른 것부터 처리하죠."

"네, 알겠습니다."

칼란 디움이 안경을 걸치고 가까이 있는 서류를 집었다. 그의 시선이 빠르게 서류를 읽어 내려가기 시작했다.

"어, 황성 파티요? 제가요?"

"그래, 뭔진 모르겠지만 수도에 있는 제국의 전 귀족이 참석하라는 황명이야."

"흔하지 않네요, 황명까지 내려오다니."

깊은 한숨을 내쉰 밀라이언이 어리광을 부리듯 카리나의 품에 안겨 들었다. 카리나의 작은 몸에 안긴 커다란 덩치가 퍽 어린아이처럼 느껴졌다.

"빠아!"

"그나저나 오늘은 세렌의 기분이 좋아 보이는군."

밀라이언이 세렌의 볼을 검지로 살살 쓰다듬으며 말했다. 까르르 웃음을 터뜨리는 아이가 냉큼 밀라이언의 손을 붙잡았다. 배시시 웃는 아이의 표정에 밀라이언의 입가엔 절로 미소가 떠올랐다.

"그래서…… 저도 가야 할까요?"

"일단, 그대도 공작 부인으로서 귀족이니까. 하지만 내키지 않는다면 가지 않아도 돼. 어떻게든 해 볼 테니."

"예전부터 말했지만, 밀라이언을 곤란하게 만드는 일은 싫어요."

카리나의 말에 밀라이언의 입술이 딱 달라붙었다. 괜찮다는 말을 한 번 더 하지 않는 걸 보니 아마 그로서도 여러모로 껄끄러운 황명이리라.

"가면무도회도 아닌데 가면 쓰고 가면 이상하겠죠……?"

"……가면은 좀."

밀라이언이 웃음기를 머금으며 고개를 저었다. 그가 손을 뻗어 카리나의 볼을 쓰다듬곤 이마에 조심스럽게 입을 맞췄다.

"베일이라면 괜찮겠지만."

"……."

베일이랑 가면이랑 뭐가 다르지? 베일보단 차라리 가면이 조금 더 낫지 않을까? 이런저런 고민을 하는 카리나의 눈이 가느스름해졌다. 그녀가 결국 묘한 표정으로 밀라이언을 바라봤다.

"그건 괜찮은 거예요?"

"솔직히 다른 귀족들에게 그대를 보여 주고 싶지 않거든."

"어째서요?"

"그대가 내켜 하지 않는 인간도 분명히 섞여 있을 테니까."

밀라이언이 카리나의 목덜미에 가볍게 입을 맞췄다. 간지럽다는 듯 카리나가 웃음을 터뜨리며 밀라이언의 머리카락을 쓰다듬었다.

"그래서 사과 농장을 산 건 어때요?"

"아직도 그거 가지고 뭐라고 할 건 아니지……?"

밀라이언이 지친 표정으로 말했다. 세렌이 사과를 좋아한다는 팽의 말에 생각도 없이 사과 농장을 구매한다고 결정해 버렸다. 그 이후 경악하는 카리나에게 잔뜩 혼이 났다.

'물론 화난 모습도 사랑스럽지만.'

말했다간 분명히 한층 더 화를 낼 것이다. 밀라이언이 최대한 울적하고 우울한 표정을 하며 그녀의 어깨에 이마를 묻었다. 밀라이언이 약한 척한다는 것을 뻔히 알면서도 카리나는 결국 입을 딱 다물었다.

"벌써 1년 반이 지난 거 알아, 카리나?"

"네."

"난 말이야, 지금이 무척 꿈만 같아. 긴 꿈을 꾸고 있는 듯해. 이 시간이 영원할 것만 같거든."

밀라이언이 그녀를 제 허벅지에 앉히며 말했다. 꽉 끌어안자 부드러운 살결과 함께 온기가 물씬 느껴졌다. 언제까지나 그녀가 곁에 있을 것 같고 언제까지나 이 시간이 계속될 것만 같다.

"가끔은 당신이 아프다는 게 믿기지 않아. 그날 이후로 당신은 더는 발작에도 시달리지 않고 아프지도 않으니까."

"……응, 그러게요."

카리나가 나직하게 대답하며 팔을 뻗어 밀라이언을 마주 안았다. 밀라이언이 나직한 한숨을 내쉬었다. 어느새 제법 중심을 잘 잡게 된 세렌은 침대에 앉은 채 물끄러미 두 사람을 바라보고 있었다.

"요즘은 어때, 카리나?"

카리나가 고개를 들어 밀라이언의 시선을 마주했다. 미소를 짓고 있는 입술은 여전했지만 눈만큼은 안타까움이 흐릿하게 번져 있었다.

"여전히 죽음이 눈앞에 있는 것 같아?"

"밀라이언, 밀……."

카리나가 밀라이언의 얼굴을 양손으로 부드럽게 붙잡았다. 밀라이언이 얼굴을 일그러뜨리며 주먹을 꽉 쥐었다. 곧이라도 울 것처럼 일그러진 그 표정에 카리나는 그저 미소 지었다.

"난 죽음을 보고 있지 않아요. 내가 지금 보고 있는 건 세렌이랑 당신이야."

"……."

"미래의 일을 걱정하며 두려워하고 눈물짓고 살기엔 내게 주어진 시간이 너무 짧아요."

카리나는 담담하게 입을 열었다. 밀라이언은 언제고 불안한 얼굴을 한다. 조금이라도 멀리 나가려고 하면 다시는 돌아오지 못할 사람을 보는 것처럼 과하게 걱정했다.

"당신과 함께할 수 있는 이 시간이, 세렌을 품에 안을 수 있는 지금이 내 현재이자 미래예요."

"그렇지……."

"죽음은 언젠가 필연적으로 내 앞에 다가오겠지만 우리 이미 각오했잖아요. 우린 이미…… 죽을 것 같은 아픔을 한 번 더 밟기로 약속했잖아요."

함께 생각해서 결정한 미래다. 떠나야 할 사람을 품에 안고 있는 것이 얼마나 그에게 괴로운 일이 될지 짐작도 가지 않는다. 떠나고 싶지 않다고 울부짖는 것으로 떠나지 않을 수 있다면 이미 그랬을 것이다.

"우리 그 일은 그만 생각해요. 자꾸 떠올려서 스스로를 몰아붙이지 말아요. 나는…… 이제 괜찮아요."

어차피 끝을 봤었다. 죽음을 맞이했었고 다시 돌아왔다. 그때 마음의 준비는 모두 끝냈으니 이제 남은 건 이 삶을 즐기는 일뿐이다. 세렌이 자라 갈 모습을 보는 것이 그녀에게 주어진 마지막 삶이었다.

"내가 남은 시간 동안 세렌에게 모든 걸 전해 줄 수 있을진 모르겠지만…… 부족한 건 당신이 분명 채워 줄 테니 괜찮아요."

카리나가 밀라이언의 허벅지에 앉은 채 그대로 그의 입술에 입을 맞췄다. 맞물리는 입술에 밀라이언이 천천히 눈을 깜빡이곤 조심스럽게 혀를 얽었다. 밀고 들어오는 혀를 순순히 받아들이며 카리나가 그를 힘껏 끌어안는다.

망설이듯 입술을 잘근잘근 씹던 밀라이언이 이윽고 다정하게 입안을 어루만지듯 혀로 핥고 흘러내리는 타액을 핥았다. 버거워지는 숨에 카리나의 혀가 후다닥 뒤로 물러나자, 밀라이언이 그것을 쫓아 단단하게 옭아맸다. 조금 혀뿌리가 아릴 정도로 힘주어 빨아 당기자 카리나의 팔이 절로 밀라이언의 목을 휘감았다. 제 영역까지 끌어당긴 카리나의 혀를 그가 깊게 빨아들였다.

카리나가 결국 밀라이언의 어깨를 꽉 쥐자 그제야 그가 조심스럽게 그녀에게서 떨어졌다. 아쉽다는 듯 입맛을 다시는 그를 보며 카리나가 밭은 숨을 내쉬었다.

"하아……."

벌어진 입술 사이로 뜨겁게 달뜬 목소리가 흘러나왔다. 오랜만의 진한 입맞춤에 밀라이언의 목울대가 크게 일렁거렸다. 빨갛게 짙어져 도톰하게 부풀어 오른 그녀의 입술은 먹음직스럽기 그지없었다. 뚝뚝 떨어지는 욕망과 탐욕이 넘치는 눈으로 그녀의 입술을 바라보던 밀라이언이 아쉬운 듯 그녀의 입술을 혀로 두어 번 핥곤 천천히 물러났다.

"카리나, 오늘 괜찮으면 밤에……."

"마아!"

어느새 세렌이 카리나의 무릎에 손을 얹고 빢빢 목소리를 높였다. 붉게 상기된 표정으로 서로를 바라보고 있던 카리나와 밀라이언의 표정이 동시에 낭패감으로 물들었다.

"……."

"……."

"빠아!"

두 사람이 말없이 서로를 바라보더니 이윽고 입을 다물었다. 카리나가 손부채질로 달아오른 얼굴을 식히더니 이윽고 아무 일 없었다는 듯 아이를 품에 안았다.

"……다음 기회군."

"미안해요."

"아니, 세렌이 우리만 붙어 있으니 외로웠던 모양이야."

밀라이언이 조심스럽게 아이의 볼을 쓰다듬으며 말했다. 그러면서도 아쉬움이 뚝뚝 떨어지는 눈으로 그녀의 부푼 입술을 바라봤지만 더는 입을 맞추려고 들지 않았다.

"근데 그 황성 연회 세렌도 가야 해요?"

"……일단은 성별과 나이 불문 수도에 거주하는 귀족 전원 집합이었어.”

“……그것참 묘하네요.”

카리나가 고개를 기울였다. 그러자 품에 안겨 있던 세렌도 카리나의 모양새를 빤히 바라보더니 그녀를 따라 고개를 툭 옆으로 기울였다. 그 사랑스럽기 짝이 없는 풍경에 밀라이언의 입술이 절로 호선을 그렸다.

“이유는 알아요?”

“음. 최근 이교도들이 여기저기에서 포교 활동을 펼치고 있는 모양이야. 새로운 신을 칭송하는 모임이라고 하는데…… 그 세력이 제법 커졌나 봐.”

밀라이언의 말에 카리나가 미간을 좁혔다. 그가 이렇게 말을 하는 것을 보니 제법 심각한 일인 듯했다. 제국은 유일신을 믿는 나라였으며, 신 바로 아래에 존재하는 것이 바로 황제였다. 신의 계시를 받아 세상에 전하는 것은 신전이지만, 그것을 직접 집행하는 것은 황제의 권한이었다. 그러니 제국에 또 다른 신이 있어선 안 됐다.

“스스로를 세상에 강림한 신의 그릇이라고 칭하는 존재가 있는 모양이야.”

“……그래요?”

카리나가 퍽 떨떠름한 눈을 했다. 아무리 생각해도 그냥 웃어넘기고 싶을 정도로 유치한 이야기다. 세상에 강림한 신의 그릇이라니……. 차마 웃기도 힘든 내용이다.

“응, 거절하기가 좀 그런 게…….”

밀라이언이 한숨을 내쉬었다.

웬만한 일이라면 사실 황명이고 뭐고 가볍게 쳐 내고 무시했을 것이다. 카리나와 세렌을 위해서라면 다소 압박을 받더라도 그럴 마음이 얼마든지 있었다.

"그런데 문제가 생겼군요?"

눈치 빠른 카리나의 말에 밀라이언이 고개를 끄덕였다.

"그 이교도들이 제국을 지켜 주던 신이 노했으니 이제는 세상을 지켜 줄 새로운 신이 필요하다며…… 북부를 걸고넘어졌어."

"북부는 왜요?"

"어느 날 갑자기 산맥이 사라진 것과 거대한 괴물이 북부 상공에 떠오른 일, 그리고 북부가 안고 있는 수많은 마수는 신이 분노하고 있다는 징조라더군."

인상을 쓴 밀라이언이 어깨를 으쓱이며 자신도 황당하다는 듯 말했다. 그의 말에 카리나가 입을 다물었다. 완전히 할 말을 잃어버렸다. 물론 드래곤과 같은 이야기는 완전히 비밀로 해 둔 상황이니 이런저런 소문이 퍼져도 어쩔 수 없다고는 생각했지만…….

"머지않아 그 신의 분노는 북부에서부터 점점 번져 갈 것이며 북부의 수문장인 페스텔리오 공작조차 그 분노의 철퇴에서 벗어나지 못할 거라고."

"……네에?"

말하는 밀라이언의 목소리에도 헛웃음이 섞여 있었다. 물론 전해 듣는 카리나도 황당하기 그지없었다. 처음 그런 소문을 들었을 때 밀라이언도 가벼운 사안이라고 생각했다. 헛웃음도 치지 못하고 치우라고 했을 정도로. 아마도 같은 맥락으로 처음에는 황성도 그것을 가벼이 넘겼었겠지.

그런데 한 달도 채 되지 않아 다시 들려온 허무맹랑한 소문은 생각보다 더 많은 사람에게 스며들어 그 부피를 키우고 있었다.

"그리고 그 신으로부터 세상을 지키기 위해 '살루타리스'께서 강림하셨대. 세상을 병들게 하는 온갖 질병과 악을 몰아내기 위해 왔다더군."

"아니, 그 허무맹랑한 걸 믿는 사람이 있어요?"

그냥 듣기만 해도 코웃음이 쳐지는 내용이 아닌가. 애초에 믿기에 허술하기 짝이 없기도 했다. 심지어 신의 이름은 오만하기 짝이 없다. '구원자'라는 단어를 고대어로 고스란히 옮겨 두었다.

"제법 추종자가 생겼어. 황제의 비호 아래에 있는 수도에도 불온한 움직임이 감지될 정도로."

"이유가 있겠죠?"

"놀랍게도 아주 때마침 난생처음 보는 전염병이 생겼고 '살루타리스'의 추종자들이 각지의 마을을 돌아다니며 그 병을 순식간에 치료했지."

밀라이언의 짜증이 그득 담긴 목소리에 카리나가 쓰게 웃었다. 그녀가 제 무릎에 세렌을 앉힌 채 그의 등을 쓰다듬었다. 밀라이언이 긴 한숨을 내쉬며 그녀의 어깨에 이마를 묻었다.

수도로 와서 갑작스럽게 일이 늘어 여러모로 머리 아파하고 있던 찰나였다. 황실에서는 오랜만에 올라온 공작을 부려먹기 위해 혈안이 되었고 밀라이언은 이 자리에 앉아 북부의 안건까지 처리해야 했다. 덕분에 그녀와 세렌과 함께하는 시간도 그만큼 줄어들었다. 그것이 밀라이언을 무척 짜증 나게 했다. 그런데 때마침 한층 더 머리 아픈 놈들이 그의 신경을 살살 긁어 댔다.

'전부 죽여 버리고 싶군.'

황제도 이교도들도 제 신경을 거스르는 귀족들도 전부 베어 버리고 싶었다. 그렇게 되면 조용해진 세계에서 그가 사랑하는 이들과 그녀의 시간이 다할 때까지…….

"밀라이언, 괜찮아요?"

귓가를 두드리는 다정한 목소리에 밀라이언이 고개를 끄덕이며 그녀의 목덜미에 입을 맞췄다. 어깨에 얼굴을 묻고 숨을 깊게 들이쉬자 흥분하려던 감정이 천천히 가라앉았다.

'최근 좀 멀어지긴 했지.'

토벌도 하지 않고 마수 사냥도 가지 않았다. 그녀와 밤일을 할 수 있는 것도 아니니 여러모로 쌓인 게 많다는 생각이 들긴 했다.

"응, 괜찮아."

적당한 놈이 하나 걸리면 딱 좋을 텐데. 밀라이언의 붉은 눈동자가 위험스럽게 빛났다. 그가 눈을 한 차례 깜빡이자 넘실거리던 살기가 순식간에 자취를 감췄다. 그가 그녀의 볼에 입을 맞추며 숙였던 고개를 들었다.

"……그런 일이 있었어요? 많이 힘들었겠네요. 미안해요, 제대로 얘기를 들어 줬으면 좋았을 텐데."

"전혀. 그대는 웬만해선 저택에서 잘 나가지 않으니까. 그리고 그대에게 걱정을 끼치는 건 사양이야."

애초에 그런 쓸모없는 정보가 그녀의 귀로 들어가지 않도록 필사적으로 그녀의 눈과 귀를 가리고 있는 것이 바로 밀라이언 본인이었다. 아무것도 몰랐다면 그거야말로 다행인 일이다. 이번 황제의 강압적인 명령만 아니었다면 그녀에게 이런 정보를 털어놓을 일도 없었으리라. 그렇기에 그는 더욱 이 상황이 내키지 않았다.

"아무리 그래도 그걸로 그 허무맹랑한 추종자가 늘었다는 건 조금……. 제가 몰랐다는 건 수도에는 그 병이 퍼지지 않았다는 거잖아요.”

“그렇지. 하지만 그자가 손을 대면 어떤 병이라도 다 낫는다더군. 그걸 직접 목격한 사람도 있어.”

“아…….”

“인간은 언제나 삶을 원하니까. 생명과 직결된 일에 사람은 너무나도 무르고 약해지지.”

그의 말에 카리나의 입가에 미소가 잠시 맺혔다가 사라졌다. 처연하기 짝이 없는 웃음을 물끄러미 보던 그가 입을 열었다.

“만약 정말 그가 불치병이라도 치료한다면…….”

밀라이언이 느릿하게 숨을 들이켰다.

‘내가 먼저 그의 추종자가 되겠군.’

생각을 삼키며 그가 말없이 그녀의 입술에 다시금 입을 맞췄다. 꺼낼 수 없는 말이고 꺼내서도 안 되는 말이다. 둘 다 이다음에 나올 얘기를 알고 있으나 누구도 말하지 않았다.

“아무리 그래도 도대체 왜 귀족을 소집하는 거예요?”

“경고인 듯해. 귀족 내에도 추종자가 생긴 모양이라서.”

“귀족 내라니……. 그건 좀 심각한데요.”

“사람을 살리는 힘이란 참 놀랍지. 페리얼이 그 힘을 가지고도 욕심을 부리지 않은 게 신기할 정도야.”

거기까지 말한 밀라이언이 피곤한 듯 미간을 엄지로 슥슥 문질렀다. 그러고는 냉큼 그녀의 품에서 세렌을 안아 입을 맞추곤 전용 침대에 아이를 눕혔다.

“잘 자, 세렌.”

"빠아!"

피곤했는지 칭얼거림 없이 아이는 손을 허공에 몇 번 휘젓다가 조용히 눈을 감았다. 밀라이언의 말을 알아듣기라도 한 듯이.

"이야기는 여기까지야."

밀라이언이 카리나를 품에 안으며 냉큼 몸을 눕혔다. 절로 기울어진 몸에 결국 그녀가 웃음을 터뜨렸다.

"연회에 가도 길게 있지 마. 대충 가서 눈에 띄지 않게 있다가 한 시간 만에 돌아와도 돼. 호위로 고레든을 붙여 주지."

"고레든까지요?"

밀라이언이 말없이 카리나를 바라봤다. 말은 없지만 타박이 느껴지는 시선에 카리나가 냉큼 고개를 끄덕였다.

"알겠어요. 근데, 혹시 밀라이언이 곤란한 상황인 건 아니죠? 그쪽이 밀라이언을 걸고넘어져서……."

"문제가 있으면 페리얼 칼로스도 도와줄 테니 괜찮아."

북부의 드문 실책에 귀족들이 이때다 싶어 하이에나처럼 몰려들어 물어뜯으려는 것만 제외한다면. 하지만 그는 굳이 그 사실을 그녀에게 말하지 않았다. 신경 쓰이게 하고 싶지도 않았고 어차피 제가 떨어뜨리려고 한다면 손쉽게 떨어질 이들이었으니까.

"어쩐지 기분이 영 좋지 않네요."

"걱정하지 마. 그대는 내가 지켜. 세렌도 마찬가지고. 두 사람이 다치는 일은 없을 거야."

밀라이언의 목소리에 카리나가 그의 품에 안긴 채로 고개를 끄덕였다. 그에게 마음을 준 뒤로 그의 말을 의심해 본 적은 없다. 그런데도 기묘한 불안감이 자꾸만 발목을 붙잡는 느낌을 지울 수가 없었다.

"그래도 조심해요."

"물론."

"잘 자요, 밀라이언."

"그대도 잘 자."

밀라이언의 나직한 목소리에 카리나가 천천히 눈을 감았다. 이제는 익숙해진 옆을 데우는 온기에 둘러싸인 채 그녀는 천천히 잠에 빠져들었다.

"……카리나 님과 세레누스 님이요?"

"네, 이번에 황성 연회에 참가하는 모양입니다."

"갑자기 왜…….."

보고 사이에 끼어 있는 익숙한 이름에 반문하며 미간을 좁힌 칼란 디움이 상급 신관을 바라봤다. 상급 신관의 입이 다시 열렸다.

"황실에서 현재 수도에 있는 모든 귀족에게 소집령을 걸었습니다. 아무래도 이교도 건은 생각보다 사태가 심각한 것 같습니다."

"……그래서 카리나 님이랑 세레누스 님도."

그가 낮게 한숨을 뱉었다. 그 '새로운 신'을 자처하는 이가 정말 신력이 없는 사기꾼이라면 다행이다. 그러나 그렇지 않다면 조금 곤란했다. 카리나와 세레누스 모두 강력한 신력을 타고났으니까. 나쁜 의미로 눈에 띄기라도 한다면 여러모로 이교도들의 표적이 되기에 딱 좋은 이들이었다. 페스텔리오 공작은 보이지 않는 호위까지 그녀의 곁에 두었지 않은가.

칼란 디움이 끼고 있던 안경을 벗으며 의자에 몸을 깊게 묻었다.

"황실에서 들어온 협조 요청, 받아들이겠다고 회신하십시오."

"네, 그렇게 전하겠습니다."

"그리고 이교도 건에 대해서 정리한 서류를 가져오십시오."

"알겠습니다!"

상급 신관이 나가자 칼란 디움이 짜증스럽게 얼굴을 일그러뜨렸다. 평소엔 눈엣가시로 보면서 이렇게 필요할 때만 찾아 대는 것이 영 신경을 거슬렀다.

"황실이고 뭐고 정말 짜증이 나는군요."

카리나와 세레누스가 아니었다면 칼란 디움 역시 적당한 시일을 두고 황성에 거절 답신을 보냈을 것이다. 그들의 이중성은 그가 가장 싫어하는 것이었으니까.

"교황을 어떻게 끌어내느냐가 문제겠군요."

죽어도 이런 일을 하기 싫어하는, 그 귀차니즘으로 온몸이 가득 찬 인간을 연회장까지 끌고 가는 것이 칼란 디움, 추기경인 그의 주요 업무였다. 다시 생각해도 추기경이라는 자리는 정말 귀찮기 짝이 없었다.

"교황 성하."

"싫어, 안 갈 거니까 나가렴."

새하얀 기도실로 들어서는 것과 동시에 들린 축객령에 칼란 디움이 한숨을 내쉬었다. 대충 교황이 어떤 식으로 나올지 알고 있었지만 눈앞에서 마주하는 것은 역시 피곤을 불러왔다.

"황실의 요청입니다."

"네가 늘 잘 쳐 냈잖니. 내가 그런 하찮은 놀음까지 참가해야겠어?"

"사정이 좀 있습니다."

돌려 말하기보단 직설적으로 입을 여는 칼란 디움의 말에 조각상 앞에서 무릎을 꿇고 손을 모으고 있던 교황이 그제야 고개를 돌렸다.

꿀을 발라 놓은 듯 반짝거리는 황금색 머리카락이 허리께에서 흔들렸다. 느슨하게 하나로 묶은 덕에 앞머리고 옆머리고 삐죽삐죽 튀어나왔다. 한 점의 더러움도 허용하지 않을 것 같은 새하얀 옷을 입고 있으나 눈빛만큼은 암울하고 어둡기 그지없었다. 교황의 황금빛 눈동자에 잠시 짜증이 스몄다가 사라졌다.

"예의 그 규격 외의 건이구나?"

"네, 카리나 님과 세레누스 님도 강제로 참석하게 된 모양이라서."

"이교도가 손을 뻗칠 걸 걱정하고 있네."

교황이 무릎을 꿇었던 몸을 다리 힘만으로 가볍게 일켰다. 정확히는 일으키려고 했다. 현기증이라도 인 것인지 가느다란 몸이 크게 휘청거렸다. 칼란 디움이 서둘러 다가가 그녀의 허리를 붙잡아 부축했다.

"식사는 언제 하셨습니까?"

"으음……."

대답하지 않는 교황의 모습에 칼란 디움의 눈동자가 느리게 기도실 안을 훑었다. 음식이 거의 그대로 손을 댄 흔적도 없이 구석에 박혀 있었다. 칼란 디움이 그녀를 기도실에 있는 긴 나무 의자에 앉혔다. 교황이 피곤하다는 듯 몸을 기대며 한숨을 푹 내쉬었다.

"교황 성하."

"아……. 잔소리는 사양이구나, 칼란. 정말 귀엽지 못하네. 옛날엔 이런 애가 아니었는데."

"그쪽 때문에 제가 변한 걸 좀 깨달으십시오. 어쨌든 싫으시더라도 부탁드리겠습니다."

"으음……. 내 소중한 아이가 부탁하니 들어는 주고 싶다만……."

의미심장하게 말을 끌며 교황이 등받이에 팔을 걸친 채 앞에 선 칼란 디움을 바라봤다. 옷차림 하나에도 감히 흠잡을 곳이 없었다. 눈을 가늘게 뜬 교황이 이윽고 방긋 웃으며 손을 뻗어 칼란 디움의 멱살을 붙잡고 제 쪽으로 잡아끌었다.

"잠……!"

자연히 칼란 디움의 허리가 숙어졌다. 옅은 남색 머리카락이 흘러내려 이리저리 흩어졌다. 그의 눈이 살짝 찌푸려졌다. 팔을 뻗어 넘어지지 않도록 의자 등받이를 붙잡은 그가 불만스럽게 교황을 바라봤다.

"하지만 분명히 가르쳐 줬잖니, 칼란. 부탁할 땐 어떻게 해야 한다고?"

"……하아."

칼란 디움이 낮게 한숨을 내쉬며 생글생글 웃고 있는 교황을 내려다봤다. 원하는 대로 해 주면 부탁을 들어주겠지만 그러지 않으면 또 심술을 부리겠다는 뜻이다.

그가 그대로 조금 더 몸을 숙여 고개를 살짝 비튼 채 그녀의 입술에 입을 맞췄다. 그녀의 닫힌 입술 사이를 가르며 그가 천천히 제 혀를 밀어 넣었다. 가볍게 안을 훑으며 그녀의 혀를 옭아매고 제 쪽으로 빨아들인 칼란 디움이 느릿하게 그녀의 것을 놓았다.

길지 않은 짧은 키스 끝에 교황의 아랫입술을 살짝 문 칼란 디움이 물러나며 숙였던 몸을 살짝 세웠다. 시선을 내리자 그녀가 퍽 짓궂은 표정을 하고 있었다. 칼란 디움이 한쪽 무릎을 꿇고 그녀의 손등에 입을 맞췄다. 진득한 입맞춤 뒤의 경건하기 짝이 없는 행동거지였다.

"부탁드리겠습니다, 나의 왕이시여."

교황은 칼란 디움이 입을 맞췄던 손을 빼내 그의 얼굴을 쓰다듬었다.

"80점."

"……뭐가 또 점수를 깎아 먹었습니까?"

"귀엽게 누님이나 누나라고 했어야지. 옛날엔 울먹거리는 눈으로 '부탁해요, 누나……' 하고 잘만 불렀는데."

머리가 커서 시커메졌다며 툴툴 불만을 토한다. 칼란 디움이 한숨을 내쉬며 고개를 돌렸다.

"그나저나 다른 여자를 위해서 무릎을 다 꿇고. 질투해야 하나?"

"……당신께서도 알고 있지 않습니까. 그 아이는, 세레누스 님은 평범하지 않게 자랄 겁니다. 꺼져 가는 불꽃을 마음에 담을 테고 평범하지 않은 걸 보고 평범하지 않은 걸 느끼겠죠."

칼란 디움의 말에 교황이 딱딱한 나무 등받이에 몸을 기대며 눈을 깜빡였다. 가늘어진 그녀의 시선이 칼란 디움에게 닿았다가 떨어졌다.

"나처럼 말이지?"

"……."

칼란 디움이 말없이 그녀를 내려다봤다. 그녀 역시 어린 나이에 신전에 들어와 제법 고생을 한 사람이었다.

그녀가 칼란 디움의 팔을 붙잡고 옆자리에 앉혔다.

"신의 사랑이란 인간에겐 참 잔인한 법이지. 감당할 수 없는 걸 내려놓고는 축복이라고 말해. 그러니 난 신을 사랑하지 않아."

"교황 성하께서 하기엔 불경한 말이었습니다. 밖에선 언동에 주의 부탁드리겠습니다."

"신 앞에서 일 저지르는 너랑 내 관계만큼 불경할까?"

교황의 뻔뻔한 말에 칼란 디움이 결국 말을 잃었다. 이 사람한테 는 늘 자신이 휘둘리는 것만 같다. 그가 손바닥으로 이마를 꾹꾹 문 지르곤 한숨을 푹 내쉬었다.

"당신이 그걸 즐기지 않습니까. 해서는 안 되는 짓이나 배덕감에 흥분하는 당신만 할까요."

"말투가 불손해졌다, 칼란."

옆에 앉은 칼란 디움의 어깨에 턱을 올리며 뚱한 목소리로 그녀 가 말했다. 어깨를 으쓱이는 칼란 디움을 본 교황이 손가락으로 그 의 가슴을 꾹 눌렀다.

"그리고…… 그런 나한테 발정하는 건 너잖아."

"……제발 좀 말투나 단어에 격식을 갖출 수 없습니까?"

"네 앞인데 굳이. 그리고 연회는 참가하겠다고 전해."

"네, 준비해 두겠습니다."

칼란 디움이 그제야 자리에서 일어났다. 교황이 한숨을 푹 내쉬 었다. 정말, 사람들 앞에 나가는 건 질색인데. 그럼에도 제 아이가 부탁했으니 들어주지 않을 순 없는 노릇이다.

"앞으로 식사 제때 안 하시면 한동안 얼굴 볼 일 없을 겁니다. 식 사도 제가 가지고 오겠습니다."

"……아, 정말 귀엽지 않아. 어쩌다 저런 딱딱한 게 됐지."

"당신이 날 살려서 주워 온 날부터 나도 당신이 멀쩡히 살게 하겠다고 결정했으니, 후회할 거라면 시간 되돌려서 날 줍지 않는 것부터 하십시오."

문을 닫고 나가며 남긴 칼란 디움의 말에 교황이 눈을 가늘게 떴다. 그래도 시간을 되돌리면 그녀는 그를 살릴 것이다. 추운 겨울날, 맨발에 허름한 천 조각 하나 걸친 채 눈 위에 잠들어 있던 그 순간을 여전히 잊을 수가 없었으니까.

"그 너구리 같은 영감을 봐야 한다니, 정말 끔찍한데."

그래도 오랜만의 부탁이니 어쩔 수 없다. 교황이 가볍게 몸을 움직이며 자리에서 일어났다. 식어 버린 음식을 가져와 입에 넣으며 그녀가 한숨을 푹 내쉬었다.

"카리나, 그냥 가지 않는 게 좋겠어."

"……네? 아니, 준비 다 했는데요?"

"준비 다 하고 나니까 더 안 될 것 같아."

밀라이언이 굳은 표정으로 말했다. 이게 무슨 소리인가. 카리나가 미간을 좁히자 밀라이언이 답답한 듯 한숨을 내쉬었다. 몇 차례나 얼굴을 쓸어내리는 모습을 보고 나서야 그가 퍽 진지하다는 사실이 느껴졌다.

"무슨 일 생겼어요? 그런 거면 안 가야죠."

"음. 아무리 생각해도 그대와 세렌을 내보낼 수가 없어."

밀라이언의 심각한 표정에 아무래도 보통 심각한 일이 아니라고 생각한 그녀가 순순히 고개를 끄덕였다. 그럼 어쩔 수 없다. 밀라이언이 저렇게 반응한다는 것은 뭔가 있다는 거니까.

"조금 미리 말해 주지 그랬어요. 어쨌든 무슨 일이 있는 거면……."

"그대와 세렌을 누가 채 가면 어떡하지?"

"……예?"

"너무 꾸민 거 아닐까? 물론…… 그대가 하고 싶다면 하는 거지만……."

밀라이언의 심각한 표정을 물끄러미 바라보던 카리나가 결국 말을 잃었다. 세렌이 태어난 후, 그는 정말로 이런 얼굴 붉어지는 말을 아무렇지도 않게 하게 되었다. 카리나가 말을 잃은 채 고개를 돌렸다. 이걸 상대를 해야 하는 건지, 아니면 뭐라고 한마디를 해 줘야 하는 건지 감이 잡히지 않는다.

"밀라이언, 당신 정말……."

"미안. 하지만 진짜 걱정이 되는 건 사실이야. 예뻐."

밀라이언이 낮게 중얼거리며 그녀의 볼에 입을 맞췄다. 애정 어린 입맞춤에 카리나의 볼이 살짝 붉어졌다. 그녀가 입을 꾹 다문 채 그를 바라보다가 시선을 살짝 돌렸다.

"당연히 예뻐야죠."

"응."

"밀라이언 보여 주고 싶어서 불편해도 꾹꾹 참은 거니까요."

"……."

밀라이언의 눈이 살짝 커졌다가 이내 곤란한 듯 가느다래졌다. 그가 낮게 한숨을 내쉬며 그녀의 입술에 입을 맞췄다. 목덜미에 입을 맞추고 손등에 입을 맞추고 이윽고 손바닥에 입을 맞췄다.

"그러지 않아도 예뻐. 언제나, 그대가 유일하게 내게 감정을 주니까."

"그래도 요즘 나가지 않았으니 전혀 꾸미지도 않았잖아요."

"내 심장을 바닥에 떨어뜨리고 싶은 거라면 얼마든지 해도 좋아. 하지만 오늘은 좀 자제해 줘."

휘어진 눈동자가 기꺼움을 가득 담고 있었다. 밀라이언 역시 제복을 제대로 차려입은 모습이 흐트러짐이 없다. 황성에 들어간다는 것은 대개 이렇게 격식을 차려야 한다는 것을 의미했다.

"피곤하겠지만 한두 시간만 버티는 거로 하자. 세렌, 미안하다."

"빠앙!"

볼을 건드리는 밀라이언의 손가락에 까르르 웃음을 터뜨리는 아이는 어두운 기색이 없었다. 그러나 사람이 많은 곳에서 세렌이 얼마나 견뎌 줄지는 분명히 걱정스러운 일이었다.

"먼저 간다고 했죠?"

"응, 처리할 일이 있어서. 마중 나갈 테니까 걱정 말고 시간 맞춰서 와."

"알겠어요."

쪽, 그녀가 밀라이언의 볼에 입을 맞췄다. 그러자 세렌이 말똥말똥 두 사람을 쳐다보다가 이내 저를 품에 안은 카리나를 바라보며 입을 열었다.

"마아! 마아!"

"아, 그럼. 우리 세렌도 사랑해."

카리나가 아이의 부드러운 볼에 가볍게 입을 맞췄다. 아이가 기어코 까르르 웃음을 터뜨리고 만다. 사랑스럽기 그지없는 풍경이었다. 밀라이언이 가볍게 몸을 일으켰다.

"그럼 먼저 가 볼게."

"네, 조금 이따 봐요."

"응."

밀라이언이 세렌의 볼에 입을 맞추곤 몸을 돌렸다. 하지만 문을 나선 밀라이언의 표정은 미묘하게 가라앉았다. 지금 그는 두 번 다시 보고 싶지 않은 사람을 만나러 가는 길이다. 정말 싫었지만 자신이 그를 만나는 것이 그녀가 어두운 표정을 하는 것보단 낫다.

"예정대로 가시는 건가요?"

팽이 아래에서 기다리고 있다가 내려오는 밀라이언에게 물었다. 빙긋 웃는 그 표정을 보며 밀라이언이 고개를 끄덕였다.

"그래, 어차피 그쪽에서도 멍청하지 않다면 카리나가 살아 있다는 건 알았겠지. 그래서 카리나도 일부러 계속 그 이름으로 활동했던 것 같고."

"마님은 상냥하시니까요."

"그래, 그렇게 모질게 말했어도 결국 그들에게 평생 죄악감을 안고 살게 하지는 못하겠는 거였겠지."

그것을 탓하지 않는다. 카리나는 그런 사람이었고 그렇기에 밀라이언은 그녀를 사랑하게 됐다. 그런 모습조차 사랑하게 된 것이다. 그러나 아쉽게도 그는 그다지 상냥하지 않았다. 밀라이언은 그들이 그녀에게 다시 접근할 작은 희망의 불씨조차도 짓밟아서 쓰레기통에 친히 박아 줄 마음이 있었다.

"그리고 그쪽에 멍청한 놈이 있다면 카리나를 만나고 싶어 할 거다. 그가 진짜 아버지라면…… 레오폴드 백작은 다시 접근하지 않겠지만 그 후계자는 신경 쓰여."

"네, 전 각하의 생각에 이견이 없습니다."

"레오폴드 백작가로 간다."

"알겠습니다."

팽이 마차에 올라타는 밀라이언을 보곤 마부에게 명령을 내렸다. 마부가 고개를 끄덕이더니 이윽고 마차를 출발시켰다.

'피를 보지는 않으시겠지만.'

허리를 굽혀 밀라이언을 배웅한 팽이 분주한 이들을 하나하나 관리 감독했다. 팽은 제 주인이 마님을 얼마나 걱정하고 있는지 누구보다 잘 알았다.

"자, 곧 마님과 아가씨께서도 출발하셔야 하니 얼른 준비 끝내도록 하지."

"네!"

수도로 와서 처음으로 제대로 된 외출을 하는 마님을 꾸미느라 시녀들은 한층 더 상기되어 있었다. 카리나는 대개 신전에 갈 때도 가벼운 차림을 고수하는 편이었으니 오랜만의 실력 발휘에 들뜬 것이다.

'혹시 모르니 한 번 더 확인해야겠군.'

팽이 그녀가 타고 갈 마차를 다시 한번 점검하기 위해 몸을 돌렸다. 오랜만에 저택 내에 활기가 돌았다.

"세렌, 괜찮아?"

"히끅……."

마차가 광장을 지나고 황성으로 점점 다가가니 사람이 많아졌다.

연회를 위해 몰려든 많은 귀족과 사용인들이 아니더라도 검이 부딪히는 소리나 횃불이 타는 소리도 퍽 귀를 거슬리게 했다.

자신도 이렇게 신경 쓰이는데, 훨씬 더 민감한 세렌이 얼마나 괴로울지는 짐작조차 가지 않았다. 그래도 신전에 다녀온 뒤론 꽤 표정이 밝아져서 다행이라고 생각했는데…….

'……사람이 이 정도로 많을 줄은 몰랐는데.'

일부러 마차 문을 닫고 창문도 걸어 잠근 채 열지 않았다. 지금 타고 온 마차는 밀라이언이 세렌을 위해서 방음 처리가 되도록 특수 제작한 마차였다. 그럼에도 사람이 많은 탓인지 웅성거리는 소리가 기어코 마차 틈새를 비집고 들어왔다.

'어쩌지.'

나가면 분명히 세렌이 괴로워할 것이다. 웬만해선 울지 않는 세렌의 얼굴이 이미 엉망이었다. 울음이라도 참는지 망울망울한 눈을 질끈 감고 있는 아이를 달래기 위해 카리나가 아이를 제 무릎에 눕혔다. 그녀가 조심스럽게 제 손으로 귀를 막아 주었다. 조금 힘을 주어 막으니 아이가 그제야 눈을 동그랗게 뜬다. 눈물이 가득 차 발갛게 달아오른 눈으로 아이가 배시시 웃었다.

"미안해, 세렌."

줄이 얼마나 긴지 몰랐다. 전부 귀족들이니 누가 먼저 들어갈 수 있는 것도 아니었다.

밖에서 잠시 소란이 이는 듯하더니 순식간에 주변이 조용해졌다. 방음이 된 마차 안으로 꾸역꾸역 파고 들던 목소리가 완전히 사라졌다.

'뭐지?'

카리나가 고개를 기울이는 순간, 마차 문이 활짝 열렸다. 불안한 표정으로 아이의 귀를 꽉 막고 있던 카리나가 상대를 보곤 눈을 크게 떴다.

"밀라이언."

"다 밀어 버리고 들어오지 않고."

"……아, 세렌이 힘들어해서요. 나갈 수가 없었어요."

물론 나갔다고 해도 그의 말처럼 밀어 버리고 들어갈 수 있을 리는 없었겠지만. 뭘 밀어 버리라고 했는지는 굳이 자세히 생각하고 싶지 않았다.

"이대로 바로 들어갈 거야."

"어…… 앞에 줄이 많지 않았어요?"

카리나의 설명에 밀라이언의 얼굴에서 잠시 표정이 사라졌다. 아주 찰나의 순간이었다. 다음 순간, 그가 만면에 환하게 미소를 띤 채 입을 열었다.

"다행히 사정을 설명하니 먼저 들어가라고 양보해 주더군."

"아, 진짜요?"

"네, 진짜요. 그러니 얼른 들어가시죠."

장난기 그득한 목소리에 카리나가 고개를 끄덕였다. 밀라이언이 안에서 보자며 마차 문을 다시 꽉 닫아 줬다. 그가 다른 마차들이 열어 주는 길 사이로 나아가는 마차를 보다가 주변을 한 차례 훑었다.

"말은 적당히 맞출 거라고 생각하지. 그녀가 알게 되는 일은, 만에 하나라도 없었으면 하는군."

밀라이언의 시선이 느릿하게 귀족들을 훑었다.

길게 늘어진 줄 사이에서 각자의 지위를 앞세워 자신이 먼저 들어가겠다고 싸우는 귀족들로 입장 자체가 무척 지연되고 있었다. 기다려도 오지 않는 아내와 딸에 마중을 나왔던 밀라이언은 이 사태를 보고 말을 잃었다. 소음에 민감하기 짝이 없는 제 아이와 그 아이를 어찌하지 못해서 발을 동동 구르고 있을 제 반려를 생각하니 속이 뒤집히는 것 같았다.

실제로 문을 여니 그 안에는 어찌할 줄 모르는 표정의 카리나와 눈이 발갛게 달아오른 세렌이 있었다. 마음 같아서는 전부 목을 베고 싶었으나 그럴 순 없는 일이다.

상황을 파악한 뒤 마차의 문을 닫은 밀라이언이 검을 뽑아 가볍게 휘두른 것으로 주변을 조용히 시켰다. 그 후는 간단했다. 그의 분노 어린 위압감을 감당할 수 있는 사람은 적어도 이 줄 안에는 없었으니까.

"입장은 순서대로 하는 걸 권하지. 귀족이라는 이름을 달고 있으면서 하는 짓이 꼴사납군."

밀라이언의 서늘한 시선이 닿는 것과 동시에 귀족들이 조용해졌다.

"가지."

"네."

"고레든, 너는 황성 안에서 카리나와 세렌에게서 절대 떨어지지 말도록 해. 상황에 따른 판단은 네게 맡기지."

"알겠습니다."

고레든이 묵묵히 대답했다. 밀라이언이 홍해의 기적처럼 갈라진 길 사이를 빠르게 걸어 다시 황성 안으로 들어갔다. 순식간에 사라진 위압감에 귀족들이 급히 참고 있던 숨을 뱉었다.

"……페스텔리오 공작이 저런 인간이라고 아무도 말 안 하지 않았나."

"괴물이었군."

"목이 잘리는 줄 알았어."

모여 있던 귀족들이 한마디씩 거들었다. 대부분의 이들이 페스텔리오 공작에 대한 소문만 들었을 뿐이다. 페스텔리오 공작 자체가 북부에서 나오는 일이 그다지 없으니 그를 처음 보는 이들도 많았다.

"북부의 수문장이라는 이름이 괜히 붙은 건 아니었군."

군중들 사이에서 누군가가 그렇게 중얼거렸다. 귀족들이 아직도 남은 감정의 잔해에 몸을 떨며 다시 마차 안으로 들어갔다. 아까보다는 조용한 입성이었다.

"카리나, 세렌은?"

"아, 저기서 벗어나니까 조금 괜찮은 것 같긴 한데……."

늘 밝게 웃던 아이는 잔뜩 인상을 쓰고 있었다. 얼굴을 그녀의 가슴에 파묻은 채 칭얼거리기 바빴다. 겨우 손 두 개로는 어떻게 귀를 막아 줄 수가 없어서 카리나는 그저 발만 동동 굴렀다.

"이런, 세렌."

그녀가 품에 안은 아이를 물끄러미 보던 밀라이언이 조심스럽게 아이의 귀를 막았다. 세렌은 이 자세를 무척이나 좋아했다. 귀를 막아 주는 그 순간엔 울던 것도 뚝 그칠 정도였다. 언젠가 카리나가 알려 준 방법대로 하자 아이는 찌푸렸던 인상을 조금 펴며 묻었던 고개를 슬쩍 들었다.

"카리나 님, 세레누스 님."

뒤쪽에서 들린 나직한 사내의 목소리에 밀라이언의 얼굴이 찌푸려졌다. 뭔가를 느낀 듯 세렌의 얼굴이 확 밝아지고 카리나의 눈도 동그랗게 뜨였다. 밀라이언이 미간을 좁힌 채 몸을 돌렸다.

"어…… 칼란 신관님?"

"네, 여기서 다 뵙게 되는군요."

"어쩐 일이세요?"

"황성에서 신전으로 협조 요청이 와서요."

칼란 신관이 입가에 미소를 띠었다. 인사를 나누는 두 사람을 번갈아 보던 밀라이언이 느릿하게 몸을 돌려 칼란 신관을 바라봤다. 칼란 신관과 밀라이언의 시선이 허공에서 마주쳤다.

'……이쪽도 보통은 아니군.'

저 집안은 대체 뭐가 어떻게 된 건지 모르겠다. 엮일 수 없는 두 개의 신력이 어떻게 엮였는지도 무척 신기하다. 칼란 디움은 애써 제 흥미를 끊어 냈다.

"세렌을 도와주고 있다는 신전 사람이군."

"미천한 실력이지만 말입니다. 처음 뵙겠습니다. 칼란 디움이라고 합니다. 페스텔리오 공작 각하."

"소개는 따로 필요 없겠군."

밀라이언의 말에 칼란 디움은 그저 말없이 웃었다. 상대가 가진 적의가 상당히 적나라했다. 소유욕이 저러니 상성이 나쁜데도 불구하고 그것마저 포용했던 모양이다.

"칼란, 여기서 뭐……."

뒤쪽에서 들린 목소리에 세 사람의 시선이 동시에 움직였다. 칼란 디움의 어깨를 짚으며 모습을 드러낸 교황이 카리나와 그녀의 품에 안긴 세레누스를 한 차례 눈으로 훑었다.

"교황 성하."

"……교황? 알기론 밖으로 나오는 걸 그다지 좋아하지 않는다고 들었는데."

"내 아이가 오랜만에 부탁해서 말이야."

교황이 밀라이언을 힐끗 보곤 대답했다. 그러곤 무심하게 시선을 돌려 성큼성큼 카리나의 앞으로 걸어갔다. 느슨하게 묶은 머리카락이 좌우로 흔들렸다.

"오, 확실히 신기하네. 억지로 죽음을 미루고 살아남았어."

"……."

카리나의 눈이 크게 뜨였다. 교황의 긴 손가락이 그녀의 가슴골 사이를 꾹 눌렀다. 신력은 여전히 남아 있지만, 그보단 신력을 억누르는 마력이 더 강했다. 신력이 생명력을 빨아들이려고 하는데 마력이 그것을 억눌러 막고 있다. 말 그대로 억지로 죽음을 미룬 것이다. 하지만 마력보다 신력의 힘이 더 커지는 순간, 멈췄던 시간은 속절없이 흘러갈 거다.

교황이 턱을 매만지다가 이내 그녀의 얼굴 가까이 제 얼굴을 들이밀었다.

"꽤 아슬아슬하네."

원래는 마력 쪽의 힘이 더 컸던 모양이다. 하지만 그녀가 태어날 때부터 가진 신력이 지속성이라면 강제적으로 밖에서 주입된 마력은 소모성이다.

애초부터 몸이 과부하를 견딜 수 있을 정도의 크기만 주어진 듯했고 그나마도 소모되고 있으니 시간이 흐를수록 마력이 줄어드는 건 어쩔 수 없는 일이다.

즉, 이 아슬아슬하게 균형을 잡고 있는 천칭도 머지않아 한쪽으로 기울며 균형이 깨질 것이다. 그리고 어느 쪽으로 기울지는 불 보듯 훤했다.

"……네?"

"아니, 열심히 살고 있어?"

교황이 손을 뻗어 카리나의 머리카락을 살살 쓰다듬으며 말했다. 어린아이라도 대하는 듯한 그 태도에 그녀가 한 차례 눈을 깜빡였다가 이윽고 조용히 미소 지었다.

"네."

교황이 씨익 시원스럽게 웃으며 고개를 끄덕였다. 어차피 타올라 꺼져 버릴 불꽃이면 그 순간만이라도 화려하게 타오르는 것이 좋지.

"그래, 후회 없도록. 최선을 다하렴."

"……교황 성하, 당신은."

"신은 참 너무하지. 이렇게 이기적일 수가 없어. 무르기 짝이 없는 인간의 몸이 그네들의 사랑이라는 것을 견딜 수 있을 리가 없는데."

교황의 말에 카리나의 눈이 크게 뜨였다.

"안아 봐도 돼?"

그녀가 카리나의 품에 안긴 세레누스를 가리키며 물었다. 카리나는 아이를 한번 내려다보더니 순순히 고개를 끄덕였다.

그녀가 조심스럽게 아이를 내밀자 교황이 제 품으로 세레누스를 단단하게 안아 들었다. 가느다란 팔 사이에 자리 잡은 세렌이 눈을 동그랗게 떴다가 이윽고 까르르 웃음을 터뜨렸다. 교황이 세렌을 물끄러미 바라보다가 고개를 들어 카리나를 향해 시선을 옮겼다.

"아이야, 어느 시기부터 조금씩 몸이 안 좋아질 수 있어."

"……."

"무슨 소리지?"

카리나가 조용히 있자 곁에 있던 밀라이언이 나섰다. 교황의 시선
이 잠시 밀라이언에게 닿았다가 천천히 떨어졌다. 그녀는 밀라이언
에겐 시선도 주지 않은 채 카리나를 향해 입을 다시 열었다.

"그래, 처음은…… 마치 감기에 걸린 것 같겠지."

카리나의 눈이 살짝 커졌다.

"그러다 조금 피곤한 것처럼 몸에 힘이 빠지면서 기력이 없어질 거
야. 만약 네가 지금 100m를 달릴 수 있다면 그게 90, 80, 70……
점점 줄어들 거야."

그녀가 무슨 이야기를 하고 있는지 어렵지 않게 깨달은 카리나의
입술 끝이 살짝 떨렸다. 밀라이언이 인상을 험악하게 굳히며 교황에
게 한 걸음 내디뎠지만 칼란 신관이 그 앞을 가볍게 막아섰다.

"비켜라."

"그녀의 대화를 방해하지 마십시오."

"……죽여 버리기 전에, 쓸데없는 소리 하지 마라."

"피로 물든 검아, 네가 아무리 용을 쓰며 귀를 막고 눈을 가리려
고 해도 정해진 것은 찾아오게 되어 있어."

교황의 말에 밀라이언의 얼굴이 험악해졌다. 그가 성큼 앞으로 다
가서려고 하자 칼란 신관이 제대로 그의 앞을 가로막았다.

"교황 성하입니다. 예의를 지키시지요."

칼란 신관의 얼굴이 딱딱하게 굳었다. 카리나는 그저 입을 다문
채 그를 말리지도, 그렇다고 교황을 향해 무언가 말을 던지지도 않

았다. 조금 넋을 놓은 것처럼 보이기도 했다.

"이건 신이 개입하고 말고의 문제가 아니야. 너희는 이미 원해서 신의 인도를 벗어났어. 그리고 기적은 두 번 일어나지 않는단다."

"도를 넘고 있다."

교황이 한숨을 내쉬며 어깨를 으쓱였다. 고개를 도리도리 젓는 모양이 곤란한 것이라도 보는 듯한 시선이었다. 그녀가 밀라이언을 상대하는 걸 관두고 카리나에게 고개를 돌렸다.

"네가 각오하고 있는 일은 아주 천천히 찾아오겠지. 그러나 반드시 찾아올 거고."

"그런가요."

"그래. 불붙은 몸에 물을 뿌려 간신히 불을 껐지만 불씨는 여전히 네 안에 잠재되어 있고 그것은 반드시 다시 타오르고 말 테지."

세렌이 편안한 듯 꼬물거리다가 꾸벅꾸벅 졸기 시작했다. 카리나는 아이를 보다가 옅은 미소를 띤 채 말없이 고개를 주억였다.

"신이 붙인 불이니 인간인 우리로선 어쩔 도리가 없어. 도와줄 수 있다면 도와주고 싶지만 나도 신을 모시는 자. 나는 네게 독이 될 거야."

"괜찮아요. 이렇게 될 건 알고 있었어요."

모든 걸 알고서도 선택한 것이었다. 약간의 기대가 없었다고 하면 분명 거짓말이겠지만 그렇다고 누군가를 원망할 기분이 드는 것도 아니다.

카리나를 보던 교황이 아이를 물끄러미 내려다봤다. 반대로 아이에겐 마력이 가득했다. 마력이 아이의 몸을 망가뜨리고 있었다. 정확히 말하자면 아직 영글지 못한 아이의 몸을 망가뜨리는 것이다. 힘을 제어할 수 있게 되고 몸이 조금 더 성장하면 그것은 도리어 아이의 힘이 될 것이다.

'그리고 그 전까지 흘러넘치는 마력을 막고 있는 건……'

아이가 품은 신력과 종종 칼란이 채워 주는 신력이고.

"사실……."

교황이 세렌을 내려다보며 쓴웃음을 머금었다. 그녀와 허공에서 눈이 마주친 카리나가 불현듯 뭔가를 깨달은 사람처럼 고개를 저었다. 교황이 가볍게 웃음을 터뜨리며 고개를 주억였다.

"그래, 내키지 않는다면 말하진 않으마."

어깨를 으쓱인 교황이 순순히 입을 다물었다.

"어쨌든, 아이야."

"네."

"어차피 불타오를 거라면 화려하게 타오르렴. 누구도 잊지 못하도록. 그 불이 꺼져도 오랜 시간 이 아이가 너를 기억할 수 있도록."

교황의 말에 카리나의 입술이 살짝 벌어졌다가 천천히 다물렸다. 새삼 아이가 혼자 남게 될 사실이 속을 아리게 했다. 이 시간이 오래도록 기억에 남으면 좋으련만. 기억을 할 수 있을는지도 모르겠다는 사실이 너무 괴로웠다. 그녀가 한숨을 내쉬곤 물끄러미 잠든 아이를 바라봤다.

"아이에겐 가호를 걸어 두었으니 적어도 여기에 있는 하루는 편안할 거야."

"네, 감사합니다."

카리나가 교황의 품에서 아이를 받아 들며 말했다. 그녀의 입가에 쓴 웃음이 맺혔다가 금세 허물어졌다. 우유 냄새가 풍기는 아이는 사랑스러웠다.

"다음에 오면 기도실로 놀러 오렴. 다과나 하자."

"……어, 그래도 되나요?"

"어차피 도피처라서. 딱히 거기서 기도만 하는 건 아냐."

털털할 정도로 시원스러운 대답에 카리나가 미소를 흘리곤 고개를 끄덕였다. 분명히 거침없고 털털한데 분위기는 마치 따스한 태양을 닮은 사람이다.

'……신기한 사람이야.'

교황이라는 것을 멀리서도 알 것 같았다. 황제가 눈이 부실 정도로 뜨거운 여름날의 태양 빛이라면 그녀는 마치…….

'따사로운 봄 햇살 같아.'

따갑지도 아프지도 않은, 겨울 동안 얼어 버린 것들이 놀라지 않도록 포근하게 감싸 조심스럽게 녹여 주는 따스한 햇살 말이다. 교황이 가볍게 카리나의 머리를 쓰다듬곤 몸을 돌렸다.

"그럼 재밌게 놀다 가렴."

"실례하겠습니다."

칼란 신관이 허리를 굽혀 인사를 건네곤 교황의 뒤를 따라 모습을 감췄다.

밀라이언이 곧장 다가와 그녀를 품에 꽉 끌어안았다. 품에서 새근새근 자고 있는 세렌의 숨이 막힐 정도는 아니었지만 그의 애절함과 절박함이 피부에서부터 느껴졌다. 카리나가 살짝 까치발을 떼어 밀라이언의 볼에 입을 맞췄다.

"괜찮아요."

나직한 카리나의 목소리에 밀라이언의 눈이 크게 뜨였다.

"우리는 분명 괜찮을 거예요."

스스로에게 하는 다짐인지, 아니면 밀라이언에게 속삭여 주는 것인지 모를 담담한 목소리였다.

"이런, 곤란하게도 재밌는 걸 발견해 버렸어요."

기둥 뒤에 숨어 있던 사내가 낮은 웃음을 터뜨렸다. 다 자란 성년이라기엔 앳된 기가 남아 있는 목소리였다. 그가 손에 쥔 것을 가볍게 손가락 사이로 뱅뱅 돌리다가 발을 돌렸다.

"저런 괴물이 존재할 거라곤 생각지도 못했는데……."

하지만 저건 확실히 도움이 될 만한 괴물이다. 저 몸 안에 품고 있는 것을 보아 여러모로 재미가 있을 것 같았다. 호의를 얻기도 어렵진 않을 듯했고.

"저걸 가져야겠네요. 준비하세요."

"……저자는 페스텔리오 공작의 아내입니다."

"아니, 그거 말고. 물론 그것도 흥미롭긴 한데……."

사내의 짙은 분홍색 눈동자가 서글서글한 웃음을 그렸다. 휘어진 그 시선에 담긴 잔인한 장난기에 눈동자가 한 차례 반짝였다. 그가 의복을 정리하곤 가볍게 고개를 기울였다.

"내가 가지고 싶은 건 그 여자가 품에 안고 있는 물건입니다."

"……교주, 저 아이는……."

앞에 서 있던 사내의 얼굴이 새하얗게 질렸다. 페스텔리오 공작이 아이와 아내를 얼마나 아끼는지는 이미 수도 내 귀족 중에 모르는 사람이 없었다. 특히 이 수도까지 방문을 해서 제법 긴 시간 동안 자리를 잡은 이유가 아이 때문이라는 것은 모두가 아는 사실이었다.

생글생글 어린아이처럼 웃고 있던 분홍색 눈동자가 한층 더 부드럽게 휘어졌다. 그가 새하얗고 가느다란 손을 들어 눈앞에서 쩔쩔매는 중년 남자의 어깨에 올렸다.

"백작, 난 부탁한 게 아니잖아요. 이건 명령이지 부탁이 아니에요."

그가 힘을 줘 백작의 어깨를 꽉 붙잡았다. 이야기를 듣고 있는 귀족의 얼굴이 새하얗게 질렸다. 고개를 숙인 남자를 내려다보던 분홍색 눈동자가 다시금 둥글게 휘었다.

"백작이 원하는 걸 가지려면 내게 협조를 해야죠."

"하지만 페스텔리오 공작은 용서도 자비도 없는 자입니다. 그가 품에 안은 가족을 얼마나 애지중지하는지는……."

"걱정하지 마세요, 살루타리스께서 다 우리를 헤아려 주실 테니."

분홍색 눈동자가 상대의 시선을 올곧게 마주 본 채 말했다. 백작의 어깨가 움찔 떨리더니 멍한 표정으로 서서히 고개를 끄덕였다. 그가 백작의 어깨를 툭툭 두드리곤 발걸음을 마저 옮겼다.

"그럼 적당히 자리를 마련해 주세요. 나머진 알아서 해결할 테니."

"아, 그리고…… 교황이 연회에 참석했다고 합니다."

"상정 내의 일이에요."

웃음기를 머금은 목소리가 다시금 울려 퍼졌다. 발걸음을 돌린 그는 완전히 어둠 속으로 몸을 감췄다.

"집에…… 가고 싶네요."

상당히 넓은 연회장 안을 가득 채운 인파에 카리나가 질린 목소리로 웅얼거렸다. 밀라이언이 그녀의 앞을 커다란 몸으로 막아 주곤 있었지만, 그렇다고 시선이 닿지 않는 것은 아니었다.

북부의 공작인 밀라이언 페스텔리오도 그랬지만, 그가 애지중지 감싼다는 자식과 공작 부인을 한 번도 본 적 없는 수도의 귀족들로선 가만히 있을 수가 없는 듯했다.

실제로 그녀에게 끊임없이 시선을 보내는 이들도 많았다. 그녀를 보고 얼굴을 붉히는 영식이 있는가 하면, 밀라이언의 얼굴을 보고 부끄러워하는 영애도 있었다. 결혼을 한 귀족은 두 사람의 행동이나 아이에 관심이 많았고 시종 시녀들 역시 눈동자 역시 한시도 가만히 있지 않았다.

페스텔리오 공작가는 대개의 황성 일에 참견하지 않고 황성에 발을 들이지도 않는다. 그들의 소통 창구는 언제나 파발이었다. 그들은 웬만해선 북부에서 나오지 않으며 북부의 수문장 역할을 톡톡히 했다. 전대 페스텔리오 공작의 강경한 수로 인해 적어도 지금까지 북부의 그런 행태에 불만을 토하는 이는 없었다.

"하여튼, 이것들은 모이면 두려움이 없어지지."

밀라이언이 혀를 차며 머리를 거칠게 쓸어 넘겼다. 짜증스럽게 살기를 흘리며 노려봐도 인파가 너무 많으니 효과가 없다. 검이라도 뽑아서 테이블 하나 부수면 차라리 금세 제압할 수 있을 텐데.

"카리나, 괜찮아?"

"으음. 네, 저도 괜찮고 다행히 세렌도 괜찮아 보여요."

"그거 다행이군."

"아까 교황 성하께서 뭔가 해 주셨나 봐요."

밀라이언이 교황의 이름이 나오자 얼굴을 확 일그러뜨렸다. 그러나 굳이 다른 말을 하진 않는다. 어쩌겠는가. 그녀가 도움을 준 것은 분명한데.

"페스텔리오 공작 각하……?"

곁에서 들려온 목소리에 밀라이언의 표정이 한층 험악해졌다. 그가 가볍게 혀로 입술을 핥곤 붉은 눈을 번뜩이며 몸을 돌렸다.

"처음 뵙겠습니다. 항상 북부와 물자를 거래하고 있는 조셉 네거티브라고 합니다."

"……네거티브 백작이군."

밀라이언의 표정이 살짝 풀어졌다. 그가 한숨을 내쉬며 팔짱을 꼈다. 항상 편지로만 대화를 나누며 거래를 했던 수도의 백작이었다. 그다지 만날 생각은 없었는데…….

'꽤 유약한 성격이었지.'

상대의 눈치를 많이 보는 것이 편지에서도 느껴졌다. 그러나 물러설 수 없는 부분에선 절대 물러서지도 않았다. 그 점을 꽤 높이 사서 밀라이언은 그와 거래를 오랜 시간 이어 오고 있었다.

"한 번쯤 인사를 드리고 싶었습니다."

"자네, 딸아이가 아프다고 들었는데 지금은 괜찮아졌나?"

네거티브의 어두운 얼굴이 한층 더 어두워졌다. 이름만큼이나 그는 피곤해 보였다. 보는 것만으로도 같이 지쳐 버릴 것 같은 모습이었다. 카리나가 아이의 등을 쓸어내렸다.

"……네, 좋은 약을 찾아서 다행히 지금은 괜찮아졌습니다."

"그거 다행이군. 페리얼 칼로스 공작이 도움을 주었나?"

"아뇨, 아쉽게도 그분께서도 어렵다고 하셔서 다른 분께."

밀라이언의 눈이 가늘어졌다. 페리얼 칼로스가 치료할 수 없는 병이 다른 사람 덕분에 괜찮아졌다고? 그가 잠시 고민하듯 고개를 숙였지만 이내 그러느냐며 순순히 어깨를 으쓱였다.

"참 실력 좋은 의사였던 모양이야."

"네, 무척 뛰어난 의술을 가지고 있었습니다. 이번 연회에도 제 동행인 명목으로 방문해 있습니다."

"그런가?"

"지금 저기에 있으니 소개해 드리겠습니다. 혹시 주변에 몸이 좋지 않은 사람이 있으면 언제든 그에게 말씀해 주십시오. 일반 의사보다 제법 비싼 진찰비를 받지만 실력은 장담합니다."

밀라이언이 고개를 끄덕였다. 대단한 실력을 지닌 의원이라면 그녀가 살 수 있는 또 다른 방법을 알고 있을지도 모른다. 밀라이언이 팔짱을 낀 채 묵직한 숨을 토해 냈다.

백작이 어딘가를 보다가 까치발을 떼고 손짓하자 누군가가 인파사이에서 자연스럽게 빠져나와 백작에게 다가왔다.

카리나의 시선이 다가오는 남자를 향해 움직였다. 옅은 베이지색 머리카락에 짙은 분홍빛 눈동자, 그리고 빛에 비추면 투명하게도 느껴지지 않을까 싶은 새하얀 피부까지. 눈동자를 제외하면 전체적인 색이 옅은 남자였다. 페리얼 뺨칠 정도로 아름다운 외모에 카리나도 조금 놀란 듯 눈을 깜빡였다. 그는 놀라울 정도로 부드러운 인상의 사내였다.

페리얼도 부드러운 인상이지만 사내는 조금 달랐다. 마치 온몸을 설탕 공예로 만든 것과 같은 느낌이 들었다. 드물 정도로 예쁜 색의 분홍색 눈동자는 달콤한 사탕처럼 보일 정도였다.

카리나는 그 기묘한 느낌에 한참을 그에게서 시선을 떼지 못했다. 사내가 고개를 돌리다 그녀와 시선이 마주쳤다. 눈이 마주친 사내는 이내 방긋 웃고는 백작에게 다가가 허리를 굽혔다.

"백작님, 부르셨나요?"

앳된 얼굴에서 나오는 목소리는 생김새만큼이나 달콤하고 부드러웠다. 꿀이 뚝뚝 떨어지는 듯한, 발음과 행동. 모든 것이 물 흐르듯 자연스러워서 이상하다는 생각조차 들지 않는 사람이었다.

"아, 자네에게 소개해 주고 싶은 사람이 있어서 말이야."

"앗, 제게 말인가요?"

남자가 조금 놀란 눈으로 천연덕스럽게 반문했다. 백작이 빙긋 웃으며 고개를 끄덕였다. 그러곤 밀라이언에게 시선을 옮기더니 입을 열었다.

"이쪽은 페스텔리오 공작 각하시다."

"아, 처음 뵙겠습니다. 이스트라고 합니다. 미천한 평민인지라 성은 없는 점 양해 부탁드립니다."

"괜찮다."

밀라이언이 귀찮다는 듯 가볍게 손을 내저었다. 밀라이언은 작위나 계급에 그다지 신경을 쓰지 않는 사람이었으니까. 실력만 있으면 고양이 손이라도 빌리는 북부로선 그다지 드문 일도 아니었다.

"이분은 두 분의 아이신가요?"

"네, 세레누스라고 해요."

"무척 사랑스럽군요."

분홍색 눈동자가 부드럽게 휘어졌다. 눈꺼풀 아래에서 둥글게 휘어지는 동공을 보며 카리나가 고맙다고 말하곤 가볍게 웃었다.

이스트가 신력을 보이지 않게 모은 뒤 손을 조심스럽게 아이에게 가져다 댔다. 어느새 깬 듯 눈을 말똥말똥 뜨고 있던 세렌이 고개를 빼꼼 내밀곤 푸른색과 황금색의 눈을 깜빡였다. 아이의 시선이 오로지 분홍색 눈동자의 사내에게 닿았다.

"두 분께 신의 축복이 함께 하시길."

"꺄아아아!"

세렌의 눈동자가 한참이나 그에게 머무르더니 갑작 손을 휘저으며 까르르 웃음을 터뜨렸다.

"세렌?"

"마아!"

"이런, 무척 사랑스러운 분이시네요."

어느새 다가온 이스트가 아이의 볼을 가볍게 손가락으로 스쳤다. 너무 순식간이어서 막지도 못했고 너무 자연스러워서 눈치채지도 못했으며 심지어 아이에게 손을 댔는데도 기분이 나쁘지 않았다.

모든 게 기묘했다. 사내는 행동, 말투, 눈의 깜빡임, 심지어는 생김새조차도 자연스럽고 너무도 당연해 보였다. 그는 너무도 당연하게 그 자리에 존재하는 것처럼 느껴졌다.

"내 사람에게 함부로 접근하지 마라."

밀라이언이 허리에 차고 있던 검을 가볍게 움직이며 말했다. 검집에서 검을 빼지 않은 채 밀라이언은 이스트와 카리나의 사이를 막았다. 가슴에 닿은 검집에 그는 순순히 미소 지으며 한 걸음 물러났다.

"죄송합니다……. 아이가 너무 귀여워서요. 아이를 보는 건 이번이 겨우 세 번째라서."

"당연한 소리를."

"네……?"

"세렌은 원래 귀엽다."

밀라이언의 말에 카리나의 얼굴이 붉어지고 이스트의 얼굴이 묘해졌다. 그는 조금 당황한 듯 보이더니 이윽고 그러느냐며 능청스럽게 맞장구를 쳤다.

"빠아앙! 우바아!"

세렌이 열심히 입술을 놀렸다. 이스트를 향해 뻗는 손이 조금 필사적으로 보일 정도였다. 카리나가 당황한 듯 아이를 조심스럽게 품에 당겨 안으며 등을 토닥거렸다.

"……당신 혹시 신력을 가지고 있어요?"

"아! 네, 예전에는 지방의 이름 없는 신전에서 사제의 길을 걷기도 했습니다."

"역시……."

그녀의 입술 사이를 가르고 낮은 한숨이 새어 나왔다.

"그리고 아까 세렌을 만질 때 신력을 사용했죠?"

미간을 좁힌 카리나의 말에 이스트가 살짝 눈을 크게 뜨더니 금세 그런 기색을 감추곤 고개를 끄덕였다.

"아이를 보면 축복을 해 주는 게 버릇이라 실수했네요. 워낙 시골 마을에 있었다 보니 갓난아기를 보기가 힘들었어요. 실례가 되었다면 죄송합니다."

빙긋 입가에 미소를 띤 채 이스트는 고개를 깊게 숙여 보였다. 카리나가 물끄러미 사내를 내려다보다가 눈을 가늘게 떴다. 행동과 목소리는 완벽히 미안한 사람인데 분위기는 묘하게 아닌 느낌이다.

"실례예요. 그리고……."

미안하지 않은데 미안한 척하지 말라고 입을 열려던 카리나가 한숨을 내쉬며 목 뒤로 말을 삼켰다. 괜히 연회장까지 와서 소란을 피울 필요는 없다.

'뒤처리는 내가 아니라 밀라이언이 하게 될 테니.'

자신은 내키지 않아 이런 일에 끼어 들고 싶지 않으니까.

"어쨌든, 세렌은 신력에 민감해서요. 신력을 가진 사람에겐 대부분 호의적이니까 저로선 조심스럽네요."

"죄송합니다. 제겐 호의였는데 그렇게 생각하실 수 있을 거라곤 생각지도 못했습니다."

이스트의 눈꼬리가 살짝 내려갔다. 그는 침울한 듯 입꼬리마저 아래로 향한 채 다시 한번 사과를 했다.

'진짠가……?'

오랜만에 나와서 그런지 모든 사람이 다 가면을 쓰고 있는 것처럼 느껴졌다. 카리나가 그를 흘끗 보곤 떨떠름하게 고개를 끄덕였다. 밀라이언의 손이 그녀의 허리를 감싸고 달래듯 느릿하게 쓰다듬는다.

"신관은 왜 그만뒀지?"

밀라이언의 목소리에 이스트가 놀란 듯 눈을 크게 뜨더니 처연한 웃음을 입가에 머금었다. 씁쓸한 기억을 떠올리기라도 한 듯 한참이나 말이 없던 그가 마른세수를 하고서야 간신히 입술을 뗐다. 그 모든 것은 연기라고는 느껴지지 않을 정도로 완벽했다.

그러나 카리나는 그렇기에 더 가면처럼 느껴졌다. 저 얼굴 위 피부만큼이나 얇은 가면을 벗기면 그 아래에 다른 얼굴이 하나 더 있을 것 같았다.

"그저 기도만으론 사람을 살릴 수 없다는 걸 깨닫고 신전에서 나와 의원의 길을 걷고 있습니다."

"무슨 일이 있었나?"

"마을에 전염병이 유행했었습니다. 살리고 싶은 사람이 있어서 먹는 시간 자는 시간도 아껴 가며 기도했는데도…… 신께선 제 말을 들어주지 않더군요."

검지로 볼을 긁적이며 이스트가 배시시 어린아이같이 해맑은 웃음을 흘리며 수줍게 웃었다. 보는 사람이 누구든 한순간에 넋을 잃을 정도로 사랑스러운 미소였다.

"그래서 신전을 뒤로하고 의원이 되었습니다. 다행히 차라리 이편이 사람을 많이 살릴 수 있더라고요."

주변에서 귀를 기울이고 있던 귀족들 중에는 어쩐지 과하게 공감하며 고개를 끄덕이는 사람도 있었다. 밀라이언도 묘한 표정으로 미간을 좁힌 채 고개를 끄덕였다.

"그거…… 대단하군."

밀라이언의 입술이 달싹였다. 이스트의 분홍빛 눈동자가 이채를 띠며 둥글게 휘어졌다. 평소라면 절대 나오지 않을 그의 말에 카리나의 눈이 살짝 커졌다.

'……대단해?'

밀라이언이 겨우 저런 일로 누군가를 칭찬할 사람이던가. 카리나가 조금 기묘한 눈으로 고개를 돌려 그를 바라봤다.

"밀라이언?"

그녀의 부름에 밀라이언의 어깨가 움찔 떨렸다. 이스트의 시선이 살짝 가늘어지더니 마주하고 있던 밀라이언의 눈동자에서 순순히 시선을 돌렸다. 그제야 밀라이언이 고개를 돌려 카리나를 바라봤다.

"응, 카리나."

그가 허리를 굽혀 카리나의 목덜미에 입을 맞췄다. 카리나가 화들짝 놀라 움찔 몸을 떨었다.

"잠…… 아니 밖에서 뭐 하는 거예요."

"그냥. 뭔가 온기가 느끼고 싶어졌어."

밀라이언이 카리나의 목덜미에 입을 맞춘 채 숨을 들이켰다. 그녀의 살 내음이 코끝을 자극했다. 밀라이언의 멍했던 눈의 초점이 금세 돌아왔다.

'……이쪽을 이용하는 건 무리군.'

이스트가 주변을 훑는 척하며 생각했다. 과연 철혈이라고 불리는 북부의 공작이다. 수문장이니 괴물이니 하는 소문이나 귀족들이 두려워하는 이유를 알 것만 같았다. 신의 가호도 있지만, 그 자체도 조금 인간의 영역에서 벗어나 있었다.

'그건 그렇고 저 여자도 재밌네.'

제 능력을 자력으로 벗어나고 있었다. 그뿐이랴, 경계심을 늦추지 않으니 감화시키는 것은 한층 더 어려울 것이다. 처음 만났을 때부터 그녀만이 자신의 묘한 기류를 느낀 듯 긴장하고 있었다.

'아…… 이것도 탐나는데.'

이스트의 붉은 혀가 입술을 핥으며 드러났다 사라졌다. 오랜만에 탐나는 것들이 많다. 역시 황궁이라 그런지 보석이 많았다. 적어도 저것들을 얻으면 한동안은 재밌을 거다.

"어리광은……."

들려오는 목소리에 이스트의 시선이 다시 두 사람에게 돌아갔다.

밀라이언이 그녀의 어깨에 이마를 비비고 있었다. 어린아이처럼 구는 그 모습에 카리나는 낮게 타박하면서도 세렌을 한쪽 팔로 안으며 다른 손으론 그의 볼을 살살 문질러 줬다. 이스트의 표정이 묘해졌다.

'괴물을 받아들이는 포용력도 놀랍군.'

저 정도로 함께했다면 그의 잔인하기 짝이 없는 성향에 대해 모를 리가 없는데도 일말의 꺼림칙함도 없이 그를 대하는 것이 놀라울 정도다.

"바람 좀 쐬러 갈까요?"

"으음, 아니. 시간제한이 끝난 모양이야."

한 차례 귓가를 쫑긋거린 그가 한숨처럼 그녀의 귓가에 속삭이더니 그녀에게 맞춰 굽혔던 허리를 천천히 폈다. 그가 연회장 입구를 턱으로 가리켰다.

"칼란 디움 추기경 각하, 예르하시르 칼리움 리피트 교황 성하께서 입장하십니다!"

우렁찬 외침과 함께 입구부터 황제가 서는 상석까지 길게 늘어진 붉은 융단을 밟고 두 사람이 모습을 드러냈다. 연회장의 사람들이 묵례를 했다.

"……추기경?"

그들을 따라 묵례한 카리나의 입술이 달싹였다.

"몰랐어?"

"어, 그냥 상급 신관이라고만 생각해서…….."

카리나가 입술을 빼끔거렸다. 생각지도 못한 정체다. 물론, 실력이 뛰어나신 분이라곤 생각했지만 설마 추기경이리라곤 예상하지도 못했다. 당황한 듯 그녀의 눈동자가 살짝 확장됐다.

"모를 수도 있지. 추기경이 아니었으면 내 앞을 가로막는 순간……."

목을 베어 죽여 버렸을 거라고 하려던 밀라이언이 뒤늦게 옆에 있는 사람이 카리나라는 사실을 깨닫고 입을 다물었다. 하마터면 실수할 뻔했다. 밀라이언이 제 입안을 세게 깨물었다.

"황제 폐하, 황태자 전하, 황후 폐하께서 입장하십니다!"

연회장의 모두가 동시에 허리를 굽혔다. 밀라이언은 가볍게 묵례를 하는 것으로 인사를 대신했다. 덕분에 카리나 역시 굳이 허리를 굽히지 않았다.

황제가 안으로 들어오며 밀라이언을 발견한 듯 퍽 반가운 얼굴을 했다. 밀라이언은 무표정한 얼굴로 다시 한번 고개를 숙이는 것으로 그 반가움에 대한 대답을 보여 줬다.

"모두 일어나게."

황제가 가장 상석에 있는 황좌에 앉으며 말했다. 허리를 굽혔던 귀족들이 하나둘 허리를 폈다. 넓은 연회장에 귀족이 제법 됐다. 황제의 시선이 밀라이언을 향해 움직였다.

"오랜만에 얼굴을 보여 주는군, 페스텔리오 공작."

"오랜만에 뵙습니다, 황제 폐하."

무뚝뚝한 목소리로 밀라이언이 대답했다. 어쨌든 황제기 때문에 불손한 목소리나 표정을 하진 않았지만 무감정한 것은 분명했다.

"그렇게 불러도 나오지 않더니 아이가 자네를 수도에 눌러 앉히는군."

"아이가 몸이 약해서 요양차 잠시 온 것뿐입니다. 아이가 괜찮아지면 다시 돌아갈 예정입니다."

"아쉽군. 짐은 자네가 이 수도에 있었으면 하네."

입맛을 다시며 황제가 말했다. 저토록 든든한 검이 제국에 또 어디 있겠는가. 그의 무력을 누구보다 잘 알고 있는 황제로선 탐이 나지 않을 수 없는 인재였다.

"북부를 대신 맡아 줄 가문을 구해 주신다면 그래도 좋습니다."

밀라이언의 말에 귀족들 사이에서 숨을 삼키는 소리가 들렸다. 북부의 소문은 무성했다. 물론 사람들이 직접 와 본다면 조금 다르게 느끼겠지만, 대개의 귀족은 북부로 발걸음도 하지 않았다.

"아니면 북부를 그냥 둬도 괜찮으시다면 부디."

"말이 그렇다는 거네. 살벌하게 굴지 말게."

황제가 턱을 괸 채 가볍게 대꾸했다. 생각보다 황제는 밀라이언의 태도를 관대하게 봐주고 있었다. 사이가 나빠 보이지도 않고 그렇다고 막역하게 좋아 보이지도 않는다.

"그래, 공작 부인은 처음 보는……."

입술을 달싹이던 황제가 묘한 표정을 했다. 그가 곤란한 듯 턱을 매만지더니 이윽고 낮게 한숨을 내쉬었다.

'오늘 갑작스럽게 불참할 것 같다고 전언을 올린 이유가…….'

아무래도 이런 이유였기 때문인 듯했다. 제 아내의 일에는 끔찍하게 나선다고 하더니 친히 레오폴드 백작저까지 가서 협박을 하고 올 정도일 줄은 몰랐다.

카리나 레오폴드는 공식적으로 죽은 것으로 처리되었다. 따지고 보면 페스텔리오 공작 부인이 된 것은 '카리나'라는 이름을 가진 평민이었다.

사정은 대충 알고 있었다. 결혼 전 페스텔리오 공작이 평민과 결혼한다는 소문이 퍼지지 않도록 당부를 해 두며 사정을 설명해 왔다.

"아, 공작 부인은 나와 처음 만나는 거겠지. 어떤 이가 그의 철옹성 같은 마음을 녹였나 했더니 사랑스러운 이였군."

"……감사합니다."

묘한 표정으로 카리나는 고개를 끄덕이곤 적절한 감사 인사를 내뱉었다. 그러곤 냉큼 입을 다물어 버렸다.

'이쪽도 상대하기 불편하긴 마찬가지군.'

황제가 속으로 한숨을 내쉬었다. 거기에 더해 그녀가 불편해하는 걸 눈치챈 듯 밀라이언이 냉큼 카리나의 앞을 가로막았다. 황제의 입이 벌어졌다가 허탈하게 닫혔다. 그가 이윽고 대화를 포기하고 좌중을 둘러봤다.

"그래, 오랜만의 대연회라 북적북적한 것이 보기 좋군."

그가 입가에 미소를 띤 채 천천히 말을 시작했다.

"이번에 이렇게 그대들은 모은 것은 당부를 하기 위함이기도 하고 다시 한번 결속을 다지기 위함이기도 하네."

처음 듣는 얘기에 여기저기서 숨을 들이켜는 소리가 났다. 동시에 웅성임도 커졌다.

황제가 가볍게 팔걸이를 쥐며 다시 입을 열었다.

"최근 '살루타리스'라는 이름의 이교도가 제국 내를 어지럽히고 있네. 문제는 그 교주가 자신을 신으로 칭하며, 환술에 가까운 기묘한 힘을 부리고 다닌다는 것이다."

황제의 목소리에 귀족들의 입이 딱 다물어졌다. 그들은 황제의 말을 경청했다. 수도의 귀족이라면 모를 리가 없는 이야기였다.

"제국의 제법 깊은 곳까지 침투한 것 같으니 발견하면 곧장 내게 직통으로 알리거나 황실 경비대에 알려야 함을 잊지 말게."

황제가 매서운 눈으로 연회장 안을 천천히 훑으며 경고했다.

"각지에도 공문을 보낼 테지만, 그들과 조금이라도 연관된 자가 있다면 반역죄로 처벌할 거네."

황제의 목소리가 매서웠다. 웃는 얼굴이 퍽 무르게만 보이던 사내는 어느새 차갑기 짝이 없는 시선을 하고 있었다. 황제는 나이가 믿기지 않을 정도로 시선이 매서웠다.

"누구라도…… 특히 귀감이 되어야 할 귀족의 임무를 지닌 자네들은 더더욱 결코 해선 안 될 일임을 알고 있으리라 믿네."

귀족들이 대답 대신 허리를 굽히는 것으로 그에게 충성을 표했다. 카리나가 밀라이언을 따라 가볍게 묵례하며 주변을 살폈다. 아까까지만 해도 있었던 이스트가 없다.

'……귀족이 아니라 쫓겨났나?'

동행인이라곤 해도 귀족이 아닌 건 맞으니 불편할 수도 있긴 하겠지. 그렇게 생각해도 될 문제인데 왜 이렇게 기분이 묘한 것인지 모르겠다.

"또한, 이번 일에 북부가 엮였다는 소문이 나 있던데 어찌 된 일인가, 페스텔리오 공작?"

밀라이언이 한 발 앞으로 나섰다. 이게 바로 그가 오늘 여기에 굳이 끌려온 이유였다. 물론 언제까지 자식과 아내를 숨길 거냐는 황제의 고집도 있긴 했지만.

"일전에 문서로 보고드렸던 건과 비슷한 이야기입니다. 사라진 거대한 산맥은 갑자기 사라진 게 아니라 원래 드래곤의 무덤이었던 곳이었습니다. 드래곤이 다시 환술을 걸긴 했지만, 오래가진 않을 겁니다."

밀라이언이 차분한 목소리로 황제의 질문에 답했다. 그러면서도 목소리를 크게 해서 누구나 들을 수 있도록 했다.

"드래곤?"

"드래곤이라니……. 전설 속에만 있는 일이 아니었나?"

"드래…… 괴물이 있어?"

여기저기서 웅성거림과 동요의 목소리가 들렸다. 밀라이언의 미간에 깊은 골이 생겼다. 그는 조용해질 때까지 입을 열지 않겠다는 듯 두 입술을 딱 붙였다.

"다들 조용히 하게!"

황제가 주먹으로 팔걸이를 내려치며 소리쳤다. 그제야 귀족들의 목소리가 쏙 들어갔다.

"계속 설명하게, 페스텔리오 공작."

"네, 거대한 괴물이 북부의 상공에 떠올랐다는 소문은 드래곤의 비행이 와전된 모양입니다."

"페스텔리오 공작, 그 말은…… 드래곤이 되살아났다는 말입니까?"

연회장 인파 사이에서 누군가가 커다란 목소리로 질문을 던졌다. 밀라이언의 표정이 살짝 굳었다가 펴졌다. 이래서 그냥 문서로 남기고 싶었다는 거였다. 황제의 고집에 결국 여기까지 오긴 했지만.

'……아무리 생각해도 득이 될 수는 아닌 것 같군.'

실과 득을 비교해 보자면 실이 더 클 것이다. 그러나 황제는 황제. 명령이니 따를 수밖에 없다. 굳이 그와 실랑이를 하고 싶지도 않고.

"말 그대로다. 그곳에 있던 드래곤이 모종의 이유로 되살아났다."

또다시 웅성거림이 커졌다. 살린 것은 카리나의 힘이다. 황제에겐 그 건에 관해서 보고를 올렸지만 정식으로 수면 위로 올리고 싶은

일은 아니었다. 황제도 이곳에 나서는 대신 그 건에 대해선 허락을
했다. 알려져서 좋을 것 없는 능력이었으니까. 이미 그 능력을 상실
하기도 했고 말이다.

"또한, 북부의 수많은 마수……."

밀라이언이 곤란하다는 듯 말을 끌었다. 이건 어떻게 포장해도 사
실 답이 없다. 턱을 매만진 밀라이언이 결정한 듯 입을 열었다.

"이건 무슨 말을 해도 소용없을 것 같습니다. 와전되면 막을 방법
은 없습니다. 북부에서 마수 개체 수를 다 파악하고 있는 건 아니니
까요."

그의 솔직한 말에 귀족들이 고개를 끄덕였다. 누가 토벌할 마수의
수를 세고 다니겠는가. 특히나 마수의 습성 중 하나가 어딘가에 잘
숨어 있는 것이라고 했으니 수를 파악하는 것은 더욱 힘들 것이다.

"또한, 제가 분노의 철퇴에서 벗어나지 못했다는 건, 마수와 싸우
다 방심한 틈에 크게 다쳐 중태에 있었기 때문입니다."

그다지 꺼내고 싶지 않은 주제였다. 그녀의 물약 덕분에 흉터 하
나 없이 낫게 되긴 했지만 그 때문에 그녀는 드래곤을 그려 스스로
의 생명을 전부 깎아 먹었다.

그것은 자신이 나약했던 탓이다. 그렇지 않았다면 그녀를 지킬 수
있었을 텐데. 그것은 밀라이언에게 오랜 시간 꽂혀 있을 것이다. 녹
지 않는 얼음으로 된 창처럼. 그의 얼굴이 살짝 어두워졌다.

"어떤 마수와 싸웠기에 그렇게 된 겁니까?"

어딘가에서 목소리가 들렸다. 미간을 좁힌 밀라이언이 잠시 대답
하지 않았다. 카리나의 표정도 그다지 좋지 않았다. 아무리 생각해
도 좋게 작용할 사실은 아니었기 때문이다.

"말하게, 공작."

"처음 보는 새로운 종류의 마수였습니다."

황제의 허락에 밀라이언은 순순히 입을 열었다. 여기저기서 동요가 일었다. 황제의 표정도 그다지 좋지 않았다.

'확실히, 분위기를 조장하는 놈들이 있는 것 같군.'

방금 질문을 한 것도 전혀 다른 사람 둘이었다. 사실 헤르타나 새로운 몬스터가 어디에서 태어나는 건지 정확히 알 순 없지만 마수가 탄생한 비화에 대해서는 들었다. 텅 비어 버린 산맥엔 아지다하카가 다시 환술을 걸어 주고 갔다. 누구나 그곳엔 다시 산맥이 생긴 것처럼 생각하게 될 것이라면서.

'기분 나쁘군.'

누군가의 손바닥 위에서 연극을 하는 기분이다. 제 의지로 말을 하고 대화를 하지만 미묘하게 북부의 속사정을 건드리는 질문들이었다. 밀라이언이 한 걸음 다시 물러났다.

"떠도는 소문에 대한 것은 대개 거짓임이 밝혀졌네. 말하지 못한 속사정도 있지만, 소문이 거짓이라는 것은 황제의 이름을 걸고 보증하지."

황제가 느릿하게 연회장을 훑었다. 100명 가까이 되는 귀족과 연회장 한쪽에서 대기를 하는 시종 시녀들이 보였다. 황제가 낮게 한숨을 내쉬었다.

"그리고 이건 연장자로서의 조언이네. 작은 욕심에 눈이 멀지 않게 조심하게. 그저 달콤하기만 한 형편 좋은 이야기는 어디에도 존재하지 않으니 말이네."

말을 끝낸 황제가 손짓하자 멈춰 있던 악단이 다시 연주를 시작했다. 그가 좌중을 한번 둘러보더니 순순히 입을 열었다.

"자, 다들 편하게 연회를 즐기게. 그리고 페스텔리오 공작은 잠시 이쪽으로."

"……."

밀라이언의 눈살이 찌푸려졌다. 그러나 어찌할 순 없다. 그가 한숨을 푹 내쉬곤 앞머리를 매만졌다.

"다녀와요. 나 잠시 뒤뜰 정원에 다녀올게요."

"……미안. 고레든을 붙여 줄게."

"고레든이라면…… 아까 소집되어서 어딜 가는 것 같던데요?"

카리나의 말에 밀라이언의 표정이 묘해졌다. 무슨 일인데 귀족의 호위를 굳이 다 소집할 필요가 있지? 눈을 한 차례 깜빡인 밀라이언이 그러느냐며 고개를 끄덕였다.

"멀리 가지 말고 이 연회장 뒤뜰의 정원으로 가. 내가 금방 갈게."

"알겠어요. 걱정 말아요. 황성엔 사람도 많은데요."

"그렇지."

밀라이언이 카리나의 볼에 가볍게 입을 맞췄다. 그녀가 연회장을 나섰다. 밖으로 나오니 가슴골 사이에 얼굴을 푹 묻고 있던 세렌이 쫑긋거리며 얼굴을 들었다.

"마아아…… 마아……."

칭얼거리며 아이가 그녀의 쇄골에 얼굴을 비벼 댔다. 눈에는 눈물이 가득했다. 아무래도 아이 나름대로 열심히 꾹꾹 괴로움을 참았던 모양이다.

'분위기가 심각했으니까.'

게다가 생각해 보니 질문을 하겠다고 여기저기서 소리를 지르고 심지어 황제는 조용히 하라며 팔걸이를 치고 언성을 높이기도 했다.

"미안해, 세렌. 엄마가 신경을 못 써 줬네."

"후으응……."

다정한 목소리에 더욱 서러운 듯 아이가 히끅거리기 시작했다. 카리나가 얼른 연회장 뒤뜰에 마련된 의자에 앉았다. 그녀가 무릎을 모아 아이를 내려 두고 귀를 막아 줬다.

"흐이이……."

그럼에도 아이는 영 편해 보이지 않았다. 그녀가 조금 더 힘을 줘 귀를 막아 주고서야 아이는 훌쩍거리면서도 한결 편해진 표정을 했다.

"얼른 집으로 돌아가고 싶지?"

"마아?"

"엄마도 돌아가고 싶다."

시끄러운 건 질색이다. 그녀가 느릿하게 세렌의 눈동자를 마주 보았다. 가볍게 아이의 이마에 입을 맞추고 나니 세렌이 까르르 웃음을 터뜨린다.

"사랑해, 아가."

"따아!"

카리나가 느릿하게 눈을 깜빡였다. 뒤에서부터 누군가가 그녀의 허리를 감싸 안았다.

"밀라이언, 벌써 왔……."

당연히 밀라이언인 줄 알았던 카리나의 등허리가 뻣뻣하게 굳었다. 그보다 덜 단단하고 체취도 체형도 다르다. 그녀가 비명을 지르며 몸을 비틀려는 순간, 차가운 칼날이 목 밑에 닿았다. 뒤에 있는 남자가 그녀의 오른쪽 손목을 붙잡은 채 칼날을 바싹 가져다 댔다.

"쉿. 아이에게 나쁜 꼴을 보여 주고 싶지 않으면 조용히 해야지, 카리나 레오폴드 영애."

"……."

뚝, 움직임이 멈춘 카리나의 앞으로 그림자가 졌다. 앞뒤로 진 그림자에 시야가 좁아졌다. 뒤에서 제 목에 단검을 들이대고 있는 자는 움직이지 않았으니 적어도 둘이 공범이라는 얘기다.

자연스럽게 뻗어 온 손이 세렌을 안아서 데려갔다. 카리나의 표정이 굳었다. 말을 하려고 하면 목에서 차가운 검날이 느껴졌다. 세렌이 울음을 터뜨리지 않는다. 카리나가 차마 검 때문에 고개를 들지 못하고 주먹을 꽉 쥐었다. 손에 땀이 찼다.

'목에 검이 베여도 얼마나 살 수 있지?'

그 와중에 아이를 뺏어 필사적으로 도망갈 가능성은? 그녀의 머릿속이 빠르게 굴러갔다.

"이제 괜찮아요. 놓으셔도 됩니다. 아이가 손에 있는 한 어차피 아무것도 못 할 테니까요."

익숙한 목소리가 귓가를 때렸다. 카리나의 입이 경악을 담은 채 벌어졌다. 그녀가 천천히 고개를 들었다.

"……너."

그녀의 목소리가 무겁게 가라앉았다. 이스터의 단정한 얼굴이 해사한 미소를 지은 채 그 자리에 서 있었다. 세렌은 멀뚱멀뚱한 것을 보아 그다지 불편함을 느끼지 못하고 있는 듯했다.

'……저런 성향이 독이 될 줄이야.'

신력을 가진 사람이라면 호의를 표하는 세렌의 성격이 이렇게 이용될 줄은 몰랐다.

"이런, 공작이 아니라 실망하셨나 봐요."

"아쉽게도 페스텔리오 공작은 한동안 못 올 거야."

어쩐지 가볍기 짝이 없는 목소리에 카리나가 한 차례 눈을 깜빡였다. 뒤에 서 있던 남자가 팔짱을 낀 채 이스터의 옆에 섰다.

"……황태자?"

"오, 알아보네. 계속 다른 곳만 보고 있기에 못 알아보려나 싶었는데, 카리나 레오폴드."

카리나의 얼굴에 당황이 깃들었다. 굳이 얼굴을 보지 않아도 그가 입은 옷은 황족의 것이었다.

'설마 황족이 이교도와…….'

그녀가 천천히 손을 들어 제 얼굴을 쓸어내리곤 달빛을 등지고 선 이스터를 노려봤다.

"세렌을 돌려줘."

그녀의 요구에 이스터가 화사하게 웃었다.

"아, 곤란하죠. 이걸 얻으려고 내가 오랜만에 머리를 얼마나 굴렸는데."

이스터가 다정하기 짝이 없는 목소리로 세렌의 등을 쓸어내리며 조곤조곤 말했다. 그에게선 적의가 느껴지지 않았다. 그래서 그런지 세렌은 반항하지도 울음을 터뜨리지도 않는다.

"하지만 당신이 날 쫓아오는 건 허락해 줄게요, 카리나."

달빛을 머금은 진분홍빛 눈동자가 샐쭉하니 휘어졌다.

"……너, 미쳤어?"

"이런, 그럴 리가요."

"밀라이언은 둘째 치고 그 애 대부가 누군지 알고 하는 말이지?"

카리나는 황당하다는 듯 되물었다. 세렌의 목숨에 문제가 생기거나 세렌이 진심으로 울음을 터뜨리면 언제든지 달려오겠다고 말해 주었던 아지다하카다. 그는 대부가 되었으니 자신이 살아가는 동안 아이의 시간을 지켜 주겠다고 했다.

그녀는 신력을 전부 잃어서 이제는 그림을 그릴 수조차 없게 됐지만, 그렇다고 눈앞에서 아이가 납치당하는 꼴을 웃으면서 볼만큼 멍청하지 않았다.

'그리고 소환하는 방법이 하나 더 있지.'

아지다하카가 알려 준 방법이다. 제 목숨에 문제가 생기면 그는 바로 알 수 있다. 카리나가 가진 기적의 힘으로 되살아난 아지다하카인만큼, 그녀의 생명력이 꺼져 가는 것을 멀리서도 느낄 수 있다고.

"대부? 아아⋯⋯. 알고 있지요."

"알 리가 없을 텐데."

카리나가 헛웃음을 삼키며 대답했다. 아지다하카의 존재는 공공연한 비밀이다. 그가 알 리가 없다.

"페리얼 칼로스 공작 아닌가? 어쨌든 얌전히 따라오면 아이도 부인도 무사할 거야."

황태자가 옆에서 말했다. 카리나의 입술이 비딱하게 올라갔다. 아이나 밀라이언을 볼 때는 봄 햇살처럼 따사로웠던 시선이 얼음장보다 더 싸늘하게 뒤바뀌었다. 그 놀라운 변화에 황태자의 얼굴이 살짝 굳었다.

'원래 이런 분위기였나?'

황태자는 예전부터 그녀를 알고 있었다. 자주 연회에 모습을 드러내는 사람은 아니었지만, 그가 모르는 영애가 있을 리가 없었다. 존재감이 옅고 기가 약한, 누군가의 말에 대들 줄 모르는 여자라고 생각했었다.

"개 같은 소리 하시네요, 황태자 전하."

"……뭐라고?"

"약 파는 것도 아니고 어디서…….'"

카리나가 울컥 차오른 짜증을 애써 억눌렀다. 생글생글 휘어진 눈동자로 웃고 있는 이스터는 이 상황이 무척 흥미롭고 재미있는 듯했다. 유약하게만 보였던 여자가 제 아이를 위해 가시를 세우고 날을 세우는 변화가 무척 신기했다.

"모성애는 참 신기하네요. 사람을 변하게 하잖아요?"

여전히 꿀 바른 듯한 목소리였으나 역겹기 그지없다. 이스터의 눈매가 한층 더 화사하게 휘었다.

"미쳤나, 영애?"

"미친 건 그쪽이시죠. 황제 폐하를 두고 이런 미친 짓을 벌이고……. 감히 그 애가 누군 줄 알고 더러운 손을 댈 생각을 해."

"허! 북부에서 살더니 완전히 미쳤나 보군."

황태자가 심기가 불편하다는 듯 단검을 이리저리 매만지며 말했다. 카리나가 머리를 쓸어 올렸다. 이스터가 황태자의 손에서 단검을 자연스럽게 가져와 아이의 볼에 가까이 가져다 댔다. 그러자 카리나의 얼굴이 딱딱하게 굳었다.

"하지 마."

"조용히 따라와 주시면 하지 않는다고 했잖아요."

휘어진 눈동자가 무척 다정하게만 보였다. 사람을 홀리는 눈이라는 것은 아마도 이런 것을 말하는 게 아닐까 싶을 정도다. 물론 카리나의 눈에는 그보다는 세렌의 오드아이가 그저 아른거렸다.

"사실 얼굴에 상처가 나거나 눈동자 하나 뽑는 것 정도는 제게 별 문제가 되지 않아요. 그런다고 가지고 있는 신력이 사라지는 건 아닐 테니."

"손이라도 댔다간…… 내가 널 죽일 거야."

"그러니 움직이죠. 슬슬 시간이 부족하네요. 당신이 가지 않겠다면 아이만 데리고 가겠습니다."

환하게 웃는 이스터를 보며 카리나가 주먹을 꽉 쥐었다. 호신술을 배운 것도 아니고 황태자의 허리춤에 달린 검도 신경 쓰인다. 저런 황태자여도 꾸준히 검술 훈련을 받은 남자다. 여기서 제 심장에 검이 박히거나 어쨌든 목숨이 위험한 사태에 직면하면 아지다하카가 곧장 오겠지만 그건 일단 최후의 선택이었다. 심장에 상처나 균열이 생기면 그만큼 살 수 있는 시간도 줄어든다.

"어디로 갈 건데?"

이스터가 황태자의 품에 아이와 단검을 넘겨주곤 가볍게 아이의 이마를 쓸었다. 아이가 눈을 동그랗게 뜨더니 또다시 까르르 웃음을 터뜨렸다.

'……젠장.'

카리나가 머리를 쓸어 넘겼다. 아무것도 모르는 어린아이의 탓을 할 순 없다. 제대로 지키지 않았던 자신의 탓이다. 이스터가 그녀에게 사뿐사뿐 걸어와 어깨에 손을 얹었다.

"처음 봤을 때부터 궁금한 게 있었는데요, 카리나."

"누가 카리나……!"

말을 채 끝내기도 전에 그의 손에서 새까만 무언가가 스멀스멀 기어

나왔다. 꿈틀거리던 그것들은 마치 그녀의 몸에 스며드는 듯 보였다.

"뭐 하는……."

욱신!

갑작스럽게 심장에 밀려드는 통증에 카리나가 숨을 삼키며 가슴께를 부여잡았다. 그녀가 얼굴을 일그러뜨리며 천천히 몸을 숙였다. 이스터가 그녀를 달래듯 허리를 단단히 부여잡고 쓰러지지 못하게 만들었다.

"카리나의 심장, 신력과 마력이 균형을 간신히 맞추고 있는 것 같은데. 신력이 많아지면 어떻게 되나요?"

흥미로움과 호기심 가득한 물음에 카리나의 얼굴이 한층 더 괴롭게 일그러졌다. 괴로운 신음과 함께 몸을 벌벌 떨며 무너지는 그녀를 따라 몸을 숙인 이스터가 고개를 옆으로 툭 기울였다.

"정확히는 마력이 신력을 막고 있는 형상이네요. 마치 선과 악이 대립하듯이."

그의 시선이 그녀의 가슴 사이로 향했다. 마치 보이지 않는 무언가를 보듯이. 카리나가 이를 악문 채 억지로 버티고 섰다. 오랜만의 통증에 뒷골이 띵했다. 쿵, 쿵, 쿵. 심장이 빠르게 뛰었다. 파직, 어딘가에서 균열이 나는 소리가 들렸다.

카리나가 손을 늘어뜨렸다. 괴로웠던 호흡이 천천히 원래대로 돌아왔다. 멈췄던 모래시계가 다시 흘러가는 소리가 들렸다. 카리나가 손을 뻗어 그대로 이스터의 목을 붙잡았다. 이스터는 미간을 좁혔으나 그녀의 손길을 피하진 않았다. 위협적이지 않다고 판단한 것처럼.

"내가 널 지금 죽이고 싶은데……."

카리나의 눈동자가 서서히 황금빛으로 물들었다. 푸르디푸른 홍

채를 잠식해 가는 금빛 눈동자를 보며 이스터는 등줄기가 오싹해지는 것을 느꼈다.

"이건 정당방위겠지?"

목소리가 서늘하다. 이스터는 눈을 동그랗게 뜨더니 웃었다. 웃음을 터뜨리는 그 모습이 얼마나 유쾌해 보이는지 모를 일이었다. 그는 그녀의 심장에서 벌어지는 기이한 일을 눈에 담았다. 붉은색의 마력을 새하얀 신력이 야금야금 먹어 치우고 있었다.

"이봐, 교주! 시간이 없어."

"아……. 알고 있습니다."

대답하며 한걸음 물러나려는 이스터를 카리나가 조금 더 힘을 줘 붙잡았다. 카리나의 새하얀 손길은 그다지 위협이 되지 못했다.

팔랑, 새파란 나비 한 마리가 그의 옆으로 스쳐 지나갔다.

"미친, 저게 뭐야……?"

마치 하늘에 먹구름이라도 낀 듯 세상이 어두워져 갔다. 황태자가 고개를 젖힌 채 황당한 목소리로 읊조렸다. 그러나 그 기현상에도 불구하고 카리나도 이스터도 고개를 젖히지 않았다. 어두워진 세상에서 먹잇감을 보는 포식자처럼 보이는 카리나의 황금빛 눈동자에 이스터는 그저 눈을 번뜩였다.

'가지고 싶어.'

눈앞의 것을 가지고 싶다. 이스터는 속에서 들끓는 욕망에 천천히 숨을 들이마시고 내쉬기를 반복했다. 이것은 제 것이다. 제 물건이다.

손을 뻗은 이스터가 카리나의 손목을 낚아챘다. 순식간에 푸른 나비가 하늘 높이 날아올랐다. 족히 수천 마리는 되어 보이는 나비가 쏟아지는 달빛을 가로막으며 그들을 향해 날아왔다. 한 마리 한 마리씩 보자면 아름답기 짝이 없었으나 모여 있으니 지독할 정도로 징그러웠다.

카리나는 푸른 나비가 이스터의 몸을 갉아먹는 상상을 했다. 머릿속에서 그리고 그것이 실현되기를 바랐다. 그 순간, 나비들이 이스터를 향해 쏜살같이 몸을 날리기 시작했다. 그것들이 이스터를 향해 날아들었다.

"나비……?"

그제야 주변 환경에 눈을 돌린 이스터가 미간을 좁히며 중얼거렸다. 짜증스럽게 나비들을 팔로 내치려는데 그것들이 이스터의 팔에 떡하니 내려앉아 입을 쩍 벌렸다. 꿀을 빨아 먹는 대롱 주둥이가 있어야 하는 나비에게 마치 육식동물과 같은 날카로운 이빨이 보였다. 그것은 작고 연약하게 보였으나 무언가를 뜯어먹기에는 문제가 없어 보였다.

이스터도 뒤늦게 그것을 깨달은 듯 다급히 나비를 내치며 뒤로 물러났다. 카리나의 시선은 오로지 이스터에게 닿아 있었다. 그것이 마치 하늘 높은 곳에서 아래를 내려다보는 초월자의 눈과 같아서 이스터는 잠시 말을 잃었다.

저것은 자신을 잡아먹으려는 눈이다. 용서는 없을 것이다. 이것은 그저 포식자와 피식자의 먹이사슬과도 같았으니까.

"그걸 내놔요!"

이스터가 제게 달려드는 나비들을 보곤 황태자에게로 뛰어가 세렌을 빼앗아 들었다. 이스터를 잡아먹을 듯 날카로운 이빨을 딱딱거리며 날아들던 나비들이 뚝 그 자리에 멈춰 섰다.

이스터가 단검을 쥔 손을 세렌의 눈 바로 앞에 가져다 댔다. 조금만 움직여도 아이의 푸른 눈동자에 단검이 박힐 것이다. 카리나의 황금빛 눈동자가 풍랑에 휩쓸린 배처럼 거칠게 흔들렸다.

"세렌에게서 손 떼……!"

"거절할게요. 조용히 따라오시지요."

"교주! 문제가 생겼다지 않나! 벌어 둔 시간은 이미 끝났어! 경비병들이 몰려올 거야."

황태자가 혀를 차며 말했다. 계획이 제대로 흐트러졌다. 원래대로라면 이스터가 세렌과 카리나를 데리고 도망가면 자신이 그녀가 이교도와 내통하고 있었다는 이야기를 뿌릴 예정이었다. 그런데 이 꼴이 뭔가. 제대로 풀리지 않아 자신의 처지 또한 안전하지 못하게 됐다. 이스터가 이를 악물었다.

"아이를 내놔. 그럼 쫓지 않을게. 밀라이언도 내가 막는다고 약속할게."

카리나가 두 팔을 앞으로 내밀었다. 그리고 눈이 마주친 세렌을 향해 웃어 주자 세렌이 눈을 동그랗게 뜨더니 그녀의 가슴께를 물끄러미 바라봤다.

"어서."

카리나가 초조함에 다시금 그를 재촉했다. 한참이나 세렌은 웃지도 않은 채 제 모습을 바라봤다. 아이의 눈가가 촉촉하게 젖어 가더니 굵고 말똥만 한 눈물이 툭 바닥으로 떨어졌다.

"교주!"

"……약속은 지키시리라 믿습니다."

"지켜."

카리나가 위협하듯 허공에서 비행하는 나비를 바라보며 말했다.

이스터가 바닥에 세렌을 내려 뒀다. 그러곤 혀를 차며 로브를 뒤집어쓰고 몸을 돌렸다. 그의 뒤를 바라보며 황태자도 어쩔 수 없다는 듯 쫓아갔다.

멀어져 가는 그를 보며 카리나가 머릿속 상상을 지워 버렸다. 그러자 하늘을 뒤덮고 있던 나비들이 순식간에 바스러져 재가 되어 사라졌다. 그중 남은 나비 한 마리가 팔랑거리며 이스터의 뒤를 쫓아 그의 로브 안쪽에 쏙 들어가 모습을 감췄다.

"카리나! 젠장! 기다려!"

위에서 들려오는 목소리에 대답할 틈도 없이 그녀가 급히 세렌을 향해 달려갔다. 바닥에 무릎을 꿇은 그녀가 다급히 아이를 품에 안았다. 그녀의 품에 안긴 세렌의 얼굴이 왈칵 일그러졌다.

"흐으…… 흐아아아앙!!"

난생처음 듣는 울음소리에 카리나의 눈이 크게 뜨였다. 위쪽에서 우당탕탕 무언가가 무너지는 소리가 들리더니 쿵하는 소리와 함께 바닥으로 떨어졌다.

"……제 아내와 아이의 일은 제가 알아서 합니다. 레오폴드 백작 건도 마찬가지입니다. 폐하께서 신경 쓰실 일은 아닌 듯합니다."

"병을 앓고 있다고 들었네. 안사람이 소중하면 제대로 사람을 붙이게."

"신경 쓰지 않으셔도 됩니다. 이 건에 관해선 더 할 말이 없습니다. 이것 때문이라면 이만 가 봐도 되겠습니까? 카리나가 걱정됩니다."

이야기가 길어짐에 따라 밀라이언의 얼굴도 점점 딱딱하게 굳어 갔다. 사무적으로 대하고 있는데도 눈앞의 황제는 호락호락하지 않았다. 손아랫사람을 가볍게 상대하는 연륜이 느껴졌다.

"황태자가 자네라면 범인을 알 수도 있을 거라더군."

"제가 말입니까?"

"그래. 혹시 접점이 있었을지도 모른다고. 자네의 충심을 의심하는 건 아니지만 북부의 소문이 상세했지. 이상한 소문을 들은 것도 없나?"

"모릅니다. 설령 있더라도 북부의 일은 북부에서 알아서 처리합니다. 북부에서 난 쓰레기는 내 영역 안에서 전부 소각하니까요."

밀라이언의 말에 황제가 턱을 매만졌다. 밀라이언이 뒤에서 손을 썼다고 생각하는 건 아니지만 그가 그리 귀중하게 아끼는 공작 부인이 신경 쓰였다. 지금 도는 소문은 놀랍게도 치료에 관한 이야기였다. 불치병을 안고 있다는 그의 아내가 신경 쓰이는 것은 당연한 수순이었다.

"혹여 걱정돼서 하는 말이네. 욕심에 눈이 멀지 말게."

"차라리 악마에게 영혼을 팔고 말지, 그런 멍청한 짓은 하지 않습니다. 그녀를 살릴 수만 있으면……."

뭐든지 할 수 있는데. 세상에 없는 무엇이라도 가져다 줄 자신이 있는데, 그것도 불가능했다.

"저게 다 뭐야?"

"세상에…… 징그러워라."

"파란색…… 나비……?"

웅성거리는 소리 사이로 들린 목소리에 밀라이언의 귀가 쫑긋거리며 움직였다. 그의 표정이 딱딱하게 굳었다. 황제를 보며 가볍게 고개를 숙인 그가 그대로 몸을 돌렸다. 성큼성큼 걸어가자 테라스 아래로 고개를 숙이고 있는 그녀가 보였다. 파란색 나비는 보이지 않았지만 그것은 분명히 카리나였다. 밀라이언의 눈이 크게 뜨였다.

"카리나! 젠장! 기다려!"

카리나는 제 쪽은 쳐다보지도 않고 곧장 세렌을 향해 달려갔다. 그러곤 무릎을 꿇고 아이를 품에 끌어안았다. 그 애절한 모습에 밀라이언의 눈이 크게 뜨였다.

"흐으……."

당장 몸을 돌려 연회장 밖으로 나가려던 그의 귓가로 낮은 흐느낌이 들렸다. 밀라이언의 몸이 뻣뻣하게 굳었다. 그가 붙잡은 테라스 난간에 쾌득 균열이 생겼다.

"흐아아아앙!!"

서럽게 우는 세렌의 커다란 울음소리에 밀라이언은 아무런 생각도 하지 않았다. 그가 돌리려던 몸을 다시 제자리로 하곤 그대로 주변을 둘러싸 구경하는 놈들을 노려봤다.

"……저리 다 꺼져."

밀라이언이 그대로 테라스 난간을 밟고 가볍게 점프해 아래로 뛰어내렸다. 쿵! 정원 바닥이 움푹 파였다. 평범한 2층보다도 더 높은 높이에서 뛰어내렸음에도 밀라이언의 표정에 변화는 없었다. 그는 곧장 카리나에게 달려가 울음을 터뜨린 아이를 달래는 그녀의 곁에 몸을 숙이고 앉았다.

"카리나…… 괜찮……."

그녀의 옆으로 와서 얼굴을 살피려던 밀라이언의 얼굴이 딱딱하게 굳었다. 그의 얼굴이 아프게 일그러졌다. 주먹을 꽉 쥔 밀라이언이 당황한 듯 보이는 그녀와 세렌을 제 품에 끌어안았다.

"밀라이언, 어쩌죠? 세렌이 울음을 그치질 않아요."

"……괜찮아. 쉬이, 세렌. 뚝 해야지. 왜 울어?"

다정한 목소리로 밀라이언이 카리나에게서 아이를 넘겨받았다. 세렌의 울음소리가 한층 더 커졌다.

"……이런."

"……교황 성하."

"너……."

다가온 교황이 굳은 표정으로 카리나와 세렌을 번갈아 봤다. 세렌의 시선이 카리나에게 고정돼 있다는 것을 깨달은 그녀가 성큼성큼 아이에게 다가갔다.

"흐아아아앙! 흐아앙!"

아이의 울음소리가 한층 더 커졌다. 신력을 좋아하던 아이가 그조차도 거부하는 듯이. 당황한 듯 카리나가 황급히 자리에서 일어나 세렌의 머리를 살살 쓰다듬었다.

"……으음, 내가 안 좋을 때 왔느냐?"

"아지다하카……."

"네 몸에 이상이 생긴 것 같아서 왔다만…… 내 꼬맹이가 울고 있군. 대부로서 가만히 있을 수 없지."

아지다하카가 성큼 다가가 세렌을 덥석 들어 품에 안았다. 흠칫, 놀란 아이가 눈을 동그랗게 뜨더니 서럽게 흘리던 눈물을 뚝 멈췄다. 맺혀 있던 눈물이 후드득 후드득 떨어지자 카리나가 괴로운 표정으로 얼굴을 일그러뜨렸다.

"이런, 많이 놀랐구나. 꼬맹아."

"……놀라요?"

"신력이 네 심장을 집어삼키는 꼴을 본 모양이구나."

아지다하카가 손을 뻗어 카리나의 머리를 툭툭 두드렸다. 그녀의 머리를 타고 붉은 마력이 스며들었다. 카리나의 황금빛 눈동자가 천천히 사그라들었다. 눈동자가 다시 푸른색으로 물들어 가는 그 기이하면서도 아름다운 광경을 눈을 동그랗게 뜬 채 지켜보던 세렌이 그제야 완전히 눈물을 멈췄다. 여전히 히끅거리는 잔울음은 들렸지만 아까처럼 서럽게 울진 않았다.

"……당신은."

"흐음, 신의 사자군."

아지다하카가 교황을 힐끗 보며 말했다. 그러곤 카리나의 품에 세렌을 넘겨줬다. 세렌이 고사리 같은 작은 손을 꼬물대며 카리나의 옷자락을 꽉 쥐고 그녀의 가슴팍에 얼굴을 팍 묻었다.

히끅, 히끅!

"그래서 누가 내 주인과 대녀를 이런 표정을 하게 만들었을까?"

아지다하카가 웃으며 물었다. 눈빛은 싸늘했지만 목소리와 표정은 다정했다. 카리나는 그 물음에 잠시 눈을 감았다가 떴다. 그녀가 천천히 고개를 숙여 아이의 머리에 코를 박았다. 싸늘하게 식었던 손끝이 서서히 다시 원래의 온기를 찾아갔다.

"내 능력에서 태어난 생명의 일부를 가져간 놈이요. 신력을 사용하던 그놈이…… 교주였어요."

"……흐음."

쿠웅! 지진이 울린 듯 땅이 크게 진동했다.

"꺄아아악!"

여기저기서 비명이 들리기 시작하며 아지다하카의 주변으로 붉은 마력이 회오리쳤다. 휘우웅, 몰아치는 바람에 나무와 풀들이 거세게 흔들렸다. 옷자락과 머리카락은 말할 것도 없었다.

카리나의 힘은 아지다하카의 것과 어느 정도 섞여 들어 있었다. 그렇기에 아지다하카는 제힘이 어디에 조각조각 나서 흩어져 있는지 추적하는 것이 가능했다.

"카리나, 고레든과 함께 저택으로 돌아가도록 해."

"……당신은?"

"황제가 교주를 잡아서 이교도의 뿌리를 뽑아 달라고 해서. 금방 처리하고 갈게. 같이 있어 주지 못해서 미안."

"……괜찮아요. 조심히 다녀와요. 다치지 말고."

카리나가 아이를 한쪽 팔로 품에 안은 채 다른 손으로 밀라이언의 옷자락을 꽉 붙잡았다. 새하얗게 질린 그녀의 손을 맞잡은 밀라이언이 그녀의 손을 데워 주었다.

"그가 세렌의 목에 칼을 들이밀었어요."

"……그래. 걱정하지 마."

밀라이언이 천천히 고개를 숙여 그녀의 목에 조심스럽게 입을 맞췄다. 그의 붉은 눈동자가 천천히 감겼다 뜨였다.

"다시는 그대와 세렌이 그를 보는 일은 없을 거야."

"……응."

"조심히 들어가."

"늦지 마요."

카리나가 밀라이언의 볼에 대답하듯 입을 맞추곤 천천히 몸을 돌렸다. 두 팔로 아이를 지키듯 끌어안은 그녀가 멀어져 가는 모습을 보던 밀라이언이 천천히 검을 뽑았다.

"교황, 내가 지목하는 놈들이 맞는지 아닌지만 대답해."

"너……"

"대답하지 않으면……."

밀라이언의 검이 보이지도 않을 정도로 빠른 속도로 움직여 교황의 곁에 서 있던 칼란 디움의 목 바로 아래에 닿았다. 칼란 디움이 숨을 삼켰다.

"사지를 하나하나 잘라낼 거다."

낮게 가라앉은 눈동자로, 괴물이 명령했다. 싸늘하게 식은 눈동자와 목소리는 분노라는 감정조차 담겨 있지 않았다. 방금까지 다정한 목소리로 재회를 속삭였던 사람이 맞는지 의아할 정도였다.

교황의 미간이 찌푸려졌다. 그녀가 천천히 몸을 움직였다. 칼란 디움이 확 붉어진 얼굴로 주먹을 쥐며 밀라이언에게 한마디 던지기 위해 입을 열려는 순간 교황이 팔로 막았다.

"교황 성하……!"

"건드리지 마. 너 정말 죽는다."

칼란 디움을 저지하고 한숨을 내쉰 교황이 밀라이언의 뒤를 따랐다. 제자리에 서 있던 아지다하카는 멀어져 가는 흐릿한 카리나의 힘과 뒤섞인 제 이질적인 힘의 위치를 파악하곤 입가를 비릿하게 끌어올렸다.

'그러게 왜 건드려선.'

대체 뒤에 뭐가 있는 줄 알고 오만하게 굴었는지 궁금할 지경이다. 아지다하카가 퍽 즐거운 표정으로 밀라이언의 뒤를 따라 걸었다.

밀라이언은 검을 쥔 팔을 늘어뜨린 채 천천히 움직였다. 시뻘건 눈동자가 안광을 번뜩였다. 이윽고 연회장의 문을 열고 들어간 그가 느릿하게 출구를 막았다. 밀라이언은 의자를 가볍게 부숴 문 손잡이 사이에 끼워 막아 버리곤 가볍게 검을 움직였다.

"대, 대체 이게 무슨 짓이오! 페스텔리오 공작!"

"청소."

나직하게 대답하는 밀라이언의 목소리를 들은 아지다하카가 시종이 들고 있는 와인 잔을 하나 빼앗아 테라스 난간에 가볍게 걸터앉았다. 그가 맹수처럼 조용히 걸음을 옮기는 밀라이언에게 시선을 고정했다.

'……흐음, 확실히 전쟁의 신의 가호를 받긴 받았군.'

워낙 물렁물렁하게 굴어서 저게 진짜로 그 미친 전쟁신의 가호를 받은 놈이 맞나 싶었는데, 이렇게 보니 살벌하기 짝이 없다. 그 찌릿찌릿한 기운에 아지다하카는 오랜만에 싸늘해지는 피부를 느꼈다. 아지다하카는 술잔을 기울이며 폭주해서 결국은 능력이 발휘되어 버린 카리나를 떠올렸다.

'견고하게 쌓아 둔 둑이 터졌으니…….'

머지않아 결국 물이 새고 말 것이다. 급히 다시 보수공사를 해 두었지만 그뿐이다. 심지어 그동안 능력은 성장했다. 그림을 그리지 않아도 발휘될 정도로. 그녀의 상상력이 그림 자체가 되어 버렸다.

하지만 냉정하게 말하자면 둑이 무너질 시기가 아주 조금…… 앞당겨진 것뿐이다. 어차피 아슬아슬한 상태였다. 길어야 일주일에서 한 달 정도의 기간이 짧아진 것뿐이다.

콰앙. 촤악!

사정없이 뭔가를 내리치는 소리와 함께 핏빛이 아지다하카의 눈을 사로잡았다. 생각에 빠져 있던 그가 천천히 고개를 들어 강림한 악마를 바라봤다. 경악한 표정의 귀족들은 차마 비명조차 내지르지 못하고 그 자리에 선 채 옴짝달싹도 하지 못했다. 밀라이언이 천천히 눈을 깜빡였다.

"네놈들은…… 감히 그 더러운 것을 이곳에 발 들이게 한 걸 뼈저리게 후회해야 할 거다."

밀라이언은 눈을 부릅뜬 채 죽은 남자의 머리를 발로 툭 차며 고개를 들었다. 그의 목소리는 음산했고 깊었다. 짙은 분노에 누구 하나 감히 목소리를 내지 못했다. 황제조차도 그 광경에 잠시 넋을 놓은 듯 말이 없었다.

"감히, 이교도 따위가…… 내 것을 빼앗아 가려고 한 죗값은 가문이 짊어져야 할 것이고."

그의 검이 날카로운 대리석을 뚫고 바닥에 박혔다. 무슨 진흙에 검을 박아 넣는 것처럼 부드러운 움직임이었다.

"너희가 지키려던 것은 내 손에 죽을 것이고 너희들의 알량한 목숨은…… 개미 몸뚱어리만큼의 가치도 없을 거다."

분노가 뚝뚝 떨어졌다. 감히 범접할 수 없는 살기에 주저앉은 사람도 있었다. 숨소리조차 내서는 안 될 것 같은 상황에 누구 하나 움직이지 못했다.

'……저게, 북부의…….'

북부의 수문장이자 황제조차 건드리지 않는 괴물. 파수꾼의 실체를 본 이들은 그저 제자리에 가만히 서 있는 것이 할 수 있는 최대한의 일이었다.

"건드려선 안 될 걸 건드렸어. 감히…… 감히……!"

그는 온몸으로 분노하고 있었다.

"……네놈들 따위가 내 삶을 건드렸다."

그녀는 삶이었다. 그의 유일한 숨구멍이자 그의 세계 그 자체였다. 감히 어떤 것으로도 대체할 수 없고 어떤 것도 그에게 그만한 가치를 주는 것이 없다. 그냥 두어도 서서히 시들어 갈 이를 감히, 감히…….

꽈악, 손이 새하얗게 질릴 정도로 검을 쥔 밀라이언의 얼굴엔 오로지 분노와 절망만이 가득했다.

감히…… 가치 없는 것들이 그녀와 그녀의 아이를 건드렸다. 그의 세계를 구성하고 있는 유일한 것을, 오랜 시간 끝에 그가 구축한 세상을 하찮은 욕심이 기어코 깨부쉈다.

시간이 흘러도 깨진 그릇은 원래대로 붙지 않을 것이다. 아슬아슬하게 버텼던 세계는 조금씩 부서지기 시작할 것이다. 그러니 그도 시간이 흘러도 되돌릴 수 없는 것을 빼앗아야 수지에 맞았다. 어떤 것도 그만한 가치를 가질 순 없을 테지만…… 적어도 그만한 크기의 것이라도 빼앗아야 하지 않겠는가.

밀라이언이 성큼성큼 귀족들 사이를 헤집고 들어갔다. 누군가의 앞에 멈춰선 그의 검이 높이 치켜 올라갔다. 겁에 질린 상대가 히익! 이상한 소리를 내며 주저앉았다. 벌벌 떠는 남자가 다급히 앉은 채 뒤로 물러났다. 밀라이언은 그 움직임을 단 한 걸음에 따라잡았다.

"사, 살려 주게 나는, 나는 자네에게 손댈 줄은 몰랐어……!"

비명과도 같은 변명이었지만 밀라이언은 아무런 말도 하지 않았다. 그의 검이 사선으로 그어졌다. 한 점 미련도, 감정도 없는 움직임이었다. 그는 마치 고깃덩어리를 보듯 시체가 된 것을 내려다봤다.

푹, 푸욱, 푹. 밀라이언이 이미 죽어 버린 몸뚱어리에 몇 번이고 검을 찔렀다. 언제나 감정을 절제하며 선을 지키던 밀라이언의 180도 뒤바뀐 모습에 지켜보던 황제도 잠시 말을 잃었다.

저 정도로 흐트러진 모습을 보는 것은 난생처음이었다. 그는 이미 아무것도 보고 있지 않았다. 저것은 처벌도 처단도 아니다. 그저 먹잇감을 사냥하는 본능만 남은…… 미쳐 버린 짐승과도 같았다.

"페스텔리오 공작, 도가 지나치네."

황제가 차분한 목소리로 말했다. 황제의 말에 밀라이언이 두어 번 몸뚱어리를 더 찌르곤 움직임을 멈췄다. 시체는 정말 고깃덩어리였다. 온전한 부위가 아무 데도 없었으니까.

"……그래서."

낮게 가라앉은 밀라이언이 느릿하게 대답했다. 바닥에 있는 시체만 보던 그의 고개가 천천히 들렸다. 차가운 시선은 황제에게도 예외가 아니었다.

"어쩌라는 겁니까? 반역죄치곤 제법 간단한 대가가 아닙니까, 폐하."

그가 간신히 인내심을 발휘했다. 아무리 공과 사를 구분하지 못한다고 하더라도 황제에게 덤비는 것은 좋은 선택이 아니다. 밀라이언은 이미 사시나무처럼 떨고 있는 놈들을 전부 눈에 담았다.

"페스텔리오 공작."

"폐하께서 직접 나서서 내 앞에서 이것들의 배를 친히 가르는 모습을 보여 줄 게 아니라면 거기 앉아 계십시오."

살벌하기 짝이 없는 말에 여기저기서 숨을 들이켰다. 황제에게 대한다고 하기엔 오만하기 짝이 없으나 동시에 두려웠다. 그들은 도대체 그와 결혼한 여인이 어떤 존재인지에 대해 궁금할 수밖에 없었다. 무엇이 그를, 이토록 인간이 아닌 모습으로 변하게 했는지.

황제는 그의 말에 이마를 짚었다. 밀라이언이 연회장을 천천히 눈으로 훑었다. 누구도 그와 눈을 마주치려고 하지 않았다.

"당신이 원하던 대로 오늘부로 이교도라면 누구도 이 땅을 밟고 살아갈 수 없을 테니까."

연회장의 음악은 멎었고 누구도 감히 입을 열지 않았다. 귀족들 사이로 숨은 누군가의 몸이 사시나무처럼 떨리는 것이 보였다. 밀라이언은 그것을 한 놈도 놓치지 않았다.

그 뒤로는 말 그대로 대학살이었다. 도망치는 이들은 테라스로라도 뛰어내리려고 했지만 그곳은 아지다하카가 웃는 얼굴로 지키고 있었다. 종종 밀라이언이 잘못 짚으면 교황이 고개를 저으며 말렸다. 그러나 대개 밀라이언의 선택은 옳았고 교황이 지적할 일은 그다지 많지 않았다.

벌써 열 명에 가까운 귀족이 죽었다. 이윽고 밀라이언이 다음 사내에게로 천천히 걸어갔다. 그에게 맨 처음 이교도 교주를 소개해 줬던 네거티브 백작이었다.

"딱히 남길 말은 없겠지."

"죄송, 죄송합니다……. 저는 그저 딸아이를 살리기 위해서……!"

"그 딸도 머지않아 볼 수 있겠군."

"가, 각하…… 제발, 제 딸만큼은!"

"네 딸이 소중했으면……."

으득, 이를 악무는 소리가 숨죽인 연회장에 울려 퍼졌다.

"내 딸도 건드리지 말았어야지."

밀라이언의 검이 움직였다. 그가 천천히 남자의 심장에 검을 밀어 넣었다. 날붙이가 갈비뼈를 가르며 들어오는 감각에 네거티브 백작이 차마 반항도 하지 못하고 꺽꺽 숨을 들이켰다.

"제발……"

푹, 심장에 검이 박혔다. 그가 빠르게 검을 빼며 그대로 그의 목을 향해 횡으로 그었다.

촤악! 몸이 쓰러지기 전에 머리가 날아갔다. 이윽고 바닥을 구르는 네거티브 백작의 몸뚱어리를 가볍게 발로 찬 밀라이언이 살점과 피가 묻은 검을 검집에 집어넣었다.

상황을 지켜보던 황제가 이마를 짚었다. 이토록 많은 귀족이 이교도와 연관되어 있을 줄은 예상하지 못했다. 그리고 공작이 전부 죽일 줄도 몰랐다. 그것도 제 앞에서.

"지금 도가 지나친 짓을 했다는 건 알고 있나, 페스텔리오 공작?"

엄한 목소리로 입을 여는 황제는 그렇다고 그를 막을 생각도 없어 보였다. 밀라이언은 아까보다 진정된 표정으로 천천히 눈을 깜빡였다.

"이 일이 끝나면 우린 북부로 들어갑니다."

"돌아가겠다는 건가?"

"그리고 앞으로 3년, 문 닫습니다. 물자도 사람도 감히 내 땅을 밟을 생각은 하지 않는 게 좋을 겁니다."

"공작."

"폐하, 내 아내는…… 그녀는 이제 시간이 얼마 없습니다. 당신과 나만큼 많지 않다고."

으득, 이를 악무는 소리에 황제가 숨을 멈췄다. 멈춰 놨던 모래시계가 결국 다시 흘러가기 시작했다. 절망스러운 목소리로 중얼거린 밀라이언이 천천히 고개를 숙였다. 그러니 그는 전부 없애고 북부에 틀어박힐 생각이다.

"급히 처리할 건이 있으면 저택으로 보내십시오. 그리고…… 저들의 가족은 말씀하신 대로 반역죄와 동등하게 처벌해야 할 겁니다."

"……"

"그럼 이만 물러가겠습니다."

밀라이언이 가볍게 고개를 숙였다. 그가 곧장 아지다하카에게로 걸음을 옮겼다. 피비린내가 진동하는 연회장에선 이미 누구 하나 멀쩡한 표정을 하고 있는 사람이 없었다.

"갈 건가, 놈에게?"

"그래."

"내 생에 등 뒤에 다 큰 남자를 태워 볼 거라곤 생각지도 못했지만…… 오랜만에 나도 좀 화났으니 특별히 허락하지."

아지다하카가 잔을 바닥으로 던지며 난간을 밟고 섰다. 그가 가볍게 난간 아래로 몸을 날리더니 이윽고 거센 광풍이 불어닥쳤다. 밖에서 비명이 들렸다.

거대한 붉은 용이 눈을 샛노랗게 빛내며 콧김을 훅 내뿜었다. 밀라이언이 가볍게 그의 등에 올라탔다. 포악한 짐승의 눈이 연회장 내부를 천천히 훑더니 이윽고 테라스를 부수며 하늘 높이 날아올랐다.

크와아아악!

커다란 포효가 수도 전체에 울려 퍼졌다. 한 명과 한 마리의 괴물이 하늘 높이 모습을 감췄다.

이미 보고받았던 내용이기는 했지만 직접 눈으로 보니 경탄하지 않을 수가 없었다. 황제는 결국 제 몫으로 남은 뒷수습에 기어코 말을 잃었다.

✤

아지다하카와 밀라이언이 다시 돌아온 것은 4일은 족히 지난 후였다.

카리나는 그동안 집에서 나오지 않았고 대개의 시간을 세렌과 함께 보냈다. 정확히는 보낼 수밖에 없었다. 그날 이후 세렌이 부쩍 우는 일이 잦아졌기 때문이다. 게다가 신전만 가려고 하면 대성통곡을 하며 울어 젖히니 신전도 가지 못했다.

세렌의 얼굴은 항상 울상이었고 주변을 최대한 조용하게 했음에도 괴로워 보여서 신전에 가고 싶었다. 하지만 방 밖으로만 데리고 나가려고 해도 아이는 울음을 터뜨렸다. 어찌나 서럽게 우는지, 그녀의 가슴도 같이 미어질 정도였다.

밀라이언이 없으니 잠도 제대로 오지 않아 뜬눈으로 밤을 지새우는 날도 많아졌다. 그리고 오늘은 보다 못해 칼란 디움에게 아침 일찍 도움을 청하는 편지를 적어 보낸 참이었다.

그리고 그날 오후 밀라이언과 아지다하카, 그리고 칼란 디움과 교황이 함께 도착했다.

"피비린내가 진동하는구나, 너."

교황이 밀라이언을 보자마자 말했다. 밀라이언은 대답 없이 그녀를 힐끗 보더니 성큼성큼 2층으로 올라갔다. 감정이라곤 보이지 않는 그 눈은 단 며칠 사이에 완전히 짐승의 것이 되어 있었다.

"이야, 재밌었지. 오랜만에 학살은."

"……당신과 같은 존재를 볼 줄은 몰랐습니다."

"음, 나도 살아생전 신의 사자랑 같은 집에 발을 들일 줄은 몰랐구나."

가볍게 대꾸한 아지다하카가 밀라이언을 따라 2층으로 향했다. 칼란 디움과 교황도 그 뒤를 따랐다.

2층에서부터 들려오는 울음소리에 밀라이언의 걸음이 빨라졌다. 그러면서도 노크를 잊지 않은 밀라이언이 천천히 눈을 깜빡였다. 문을 두드리자 안쪽에서 들어오라는 말이 들렸다. 밀라이언은 오랜만에 듣는 목소리에 손으로 얼굴을 한 차례 쓸어내렸다. 조심스럽게 문을 열고 들어가자 어쩐지 피곤해 보이는 카리나가 침대에 앉아 아이를 달래고 있었다.

"어…… 밀라이언?"

"카리나, 세렌이 계속 우는 소리가 들리던데……."

"응, 무슨 일인지 방만 나가려고 해도 자꾸 울음을 터뜨려서……."

밀라이언이 조심스럽게 손을 뻗어 세렌을 안으려다가 뚝 움직임을 멈췄다. 그가 천천히 숨을 삼켰다. 분명히 오기 전에 근처 여관에서 몸을 닦고 왔는데 손에 피가 묻어 있는 것처럼 보였다.

"밀라이언?"

"……응."

그가 천천히 뻗었던 손을 뒤로 빼며 말했다. 가만히 그 모습을 지켜보던 카리나가 그의 손을 냉큼 붙잡았다. 스스럼없이 닿아 오는 온기에 차갑게 식어 있던 그의 손이 천천히 녹아내렸다.

"세렌이 당신 많이 기다렸어요. 나도 기다렸고."

카리나가 팔을 뻗어 그를 끌어안자 밀라이언이 순순히 몸을 숙여 그녀의 품에 안겼다.

날카로웠던 분위기가 순식간에 풀어지는 것을 보며 뒤따라온 교황이 헛웃음을 삼켰다.

"오늘따라 왜 말이 없어, 칼란?"

"아무것도 아닙니다."

"부러우면 해 줄 수 있는데."

교황이 칼란 디움의 멱살을 잡아채며 가볍게 입을 맞췄다. 순식간에 벌어진 일에 밀라이언을 끌어안고 있던 카리나가 눈을 동그랗게 떴다. 칼란 디움이 미간을 좁히며 교황을 살짝 밀어냈다. 흐트러진 옷매무새를 다듬은 그가 낮게 한숨을 내쉬었다.

"밖에선 이러지 마십시오. 단지 할 말이 없었을 뿐입니다."

"안에선 해도 된다는 것처럼 들리네."

"제가 하지 말란다고 하지 않으시는 분은 아니지 않습니까."

칼란 디움의 말에 교황이 키득거리며 웃음을 터뜨렸다. 금욕적으로 보이지만 살결을 벗겨서 침대로 올라가면 누구보다 저돌적이 되는 것이 칼란 디움이었다.

"그럼 오늘 밤에 하는 걸로?"

"……."

"어…… 음, 두 분 사귀시는 사이였어요?"

"귀여운 소리를 하네. 아니야, 굳이 따지면……."

교황이 턱을 매만졌다. 이름을 붙여 보자면 그냥 파트너 관계였다. 서로가 서로에게 사랑을 고백한 적도 딱히 없고 그저 제 유혹에 넘어온 칼란 디움과 종종 이런저런 짓을 하게 된 것뿐이다.

'그러고 보니 내가 후견인 입장이었지?'

키워서 잡아먹는다는 것이 이런 건가? 그렇다면 자신은 아주 제대로 된 아이를 데려다 잘 키운 것이 되겠군. 만족스럽게 미소 짓고 있으려니 칼란 디움의 표정이 딱딱했다.

"볼일이 있으면 보고 가지."

밀라이언이 카리나에게 얼굴만 안긴 묘한 자세로 교황에게 가볍게 말을 던졌다. 체통이라곤 정말 느껴지지도 않는 모습이었다.

"예의를 차리십시오, 페스텔리오 공작."

"네놈의 목을 베지 않는 것으로 충분히 차리고 있다."

"괜찮아, 내버려 둬."

교황이 귀찮다는 듯 손을 휘휘 내저었다. 미간을 좁힌 칼란 디움이 불편한 표정을 했지만 딱히 말을 덧붙이진 않았다. 교황이 천천히 다가가자 눈을 동그랗게 뜬 세렌의 눈에 망울망울 눈물이 생겨났다. 교황의 움직임이 뚝 멈췄다. 그러다 그녀가 한 걸음 더 가까이 다가오자 세렌의 울음이 커다랗게 터져 나갔다.

"흐아아아앙! 흐아앙! 빠아아!"

카리나도 아니고 밀라이언을 부르짖으며 엉엉 울기 시작한 세렌에 밀라이언이 생각할 겨를도 없이 황급히 아이를 품에 안았다. 밀라이언도 제법 당황한 표정으로 아이를 조심스럽게 달랬다.

"아, 이거 좀……."

"우리 대녀께서 주인 생각을 엄청나게 하는군."

교황의 곤란한 목소리에 아지다하카가 웃음기를 머금은 채 말을 덧붙였다. 똑똑한 아이는 벌써부터 알아 버린 것이다. 무엇이 카리나에게 위험하고 무엇이 위험하지 않은지를.

"……그게 무슨 말이에요?"

"내가 저번에 하려던 말, 짐작했지?"

"……대충은요."

교황의 말에 카리나가 고개를 끄덕였다. 그녀의 황금빛 머리카락이 곤란하다는 듯 살짝 옆으로 기울어졌다. 아이를 달래던 밀라이언이 고개를 들었다.

"그게 무슨 소리지?"

교황이 카리나를 바라봤다. 그다지 선택지가 없었다. 카리나는 결국 어쩔 수 없이 고개를 끄덕였다.

"세렌의 마력을 억누르기 위해서 불어 넣어 주는 신력이 카리나에겐 독이야. 그때는 카리나가 말하지 말라고 해서 하지 않았지만……."

"……카리나."

교황의 말에 밀라이언의 얼굴이 딱딱하게 굳었다. 그녀가 슬쩍 그의 눈치를 살피며 조심스럽게 입을 다물었다. 아이를 곁에서 키우고 싶은데, 혹시나 불가능하게 될까 봐 두려웠다.

"미안해요. 하지만 그냥 알리고 싶지 않았어요."

"……그래."

밀라이언이 한참 만에 고개를 끄덕였다. 내키진 않아 보였지만, 그렇다고 고개를 젓거나 그녀를 부정하는 말을 하지도 않았다.

"어쨌든 그걸 대녀가 알게 된 모양이야. 주인에게 독이 되는 것이 신력이고 도움이 되는 게 마력이라는 걸."

"……설마요."

"그래서 신력을 거부하는 거지. 봐, 이쪽이 움직이기만 해도 움찔움찔 몸을 떨잖아."

아지다하카의 굵은 손가락이 교황을 가리켰다. 확실히 세렌의 눈이 그녀에게 떡하니 고정되어 있는 것이 보였다. 카리나가 새하얗게 질렸다.

"그래서 지금 참는 거예요?"

"그것도 그렇지만…… 참을 수 있게 돼서 참는 거야."

"……참을 수 있게 됐다는 게 무슨 의미예요?"

"아이는 성장하잖아. 마력을 제어하는 것을 본능적으로 익히고 있는 거야. 시끄러운 소음을 필요에 따라 흘려 넘기는 방법을 배우고 있는 거지."

아지다하카가 퍽 자랑스럽다는 듯 아이의 머리카락을 살살 쓰다듬었다. 눈을 동그랗게 뜬 세렌이 환하게 웃었다. 눈물 맺힌 눈으로 활짝 웃는 아이를 보며 카리나가 잠시 말을 잃었다.

"그렇다면 슬슬 도움은 필요 없겠네. 이 애도 의지가 강한 것 같으니 곧 이겨 내겠지."

"하지만……!"

"주의해야 할 건 너야, 카리나. 내가 여기까지 온 이유도 너 때문이고."

"……저요?"

밀라이언과 카리나의 시선이 동시에 교황에게 향했다. 교황이 한숨을 푹 내쉬었다. 잠시 망설이는 듯 고민하던 그녀가 아지다하카를 한번 보더니 이윽고 입을 열었다.

"이분께서 쌓아 준 견고했던 둑이 터진 건 알지? 물론 아슬아슬했던 둑이야. 터질 시기가 기껏해야 한 달 정도 빨라진 것뿐이지."

"네."

"문제는 네 신력이 성장했어. 정확히는 네 기적의 힘이 성장했다고 봐야겠구나. 확신할 순 없지만, 마력을 이기기 위해 계속해서 변형을 거듭한 결과인 모양이야. 이런 경우는 나도 처음이라서."

턱을 매만지며 고민하듯 대답한 교황이 어깨를 으쓱였다. 어제 목격한 것은 이미 그림의 형태가 아니었다. 신력이 스스로 진화한 것이다. 그녀의 남은 것을 갉아먹기 위해서.

"넌 앞으로 잘 조절해야 할 거야. 절제하고 자제해. 네 상상은 앞으로 힘이 될 거야. 무언가를 너무 강하게 바라면 안 돼."

"……알겠어요."

"지금은 아직 이분이 막아 둔 것으로 해결되겠지만 이미 시계는 흐르기 시작했어."

카리나는 대답하지 않았다.

"앞으로 3년 정도인가? 처음에 주어진 시간이랑은 크게 차이가 나지 않을 거야. 그 이교도 놈을 빨리 만나지 않은 게 그나마 다행이지."

둑이 더 빨리 터졌으면 그야말로 큰일이 날 뻔했다. 시간이 훅 줄었을 것이다. 그의 활동이 늦었던 것이 천만다행이라고 생각할 수밖에.

"아, 그러고 보니 그 남자는 어떻게 됐어요?"

"적절한 조치를 취했어."

밀라이언이 담담하게 대답했다. 수도와 제국 전체에 피바람이 불어닥친 것은 굳이 입에 올리지 않았다. 카리나와 세렌을 제외한 이 자리의 모두가 그 사실을 알았지만 말할 수 없었다. 연관된 모든 이교도들의 시체가 효수되고 사지가 찢겨 짐승의 먹이로 던져졌다는 것은. 그나마 백성들의 처분은 황제에게 떠넘겼기에 망정이었지 그게 아니었다면 이미…….

"어쨌든, 주의해. 카리나, 앞으로 네가 강하게 바라는 것은 기적이 되어 현실로 나타날 거야. 네 머릿속이 도화지가 되었으니까."

카리나는 물끄러미 교황을 바라보다가 이윽고 천천히 고개를 끄덕였다.

"엄마!"

멀리서 도도도 달려오는 아이를 본 카리나가 몸을 숙여 아이를 품에 꽉 끌어안았다. 뭘 했는지 아이의 손이 온통 흙투성이인데도 불구하고 그녀는 아이를 탓하지 않았다.

"우리 세렌, 뭐 했어?"

"어, 세렌이 성 만드러써요!"

아이가 카리나의 손을 잡아당겼다. 카리나가 낮게 웃음을 터뜨리곤 아이를 따라 천천히 걸음을 옮겼다. 세레누스를 따라간 곳엔 혹여나 아이가 쌓은 모래성이 무너질까 전전긍긍하는 팽이 있었다.

"마님, 오셨습니까?"

"팽이 수고가 많네."

"아닙니다, 그럴 리가요."

"엄마! 세렌이 만드른 성!"

카리나가 아이의 곁에 몸을 쪼그리고 앉아 세레누스의 머리카락을 살살 쓰다듬었다.

서툴게 쌓아 간 것이 분명한 모래성에는 팽의 손길이 종종 보였다. 무너지지 않도록 기반을 잡아 준 것이리라. 아니나 다를까 그의 새하얀 장갑에도 흙이 드문드문 묻어 있었다. 카리나가 아이의 볼에 입을 맞추며 부러 조금 과장된 표정으로 눈을 크게 떴다.

"우와, 우리 세렌이 이제 성도 지을 줄 알고 다 컸구나."

"헤헤! 엄마랑 세렌이랑 아빠랑 살 수 이써!"

"집 하나가 더 생겨서 엄마는 기쁘네. 근데 너무 작아서 세렌이랑 아빠랑 엄마를 빼면 팽이나 다른 사람들은 못 들어가겠다."

"헉!"

아이가 숨을 훅 들이켜며 눈을 크게 떴다. 색이 다른 양쪽 눈동자에 순수한 당황이 담겼다. 아이는 무척이나 난감한 듯 끙끙 앓는 소리를 내며 모래성의 주변을 이리저리 맴돌았다.

"어…… 어…… 하나 더 만드러요!"

"사람이 이렇게 많은데 하나만 더?"

"우으음…….'

"그럼 이런 건 어떨까? 세렌이랑 엄마는 집이 있으니까 이 성은 저기에다가 잘 뒀다가 혹시 비가 오는데 집이 없는 친구들이 있으면 자고 가라고 하는 거야. 개미나 나비가 비가 와서 쉬어 갈 수도 있잖아."

카리나의 말에 아이의 눈이 반짝였다. 카리나가 허공으로 손을 뻗자 푸른색 나비 한 마리가 팔랑거리며 날아와 그녀의 손가락 위에 사뿐히 내려앉았다.

"……마님."

뒤에서 팽의 걱정스러운 목소리가 들렸다. 카리나가 낮게 웃으며 손가락을 입술에 가져다 댔다. 조용히 해 달라는 제스처에 팽은 더 입을 열지는 못했다.

"봐, 이렇게 나비가 쉬어 가잖아."

다정다감한 목소리가 아이를 조곤조곤 달랬다. 실망하지 않도록, 아직은 좋은 것만 바라볼 수 있도록.

아니나 다를까 세레누스는 바싹 바닥에 엎드려 나비가 모래성 안에서 팔랑거리던 날개를 접는 걸 보고 고개를 끄덕였다.

"우와아!"

아이의 입이 떡하니 벌어졌다. 눈을 반짝이는 아이를 보며 카리나가 빙긋 웃었다. 그녀가 엎드린 세레누스를 조심스럽게 일으키며 자신도 자리에서 일어났다.

"자, 이제 슬슬 아빠가 올 시간이네. 오늘은 우리 세렌이……."

말을 하던 카리나가 숨을 삼켰다. 그녀의 눈매가 살짝 구겨졌다. 손가락 끝을 떨던 카리나가 주먹을 꽉 쥐며 파르르 떨리는 눈꺼풀을 내리깔았다.

"엄마?"

"……아, 세, 세렌이 좋아하는 음식…… 해 달라고 할, 테니까……."

그녀가 애써 얼굴 근육을 움직여 웃었다. 통증을 참기 위해 꽉 쥐었던 손을 억지로 펴 아이의 머리를 두어 번 쓰다듬곤 다시 입술을 달싹였다.

"얼른 깨끗하게, ……씻고 오자."

"엄마도요?"

"엄마는…… 나비가 날아가는 걸, ……보고, 훗…… 보고 갈게."

아이의 눈이 깜빡였다. 빛에 반사되어 이리저리 반짝이는 아름다운 눈동자에 오롯이 자신이 비추는 것을 본 카리나가 조금 더 입꼬리를 끌어올렸다.

"나비가, 잘 쉬었다 가는지 확인해야지."

"마님은 제가 잘 모시고 갈 테니 주인님이 오시기 전에 얼른 다녀오십시오, 아가씨."

이러지도 저러지도 못하고 눈치만 살피던 팽이 황급히 끼어들었다. 세렌이 이내 환하게 웃으며 고개를 끄덕였다.

"네!"

카리나가 숨을 삼킨 채 아이에게 웃어 줬다. 시녀의 손을 잡고 멀어지는 아이를 보던 카리나가 그제야 비틀거리며 가슴께를 움켜쥐었다. 일그러진 표정에서 느껴지는 통증에 팽의 얼굴에 불안이 서렸다.

"일단 방으로 가시지요, 마님."

"팽…… . 나, 약……."

"잠시만 기다리십시오, 금방 다녀오겠습니다."

팽이 황급히 그녀를 정원 의자에 앉히곤 몸을 돌렸다. 주위의 사람을 전부 물린 덕분에 팽이 직접 뛰어갈 수밖에 없었다.

카리나가 이를 악물고 눈을 질끈 감았다. 발작의 주기가 빨라지고 있다. 마치 몇 년 전으로 돌아간 듯한 기분을 지울 수가 없다.

'벌써 5년, 6년쯤 됐나…….'

그러고 보면 시간이 빨리 갔다. 아이는 벌써 다섯 살이 되었다. 카리나 역시 예정보다는 조금 더 오래 살고 있다. 주기적으로 돌보러 와 주는 아지다하카와 페리얼이 어떻게든 통증을 완화해 주고 병의 진행을 늦춰 주는 약을 개발해 낸 덕분이다. 하지만 그것도 최근 한계라는 것이 느껴졌다.

카리나는 이교도 사건 이후의 소식을 사건에서부터 1년 뒤에 페리얼의 입을 통해서 들을 수 있었다. 밀라이언은 절대 입을 열려고 하지 않았으니까.

듣자 하니 황태자는 산 채로 사지가 하나하나 잘렸다고 한다. 밀라이언이 자비를 두지 않았음은 물론 아지다하카가 그 곁에서 기절하지 못하도록 신경이란 신경은 다 살려 놨었다고 했다. 그리고 이스터는 끔찍한 참상이었다고 한다. 이 건에 관해서는 페리얼이 정말 얘기를 꺼내고 싶어 하지 않았다. 오죽하면 세렌을 보지 못하게 할 거라고 몇 차례나 협박하고 나서야 내키지 않는 표정으로 꾸역꾸역 입을 열었다.

이교도 교주였던 이스터는 한쪽 눈을 밀라이언이…… 산 채로 뽑아냈다고 들었다. 제법 신력을 다룰 수 있는 사람이었지만 아지다하카의 앞에서는 무력했다고. 결과적으론 그 역시 사지가 조각나서 죽었다고 했다. 그 조각난 시체를 효시조차 하지 않고 굶주린 짐승에게 먹였다고 했으니 굳이 상상하고 싶지도 않았다.

그때 밀라이언은 아무리 물어도 그 후의 이야기를 해 주지 않았고 그 뒤에 밀라이언과 카리나는 곧장 북부로 돌아왔었다.

그 뒤로 지금까지 북부는 문을 닫은 채였다. 북부의 문을 통과할 수 있는 것은 공작가의 꼼꼼한 선별에서 뽑힌 몇몇 상인 정도였다. 그것도 절대 북부의 일을 밖에 나가서 발설하지 않는 것이 조건이었다. 물론 그만큼의 대가를 후하게 쳐주고 있는 듯했지만.

상인을 제외하곤 페리얼과 아지다하카 정도만이 북부 출입이 가능했다. 아지다하카는 헤르타와 함께 이곳저곳 세상을 누비고 다니는 듯했다. 헤르타는 아지다하카 덕분에 몸을 작게도 할 수 있게 되었다.

'……황제가 무척 화를 냈다고 들었는데.'

황태자의 사지를 조각내서 전리품처럼 들고 온 밀라이언을 본 황제는 더할 나위 없이 거세게 화를 냈다고 들었다. 페리얼과 몇몇 귀족들이 나서서 그를 비호하고 황제를 설득하지 않았다면 크게 사이가 틀어질 뻔했다고 했다.

"황제가 거의 미쳐 날뛰었어요. 반역이고 뭐고 대화를 나눌 기회도 없이 토막이 나 도착했으니. 사실 그럴 만도 하지만요.'"

"……그랬군요."

"그때 그놈이 뭐라고 했는지 아십니까?"

"뭐라고 했는데요?"

"황위가 탐나서 빠르게 차지하기 위해 이교도에게 붙었다고 사지를 자를 때 스스로 자백했습니다. 반역자의 말로로 부족함이 없다고 생각합니다.'"

페리얼은 질린 표정으로 말하면서 고개를 내저었다. 뒤늦게 전해 듣는 카리나도 황당할진대 옆에서 들은 그는 얼마나 황당했을지 감도 잡히지 않았다.

"오죽하면 그 말을 전했더니 황제께서 그 자리에 굳어 아무런 말도 하지 못하더군요."

과거를 떠올린 그녀가 의자에 등을 기댄 채 숨을 몰아쉬었다. 밀라이언은 그 때문에 제법 큰 배상금을 황제에게 물어준 모양이지만 일말의 내색도 하지 않았다. 다행히 황제에겐 차분한 둘째가 있는 모양이어서 4년이 지난 지금은 어느 정도 자리를 잡은 것 같았다.

"흐으……."

식은땀이 몽글몽글 솟아났다. 시간이 없다. 그 사실이 무거운 족쇄가 되어 그녀의 심장을 옭아맸다. 수천 번은 더 상상하고 각오했었는데 막상 다가오니 심장이 바닥으로 곤두박질치는 기분이었다.

"허억…… 허억……."

"마님! 약 가져왔습니다."

달려온 팽이 다급한 표정으로 황급히 그녀의 손에 약을 올려 주고 잔에 물을 따랐다. 그녀가 그것을 입에 넣고 삼켰다. 10분쯤 시간이 지나니 조금씩 통증이 옅어지기 시작했다.

"괜찮으십니까?"

"응, 걱정시켜서 미안. 밀라이언에겐 말하지 말아 줘."

"……."

카리나의 말에 팽은 잠시 아무런 말도 하지 못했다. 그는 조금 난감한 듯 입을 다문 채 시선을 피했다. 카리나는 그가 결국 밀라이언에게 말할 것을 깨달았다. 그녀가 어깨를 으쓱였다.

"일단 방에 가서 조금 쉴게."

"네, 모시겠습니다."

"밀라이언은 언제쯤 올 것 같아?"

"곧 오실 것 같습니다. 늦어도 한 시간 안에는요."

카리나가 고개를 끄덕이고 방으로 올라갔다. 팽을 내보내고 지친 듯 침대에 걸터앉은 그녀가 천천히 눈을 깜빡였다. 가만히 앉아 있던 그녀가 책장 가장 뒤쪽에서 새끼손가락 두 마디만 한 두께의 책 두 권을 꺼내 책상 위에 올려 뒀다. 하나는 푸른색의 표지가 돋보였고 또 한쪽은 그보단 짙은 남색이 돋보이는 표지였다. 둘 다 사용감이 제법 묻어났다.

　카리나가 익숙하게 책의 중간을 성큼 넘겼다. 그러고는 펜을 꺼내 잉크를 묻혀 무언가를 천천히 적어 내려갔다. 힘이 잘 들어가지 않는 손에 애써 힘을 주며 그녀는 망설임 없이 아래로 쭉쭉 글을 써 내려갔다. 익숙하게 한 장을 가득 채운 그녀는 잉크를 말리듯 입김을 몇 번 불어 말리더니 다른 쪽 책을 또 펼쳤다. 새하얀 백지에 검은 글씨가 꽉꽉 들어차기 시작했다. 가끔은 멈칫거리듯 잠시 손을 멈추기도 했지만 금세 다시 손을 움직였다. 그녀는 한참이나 글을 쓰는 것을 멈추지 않았다.

　한 시간이 채 되지 않아 책의 한 장씩을 채운 카리나가 천천히 눈을 깜빡였다. 잉크를 말리고 조심스럽게 그것을 다시 책장으로 밀어 넣은 카리나가 멍한 표정으로 다시 침대에 앉았다.

　"이런, 또 사색에 잠겨 있는 것이냐?"

　"……아지다하카?"

　"그래."

　"얼마 전에 왔다 갔으면서 어쩐 일이에요?"

　갑작스럽게 들렸지만 퍽 익숙한 목소리에 카리나의 눈매가 부드럽게 휘었다. 아지다하카는 말없이 선 채 그녀를 바라보다가 이내 피식 바람 빠진 웃음을 흘리더니 언제나처럼 호탕하게 책상 의자를 끌어와 앉았다.

　"……나도 이젠 여기에 있으려고 한다. 내 자리 정돈 마련해 줄 수 있지? 우리 대녀도 얼마나 잘 커 가는지 봐야겠고."

　"물론이죠. 헤르타 보고 싶어 하는 사용인도 많았는데, 다들 좋아하겠……."

카리나가 아지다하카를 보며 말하다 돌연 입을 다물었다. 그러고 보니 평소 같았으면 바깥이 쿵쿵거리는 소리로 시끄러워야 하는데 조용했다.

아지다하카는 말없이 입가에 미소만 띤 채 자신을 가만히 바라보고 있었다. 따뜻하면서도 애정이 담긴 미소였지만 안타까움이 엿보였다. 카리나의 입술이 다물렸다.

"무슨 일 있었어요?"

"땅으로 돌아갔지."

"……어째서요?"

"꽤 오랜 시간 하론을 먹지 못했잖느냐."

"하지만 아지다하카가 있었잖아요. 계속 아지다하카가 마력을……."

입술을 달싹이던 카리나의 동공이 잘게 흔들렸다. 아무런 말도 하지 않는 아지다하카와 시선을 마주친 그녀의 눈동자가 이내 풍랑을 만난 배처럼 하염없이 흔들리더니 천천히 눈꺼풀 아래로 사라졌다.

"……그랬구나."

중얼거리듯 읊조린 카리나의 얼굴이 천천히 구겨졌다. 그녀는 이를 악물었다. 눈으로 모이는 열기를 어찌할 바를 모르겠어서 카리나는 그저 손을 들어 눈두덩이를 꾹 눌렀다.

"갈 때가 되었으니 간 것뿐이야, 그리 슬퍼하지 않아도 돼."

손을 뻗은 아지다하카가 카리나의 머리를 쓰다듬었다. 근육질의 커다란 손이 어찌나 조심스럽게 머리를 매만지는지 도리어 그 행동에 왈칵 울음이 터져 나올 것 같았다.

"미안…… 미안해요……."

"미안할 거 없다. 내 삶은 이미 몇 백 년도 전에 끝났어. 네가 아니었으면 다시 빛을 볼 일도 없었을 거다."

새하얗게 뼈마디가 도드라진 얇은 손가락이 힘껏 제 눈을 누르고 있었다. 그럼에도 막지 못한 것은 그녀의 손바닥에 고였다가 결국 볼을 타고 흘러내렸다.

"네가 내 세상의 첫 빛이 되어 줬다. 세상을 둘러보고 하지 못했던 것을 해 봤어. 세계를 보고 누군가의 대부도 되어 봤다."

카리나가 고개를 숙였다. 담담하게 읊조리는 목소리가 아팠다. 괴로웠다. 방법이 없음에 답답했다.

"인간의 아이가 자라는 걸 보는 건 무척 기쁘고 사랑스럽더구나. 왜 인간이 얼마 되지 않는 짧은 삶에 가족을 만들고 아이를 낳는지 알게 됐어."

아지다하카의 표정은 홀가분했다. 울고 있는 카리나로선 볼 수 없었겠지만 그는 큰 미련이 없었다. 단순히 조금 안타깝고 조금 아쉬울 뿐이다. 그러나 그것을 짧은 삶을 끝내고 돌아갈 아이에게 드러낼 정도로 그는 무정하지 않았다.

"……너도 분명 그런 기분이었겠지."

"……흐읍……."

이제 스물일곱, 짧게 사는 인간의 생에서도 이 아이의 삶은 유독 짧았다. 짧기에 필사적이었다. 한 점 후회도 없이 살려고 노력하는 것을 곁에서 보다 보니 그저 마음이 아팠다. 혼자 둘 수가 없었다. 마력을 쥐어짜서 이곳으로 이동한 것이 아지다하카의 마지막 기력이었다. 이제 남은 것은 간신히 인간의 형태를 유지하기 위한 마력과 산맥으로 돌아갈 마력 정도였다.

"세렌……."

젖어 들어가는 가라앉은 목소리에 아지다하카는 그저 그녀의 머리카락을 쓰다듬었다. 고개를 푹 숙인 그녀는 더 이상 눈을 가리지도 못하고 있었다. 바닥으로 투둑투둑 떨어지는 눈물을 보며 그는 그저 낮은 한숨을 내쉬었다.

"세렌이, 밀라이언이……."

"그래, 괜찮을 거다. 내 대녀는 강하니까. 분명 그놈 못지않은 강한 인간이 될 거야."

잔뜩 멘 목으로 내뱉는 억눌린 목소리에 그가 웃으며 말했다.

"더 지켜 주지 못해서 미안하구나."

아지다하카는 사라져 가는 마력의 잔해를 느끼며 헤르타와 가볍게 이별했다. 헤르타도 어느 정도 짐작을 하고 있었는지 순순히 제 운명에 순응했다. 그건 아지다하카 역시 마찬가지였다.

아지다하카의 말에 카리나가 고개를 내저었다. 괜찮다고, 괜찮다고 말을 내뱉고 싶은데 목소리가 나가지 않아서 카리나는 한참이나 끅끅거렸다.

"한동안은 내 대녀랑 시간이나 보내야지."

"네……."

고개를 끄덕이는 카리나를 보던 아지다하카가 가볍게 몸을 일으켰다. 그녀의 머리를 헝클어뜨리고 몸을 돌린 그가 천천히 카리나의 방에서 빠져나갔다. 달칵 소리가 나도록 문을 닫고 잠시 문에 기대선 아지다하카가 천천히 눈을 깜빡였다.

"엿듣기는 좋지 않을 텐데."

"……내 방이야. 나와 카리나의 방이다."

"그래, 침입해서 미안했구나."

손을 뻗은 아지다하카가 밀라이언의 어깨를 한 차례 꽉 쥐곤 곁을 스쳐 지나갔다. 밀라이언이 이를 악물었다.

"카리나는 얼마나 더……."

"모른다."

"알려 줘, 부탁이니까……."

아지다하카가 자리에 멈춰선 채 대답했으나 밀라이언이 곧장 억눌린 목소리로 말했다. 밀라이언의 손에 힘줄이 돋아났다. 한계까지 꽉 쥐어진 그 손을 내려다보던 아지다하카가 한숨을 내쉬었다.

"모른다는 건 정말이다. 앞으론 그녀와 시간의 싸움일 거야."

"그럼 대체 어떻게……."

"내 마력은 이곳으로 오는 것으로 마지막이었다."

아지다하카가 최대한 담담하게 대답했다. 밀라이언의 붉은 홍채가 확장됐다. 그의 입술 끝이 잘게 떨렸다. 아지다하카는 애써 고개를 돌렸다.

"그게 무슨……."

"난 카리나의 삶에 기대어 태어났다. 그 아이의 삶이 끝나면 내 삶도 끝나지. 그녀가 약해지는 만큼 나도 약해진다. 그리고……."

그는 입을 다물었다. 더는 이어서 말하고 싶지 않았던 탓이다. 이곳으로 오며 아지다하카는 죽음을 각오했고 미련은 없다. 아니, 없어야 한다.

"카리나의 몸에 ……당신이 준 마력은 얼마나 남았지?"

묻는 목소리가 벌벌 떨렸다. 밀라이언의 호흡이 거칠어졌다. 그의 표정은 형용할 수 없이 구겨졌다. 괴로움에 점철된 그 표정을 보며 아지다하카는 망설였다.

"제발…… 더는 내게 숨기지 마……."

"……우리에게 남은 것은 뛰고 있는 이 심장뿐이다."

아지다하카가 간신히 말을 내뱉곤 그대로 계단을 내려갔다. 밀라이언이 그대로 벽에 기댄 채 무너져 내렸다. 그가 팔로 눈을 가리며 고개를 젖혔다. 뻑뻑하고 뜨거워진 눈을 애써 돌리기 위해 눈을 꽉 감고 마음을 다스렸지만 그뿐이었다. 도르르 흘러내리는 것은 제어할 수 있는 것이 아니었다.

"대체 왜……."

대체 왜, 그녀가 뭘 잘못했다고.

밀라이언이 이를 악문 채 울음을 삼켰다. 들어갈 수가 없었다. 들어갈 자신이 없었다. 괜찮다고, 괜찮을 거라고 말해 줄 자신도 없었다. 괜찮아질 거라는 거짓말은 더 할 수 없었다.

바라지 않았던 시간이 속절없이 다가오고 있었다. 바라지 않았던 세계가 어느새 성큼 제 눈앞에 와 있었다. 손이 벌벌 떨렸다. 밀라이언이 여러 차례 주먹을 쥐었다가 폈지만 그뿐이었다.

"제발……."

차마 내뱉을 수 없는 다음 말을 꾸역꾸역 목 안으로 삼키며 밀라이언은 고개를 떨궜다. 30분이 더 지나서야 간신히 감정을 추스른 밀라이언은 천천히 자리에서 일어났다. 넘실거리던 감정이 어느 정도 잦아들어 표정이나마 평정을 유지할 수 있게 되었다. 들고 있던 손수건으로 눈을 여러 차례 꾹꾹 누른 그가 목을 가다듬고 숨을 들이켰다.

바닥에 주저앉아있기 시작한 지 한참 만에 밀라이언은 조심스럽게 문을 두드렸다. 똑똑. 노크 소리에 안쪽에서 조금 부산스러운 소음이 들렸다. 밀라이언은 굳이 문을 열지 않았다. 평소와는 다르게 그는 안쪽에서 허락의 말이 들릴 때까지 묵묵히 기다렸다.

"드, 들어와요."

안에서 들리는 멘 목소리에 그가 애써 입가에 미소를 띤 채 문고리를 돌렸다. 안에는 젖은 물수건과 눈 밑이 발갛게 짓무른 카리나가 어색하게 웃으며 침대에 앉아 있었다.

"일이 많아서 조금 늦었어."

"아, 괜찮아요. 그…… 몸은 좀 어때요?"

카리나가 적당히 떠오른 말을 건네자 밀라이언이 낮게 웃음을 터뜨리며 그녀의 곁에 앉았다. 그가 언제나처럼 카리나를 품에 끌어안고 볼에 입을 맞췄다.

"몸은 괜찮아. 다녀왔어."

"다녀오셨어요."

부드럽게 풀리는 그녀의 입가를 보며 밀라이언이 또다시 그녀의 입술 끝에 입을 맞췄다. 볼에 입을 맞추고 목선에 입을 맞추고 목덜미를 살짝 깨물었다가 어깨에까지 입을 맞춘 그가 천천히 그녀에게서 떨어졌다.

"오늘은 어땠어?"

"세렌이 모래로 성을 만들었어요. 전…… 발작이 한 번 있긴 했는데 페리얼이 준 약을 먹고 금방 가라앉았어요."

"……그래."

"보여 줄까요? 세렌이 만든 모래성, 되게 귀여……."

자리에서 일어나려던 카리나가 움직임을 멈췄다. 어느새 그녀의 눈앞에 둥둥 떠 있는 모래성 때문이었다. 바깥에 있어야 할 모래성이 눈앞에 나타났다. 밀라이언이 놀란 듯 자리에서 일어나고 카리나는 굳었다.

"……카리나?"

"미, 미안해요. 제가 얼른 보여 주고 싶다고 상상해 버렸나 봐요. ……미안해요."

당황한 듯 연신 사과한 카리나가 다급히 모래성을 향해 손을 뻗었다. 그녀의 손에 닿는 순간 공중에 둥둥 떠 있던 모래성이 와르르 무너져 내렸다. 순식간에 흙바닥이 된 방을 보며 카리나의 얼굴이 다시 당황으로 물들었다. 시선을 둘 곳을 모르고 한참이나 구르는 눈을 보던 밀라이언의 눈이 한층 어두워졌다.

"미…… 미안해요. 제가 치울……."

다급히 쓸어 담는 것을 찾는 그녀의 눈앞에 무언가가 또 생겨났다. 쓰레받기였다. 카리나가 몸을 살짝 숙이려는 모양새 그대로 결국 굳어 버렸다.

"……."

밀라이언이 상황을 보곤 천천히 숨을 들이켰다. 그가 빠르게 제 표정을 갈무리하며 입가에 미소를 띠었다. 그가 카리나의 허벅지를 받쳐 품에 안아 들었다. 그가 방을 나섰다. 천천히 복도로 나와 계단을 향해 걸어가며 밀라이언은 평정을 가장한 채 입을 열었다.

"괜찮아, 카리나. 그대는 아무것도 하지 않아도 돼. 사용인들을 시키면 되니까."

"……네."

간신히 대답한 카리나가 눈을 질끈 감았다가 떴다. 숨기고 싶어도 숨길 수 있는 일이 아니다. 이건 지금 숨긴다고 어떻게 해결될 것 같지가 않았다. 남은 시간이 얼마 없는데 이렇게 숨겨서 될 일은 없었다. 거기까지 생각한 카리나가 밀라이언의 어깨에 올린 손에 힘을 줬다.

"……미안해요."

"그대가 미안할 건 없어."

"미안해요. ……미안해요, 밀라이언."

"괜찮아."

"……미안해요. 나…… 나요……."

카리나의 목소리가 떨렸다. 공포에 질린 것 같기도 하고 스스로의 상태에 두려움이 깃든 것 같기도 했다. 가쁜 호흡을 달래던 카리나가 다시 입을 열었다.

"나, 지금…… 능력이 제어되지 않는 것 같아요."

"……."

떨리는 목소리와 함께 기어코 나오고 만 그녀의 고백에 밀라이언이 숨을 크게 들이켰다. 그는 천천히 최대한 무심하게 아렇지 않은 척 고개를 끄덕였다. 애써 입술을 움직여 미소를 지으려는데 이미 딱딱해진 뺨은 쉽게 풀어지지 않았다.

"아냐, 나야말로…… 미안해."

밀라이언이 결국 걸음을 멈추곤 복도에서 천천히 그녀를 내려 줬다. 그의 무거운 사과에 카리나가 숨을 삼켰다가 다시 뱉었다. 고개 숙인 그녀를 내려다보던 밀라이언이 미소 지었다.

"난 괜찮아, 괜찮으니까……."

기계적으로 읊조리던 밀라이언의 미소가 천천히 무너져 내렸다. 그 안에 남은 것은 절망과 슬픔이었다. 카리나는 멍하니 그것을 바라보다가 천천히 그를 끌어안았다.

"미안해요."

"제발, ……제발, 카리나……. 내게 미안해하지 마. 그대는 내게 미안할 거 없어. 내가…… 전부 내가 잘못했어. 내가 미안해……."

밀라이언이 표정을 일그러뜨렸다. 무너져 버린 사내의 얼굴을 보며 카리나의 등허리가 뻣뻣하게 굳었다. 제 얼굴을 꽉 붙잡은 그는 처참하게 표정을 구긴 채였다.

"내가 조금만 더 그대를 빨리 만났어도, 내가 약혼식 때 그대에게 관심만 있었어도……!"

밀라이언이 내지르는 소리에 카리나는 바보처럼 입만 벌려야 했다. 그가 오랜 시간 끌어안고 있던 것을 드디어 엿본 기분이다. 그 진실이 가슴 아파서 내장이 꼬이는 것만 같았다.

"그렇게 말하지 말 걸 그랬어. 괜찮으냐고 물어볼 걸 그랬어. 그 때, 그대에게 손을 내밀었다면 좋았을 텐데. 조금 더 빨리 그대를 만나서……."

되돌릴 수 없는 과거를 곱씹으며, 몇 차례나 스스로를 탓했을까. 카리나는 입술을 뻐끔거리다가 다시 입을 닫았다. 목 안쪽이 뻐근했다. 누군가 강제로 벌린 듯이 아팠다. 목소리를 내면 그 안에서부터 피가 터져 나올 것 같아서 쉽게 입을 열 수가 없었다. 밀라이언의 볼을 타고 기어코 그답지 않은 것이 떨어졌다.

"그래서…… 그대를 보듬어 줄 것을. 그랬으면 좋았을 텐데. 그랬으면…… 그랬으면……!"

밀라이언의 눈에서 쉴 새 없이 눈물이 쏟아져 내렸다. 카리나는 멍하니 그것을 바라봤다. 말문이 막혀서 아무런 말도 할 수가 없었다.

얼마나 오랜 시간…… 얼마나 오랜 시간 저 생각을 품어 왔던 것일까. 마음이 아팠다. 그가 혼자서 스스로를 탓했을 시간이 아른거려서 심장이 지끈거렸다. 괜찮다고 말해 주면 좋을 텐데. 나는 왜 당신에게 그런 말조차 해 주지 못하는 걸까.

"그대가 그렇게 죽기 직전까지 스스로 목숨을 깎아 먹을 일도 없었을 텐데! 우리가 함께할 시간도, 방법도 더 많았을지도 모르는데!"

비명처럼 내지르는, 속을 긁어내듯 보여 주는 그 처절하기 짝이 없는 고백에 깊은 후회가 느껴졌다. 그는 휘청거리며 벽에 기대더니 제 머리를 벽에 힘껏 박았다. 카리나가 놀라 한 걸음 그에게 다가가자 그가 억눌린 목소리로 입을 열었다.

"나는…… 몇 번이나……."

거기까지 말한 밀라이언은 목이 메는 듯 잠시 말이 없다가 여전히 눈물을 흘리며 그녀를 바라봤다. 물기에 젖은 붉은 눈동자가 평소보다 흐릿하고 탁했다. 닿고 싶어서, 그를 달래 주고 싶어서 차오르는 욕망에 그녀는 잠시 손가락을 움찔거렸다.

"몇 번이나 그때로 돌아가는 상상을 해. 그 시간으로 돌아가면 이렇게 해 줘야지. 저렇게 해 줬으면 좋았을 거야. 그러면 지금과는 조금 달랐을 거라고."

"밀라이언, 나는……."

"근데, 눈을 뜨면 꿈이고 내 상상이야. 나는 시간을 되돌리지도 못하고 그대를 살리지도 못해. 아무리 노력해도……."

밀라이언의 표정이 괴롭게 일그러졌다. 뒷말은 이어지지 않았다. 그는 울고 있었다. 어린아이처럼 흐르는 눈물을 어떻게 할 수 없다는 듯 그저 울음을 터뜨렸다.

흐르는 눈물에 엉망이 된 그를 보니 심장이 지끈거렸다. 가슴이 아팠다. 숨을 들이마시며 그녀가 목에 힘을 줬다. 이 골은 제대로 풀어야 했다. 평생 그에게 응어리를 짊어지게 할 수는 없었다.

"밀라이언은 살렸어요."

"살리지 못했어."

"살렸어요, 내가 지금 이렇게 살아 있잖아. 세렌과 당신과 계속 함께했잖아요."

그녀의 말에 밀라이언이 머리를 좌우로 흔들었다. 어린아이 같은 그 행동에 카리나는 조금 웃음이 날 것 같았다. 이런 상황에서도 웃음이 날 것 같다니, 기분이 묘하다.

"있잖아요, 밀라이언."

그녀가 나직하게 부르자 밀라이언이 꾸역꾸역 그녀와 시선을 맞춰 왔다. 카리나가 한 걸음 다가가 밀라이언을 올려다봤다. 밀라이언은 움찔 떨었지만 뒤로 물러나진 않았다.

"난 사실 그때 살고 싶은 마음이 전혀 없었어요. 쓸데없는 희망에 목매고 싶지도 않았어."

밀라이언의 눈이 크게 뜨였다. 흔들리는 그 눈동자를 보며 카리나가 다시 미소 지었다. 대화를 나누다 보니 조금 알겠다. 그도 자신처럼 불안했다는 것을. 각자가 끌어안고 있는 것이 괴로웠다는 것을.

"그런데 당신이 살렸어요. 죽어도 미련이 없는 삶이었어요. 백작저를 떠나올 때 그렇게 생각했어. 아, 떠나자. 다 정리하고 세상을 뒤로하자."

"그러지 마……."

"물론 지금은 안 그래요."

밀라이언의 가라앉은 목소리에 카리나가 부러 조금 더 밝은 목소리로 대답했다. 일부러 톤을 올리고 일부러 조금 더 웃었다. 부은 제 눈을 보고도 아무 말이 없었다. 일부러 모른 척해 준 거라면 아지다하카와 무언가 대화를 나눈 것이겠지. 카리나가 팔을 뻗어 그의 손을 붙잡았다.

'……다들 정말 숨길 줄을 모른다니까.'

아주 조금, 불만이긴 하다. 결국 밀라이언에게 이런 표정까지 하게 하고 말이다. 어련히 알아서 잘 대화를 나눠 볼 생각이었는데.

"난 평생 삶에 미련 따윈 없었는데, 당신이 내 미련으로 남았어요. 당신이 날 살렸어. 밀라이언, 당신이 내게 세계를 줬어. 밀라이언, 당신이 내 유일한 세계였어."

"……나도 그래."

밀라이언이 작은 목소리로 제게 동조했다. 언제나 강하고 지켜 줄 것만 같은 남자가 이렇게 약해진 모습을 보고 있으려니 새삼 자신이 무척 사랑받고 있다는 것을 깨달았다.

"삶을 주고 기회를 주고 세계를 줬어. 당신이, 내게 세렌을 줬어요. 세렌과 함께할 시간을 줬어요."

카리나가 나직하게 대답했다. 차분한 목소리에 밀라이언의 얼굴이 한층 더 괴롭게 일그러졌다. 카리나가 밀라이언과 맞잡은 손에 조금 더 힘을 줬다.

"……나는 그걸로 충분해요. 미련이 남지 않는다고 하면 거짓말이겠지만요. 사실 무섭지 않다고 하면 그것도 거짓말이겠죠. 나 무섭고 미련도 남아요. 세렌이 크는 것도 보고 싶고 당신 품에서 더 오래 있고 싶어."

"……미안해. 내가, 미안해……."

밀라이언의 목소리에 또다시 울음기가 맺혔다. 카리나가 그저 조용히 입꼬리를 말아 올렸다. 둥근 호선을 그리는 입술 끝은 한 치의 흐트러짐도 없었다.

"하지만 난 과거에 이랬으면 좋겠다. 이런 건 없어요. 따지고 보면 당신이 내 삶인걸요."

"……내가?"

"네, 만나는 순간 당신이 한 말 듣고 아…… 나도 저 사람처럼 되고 싶다. 이렇게 생각했어요."

밀라이언이 과거에 자신이 한 말을 곱씹다가 천천히 얼굴을 붉혔다. 그가 곤란하다는 듯 미간을 좁힌 채 손등으로 제 눈두덩이를 꾹꾹 눌렀다. 카리나가 빙긋 웃었다.

"그러니까 미안해하지 말아요. 아니, 우리 같이 미안해하지 않기로 해요. 서로 최선을 다했잖아. 나도 당신도 최선을 다했어요."

"……."

"응? 우리 정말 서로 최선을 다했잖아. 그러니까 우리 옛날 약속처럼요. 이번에는 웃으면서요."

"……."

그녀의 말에 대답하지 못한 밀라이언의 고개가 떨어졌다. 웃으면서 보내라는 말에 그러겠다고 대답할 자신이 없었다. 그럴 자신이 없었다. 아무렇지 않을 자신이.

"아. 우리 밀라이언, 전성기 지나서 울보 다됐네요. 남자는 서른 넘으면 울보가 된다더니 그런 건가?"

"……그대, 대체 무슨."

밀라이언의 눈이 당황한 듯 끔뻑였다. 그가 뻐끔거리는 것을 보던 카리나가 살짝 까치발을 떼어 손등으로 뺨을 조심스럽게 닦아 줬다.

밀라이언이 낮게 한숨을 내쉬었다.

"울지 말아요. 세렌이 아빠 울보라고 놀리겠네."

"……세렌 앞에선 안 울어."

퉁명스러운 밀라이언의 말에 카리나가 웃음을 터뜨렸다. 그 표정을 보던 밀라이언이 천천히 숨을 들이켰다. 그가 흐릿하게 마주 웃었다. 그 표정을 보며 카리나가 그를 힘껏 끌어안았다. 까치발을 떼고 팔을 힘껏 뻗어 그의 목을 끌어안고 제 가슴에 묻었다. 밀라이언은 엉거주춤 몸을 숙여 가면서도 순순히 제 품에 안겼다.

"세렌 잘 부탁해요. 당신이라면 분명 언제까지나 좋은 아빠겠지만요."

"응."

"좀 더 오래 있고 싶었어요."

"……응."

"사랑해요, 밀라이언. 사랑해요……."

"……응, 나도."

카리나가 힘껏 밀라이언을 끌어안아 주곤 천천히 그와 손을 맞잡았다. 과연 시간이 얼마나 남았을까? 주어진 시간이 많지 않다는 것은 감으로도 알 수 있었다.

"식사하러 가요."

"그래."

손을 꽉 맞잡은 채 두 사람이 천천히 계단을 내려가 식당으로 향했다. 카리나가 쓴웃음을 머금었다.

사실은 거짓말을 했다. 몇 번이고 과거를 곱씹었다. 몇 번이고 우리가 평범하게 만났을 때를 상상했다. 자신에게 그런 능력이 없었다면, 이라는 가정을 떠올렸다. 그러나 그럴 수 없었다. 아무리 생각해도 그것은 현실이 아니라서, 까마득한 과거기만 해서…… 되돌릴 수 없는 짙은 후회들만 미련과 함께 퇴비처럼 쌓였다.

"세렌이 요즘 검을 배우겠다고 목검을 들고 저택을 휩쓸고 다니는 거 알아요?"

"팽한테 들었어. 장난기가 보통이 아니라던데."

"이러다 세계 최고의 여검사가 되겠어요."

"그 아이가 원한다면 분명히 그렇게 될 거야. 나와 당신 그리고…… 재수 없지만 드래곤의 힘도 잇고 있으니까."

퉁명스러운 밀라이언의 목소리를 들으며 카리나가 웃음을 터뜨렸다.

식당으로 향하니 밖에서 서성거리고 있는 작은 인영이 보였다. 상대도 그들을 발견했는지 냉큼 도도도 달려와 밀라이언의 다리에 덥석 매달린다.

"아빠!"

"옳지, 우리 딸 오늘도 건강하네."

밀라이언이 가볍게 아이의 겨드랑이 밑을 붙잡고 훌쩍 안아 올리며 말했다. 아이가 배시시 웃음을 터뜨리며 손가락으로 카리나를 가리켰다.

"엄마! 지각은 나빠여!"

"준비하느라 조금 늦었네. 우리 세렌 많이 기다렸어?"

"우움…… 쪼끔요?"

카리나가 물끄러미 세렌을 바라보다가 천천히 아이의 몸을 꽉 끌어안았다. 그녀가 애써 뜨거워지려는 눈에 힘을 줬다.

"우리 세렌 혼자서 기다릴 줄도 알고 다 컸네."

"……."

세렌은 대답 없이 잠시 카리나를 바라보다가 천천히 시선을 내려 그녀의 가슴을 내려다봤다. 그러곤 찡그린 표정으로 고개를 저었다.

"세렌 아직 아기에여."

갑작스럽게 한층 더 혀 짧은 소리를 내며 아이가 고개를 좌우로 저었다. 웃으며 안으로 들어가려던 찰나 들린 말에 카리나의 표정이 딱딱해졌다. 걸음이 멈추고 숨 쉬는 법을 잊은 듯 조용해졌다.

"……엄마가 보기엔 우리 세렌 다 큰 것 같은데."

"아냐, 아기야!"

아이가 고개를 내저으며 짤막한 손을 카리나를 향해 휘저었다. 안아 달라는 신호에 손을 뻗으려는 카리나를 본 밀라이언이 한 걸음 뒤로 물러났다.

"엄마는 아빠만큼 힘이 세지 않아서 안 돼."

"……네."

풀죽은 듯 고개를 숙이는 아이를 보며 카리나가 빠르게 손을 뻗어 아이의 볼을 손바닥으로 꾹 눌렀다. 툭 튀어나온 입술에 쪽 입을 맞춘 카리나가 부드럽게 미소 지었다.

"힘은 세지 않아도 아빠보다 세렌을 더 사랑해."

"이런, 카리나. 내가 마치 세렌을 사랑하지 않는다는 것처럼 들리잖아."

곁에서 타박하듯 웃음기 섞인 말을 던진 밀라이언이 세렌의 귓불에 입을 맞췄다.

"아빠도 사랑해, 세렌."

"네! 사랑해여!"

아이가 결국 까르르 웃음을 터뜨리며 두 사람을 힘껏 끌어안았
다. 짧은 팔에 안기느라 숨결이 섞일 정도까지 얼굴이 바싹 가까워
졌다. 그 우스꽝스러운 모습에 세 사람의 웃음보가 터졌다.

평화롭기 짝이 없는 행복한 날이었다.

"엄마, 모 해요?"

아이가 문을 열고 안으로 빼꼼 고개를 들이밀며 물었다. 카리나
는 침대 헤드에 기대어 쓰고 있던 노트를 접어 옆에 옮겨 두고 세렌
을 향해 웃음을 머금었다.

"음, 일기를 쓰고 있었어. 우리 세렌은 왜 밖에서 안 놀고?"

"……엄마, 세렌 동화책!"

자세히 보니 아이는 품에 제 몸뚱이만 한 커다란 동화책을 두 손
으로 안고 있었다. 앞으로 쭉 내미는 동화책을 보며 카리나가 낮게
웃음을 터뜨리며 아이에게서 책을 받아 들었다. 얇은 동화책은 그
리 길지 않고 그림이 가득 그려져 있어서 아이가 흥미를 가지기에
적당해 보였다.

카리나는 싫은 내색 없이 고개를 끄덕이곤 아이에게 옆자리를 톡
톡 두드려 보였다. 세렌이 확 밝아진 얼굴로 끼끼거리며 침대를 기
어올라 그녀의 옆에 바싹 붙었다. 핏기가 없어 보이는 창백한 피부
의 카리나는 병색이 완연했다. 살이 빠져 볼은 움푹 파였고 뼈마디
는 예전보다 더 도드라졌으며 손목도 무척 가늘었다.

실제로 그녀는 침대 밖에서 벗어날 수도 없었다. 가끔 밀라이언이 그녀를 품에 안고 정원을 거닐기도 했었지만 날씨가 추워지면서 그럴 수도 없게 됐다.

아지다하카가 이곳에 머물기 시작한 지도 3개월째다. 그는 꽤 오래 버티고 있다며 그녀를 다정하게 쓰다듬어 줬다. 세렌과도 상당히 친해져서 함께 이곳저곳을 다녀 주고 있는 모양이었다.

"아빠는?"

"잠깐 일! 얼른 온대여!"

"그래, 엄마가 읽어 줄게."

카리나가 몸을 기댄 채 천천히 첫 줄을 읽어 내려갔다. 세렌은 이제 신력도 마력도 제법 다룰 수 있게 됐다. 마력을 쓰는 법을 아지다하카가 하나하나 차분하게 알려준 덕분인 듯했다. 그는 자신이 가진 지식을 아이에게 조금씩 스며들게 했다.

사실 여기까지 버틸 수 있었던 것도 세렌의 힘 덕분이었다. 아이가 아지다하카의 말에 따라 카리나에게 마력을 흘려 넣어 준 것이다. 하지만 이미 아지다하카의 마력을 한계까지 담았던 심장은 여기저기 깨지고 금이 가서 아무리 마력을 부어도 그리 오래가지 못했다. 그리고 지금은 완전히 깨지기 직전이었다.

카리나가 아이에게 차분하게 동화책을 읽어 줬다. 세렌은 늘 고저 없는 그녀의 목소리를 들으면서도 눈을 반짝이며 고개를 끄덕였다. 카리나는 그것이 안타까웠다. 감정을 싣고 싶었지만, 제어할 수 없게 된 기적이 자꾸만 멋대로 그녀의 목숨을 갉아먹으려고 들어서 어쩔 수가 없었다.

"세렌."

"네?"

"조금 더 두꺼운 동화책을 가져와도 되는데. 아니면 여러 권 가져오면 엄마가 전부 읽어 줄게."

카리나는 늘 20페이지도 되지 않는 짧디짧은 단편 동화만 가지고 오는 세렌이 의아했다. 이렇게 좋아하면 여러 권을 가져오거나 조금 더 두꺼운 책을 가져와도 될 텐데 말이다.

"엄마 힘드러요!"

"……혹시 일부러 골라 오는 거야?"

"히히."

세렌이 방긋 웃었다.

고개를 끄덕이거나 대답하진 않았지만 그것이 긍정의 의미와 다르지 않다는 건 어렵지 않게 깨달았다. 카리나가 아프게 눈을 감았다. 수많은 책이 꽂힌 책장 앞에서 이리저리 서성거리며 얇은 동화책을 찾아서…… 그중에서도 또 한 권만 골라 왔을 아이의 마음이 어떤 심정일지 도무지 짐작도 가지 않았다.

"……세렌, 엄마가 많이 미안해."

"네?"

"엄마가…… 곧 멀리 여행을 갈 것 같아서."

"세렌도 가요!"

"세렌이랑 아빠는 못가. 엄마 혼자 가야 해. 그래서…… 그래서 너무 미안해, 세렌."

카리나가 곁에 앉은 아이를 품에 끌어안았다. 아이가 짧은 손을 뻗어 그녀의 등을 토닥거리다가 이내 눈을 동그랗게 뜨고 고개를 젖혔다.

"엄마 혼자는 외로운데……. 세렌도 가요. 아빠도요!"

"미안해, 미안……."

"엄마……? 세렌 아직 아기예요."

카리나의 옷자락을 붙잡은 채 불안한 목소리를 내는 세렌을 보며 그녀가 찢어지는 것 같은 제 심장을 부여잡았다.

미안해, 미안……. 쉼 없이 중얼거리는 목소리에 세렌의 얼굴이 결국 울상이 되었다.

"엄마, 세렌도 갈래요……."

물기 어린 목소리에 카리나가 아무런 말을 하지 못했다. 그저 언제 찾아올지 모르는 시간에, 인사조차 할 수 없이 갈까 봐 쉼 없이 미안하다고 속삭여 주는 것이 그녀가 할 수 있는 일의 전부였다.

똑똑.

"들어갈게."

문이 열리고 들어온 밀라이언이 눈앞의 광경을 보곤 잠시 말을 잃었다. 카리나의 볼을 타고 흘러내리고 있는 눈물을 본 밀라이언이 욱신거리는 심장을 애써 무시하며 천천히 다가갔다. 그가 한쪽 무릎을 꿇고 침대 아래에 앉아 세렌의 머리카락을 살살 쓰다듬었다.

"세렌, 왜 그러고 있어?"

"아빠아……."

세렌이 울먹이는 표정으로 몸을 틀어 밀라이언을 향해 팔을 뻗었다. 밀라이언이 아이를 품에 끌어안으며 침대에 걸터앉았다. 카리나는 힘없이 고개를 숙이고 있었다. 그녀의 손등에 다른 손을 올리며 밀라이언이 제 허벅지에 아이를 앉혔다.

"엄마가…… 엄마가 여행 간대요……. 엄마가 세렌 두고……."

"……그랬구나. 그래서 슬펐어?"

"응……."

"어쩌지, 세렌? 엄마는 멀리 여행을 가야 한대. 천사님이 엄마가 필요하다고 부르나 봐."

밀라이언의 조곤조곤한 말에 카리나가 결국 제 손에 얼굴을 묻었다. 숨을 쉴 수가 없었다. 숨이 막혀서 죽을 것만 같았다. 산 채로 물속에 집어넣어져도 이것보단 나을 것 같았다. 카리나는 아무 말도 하지 못했다.

"세렌은……?"

"세렌은 좀 더 착하게 오래 살아야 해. 아무나 갈 수 있는 곳이 아니거든."

"……아빠도?"

"아빤 세렌이랑 있어야지. 아빠는 아직 세상에 나쁜 놈들이 너무 많으니까 조금 더 혼내 주고 오래."

밀라이언이 아이를 달래며 속삭였다. 부드러워진 목소리는 예전의 남자라곤 도저히 생각할 수도 없을 정도였다. 고민하던 세렌이 그러느냐며 무척 내키지 않는 표정으로 고개를 끄덕였다.

"어, 음……. 그러면 엄마 언제 와여?"

"……."

"……."

세렌의 물음에 카리나와 밀라이언이 기어코 말을 잃었다. 카리나가 숨을 삼켰다.

그녀가 천천히 주먹을 꽉 쥐었다. 약속할 수 없는 말은 하고 싶지 않다. 제 말에 의지하며 쉼 없이 기다릴 아이를 생각하면 그것은 독이다. 알고 있기에 더욱 입이 떨어지질 않았다.

"……미안해, 세렌."

그녀가 메인 목으로 내뱉을 수 있었던 건 결국 쉼 없이 내뱉었던 사과 한마디가 전부였다.

그날 이후, 세 사람은 서로 거의 떨어지지 않았다. 밀라이언도 정말로 피치 못할 일이 아니면 카리나의 곁에서 떨어지지 않았다. 사실 그 피치 못할 일도 미룰 때가 많았다. 세렌은 거머리가 된 것처럼 카리나에게 항상 찰싹 달라붙어 있었다.

오늘도 언제나와 같은 날이었다. 언제나와 같이 셋이 함께 방에서 저녁 식사를 하려는데 아지다하카가 모습을 드러냈다. 드래곤 특유의 생명체를 압도하는 기운마저 거의 사라진 그는 이제 인간과 크게 다를 바 없어 보였다. 아지다하카는 가벼운 튜닉을 걸친 채 팔짱을 끼곤 벽에 기댔다. 옅은 미소를 띤 표정이 한결 편안해 보였다.

그는 많은 시간을 세렌과 함께했고 인간의 삶을 살아갔다. 아지다하카가 식탁 옆으로 다가와 피식 바람 빠진 웃음을 흘렸다.

"난 슬슬 산맥으로 가야겠다. 이제 때가 됐어. 잠들 준비를 해야지."

"……가는 거예요?"

카리나의 불안한 표정에 아지다하카는 부러 조금 더 씩 웃어 보였다. 그가 호탕하게 고개를 끄덕였다.

"그래, 마지막까지 함께해 주지 못해 미안하구나. 곧 본체로 돌아갈 것 같으니 산맥으로 가야지. 필멸자의 삶은 재밌었어."

정해진 기간만큼만 살 수 있으니 매 순간 최선을 다하게 됐다. 조금 귀찮아도 세렌을 위해 움직였고 피곤해도 이곳저곳을 돌아다녔다. 그가 천천히 눈을 깜빡였다.

이야기를 듣던 세렌이 카리나의 품에서 얼굴을 뿅 드러냈다. 아이의 볼은 여전히 통통해서 사랑스러웠다. 아지다하카는 아이의 볼을 가볍게 손끝으로 간지럽혔다.

"아지! 어디가?"

"긴 잠을 자러 간단다."

"앗! 잠꾸러기, 언제 와?"

아지다하카가 자연스럽게 세렌을 품에 안으며 대답했다. 세렌이 익숙하다는 듯 편하게 자리를 잡더니 아지다하카의 어깨에 얼굴을 비볐다.

"글쎄⋯⋯. 우리는 잠자는 시간이 너무 길어서 우리 대녀가 할머니가 되어도 보지 못할 확률이 높지."

"헉! 하무니가 돼도?"

"맞다, 대부 잠꾸러기지?"

"하지만⋯⋯ 세렌은 아지 보고 시픈데⋯⋯."

아지다하카가 말없이 미소 지었다. 필멸자의 삶으로 죽음을 받아들이긴 힘들 것이다. 언젠가 자라면서 천천히 알게 될 테니 굳이 지금 아이에게 슬픔을 들이밀 필요는 없었다.

"산맥에서 긴 잠을 잘 거니까 보고 싶다면 산맥으로 오거라. 물론 잠을 자느라 대답은 해 주지 못하겠지만 말이야."

"정말?"

"그래."

세렌이 눈을 깜빡이며 환하게 웃었다. 아이의 어여쁜 미소를 보며 아지다하카는 조금 표정을 일그러뜨렸다. 조금 더 시간이 있었으면 하고 바라게 되다니, 그토록 권태로운 삶에 질렸었는데 말이다. 스스로의 욕심에 조금 우스워졌다.

'필멸자처럼 살았다고 필멸자가 된 것도 아닐 텐데.'

겨우 6년의 삶이 이토록 선명하게 기억될 줄은 몰랐다. 세렌의 이마에 입을 맞춘 아지다하카가 천천히 아이의 머리를 쓰다듬었다. 붉은 마력이 아이의 이마로 스며들었다.

"세레누스, 언제나 행복하길 바란단다."

많이 흐려진 마력이었지만, 그 따뜻함에 세렌의 눈이 커졌다. 아이가 푸시시 입가를 무너뜨리며 고개를 끄덕였다.

"아지도 잘 자!"

"……그래."

짧은 시간이지만 마력을 다루는 기초는 알려 주었다. 자라면서 스스로 응용하고 배우면 금세 성장하겠지. 아이의 몸을 한 번 더 꽉 끌어안은 아지다하카가 침대에 내려놨다. 세렌과 인사를 끝낸 그가 이번엔 카리나를 향해 고개를 돌렸다.

"……이번엔, 좋은…… 좋은 꿈꾸세요."

"그래, 너도 고생 많았다."

아지다하카가 가볍게 카리나의 머리를 흩뜨렸다. 밀라이언과는 가볍게 눈인사를 하는 것으로 인사를 마친 그가 자취를 감췄다. 훅 사라진 그의 모습에 밀라이언이 천천히 고개를 떨궜다.

그는 산맥으로 돌아갔다. 그것은 그의 몸에 한계가 왔다는 것을 깨달았다는 거다. 그리고 그의 한계는…… 카리나의 한계였다.

식사를 마친 세 사람은 말이 없었다. 카리나는 천천히 눈을 깜빡였다. 시간이 없다. 자신에겐 시간이 없었다. 이제 정말로 지체할 시간이 없다는 의미였다. 생각을 마친 그녀가 옅게 미소를 띠었다.

"밀라이언, 오늘은 다른 방에서 세렌이랑 잘래요?"

"……왜?"

"미안해요. 오늘 하루 할 일이 있어서요. 하루만 부탁해요."

"……."

밀라이언이 불안한 눈으로 그녀를 바라봤다. 카리나가 고개를 저었다. 아직은 아니다. 아직은 끝이 아니었다. 그녀의 시선을 보던 밀라이언이 주먹을 꽉 쥐며 고개를 끄덕였다.

한시라도 떨어지는 것이 불안해서 떨어지지 않았던 시간이 길었다. 그러나 그녀가 시간이 필요하다는데 시간을 주지 않을 수도 없다. 그녀는 온전히 스스로를 위해 시간을 쓸 가치가 있는 사람이니까.

세렌이 꾸벅꾸벅 눈을 비비며 쏟아지는 졸음과 싸웠다. 밀라이언이 세렌을 품에 안은 채 자리에서 일어났다.

"무슨 일 있으면 꼭 불러. 바로 옆방에 있을게."

"알겠어요."

예전보다 한층 더 살이 빠진 카리나를 바라보며 밀라이언이 애써 웃었다. 카리나가 고개 숙인 밀라이언의 볼에 살짝 입을 맞추곤 마주 웃었다.

"사랑해요, 밀라이언."

"응. 나도 사랑해, 카리나."

매일같이 하게 된 사랑 고백은 언제 들어도 가슴이 떨렸다. 끝이라는 것을 알기에 최선을 다했다. 그리고 한계는 언제나 예상치도 못하게 다가온다.

카리나는 아주 느린 걸음으로 몸을 돌려 방에서 나가는 밀라이언과 세렌을 보곤 협탁 아래에 숨겨 뒀던 노트 두 권을 꺼냈다. 얼마 전까지만 해도 내용의 반도 채우지 못했던 노트는 거의 끝에 다다랐다.

카리나가 천천히 잉크병을 열고 글을 써 내려갔다. 밤이 새는 것도, 새벽이 다가오는 것도, 천천히 태양이 떠오르고 이윽고 아침이 밝아 오는 것도 모른 채 노트의 끝까지 가득 채운 그녀는 두 권의 책을 천천히 책상 위에 나란히 올려 두었다.

밤을 꼬박 새웠는데도 어쩐지 몸이 가볍고 개운했다. 카리나는 천천히 눈을 감았다가 떴다. 하늘은 눈부시고 쏟아지는 빛은 오늘따라 유독 빛나 보였다.

그녀가 옷을 갈아입고 방을 나섰다. 옆방으로 가 조심스럽게 문고리를 돌리자 세상모르고 잠을 자고 있는 세렌과 걱정에 밤이라도 새웠는지 책상에 불편하게 기대어 눈을 감고 있는 밀라이언이 보였다.

"밀라이언."

"음…… 카리나?"

비몽사몽 했던 목소리와 함께 번쩍 뜨인 눈에 놀라움이 비쳤다. 카리나가 조용히 미소 지었다. 밀라이언의 볼에 입을 맞춰 준 그녀가 둥글게 눈꼬리를 휘었다.

"좋은 아침이에요."

"몸…… 괜찮아? 일어나도 돼?"

"네, 오늘은 몸 상태가 괜찮은 것 같아요."

카리나가 가볍게 고개를 끄덕이곤 세렌을 향해 몸을 돌렸다. 그녀가 아이의 볼을 살짝 쿡 찔렀다.

"으응……."

투정을 부리듯 꿈틀거리던 세렌을 미소 띤 얼굴로 보던 카리나가 아이의 이마에 입을 맞췄다.

"세렌, 우리 오늘 나들이 갈까?"

"으응……? 나드리……?"

발음도 제대로 되지 않는 듯 잠에 취해 뭉개진 말에 카리나가 고개를 끄덕였다.

"응, 나들이. 엄마랑 아빠랑 도시락 싸서 갈까?"

그 말에 세렌의 눈이 번쩍 뜨였다. 아이가 확 밝아진 얼굴로 몸을 벌떡 일으켰다. 아직도 졸음이 넘실거리는 눈을 벅벅 문지른 세렌이 열심히 고개를 끄덕였다.

"나들이! 세렌 가요!"

"카리나, 무리하지 않는 게……."

"오늘은 정말 괜찮아요. 몸이 가뿐한 걸요?"

카리나의 말에 밀라이언의 숨이 멈췄다. 피부는 여전히 창백하고 몸은 여전히 가늘다. 하루아침에 몸이 나았을 리가 만무한데도 그녀는 너무도 태평했다. 그것이 무엇을 의미하는지 알 것 같아서 그가 이를 악물며 고개를 끄덕였다.

"……그래?"

"네."

"그거 정말 다행이다."

"저 오늘은 직접 옆방에서 세렌 씻기고 옷 갈아입힐 테니까 밀라이언도 얼른 씻어요."

"……그래."

밀라이언이 간신히 몸을 돌렸다. 욕실 안으로 들어간 그가 문을 잠근 채 천천히 무너져 내렸다. 그가 애써 눈두덩이를 꾹꾹 눌렀다. 뜨겁게 눈시울을 적신 것이 떨어지지 않길 바라면서.

끝이 다가왔다. 그토록 바라지 않던 끝이…… 결국은 꾸역꾸역 다가오고 말았다. 아무도 가르쳐 주지 않는데 왜 알 것만 같은지 모르겠다.

그가 천천히 욕실 벽에 머리를 박았다. 쿵! 쿵! 쿵! 딱따구리라도 된 것처럼 바닥에 앉은 채 몇 차례나 머리를 부딪치던 그가 천천히 자리에서 일어났다.

거울에 비친 것은 익숙하지 않은 사내의 모습이었다. 그가 천천히 얼굴을 찬물로 씻었다. 입꼬리를 끌어올리며 얼굴 근육을 움직여 최대한 자연스럽게 미소를 그렸다. 거울 앞에서 몇 차례나 그것을 연습하던 그가 움직인 것은 30분이 더 지나서였다.

"예뻐요!"

"곧 여기서 꽃이 필 거야."

멀리 가진 못하고 저택 뒤쪽 언덕에 있는 꽃밭에 자리를 펴고 앉은 카리나가 세렌에게 조곤조곤 설명했다. 아직 봄이라서 파릇파릇한 새싹뿐이지만, 여름이 되면 화려한 꽃이 필 것이다.

"자, 이거 먹어."

"엄마는 왜 안 머거여?"

"……엄마는 별로 먹고 싶지가 않아서? 우리 세렌이 먹는 것만 봐도 배가 불러."

세렌이 샌드위치 하나와 목검 하나를 들고 또 어딘가로 도도도 달려갔다. 새싹 밭을 구르는 모습이 퍽 즐거워 보였다. 많은 인원을 데리고 오지 않은 나들이였다.

"카리나, 그대……."

"신기해요. 태어나서 이렇게 홀가분한 느낌을 느낀 적이 없는데, 오늘은 너무 홀가분해요. 어제 잠도 자지 못했는데. 신기하죠?"

"……잠을, 안 잤어?"

"잘 수가 없었어요. 일도 있었지만, 자면…… 일어날 수 있을지 의문이었거든요."

"……그대, 죽는 건가?"

잔뜩 억눌린 채 아프게 흘러나온 목소리에 아이에게 손을 흔들어 주던 카리나가 천천히 고개를 돌렸다. 밀라이언이 고개를 숙인 채 이를 악물고 있었다. 주먹을 꽉 쥔 채 벌벌 떨고 있었다. 카리나는 그 위에 제 손을 겹쳤다.

"나는……."

그녀의 손등 위로 밀라이언의 눈물이 툭 떨어졌다. 뜨거운 그 감촉에 카리나의 눈이 크게 뜨였다.

"나는, 그대가 떠날 때 웃어 주려고 했어."

벌벌 떨리는 목소리가 잔뜩 젖어 있었다. 카리나는 메는 목에 아무런 말도 하지 못했다. 필사적으로 입술을 달싹이는 밀라이언을 보며 그녀는 입을 다물었다.

"연습도 했는데……. 서로…… 웃, 서로 웃으면서 헤어지자고. 약속했던 걸 지키려고…… 그랬는데, 그랬는데……."

밀라이언이 잡히지 않은 다른 손으로 그녀를 붙잡았다.

"미안해, 나 그 약속…… 못 지킬 것 같아. 아파 죽겠어. 아파……. 아파, 카리나……. 죽지 마……."

쿵, 심장이 떨어지는 소리에 카리나의 얼굴이 일그러졌다. 괴롭게 일그러진 밀라이언의 얼굴을 보며 카리나는 입술을 뗄 수조차 없었다.

"날, 나랑…… 세렌을 두고 가지 마……. 제발…… 제발……."

아이처럼 우는 밀라이언을 보며 그녀는 목구멍이 아팠다. 누군가 주먹을 집어넣기라도 한 듯 한껏 벌어진 느낌이었다.

"제발, 카리나……. 다시 못 만나는 건 싫어……."

기어코 터져 나온 진심에, 오랜 시간 억눌렀을 그 마음에 그녀는 가슴이 지끈거렸다. 자신의 어깨를 필사적으로 붙잡은 채 무너져 가는 남자를 보며 카리나는 어떤 말도 할 수가 없었다.

"미안…… 미안해요……."

카리나의 얼굴에서 눈물이 흘러내렸다. 소리 없이 떨어지는 그 물방울을 밀라이언이 멍하니 바라봤다.

"내가 날 소중히 여기지 않아서 그래……. 내가, 내가……."

카리나가 밀라이언을 끌어안았다. 자신이 조금 더 미래를 보고 스스로를 가치 있게 여겼다면…… 어쩌면 조금 다른 결말이 있었을지도 몰랐다. 한순간의 충동을 이겨냈다면 지금보다 조금 더 시간이 있었을지도 몰랐다.

"죽기, 싫어요. 사실…… 세렌도 당신도 더 많이 보고 싶어. 시간이 너무 부족했어……."

밀라이언이 눈을 크게 뜬 채 제게 매달리는 카리나의 떨리는 몸을 감싸 안았다. 닿아 오는 진심이 두려웠다. 피부에 닿는 모든 감촉이 현실임을 깨닫게 했다.

"두고 가는 게 무서워요. 죽는 게 무서워……."

"……카리나."

"우리가 함께했던 기억이 사라지는 게 무서워요. 세렌이 날 기억
못하면 어떡해요? 난, 나는……."

"잊지 않아. 잊지 않을 거야. 잊을 리가 있겠어? 내가…… 세렌이,
당신을…… 어떻게 잊어."

밀라이언이 그녀를 꽉 끌어안은 채 말했다.

"우리 결국 겨울 산맥 못 간 거 알아요?"

"……그러게. 가 볼걸 그랬어. 이것도 해 보고 저것도 해 볼걸."

"……엄마? 아빠?"

어느새 다가온 세렌이 불안한 눈으로 두 사람을 바라보고 있었
다. 카리나가 소매로 눈물을 닦곤 두 팔을 활짝 벌렸다. 그녀가 아
이를 무릎에 앉히곤 꽉 끌어안았다.

"세렌. 세렌……."

"네?"

"엄마가 많이 사랑해. 미안해. 더 오래 같이 못 있어 줘서."

"엄마아……. 오늘 여행 가요?"

"……아마도."

일그러진 표정으로 웃어 보이는 세렌을 보며 카리나가 밀라이언
의 손을 꽉 붙잡았다. 세렌의 시선을 앞을 향하게 앉힌 카리나가 아
이의 정수리에 입을 맞췄다.

"세렌, 겨울 산맥이라는 곳 알고 있니?"

"네! 아지 집이래써요!"

"응, 그 너머에 굉장히 아름다운 게 있대. 앞을 봐 봐."

"앞이요?"

"응."

밀라이언의 손을 꽉 붙잡은 그녀가 천천히 눈을 감았다. 아지다 하카에게 들었던 산맥 너머의 것을 천천히 머릿속에 그렸다. 이야기만 듣고 그리거나 상상하지 않으려고 노력했던 것을 하나하나 섬세하게 머릿속에서 그려 나갔다.

"카리나……!"

카리나가 나무에 기댄 채 천천히 눈을 깜빡였다. 눈앞에 펼쳐진 광경에 그녀가 옅게 웃었다.

거대한 산맥으로 가려진 곳에는 드넓고 푸른 초원에서 다양한 종류의 마수들이 뛰어 놀고 있었다. 사람은 없지만 난생처음 보는 동식물이 자생하고 있었고 온통 봄이 만연했다. 세 사람은 그 한가운데에 앉아 있었다.

그곳은 또 다른 작은 나라였다. 아름답기 짝이 없는 그 뒤로 늘어서 있는 것은 어쩌면 북부의 또 다른 보물이 될 것이다. 식물이 자라기 힘든 북부에서 비옥한 땅이란 흔하지 않았다. 하지만 이곳엔 이름 모를 수많은 열매가 흘러넘치고 각종 약초와 식물들이 사방을 가득 메우고 있었다.

"와아…… 예뻐."

"엄마가 몰래…… 산맥에 구멍을 내어 놨으니까 나중에…… 아빠랑 놀러 가 보렴……."

"정말요?"

"정말이지."

온몸에 힘이 쭉 빠져나갔다. 느껴지는 탈력감에도 간신히 손을 든 카리나는 아이의 머리를 쓰다듬었다.

툭, 손이 힘없이 바닥으로 떨어졌다. 시야가 흐릿해졌다. 그녀가 천천히 눈을 깜빡였다. 눈을 한 번 깜빡일 때마다 아이의 모습이 자꾸만 흐릿해졌다. 카리나가 천천히 고개를 돌렸다.

"카리나……."

"당신이랑 꼭 가 보고 싶어서……."

"응. 응……."

"사실은 나도 옛날 생각 많이 했어요. 아…… 이랬으면 어땠을까……. 이런 능력을 가지지 않았다면 어땠을까……."

힘없이 작아지는 목소리에 귀를 기울이며 밀라이언은 애써 웃었다. 고개를 끄덕이자 카리나가 손을 들려고 노력하는 것이 보였다. 밀라이언이 그녀의 손을 잡아 제 볼에 올려 줬다. 더듬거리는 손을 느끼며 밀라이언이 숨을 들이켰다.

그녀가 천천히 눈을 깜빡였다. 시야가 어두워졌다. 손가락 끝에 감촉이 사라졌다. 덜컥 두려운 마음에 그녀가 입을 열었다.

"……밀라이언, 거기 있죠?"

눈을 뜨고 있음에도 초점이 맞지 않는 그녀를 보며 밀라이언이 입술을 깨물었다. 입안으로 비릿한 피 맛이 느껴졌다.

"응, 있어."

"엄마……?"

"사랑해, 세렌. 사랑해요, 밀라이언."

"그래, 나도."

"세렌도!"

두 사람이 어떤 표정을 하고 있을지 선명하게 떠올랐다. 그녀의 손이 천천히, 힘없이 떨어졌다. 다급히 밀라이언이 붙잡았지만 완전히 힘이 사라진 듯 그녀의 몸이 축 늘어졌다.

"사랑해……."

마지막까지 입술을 달싹이는 카리나를 보며 밀라이언이 고개를 돌렸다. 그녀가 만들어 냈던 환영이, 겨울 산맥의 풍경이 서서히 사라지고 있었다. 안개처럼 흐릿해지며 없어지는 광경을 밀라이언은 멍하니 바라봤다. 밀라이언이 다시 카리나에게 고개를 돌렸을 때, 그녀는 이미 깊은 잠에 빠진 듯 눈을 감고 있었다.

"……엄마?"

"……."

"아빠, 엄마……."

아이가 밀라이언의 옷자락을 붙잡더니 이내 허리를 한껏 꺾었다.

"엄마, 하양이도 빨강이도 없어여……."

세렌이 당황한 듯 카리나의 가슴을 툭툭 두드렸다. 그녀의 심장에서 언제나 흐리게나마 빛나고 있던 두 개의 빛이 완전히 사라졌다. 얼마 전에 붉은 빛이 사라져 가는 모습을 본 걸 세렌도 기억하고 있었다. 그러나 지금은 아무것도 없다. 텅 빈 심장을 바라보던 세렌의 눈망울에 순식간에 눈물이 맺혔다. 굵은 닭똥 같은 눈물이 투둑투둑 떨어진다.

밀라이언은 아이가 울음을 터뜨리는데도 한동안 말이 없었다. 시간이 멈추기라도 한 듯 그 자리에 앉은 채 한참이나 멍하니 그녀를 바라봤다. 이상하게도 당장에라도 일어나서 움직일 것 같은 그녀는 미동이 없었다.

"아빠아!"

아이가 결국 울음을 터뜨리며 그의 품에 파고들었다. 이상하다고, 엄마가 이상하다고 연신 우는 아이의 등을 쓰다듬으며 밀라이언이 아이를 품에 꽉 끌어안았다.

"세렌⋯⋯."

"네에?"

훌쩍, 울음을 터뜨리는 아이의 모습이 퍽 안쓰러웠다.

"⋯⋯엄마가 벌써 여행을 가 버렸네."

밀라이언이 아이를 품에 안고서 고개를 젖히며 작게 읊조렸다.

하늘은 어찌나 새파란지, 분명 그녀의 말대로 나들이하기 무척 좋은 날씨였다.

# Epilogue 2

그녀의 장례식은 조용히 치러졌다. 교류가 있었던 이들만이 발을 들였고 슬퍼했다. 귀족가의 장례식이라기엔 조촐했지만, 그녀가 시끌벅적한 걸 좋아할 것 같진 않았으니까.

하나둘 그녀의 물건을 정리해 태웠고 아이와 둘이서 여러 차례 끌어안고 잠이 들었다. 세렌은 아무것도 묻지 않았지만 종종 엄마가 보고 싶다고 칭얼거렸다.

카리나의 방으로 들어온 밀라이언이 천천히 방을 훑었다. 그때와 그리 다를 것 없는 풍경에 절로 숨이 막혔다. 눈을 돌리면 침대에 그녀가 앉아 있을 것만 같았다.

천천히 방을 하나하나 둘러보는데 책장에 꽂혀 있는 책이 보였다. 책등에 제목이 적혀 있진 않았지만 종종 카리나가 뭔가를 쓰고 숨기는 것을 봤기 때문에 눈에 익은 것이었다. 그가 눈에 익은 책 두 권을 천천히 꺼냈다. 남색 표지의 책장을 넘기자 맨 첫 장에는 익숙한 필체가 보였다.

[밀라이언에게.]

그가 그 글씨를 천천히 손으로 더듬었다. 무척 단정하고 깔끔한 필체는 그녀의 성격을 고스란히 나타냈다. 그가 아주 천천히 숨을 들이켰다가 얼굴을 문질렀다.

그 다음으로 옅은 푸른색 노트의 표지를 넘기자 안쪽엔 똑같이 정갈한 필체로 '세레누스에게'라는 글자가 적혀 있었다. 그가 천천히 두 노트를 덮어 아이가 있을 방으로 향했다.

"세렌, 자니?"

"아빠!"

아이가 안에서 냉큼 모습을 드러냈다. 시녀와 함께 있는 것이 옷이라도 갈아입은 모양이다. 밀라이언이 옅게 웃으며 아이를 한쪽 팔로 안아 들었다.

"나가."

밀라이언이 사용인에게 명령하자 사용인이 고개를 숙이곤 빠르게 사라졌다.

저택의 분위기는 조금 가라앉아 있었다. 겨우 장례식이 끝난 지 2주밖에 되지 않았으니 당연한 일이었다.

"세렌, 엄마가 쓴 노트를 찾았는데 읽어 볼까?"

"엄마요?"

"응, 엄마."

"네!"

아이가 눈을 반짝이며 고개를 끄덕였다. 자연스럽게 침대로 낑낑거리며 올라가는 세렌을 본 밀라이언이 조용히 미소 지었다. 그가 침대 헤드에 몸을 기대고 아이를 제 무릎에 앉혔다.

"이게 세렌 거래."

"엄마……!"

세렌이 밝은 표정으로 고개를 끄덕였다. 책에는 새하얀 기운이 가득 있었다. 아이는 이것이 카리나의 흔적이라는 것을 누구보다 잘 알았다.

"아빠가 읽어 줄게."

밀라이언이 숨을 들이켰다. 카리나가 여기에 뭔가를 적었다는 걸 알고 있었지만 펼치기까지 그는 조금 오랜 시간이 걸렸다. 아직도 그녀가 어딘가에서 살아 있는 것만 같아서 힘이 들었다. 그가 첫 장을 펼쳤다.

"세레누스에게."

첫 장의 중앙에 적힌 한마디를 천천히 읽은 밀라이언이 조심스럽게 다음 장으로 넘겼다.

"세렌에게 글을 쓰려니 아직 너무 이른 게 아닌가 고민이긴 한데, 엄마는 곧 긴 여행을 떠나야 하니까 이렇게 쓸게. 분명히 아빠가 읽어 주고 있겠지만."

"앗!"

"세렌이 언젠가 글씨를 읽게 되면 아빠 몰래 혼자만 보렴. 세렌에게만 주는 선물을 넣어 뒀으니까. 아빠한텐 비밀이야."

"헉……."

세렌이 숨을 헙 들이키더니 이내 살금살금 눈치를 보기 시작했다. 밀라이언이 낮게 웃으며 '아직은 괜찮아' 하고 가볍게 덧붙이자 그제야 아이가 숨을 내쉬며 고개를 끄덕였다.

"아마 엄마가 여행을 떠난 지 얼마 되지 않아서 많이 보고 싶을 거야. 엄마도 우리 세렌이 너무 많이 보고 싶어. 이건 세렌이 엄마가 보고 싶을 때마다 열어 볼 수 있는 노트야."

밀라이언이 묵묵히 그녀의 글자를 더듬으며 하나하나 읽어 내려 갔다. 온점 하나, 반점 하나까지 전부 살리기 위해서 그는 필사적이었다. 목이 멨지만 애써 목구멍 안으로 삼켜냈다.

"대신 이걸 읽기 전에 엄마랑 약속하자. 엄마가 '끝'이라고 적어 놨으면 다음 페이지는 세렌의 다음 생일날 열어 보는 거야."

"세렌 생일?"

세렌의 고개가 툭 기울어졌다. 이렇게 잔뜩 있는데 다음 장을 열어 보지 못하다니. 세렌의 입술이 툭하고 튀어나왔다.

"전부 읽어 버리면 세렌이 나중에 엄마가 보고 싶을 때 열어 보지 못하니까. 엄마랑 약속해 줄래?"

"네!"

아이가 이내 밝은 목소리로 고개를 끄덕였다. 밀라이언은 아이의 대답을 듣곤 곧장 다음 줄로 시선을 내렸다.

밀라이언의 눈빛이 순간 흐려졌다. 그녀는 혹시 아이가 울면서 거절했을 때를 생각하면서 두 가지의 편지를 적어 두었다. 밀라이언이 노트를 쥔 손에 힘을 주며 잔뜩 멘 목으로 입을 열었다.

"역시 착한 내 딸이야. 이 노트는 세렌 거야. 엄마가 갑자기 여행을 떠나서 세렌도 놀랐겠지만 엄마는 어디 먼 곳에 간 게 아니니까."

밀라이언의 목소리를 들으며 세렌은 눈을 동그랗게 떴다.

"이건 엄마와 세렌의 첫 일기장 만남에 대한 선물이야. 아빠한테 펜을 달라고 해서 엄마가 그려 둔 나비에게 색을 칠해 볼까?"

"펜?"

"여기 있어, 세렌."

밀라이언이 아이의 손에 펜을 쥐여 줬다. 아이가 도르르 눈동자를 굴리더니 일기장 맨 오른쪽 아래에 그려진 나비 한 마리를 물끄러미 바라봤다. 군데군데 색이 칠해지지 않은 공간이 있었다.

세렌이 검은 잉크를 묻혀 열심히 나비의 색을 칠했다. 그러자 일기장에서 옅은 빛이 나더니 푸른색 나비가 얼룩덜룩한 검은 날개를 펼친 채 책 속에서 쓱 빠져나와 모습을 드러냈다. 나비는 팔랑거리며 세렌의 손가락에 톡 내려앉았다.

밀라이언이 노트의 다음 줄을 읽었다.

"세렌, 사실 엄마는 마법사야. 세렌이 색을 칠해 주면 이렇게 친구들이 나올 거야. 물론, 책 속 친구들 말고도 많은 친구를 사귀길 바라."

밀라이언의 말에 세렌이 연신 고개를 끄덕였다. 시선은 나비에게 꽂혀 있었지만 말이다.

"엄마 없다고 울지 말고 아빠한테 투정도 많이 부리고 열심히 글 연습해서 빨리 세렌이 직접 엄마 일기를 읽길 바랄게. 여기가 끝이야. 다음 장은 세렌의 6살 생일에 넘겨보는 거야. 알았지?"

"⋯⋯네에."

"사랑한다, 세렌."

밀라이언이 천천히 말을 끝맺었다. 다음 장을 넘겨 보고 싶은 충동이 들었지만 그는 순순히 노트를 덮었다. 세렌이 노트를 품에 꼭 끌어안은 채 팔랑거리는 나비에 시선을 고정했다.

밀라이언이 시선을 옮겨 제 남색 노트를 열었다. 여전히 정갈한 글씨로 '밀라이언에게'라고 적혀 있는 글자를 한참이나 뚫어질 듯 바라보던 그가 천천히 다음 장으로 넘겼다.

[안녕, 밀라이언. 내 일기장을 얼마 만에 발견했는지 모르겠네요. 대놓고 두고 왔는데 일주일 넘게 걸렸으면 약간 슬플 것 같아요.]

밀라이언의 어깨가 움찔 떨렸다. 아닌 게 아니라 그녀의 방을 제대로 둘러보는 것은 근 2주 만이었다. 현실을 인정하는 것만으로도 너무 벅찼으니까.

[사실 이거 일기장이 아니라 편지예요. 당신과 세렌을 위한 편지요. 너무 일찍 가는 게 아쉽고 전하지 못한 말도 많아서 이렇게 글을 적어 봐요.]

밀라이언의 눈이 천천히 다음 줄을 읽어 내려갔다. 그는 숨을 크게 들이마셨다.

[내가 죽고 당신이 많이 슬퍼하지 않았으면 좋겠어요. 우리의 마지막이 눈물이었을지 웃음이었을지는 모르겠지만 어느 쪽이든 괜찮아요. 먼저 가서 미안해요. 미안하다는 말은 이게 마지막이에요.]

혼자 보내서 미안하다는 말을 했다간 분명 크게 혼나겠지. 밀라이언이 쓴웃음을 머금은 채 침대 헤드에 몸을 기댔다. 그 옆에서 세렌은 글도 읽지 못하면서 연신 나비가 그려졌다가 사라진 자리를 바라보고 있었다.

[잔소리하진 않을 거예요. 그냥, 우리 추억 노트라고 생각해요. 밀라이언은 오늘부터 딱 100번까지만 날 보고 싶어 할 수 있어요. 세렌은 매년 해 주고 싶은 말이 많아서 생일날만 열어 봐야 하지만, 당신은 언제든 내가 보고 싶을 때 열어 봐도 돼요.]

특별히요. 작게 적혀 있는 말에 절로 웃음이 새어 나왔다. 호선을 그리는 입꼬리를 매만지던 밀라이언이 고개를 천천히 떨궜다. 벌써부터 보고 싶었다.

[내가 너무너무 보고 싶으면 열어 봐요. 그래도 보고 싶으면 다음 장을 넘겨요. 대신 100번까지만 돼요. 200페이지보다 페이지가 더 많은 노트는 없더라고요.]

너무하네. 그가 쓴웃음을 머금었다. 평생 100번만 당신을 그리워할 수 있을 리가 없다. 수백 수천 번은 더 그리울 텐데. 밀라이언이 종이를 매만졌다.

[내가 죽는다고 생각했을 때 남겨질 당신 생각에 밤이 괴로웠어요. 남겨진 기분이 어떤지 누구보다 잘 알아서, 얼마나 괴로워할지 알 것 같았거든요.]

자신도 그랬다. 혼자 보낼 생각을 하니, 그 두려움을 혼자 느끼게 할 것을 생각하니 마음이 좋지 않았다. 지난 3개월은 혹시 무슨 일이라도 생길까 봐 뜬눈으로 지새운 적도 많았다.

[아니, 사실 나 밀라이언은 별로 걱정되지 않아요. 강한 사람이니 어떻게든 잘 해낼 거라고 생각해요. 하지만 그래도 너무 외롭고 슬플 땐 이걸 열고 내 앞에서 울어요. 내 앞에서만 울어야 해요.]

밀라이언이 픽 바람 빠진 웃음을 흘렸다. 눈시울은 어느새 뜨거워졌다. 앞으로도 자신은 오랜 시간 그녀를 그리워할 것이다.

[해 줄 말이 사랑한다는 말밖에 없네. 사랑해요. 힘들 땐 언제든 뒷장 넘겨요. 아, 세렌 너무 오냐오냐 키우면 안 돼요. 안 되는 건 확실히 안 된다고 해 주세요. 알아서 하겠지만 그냥 한번 적어 봤어요.]

덧붙여진 글씨의 크기가 퍽 작다. 밀라이언의 입술이 호선을 그렸다.

[지나쳐 가야 하는 곳이 있다면, 그 앞에서 계속 기다릴 테니까. 천천히 살다가 와요.]

"그러지 않아도 되는데."
읊조렸지만 들리진 않겠지. 밀라이언은 마지막 글을 향해 시선을 내렸다.

[당신에게 언제나 축복이 있기를. 자기 몸 소중히 아껴 주세요. 세렌 두고 나처럼 단명하면 가만 안 둘 거야.]

밀라이언의 얼굴이 결국 우스꽝스럽게 구겨졌다. 낮게 웃음을 터뜨린 그가 선명한 잉크 자국을 손끝으로 조심스럽게 훑었다가 천천히 노트를 덮었다.

'하루하루가 보고 싶을 땐 어떻게 해야 해?'

차마 내뱉지 못한 물음을 삼키며 밀라이언이 어느새 노트를 끌어안고 잠에 든 세렌을 조심스럽게 침대에 눕혔다. 그는 그 옆에 누워 불을 끄곤 아이의 품에서 노트를 빼 협탁에 올려 두었다.

그녀가 없는 15번째 밤은 아직 싸늘해서 밀라이언은 조금 더 아이를 끌어안고 눈을 감았다.

계절은 여전히 봄이었다.

# Side Story 1
## 그래도 세상은 움직인다

코끝이 시렸다.

벌써 새싹들은 평평한 대지를 뚫고 고개를 빼꼼 내밀고 있었지만, 여전히 뺨에 닿는 바람은 차갑고 서늘하다.

아이는 뺨을 발갛게 물들인 채 스케치북에 알록달록한 선을 연신 죽죽 그었다. 새하얀 도화지 위로 그어지는 색색의 선이 대중없었다.

"세렌."

길게 늘어진 그림자가 그림 위에 퍼졌다. 그림을 그리는 것이 방해받았음에도 아이의 표정은 환했다.

"아빠!"

소녀가 고개를 번쩍 들었다. 반곱슬의 남색 머리카락이 아이의 어깨 뒤로 늘어져 흔들렸다.

"다녀오셨어요!"

"그래, 우리 딸도 잘 있었니?"

부드러운 목소리에 세레누스의 눈동자가 둥글게 휘었다.

쑥쑥 자란 아이는 어느새 밀라이언의 허리춤까지 머리가 닿아 있었다. 그는 다정하게 아이를 품에 안았다.

"뭘 하고 있었니?"

"위령제 때 엄마에게 줄 그림을 그렸어요!"

"아직 한참이나 남았는데 벌써?"

"전 엄마처럼 그림을 잘 못 그리나 봐요. 마음에 안 들어요."

입술을 툭 내밀곤 볼멘소리를 내는 아이를 보며 밀라이언이 웃었다.

북부에서는 일 년에 한 번, 수많은 혼을 달래고 기리는 축제가 열렸다. 카리나가 죽은 뒤, 밀라이언이 다음 해 그녀의 기일에 만든 새로운 축제였다.

죽은 자들을 기리며, 떠들썩하게 시간을 보낼 수 있도록. 아이에게 기일이라는 이름 아래에 침울한 날을 안겨 주고 싶지 않았던 밀라이언의 계책이었다.

세렌은 어느덧 열두 살이 된 재능이 많은 아이로 성장했다.

딱 하나 아쉬운 점은 카리나의 그림 실력을 물려받지 못한 거라고 해야 할까? 가장 아쉬워하는 사람은 다름 아닌 세레누스 본인이었지만 말이다.

아이는 놀랍게도 예술, 특히 그림에는 재능이 없었다. 말을 그리려고 하면 형체 모를 덩어리가 완성되곤 했으니까.

대신 아이는 노래에 재능이 있었다. 그 사실을 알았을 때 페리얼이 기쁨에 날뛰었던 것을 생각하면 제법 기분이 묘해지곤 했다.

그래도 아이는 매년 그녀의 기일이자 위령제가 다가오기 몇 달 전부터 늘 새하얀 도화지를 펼치고 연필로 그림을 그리고 붓이나 색연필로 색을 칠하곤 했다. 바로 지금처럼 말이다.

"세렌, 생일 축하한다."

"네! 아빠도 저를 낳아 주셔서 감사합니다!"

밀라이언이 웃음을 터뜨리며 아이를 냉큼 안아 품에 힘껏 끌어안 았다. 사랑스러운 아이는 까르륵 웃음을 터뜨리면서 밀라이언의 뺨 에 제 뺨을 문질렀다.

"뭘, 아빠야말로 세렌이 태어나 줘서 고맙지."

아이가 아니었다면 밀라이언은 아마 이 지루한 세상을 어떻게 살 아나가면 좋을지 전혀 알 수 없었을 것이다. 어쩌면 이미 그녀의 곁 으로 가겠다고 생각했을지도 모른다.

그에게 세렌은 유일한 삶의 이유였다. 이렇게도 오랜 시간이 지났 음에도 그는 카리나와 세렌 이외의 삶의 이유를 찾지 못했다. 잊기 에는 그녀와 함께한 시간이 너무나도 강렬했으니까.

"위령제는 아직 시간이 한참 남았으니, 오늘은 아빠와 시간을 보 내는 건 어떻니?"

"좋아요!"

"내일부터는 생일 파티로 바쁠 테니까 오늘은 아빠와의 시간을 가져주렴. 윈스턴과 페리얼도 곧 도착할 거란다."

세렌이 해맑게 웃으며 고개를 힘차게 끄덕였다. 황금색과 푸른색 의 각기 다른 눈동자가 동시에 둥글게 휜다.

아이는 사랑을 듬뿍 받으며 누구보다 밝은 아이로 성장했다. 밝고 현명하면서 친구도 아주 많고 누구에게나 사랑받는 건강한 아이. 어 쩌면 카리나가 가장 보고 싶었을 모습이다. 제가 낳은 아이가 훌륭 하게 성장한.

"교황님도 오신대요?"

"……그래, 온다고 하더구나."

아이를 안은 채 저택으로 향하던 밀라이언의 목소리가 설핏 부루

통해졌다.

세렌은 아무것도 모르는 듯 웃었지만 솔직한 말로 밀라이언은 여전히 신전의 놈들이 썩 마음에 들지 않았다. 하지만, 누구보다 예민했던 세렌이 어릴 적 그 교황과 추기경의 도움을 많이 받았다는 것은 부정할 수 없는 사실이었다. 게다가 그 탓인지 아이는 교황과 추기경을 제법 좋아했다.

세렌의 생일에는 한 가지 불문율이 있었다. 세렌의 생일 당일에는 반드시 가족과 시간을 보내는 것이다. 화려한 파티는 세렌의 생일이 지난 이후부터 시작되었다. 그날부터 한 3일간은 북부에 끊임없이 마차가 들어오곤 했다.

이건 밀라이언이 권한 것은 아니었다. 세렌이 어느 순간부터 그렇게 하겠다고 결정한 것이다. 이유를 물었더니 아이는 이렇게 답했다.

*"이날은 엄마의 편지를 읽는 날이잖아요. 그러니까 가족의 날이에요! 엄마랑 아빠랑 셋이서 잘 거니까요!"*

자세히 말을 해 준 적이 없음에도 세렌은 카리나에 대해서 묻지 않았다. 영원히 만날 수 없다는 사실 또한 아이는 알고 있을지도 모른다.

아이는 생일 단 하루 만큼은, 카리나가 준 책을 품에 꼭 끌어안고 그의 침대에 쏙 들어와서 잠을 자곤 했다. 세렌이 어른이 되면 그 또한 사라질 일임을 알고 있기에 밀라이언은 품에 파고드는 아이를 힘껏 끌어안았다.

"편지는 오늘도 자기 전에 읽을 거니?"

"네! 그래야 엄마 꿈을 꿀 수 있어요. 엄마는 매년 생일에 꼭 잊지 않고 꿈에 나오니까요."

"……그래, 그건 다행이네."

꿈은 누군가의 간절한 염원이라고 한다. 그러니까 밀라이언은 아이가 카리나를 얼마나 원하는지를 늘 어렵지 않게 알 수 있었다.

그러나 카리나는 자신이 그렇게 원하고 있음에도 불구하고 그의 꿈에는 한 번을 나와주지 않았다. 그가 할 수 있는 것은 세렌의 생일에 아이 옆에서 그에게 주어진 일기장을 천천히 넘겨보는 것뿐이었다.

"세상에, 세렌. 못 본새 한층 더 어엿한 아가씨가 되었구나!"

"페리얼 삼촌!"

아이가 밀라이언의 품에서 폴짝 뛰어내리더니 페리얼의 품으로 뛰어들었다. 제법 키도 덩치도 큰 아이를 무던하게 받아 내며 페리얼이 세렌을 품에 꼭 끌어안았다.

"잘 지냈니? 아가."

"네! 삼촌은요?"

"삼촌도 잘 지냈지. 생일 축하해, 세렌."

"히히, 네! 행복한 생일이에요!"

아이가 드레스를 입은 채 제자리에서 빙그르르 돌며 드레스 자락을 붙잡고 살짝 들어 올리며 가볍게 인사를 했다. 페리얼이 웃음을 삼키며 허리를 굽히고는 신사의 인사로 아이의 눈높이에 맞춰주었다.

"잘 지냈겠지. 연애한다고 북부까지 소문이 파다하던데."

"……뭐?"

"삼촌! 연애해요?"

세렌이 눈을 동그랗게 뜨곤 물었다. 당황한 페리얼이 황급히 고개를 들었다.

"연애? 연애가 뭔데? 삼촌은 그런 거 몰라요."

벌겋게 물든 얼굴을 한 페리얼이 필사적으로 고개를 내저었다.

"네? 남자랑 여자랑 이성적인 교제를 하는 게 연애잖아요. 친구인 앨리엇이랑 쥬리도 최근에 연애를 한대요."

"……어, 어……. 그렇구나. 그래, 요즘 애들 진도가 그렇게 빨랐…… 음, 그래. 저기."

"쯧, 멍청하게 굴 거면 나가라."

밀라이언이 차갑게 대꾸하자 페리얼이 눈을 사납게 치켜뜨더니 후다닥 달려와 그의 멱살을 잡았다. 그러더니 세렌을 보며 예의 그 사람 홀릴 듯한 미소를 흘리곤 밀라이언의 귓가에 입술을 바짝 가져다 댔다.

"미쳤어? 너 애한테 뭘 가르치길래 순수한 세렌이 벌써부터 저런 걸 알아?!"

"세렌도 올해 아카데미에 입학했다. 친구들을 만나면 이런저런 얘기를 하는 법이지. 쯧, 생긴 건 바람둥이처럼 생겨선 보수적이긴 또 심각하게 보수적이군."

밀라이언이 페리얼을 털어 내며 말을 이었다.

"윈스턴은?"

"아, 아까 마중을 나온 팽에게 붙잡혀 있는 것 같던데. 자네도 팽을 얼마나 괴롭히길래 올 때마다 윈스턴이 납치당하게 만드나?"

"별로."

밀라이언이 고개를 돌리며 심드렁하게 대꾸했다.

딱히 팽을 괴롭히진 않았다. 뭐, 이런저런 사고를 치면 그가 경악하곤 했지만 말이다. 팽은 그저 윈스턴이 마음에 드는 것이다. 윈스턴은 페리얼 밑에서 일을 하느라 북부에 방문하는 일은 그다지 많지 않았으니.

"세렌, 가서 파티용 드레스 입고 내려오렴. 새로 맞춘 거 입고 싶다고 했잖니."

"맞다! 금방 올게요, 삼촌!"

"아, 그래. 다녀오렴."

페리얼이 2층으로 후다닥 뛰어 올라가는 세렌에게 손을 흔들어 주었다.

"드디어 찾은 거냐."

아이가 멀어지는 걸 본 밀라이언이 응접실로 걸어가며 입을 열었다. 멈칫한 페리얼이 민망한 듯 한참이나 붉어진 얼굴로 대답을 하지 않다가 천천히 고개를 끄덕였다.

"그래, 좋은 사람이야. 내 배경만을 보진 않는 사람. 얼굴을 좀 밝히는 감이 있지만, 그래도 이 얼굴을 좋아해 줘서 차라리 다행이라고 생각해."

"뭐 하는 사람인데?"

"서부의 남작 영애. 계약 결혼 상대를 찾는 모양이더라고. 몇 년 뒤에 이혼해 주겠대. 왜, 나도 결혼 상대 찾았었잖아."

몇 년 전부터 결혼 상대를 찾았었지만 여태 마음에 드는 사람을 찾지 못했는지 결혼도 연애한다는 소식도 들려오지 않던 참이었다.

"……계약 결혼?"

"응, 뭐 상속권 문제가 얽혀 있나 봐. 난 이혼할 마음이 별로 없지만, 그녀가 그렇게 생각하면 한동안은 내버려 두려고."

"그래, 너도 그럴 때가 됐지. 벌써 7년이나 지났으니까."

페리얼이 누구를 마음에 품고 있었는지, 밀라이언도 모르는 바는 아니었다. 서로 모른 척, 아닌 척하고 있었지만, 그도 내심 신경이 쓰였던 참이다.

"잘 됐으면 좋겠군. 결혼식엔 참석할 테니 청첩장 보내."

"오, 와 주는 건가? 자네가 와 준다면 제법 성대한 결혼식이 되겠어."

페리얼의 호들갑에 밀라이언이 피식 웃었다.

모두가 조금씩 나이가 들고 조금 연륜이 생기고 조금 더 어른이 되었다. 아팠던 기억도 결국 언젠가 추억으로 남겠지.

"난 네가 잘 됐으면 좋겠다."

"……."

"카리나를 포기해 줘서, 그때 마음을 접어 줘서 고마웠다."

제법 긴 시간 전하지 못했던 말이었다. 어떻게 전해도 상대를 기만하는 말일 것 같았으니까.

그의 말에 페리얼이 석상처럼 굳은 채 입술만 달싹거리다가 천천히 입을 다물었다.

"……그래. 너도, 고마웠어."

눈감아 준 밀라이언에게도 감사해야만 했다.

"사람의 감정이 어떻게 멋대로 되겠나. 어느 순간 정신을 차리고 보면 시선이 가고 있을 뿐인데."

"……."

"넌 내 친구로서의 선을 지켰어. 그러니 고마워할 것도 미안해할 것도 없다. 네가 네 길을 찾아서 다행이군. 세렌 생일에 와 줘서 고맙다. 쉬다가 저녁에 보지."

밀라이언이 몸을 돌려 집무실로 향했다. 그의 뒷모습을 가만히 지켜보고 있던 페리얼이 천천히 입을 열었다.

"세렌은 나에게도 소중한 조카야."

"다음에 너도 애 낳으면 말해라, 특별히 삼촌 해 줄 테니."

"뭐래, 너도 우리 애 만나려면 고생깨나 해야 할 거다."

세레누스 때와 똑같이 돌려주겠다며 왕왕거리는 페리얼을 가볍게 무시한 그가 집무실로 돌아갔다.

"이런, 공작 각하께선 이미 들어가신 겁니까?"

"그래, 윈스턴. 쉬다가 저녁에 보자더군."

"아가씨께서도 바쁘신 모양이군요, 인사는 조금 있다가 드려야겠습니다."

윈스턴이 한숨을 푹 내쉬었다. 한층 주름이 깊어진 노년의 의사는 옆에 있는 팽을 흘긋 쳐다보았다.

"그러기에 제가 대화는 조금 이따가 나누자고 하지 않았습니까, 팽."

"내가 그간 쌓인 게 얼마나 많은데 매정하게 그러나. 뭐, 조금 흥분한 건 인정하겠네."

팽이 슬쩍 시선을 피하며 말했다.

밀라이언이 세레누스만 엮이면 너무도 과해지는 터라 공작가 예산을 관리하는 그로선 머리를 벽돌에 쿵쿵 박고 싶어질 때가 많이 있었다.

물론, 공작가가 돈이 없는 건 아니었다. 애초에 돈에 관련된 문제는 크지 않았다. 정확히 어떤 게 문제냐면, 식사를 하다가 세렌이 치즈를 좋아한다고 말하면 낙농업을 시작해 버렸고, 그럼 이제 거기서부터 팽의 일이 하나 더 늘어나는 것이었다.

그 낙농업은 누가 관리하며 거기서 흘러들어 오는 돈과 인력, 그리고 제품 판매 등의 관리는 대체 누가 하겠는가. 다시 생각하니 머리가 지끈거렸다.

"그러고 보니 팽도 제자를 키우기 시작했다고 들었습니다."

"맞네, 슬슬 은퇴를 준비해야지. 자네는 언제쯤 은퇴를 생각하나?"

"저도 조만간이 아닐까 싶습니다. 저는 이제 너무 늙고…… 쉴 때가 되었지요. 내년쯤에는 작은 시골 마을에 정착할까 싶습니다."

윈스턴의 말에 페리얼이 미간을 설핏 찌푸렸다. 얼마 전에 그것과 관련해서 진지하게 대화를 나누긴 했지만, 역시 윈스턴이 시골 마을로 가는 것이 조금 아쉽기는 했다.

"수도에 집을 마련해 줄 테니 있으라니까, 윈스턴."

"이제 저도 조용한 곳에서 살고 싶습니다. 최근 십 년간은 너무 많은 일이 있었고 바쁘게 살았으니까 말입니다. 이 늙은이는 이제 시골에 내려가 간간이 시골 의원 일이나 할까 합니다."

윈스턴의 말에 페리얼이 입을 다물었다. 본인 의지가 저렇게까지 단호하니 그가 더 말리는 것은 강요일 것이다. 할 말을 찾지 못한 페리얼이 결국 입을 다물었다.

"어디로 갈진 생각했나?"

"아뇨, 슬슬 생각해 볼까 합니다. 몇 군데 생각해 둔 곳은 있지만요."

팽의 말에 윈스턴이 담담하게 대답했다.

"좀 쉬고 싶은데, 방을 좀 안내해 주겠습니까? 팽."

"알겠네."

❦

저녁이 되자 모두가 느릿느릿 연회장으로 모였다.

"윈스턴!"

"어이구, 세렌 아가씨. 많이 자라셨군요."

윈스턴이 제게 달려오는 세렌을 품에 끌어안아 주며 말했다. 밀라이언이 최선을 다해 키우는 것이 티가 날 정도로 아이는 그늘 한 점 보이지 않았다.

반년 만에 본 아이는 또다시 훌쩍 커 있어서 윈스턴은 껄껄 웃음을 터뜨렸다. 자랄수록 아이는 카리나를 떠올리게 했다. 그러면서도 이 행복한 풍경 속에 한 사람이 없는 것이 여전히 아쉬우면서도 서글펐다.

"응, 윈스턴도 잘 지냈어요?"

"이 늙은이가 못 지낼 게 또 어디에 있겠습니까. 아주 잘 지냈죠. 선물도 가져왔습니다. 생일 축하드립니다, 세렌 아가씨."

윈스턴이 작은 상자에 포장된 선물을 내밀었다. 퍽 투박한 상자에도 세렌은 내색 없이 상자를 품에 안으며 활짝 웃었다.

"최근에 짐 정리를 하다 보니 그리운 물건이 발견해서요. 세공사에게 말해서 팔찌를 만들었는데 마음에 드시면 좋겠습니다."

세렌이 조심스럽게 상자를 열자 밀라이언과 페리얼의 눈이 동시에 커졌다. 파란빛을 뿜는 은하수가 담긴 듯한 아름다운 보석으로 만든 팔찌였다.

"······이게 아직도 있었군."

"예전에 실험하고 남은 걸 넣어 두고 몰랐던 모양입니다."

"와, 예뻐. 고마워요, 윈스턴!"

세렌이 팔찌를 손목에 차며 활짝 웃었다.

지금은 구할 수도 없는 하론으로 만든 팔찌였다. 이렇게 순도 높은 하론은 무척 오랜만이었다. 하론은 과거 아지다하카가 전부 먹어치웠고 북부에 남아 있는 건 하급 하론이 전부였다.

"근데 이게 무슨 보석이에요?"

"건강해지길 바라는 사람에게 선물해 주는 보석이란다, 윈스턴이 네게 귀한 걸 줬구나."

손끝으로 하론을 가볍게 매만진 밀라이언이 대답하며 아이의 이마에 입을 맞췄다. 세렌이 눈을 동그랗게 뜨며 활짝 웃었다.

선물을 하나씩 받는 내내 세렌의 입은 찢어질 듯 올라가 있었다. 마지막으로 밀라이언이 건네는 눈동자 색과 똑같은 브로치를 두 개 받을 땐 거의 눈이 휘둥그레졌다.

떠들썩한 파티였다. 연신 웃음이 떠나질 않았다. 사람을 그리 초대하지 않은 어찌 보면 조촐한 파티였지만, 아이는 무척이나 행복해 보였다.

연회장 한편에는 이제는 조금 낡아 보이는 노트가 의자에 세워진 채 고이 모셔져 있었다. 밀라이언이 흘긋 나란히 세워진 일기장 두 개를 보며 가볍게 웃었다.

세렌의 다정함을 밀라이언은 이런 곳에서 종종 엿보곤 했다. 카리나의 다정함을 고스란히 물려받은 듯한 제 딸은 이렇게 생일 파티마다 반드시 제 어머니를 챙겼다.

"세렌의 생일을 위하여!"

"위하여!"

페리얼의 선창과 함께 모두가 잔을 들어 올렸다.

떠들썩한 파티는 자정이 될 때까지 제법 길게 이어졌다.

더 늦어지면 세렌에게 좋지 않기 때문에 그만 파하기로 한 밀라이언은 세렌을 먼저 올려보낸 뒤 생일 파티 주인공보다도 더 흥에 취한 참석자들을 연회장 밖으로 쫓아냈다.

"어휴, 자네도 참 너무 감싸고 도는 거 아닌지 모르겠어."

"건강에 좋지 않아. 너도 가서 얼른 잠이나 자라."

끝까지 버티는 페리얼의 목덜미를 잡아채서 내쫓았다. 사용인들에게 연회장의 정리를 명령한 밀라이언도 아이가 기다리고 있을 제 방으로 향했다.

가볍게 노크를 한 그가 문을 열었다.

"이제 슬슬 잘 시간이야, 세렌."

"네에."

친구들이 준 축하 편지를 정리하던 세렌이 눈을 비비다가 품에 일기장을 챙겨서 꼬물꼬물 이불 속으로 들어왔다. 촛불을 켠 밀라이언이 아이를 품에 끌어안았다.

아이는 조심스럽게 책장을 열었다. 밀라이언은 그것을 보지 않으려고 하며 아이의 근처로 촛불을 들어 주었다.

[안녕, 세렌.

내 사랑스러운 딸. 벌써 12살이 되었네. 12번째 생일 축하해! 우리 딸 잘 지내고 있을까? 엄마는 제법 잘 지내고 있어. 어디에 있든지 늘 세렌을 지켜보고 있으니 엄마 걱정은 하지 말고 힘차게 살아가렴.

그러고 보니 올해는 아카데미에 입학했겠구나. 입학 축하한단다, 세렌! 친구는 많이 사귀었니? 사실 세렌이라면 인기가 너무 많아서 곤란해하고 있지 않을까?]

세렌은 천천히 글자를 읽으며 입가에 미소를 띠었다. 엄마에게 하고 싶은 말이 얼마나 많은지 모른다. 친구도 많이 사귀고 있고 벌써 열 명도 넘게 사귀었다는 사실도 자랑하고 싶었다.

[사실 조금 부끄럽지만, 엄마는 친구를 그렇게 많이 사귀지 못했었거든. 세렌의 친구들을 보지 못하는 게 너무 아쉽구나. 어떤 친구를 사귀었는지 나중에 말해 주렴.

아카데미는 검술부로 들어갔겠지? 세렌이라면 아빠를 뛰어넘겠다고 매일매일 훈련을 하고 있을지도 모르겠네. 지금은 목검 대신 진검을 사용하고 있겠구나.]

세렌의 눈이 동그래졌다.

실제로도 세렌은 마법부와 검술부, 그리고 일반부를 고민하다가 검술부 시험을 치러서 당당하게 합격했기 때문이었다.

물론, 아지다하카의 마력을 가지고 태어난 터라 마법에도 제법 재능이 있었다. 하지만 역시 아빠를 이기고 싶었고 마법을 하는 것보단 직접 제 검으로 마수를 때려잡는 쪽이 세렌의 성미에 훨씬 맞았기 때문에 아이는 검술부로 입학했고 현재는 훌륭한 검사로 성장하는 중이었다.

[내 사랑스러운 딸, 실력은 일취월장했으려나? 12살부터는 각종 검술 대회에 참가할 수 있단다. 엄마가 알아본 바로는 가을부터 시작하는 대회가 많으니 아빠에게 한번 말해 보렴.]

세렌의 눈이 동그래졌다. 밀라이언에게는 듣지 못한 이야기였다. 밀라이언은 상냥하고 다정하지만 이런 부분에 그다지 세심하지 못했으니까.

아이는 이불 속에 포옥 묻힌 발을 가볍게 흔들며 한 문장 한 문장 천천히 읽어 내려갔다. 한 페이지를 꼼꼼하게 가득 채운 편지는 언제나 세렌을 행복하게 했다.

[엄마의 열두 살에는 첫 사교계 데뷔가 있었는데, 우리 세렌도 슬슬 사교계 데뷔의 준비를 하고 있을지도 모르겠구나. 보통 10살에서 12살 사이에 하거든.

하지만, 아카데미가 즐겁고 친구를 많이 사귀었다면 사교계에는 몇 년 늦게 나가도 좋아. 세렌에게만 살짝 말하자면, 아빠는 분명히 세렌이 사교계 데뷔를 하는 걸 싫어할 거야. 아빠는…… 세렌을 엄청나게 좋아하고 있어서 아마 세렌이 다른 사람들 눈에 띄는 게 싫을 테니까.

만약 세렌이 사교계 데뷔를 하고 싶은데 아빠가 그런 말을 하면 당당하게 말하렴. '엄마가 사교계 데뷔는 꼭 하라고 했어요!'라고. 분명히 아무런 말도 하지 못할걸? 물론 그렇게 말하지 않아도 세렌이 하고 싶다고 하면 마찬가지로 허락하겠지만.

사교계에는 세렌과 비슷한 또래의, 아카데미와는 또 다른 친구들이 많이 있으니까 다양한 친구들이 사귀고 싶다면 꼭 데뷔하렴. 물론 그러고 싶지 않고 학업에 집중하고 싶다면 얼마든지 원하는 만큼 미뤄도 좋단다.

사실 아빠는 이쪽을 더 좋아하지 않을까? 그이는 좀 어린애 같은 면모가 있거든.]

세렌이 키득키득 웃으며 슬쩍 옆에 앉은 밀라이언을 보았다. 보지 않으려고 애써 외면하고 있던 밀라이언이 아이의 웃음에 고개를 돌렸다.

"엄마가 재밌는 말이라도 했니?"

"네!"

"뭐라고 하는데?"

"으음…… 비밀이에요. 근데 아빠, 저 사교계 데뷔할까요?"

세렌의 말에 밀라이언이 멈칫했다. 겨우 열두 살밖에 되지 않았는데 무슨 사교계 데뷔를 하겠다는 걸까? 그의 표정이 설핏 어두워졌다.

'페리얼이 이상한 바람이라도 불어넣은 건 아니겠지?'

그런 거라면 가만히 두지 않겠다. 세렌을 재우고 멱살을 잡으러 갈 생각까지 하고 있던 밀라이언은 옆에서 들려오는 방울 소리 같은 웃음소리에 다시 세렌을 보았다.

"조금…… 이르지 않으려나?"

물론 밀라이언의 사교계 데뷔는 10살이었다. 대개 10살에서 12살 사이에 사교계 데뷔를 하곤 했으니까 말이다.

"웃음…… 그래요?"

"그렇지, 보통 사교계 데뷔는 15살…… 아니, 18살쯤에 하니까."

그가 대놓고 사기를 쳤다. 방금 카리나의 편지를 읽은 세렌에게는 전혀 통하지 않는 사기라는 것이 문제라면 문제였지만 말이다. 세렌이 키득키득 웃으며 밀라이언의 어깨에 제 머리를 기댔다.

"고민해 볼게요."

세렌은 다시 편지를 읽기 시작했다.

[물론 세상엔 좋은 사람만 있는 건 아니니까 사교계에 나가면 어쩌면 실망할 일이 있을지도 몰라. 친구에게 배신을 당할 수도 있고 친구가 거짓말을 할 수도 있지.

하지만 세렌, 그런 나쁜 사람이 있는 반면에 좋은 사람도 있으니까 포기하지 말렴. 네가 엄마와 아빠의 소중하고 사랑스러운 딸이라는 걸 절대 잊지 마. 세상에는 널 사랑해 주는 사람이 너무나도 많단다. 타인을 상처 주는 사람은 결국 스스로에 대한 자신감이 부족한 사람이야.

세렌은 약자에겐 다정하고 강자에겐 용기 있는…… 아빠 같은 사람이 되렴. 아빠는 엄마가 본 남자 중에서 누구보다 강하고 또 다정한 사람이란다.]

세렌이 천천히 숨을 뱉었다.

이제 편지는 거의 끝이 다가오고 있었다. 이 글자를 다 읽을 시간이 너무나도 아쉬워서 아이는 읽었던 부분을 다시 한번 눈으로 곱씹으며 아래로 시선을 내렸다.

[세렌, 널 언제나 사랑한단다. 어디에 있더라도, 어떤 모습이더라도, 어떤 실패를 하더라도 말이야.

보고 싶구나, 내 딸. 사랑한다.]


옆 페이지에는 색이 채 다 칠해지지 않은 그림이 있었다. 세렌은 이제 익숙하게 색연필을 이용해 선 밖으로 색이 삐져나오지 않도록 천천히 색을 칠했다.

이상하게 생긴 동물이었다. 코뿔소 같기도 했고 또 거대한 하마처럼 보이기도 했다. 미리 준비해 둔 색연필로 색을 다 칠하자 짧은 빛과 함께 어린아이 손바닥만 한 크기의 마수가 모습을 드러냈다.

"어? 이게 뭘까요, 아빠? 마수일까요?"

"……그래, 마수구나."

크와앙!

깜찍한 울음소리를 낸 헤르타가 폴짝폴짝 편지가 적힌 일기장 위를 뛰어다니더니 세렌의 손가락을 뿔로 살짝살짝 건드렸다. 세렌이 조심스럽게 머리를 쓰다듬어 주자 헤르타가 다시 폴짝폴짝 뛰었다.

"이건…… 헤르타라는 마수란다."

밀라이언의 얼굴이 울 것처럼 일그러졌다.

헤르타는 이제 북부 땅에서 더는 볼 수 없게 되었다. 카리나가 만들었던 헤르타가 땅으로 돌아간 것이 마지막이었다. 아지다하카가 하론을 흡수하며 헤르타는 완전히 북부에서 사라졌고 이걸 보는 건 수년 만이었다.

그림이 사라진 자리에 글씨가 모습을 드러냈다.

[이 아이는 헤르타라는 마수란다. 엄마의 친구였어. 아마 아주 작은 모습이겠지만…… 함께 북부를 지킨 용감한 마수였단다. 엄마의 친구를 세렌에게 꼭 보여 주고 싶었어.

이제 끝이란다. 내년에도 잊지 말고 엄마를 찾아 주렴. 사랑하는 나의 세레누스, 네게 언제나 행복이 가득하길 바란다.]

아이가 천천히 노트를 덮었다. 손바닥을 내밀자 헤르타가 폴짝폴짝 뛰어 세렌의 손바닥에 올라왔다. 헤르타가 이리저리 춤을 추는 모습을 본 세렌이 까르르 웃었다. 헤르타는 얼마 가지 못해 빛무리가 되어 눈앞에서 사라졌다.

"아……."

너무나도 짧은 만남이었다. 글을 읽을 때는 행복하다. 그림을 볼 때면 가슴이 벅차올랐다. 하지만, 그 순간이 지나고 나면 결국 어쩔 수 없이 쓸쓸함이 몰려왔다.

세렌이 천천히 밀라이언의 품에 안겼다.

"아빠."

"그래, 아가."

"……엄마가 보고 싶어요."

밀라이언이 세렌을 마주 끌어안으며 얼굴을 일그러뜨렸다.

그가 입을 꾹 다물었다. 뭐라 해 줄 말이 없었다. 아이가 가장 염원하는 것을 밀라이언은 줄 수가 없었다.

"그래, 아빠도…… 아빠도 엄마가 보고 싶어."

그가 파르르 떨리는 눈을 천천히 감았다. 보고 싶지만, 결코 다시는 볼 수 없는 사람이다.

때때로 생각했다. 당신이 살아 있었으면 이 시간이 얼마나 즐거웠을지. 셋이 함께 침대에서 누워 자는 시간이 얼마나 행복할지.

수십 수백 번을 그리워해도 카리나는 돌아오지 않았다. 인간이라는 존재가 이렇게 무력할 수가 없었다. 그러니까 그는 신이 싫었다. 감히 그가 어떻게도 할 수 없는 축복 따위가 그들의 행복을 이렇게 갈라 버렸으니까.

"세렌의 생일 파티가 끝나면 위령제 전에 엄마에게 갔다 올까?"

"네⋯⋯."

세렌을 조심스럽게 눕히며 밀라이언이 아이의 목 끝까지 이불을 덮어 주었다.

"얼른 자야지, 엄마는 오늘도 분명히 세렌의 꿈에 나올 테니까."

"네⋯⋯!"

세렌의 목소리가 조금 밝아졌다.

밀라이언은 책을 정리해 주고 촛불을 껐다. 세렌이 잠이 들면 그는 책상에서 그에게 주어진 일기장을 펼칠 것이다. 일 년에 단 두 번, 세렌의 생일과 제 생일에만 펼치기로 했다. 그러면 50년은 그녀의 편지를 읽을 수가 있을 테니까.

그는 천천히 아이의 등을 토닥였다. 이윽고 아이의 숨소리가 고르게 퍼졌을 때, 밀라이언은 조심스럽게 침대에서 일어나 촛불을 들고 책상에 앉았다.

그는 짧은 숨을 뱉었다. 언제나 이 일기장을 펼치기 전에는 심장 소리가 빨라진다.

네가 어떤 마음을 내게 남겼을지 궁금해서.

네가 이번에는 어떤 이야기를 내게 들려줄지 궁금해서.

네가 정말 내 곁에 없다는 사실을 몇 번이고 실감하게 돼서.

그래서 밀라이언은 이 페이지를 여는 시간이 너무나도 떨렸다. 그럼에도 기대가 돼서 참을 수가 없었다. 수많은 마수를 앞에 두고도 떨리지 않던 심장이 제멋대로 쿵쿵대는 것을 느꼈다.

몇 장의 페이지를 넘기자 처음 보는 글자가 눈에 들어왔다. 몇 번이고 읽고 읽어서 닳아 버린 앞 페이지는 이제 글자가 없어지지 않도록 조심해서 끄트머리만 잡아야 할 지경이었다.

[안녕, 밀라이언.

좋은 아침이에요. 아니다, 당신이라면 분명히 밤에 보고 있을 테니까 좋은 밤이겠네요. 맞죠?]

인사말을 가만히 읽던 밀라이언이 낮게 웃으며 이제는 너무 봐서 낯익은 글씨체 위를 손가락으로 쓸었다.

"응, 맞아."

정확히 따지자면 자정이 넘은 새벽이긴 했지만 그런 건 별로 중요하지 않았다. 그녀가 밤이라고 한다면 이 새벽 시간조차 결국 밤일 수밖에 없으니까.

[잘 지내고 있나요? 식사는 잘하고 있고요? 여전히 저를 그리워하고 있나요? 얼마나 시간이 지났는지 가늠이 되지 않지만 당신 성격상 분명히 초반을 제외하면 일 년에 두세 번만 봐야겠다고 정했을 테니까 7-8년 정도 되었을까요?]

정말 놀라울 정도로 완벽하게도 자신을 파악하고 있었다. 정확히 밀라이언은 첫 일 년을 제외하면 일기장을 자신의 생일과 세렌의 생일에만 열어 보고 있었다.

밀라이언은 헛웃음까지 삼키며 손바닥으로 가만히 얼굴을 쓸어내렸다. 이렇게나 자신을 잘 아는 그녀를 더는 만질 수도 볼 수도 없다는 사실이 상기될 때마다 너무나도 절망적이었다. 이렇게나 자신을 알아주는 사람은 세상에 단 한 명뿐이었는데.

"잘 지내고 있어."

설령 잘 지내지 못한다고 하더라도 이 일기장을 열었을 때만큼은 잘 지낸다고 말을 해야 할 것만 같았다. 그녀가 자신에게 좋은 모습만 보여줬듯 자신도 그녀에게 좋은 모습만 보여주고 싶어서.

[나는 이제 괜찮아요. 외롭지도 않고 괴롭지도 않고 익숙해졌어요. 지금쯤 분명히 어딘가에서 당신을 보고 있을 테니까 제 걱정은 이제 하지 마세요.

세렌은 쑥쑥 자랐죠? 당신은 주름이 조금 늘었으려나요? 흐뭇하게 아이를 보고 있을 밀라이언의 모습이 눈에 선해요. 여전히 몬스터를 잡느라 무리하고 있는 건 아니겠죠? 이제 세렌도 있으니까 너무 위험한 일은 하지 말아요.

힘든 일이 있으면 언제든 일기장을 봐도 돼요. 이 일기장에는 마법을 걸어놨어요. 당신이 보기만 해도 행복해지는 마법. 그러니까 아쉬움은 일기장으로 달래고 나는 천천히, 아주 느리게 만나러 와줘요.

세렌이 쑥쑥 자라서 멋진 레이디가 되고 사랑하는 남자를 만나서 결혼하고 아이를 낳고 그 아이가 또 장성할 때까지 즐기면서 살아요.

날 잊어도 돼요. 새로운 사랑을 만들어도 괜찮아요. 나는 그저 당신이 행복해지기만을 언제나 바라니까요.]


매정한 말을 아무렇지도 않게 한다. 밀라이언이 씁쓸하게 웃었다.

감히 어떻게 잊을까. 가장 강렬하고 가장 아름다우며 순식간에 무엇에도 비교할 수 없을 정도로 그의 몸 정 가운데를 꿰뚫어 버린 그녀를, 그의 삶의 중심이 되어 버린 카리나를 말이다.

"마음 아픈 소리를 하네, 당신."

밀라이언이 읊조렸다.

"당신은 몰라도 난 안 돼. 나는 당신처럼 마음이 넓지 않아서 당신이 나를 잊는 것도 다른 남자 만나는 것도 용납하지 않을 거야."

누구 마음대로 감히.

"내가 여기에 살아 있는 한, 당신은 나한테서 눈 떼지 마."

밀라이언이 상체를 숙여 일기장에 가볍게 이마를 가져다 대며 어리광을 부리듯 이마를 문질렀다. 서걱거리며 까슬까슬한 종이의 질감이 고스란히 느껴졌다.

"세렌이 성인이 되고 안정적으로 자리를 잡으면 떠나려고 했단 말이야."

하지만, 이제 그것조차 불가능하게 되었다. 그녀가 말했으니 밀라이언은 지킬 수밖에 없다. 그녀의 말은 곧 법이니까. 그는 충실하게 삶을 살 수밖에 없다.

"당신은 내 거잖아. 나도 당신의 거고. 당신이 그렇게 말했잖아, 카리나."

읊조리는 목소리에는 힘이 없었다. 몇 번이고 문득, 떠나고 싶다는 생각을 했다. 아이는 점점 강해지고 쑥쑥 자라는데 밀라이언은 줄곧 그 시절 그 세계 그녀가 있던 순간에 머물고 있는 느낌을 지울 수가 없었다.

한 차례 마음을 달랜 그가 천천히 시선을 다음 문장으로 내렸다.

[밀라이언, 내가 이렇게 말했다고 침울해하지 말아요. 물론 나는 당신이 정말로 그렇게 한다면 조금 실망하고 울지도 몰라요.

……사실 조금은 아니고 조금 많이요.]

밀라이언의 동공이 바짝 조여들었다. 그가 급히 다음 문장으로 시선을 내렸다.

[물론 당신이 행복해지면 좋겠다는 건 정말이에요. 나 때문에 여전히 괴로워하고 슬퍼한다면 나는 무척 힘들 거예요.

아, 벌써 종이의 하얀 부분이 별로 남지 않았네요. 매번 이렇게 된다니까.

밀라이언, 설마 세렌에게만 기적을 남겨 뒀다고 서운해하고 있는 건 아니겠죠?]

밀라이언이 반사적으로 고개를 저었다. 조금, 아쉽다고 생각한 적은 있어도 서운하게 여긴 적은 없었다.

……아마도.

[이 편지를 읽고 있는 지금이 제가 죽고 얼마나 흘렀는지 모르겠지만, 잘했어요 밀라이언. 잘 견뎠어요. 대견해요. 여기까지 참고 읽으러 와 줘서 고마워요. 외롭고 힘들었죠? 세렌 앞에서 괜찮은 척하느라 참아야 하기도 했을 거예요. 당신에게만 짐을 맡겨서 미안해요.]

밀라이언의 숨이 턱 멎었다. 그가 애써 모른 척했던 부분을 그녀가 아프게 파고들었다. 그의 눈동자가 잘게 떨렸다. 그가 눈꺼풀을 천천히 감았다가 다시 다음 줄로 시선을 돌렸다.

[우리 쓰던 방의 침대 밑에 작은 틈이 있어요. 틈에 손가락을 넣고 열어 보면 안에 선물을 준비해 놨어요. 지금껏 밀린 생일 선물 대신이에요.
내 세상의 유일한 빛이었던 당신이 세렌의 아버지여서 기뻤고 내 남편이어서 행복했어요. 언제나 강한 아버지일 필요는 없으니까 가끔은 제게 와서 약한 소리도 해 주세요.
밀라이언, 사랑해요.]

그렇게 일기장 한 장을 꽉꽉 눌러 채운 편지가 끝이 났다.
밀라이언은 마지막 문장을 한참이나 바라보다가 재빨리 자리에서 일어났다.
세렌이 새근새근 세상모르고 잠을 자는 침대 아래쪽으로 몸을 엎드린 그가 손을 뻗어 바닥을 더듬거렸다. 제법 넓은 침대였던 터라 작은 구멍은 쉽게 찾아지지 않았다.
그가 카리나의 팔 길이를 가늠해 가며 천천히 손끝을 움직였을 때였다. 불현듯 손가락 끝에 무언가가 걸렸다. 그가 손가락을 넣어 살짝 잡아당기자 바닥이 열렸다. 작게 파인 구멍으로 손을 집어넣자 부드러운 천 자락이 느껴졌다.

그가 조심스럽게 물건을 꺼냈다. 작은 천 주머니였다. 안에는 제법 단단한 것이 느껴졌는데, 꺼내 보니 투박한 돌이었다.

"이게 뭐지?"

그가 미간을 찌푸리고 있는데 뒤에서 부스럭거리며 뒤척이는 소리가 들렸다.

"아빠아……?"

"세렌, 왜 더 자지 않고. 내가 시끄럽게 했니?"

"아니에요. 그거 엄마예요?"

밀라이언의 물음에 고개를 절레절레 저은 세렌이 침대에서 꾸물꾸물 내려오며 물었다. 밀라이언이 손에 쥐고 있는 돌을 가만히 바라보다가 고개를 저었다.

"엄마가 아빠한테 준 선물이란다. 뭐에 쓰는 건지는 잘 모르겠는데……."

의미가 있기는 있을 텐데 그냥 보기에는 평범한 돌처럼 보였다. 세렌이 눈을 반짝 빛내더니 손을 뻗었다. 아이의 손끝에서 마력이 흘러나오더니 이윽고 돌에 쏙 스며들었다. 그 순간, 돌이 푸른빛을 내뿜기 시작했다.

-아아, 밀라이언?

그와 동시에 들려온 몇 번이나 더듬었던 그리운 목소리에 밀라이언이 움직임을 뚝 멈췄다.

"카리……."

-이렇게 하면 녹음되는 거 맞아요?

-그래, 녹음되고 있다. 인간이란 대단도 하구나. 이렇게나 스스로의 흔적을 남기려고 발버둥을 치는 게.

아지다하카와 카리나가 대화를 나누고 있었다.

살아 돌아온 것은 아니었다. 아마도 죽음을 생각하고 있던 그 시기부터 차분하게 준비해 온 기록 중 하나임이 분명했다.

"엄마! 엄마아! 아지다!"

-응, 엄마야. 잘 지내고 있어? 세렌.

"네! 엄마는 여행 잘 하고 있어요?"

눈을 반짝반짝 빛내며 세렌이 힘차게 물었다. 어찌나 신이 나 보이는지 발을 동동 구르다 못해 거의 돌에 얼굴을 박을 기세였다. 밀라이언이 기울어질 것 같은 아이를 품에 안고 제 무릎에 앉혔다.

-응, 엄마는 여행 잘 하고 있지. 우리 세렌 엄청나게 많이 보고 싶다.

그가 눈을 가늘게 떴다.

'목소리나 상대가 내뱉는 내용에 따라 대응할 수 있는 말을 준비해 둔 건가?'

아지다하카가 드래곤인 점을 고려하면 어쩌면 그리 어려운 일이 아니었을지도 모르겠다. 그리고 이런 내용을 전부 예상한 카리나가 얼마나 많은 고민을 했을지도 알 것 같았다.

"나두 엄마가 보고싶어요. 엄마는 어딜 여행 중이에요?"

한참이나 작은 돌과 조곤조곤 대화를 나누던 세렌은 금세 하품을 하며 눈을 비볐다.

"세렌, 피곤하면 이만 자자."

꾸벅꾸벅 고개를 떨구는 세렌을 고쳐 안은 밀라이언이 자리에서 일어나며 말했다.

"우웅, 그렇지만 엄마는……."

-엄마는 다음에 또 보면 되잖니, 세렌.

카리나의 대답에 아이는 눈을 반쯤 감은 채 고개를 끄덕였다. 침대에 눕히고 이불을 푹 덮어 주자 세렌은 금세 꿈나라로 빠져들었다.

밀라이언은 한참이나 가만히 푸른빛을 내는 돌을 한참이나 바라보다가 천천히 입을 열었다.

"……카리나."

목소리 끝이 갈라졌다. 잔뜩 멘 듯 흘러나가는 목소리는 돌덩이에 억눌린 것처럼 무거웠다. 희미한 목소리도 돌에 걸린 마법은 용케 알아들었다.

-네, 밀라이언.

"……카리나."

-네.

"카리나, 카리나."

-응, 밀라이언.

대답이 달라졌다. 밀라이언의 동공이 한껏 벌어졌다.

밀라이언의 얼굴이 울듯이 일그러졌다. 꿈에서 몇 번이고 그리고 그린 목소리였다. 희미해지는 기억 속에서 어떻게든 잊지 않기 위해서 필사적으로 발버둥 쳤던 바로 그 목소리였다.

"보고 싶어. 보고 싶었어. 너무 보고 싶었어."

밀라이언이 이를 악물었다. 전할 곳 없이 언제나 머릿속을 떠돌던 단어가 드디어 입 밖으로 흘러나왔다. 전할 곳이 생기자마자 속절없이 줄줄 새기 시작했다.

-응, 저도요. 보고 싶어요. 잘 지내고 있어요?

"응……. 아니, 못 지내……. 당신이 없어서 죽을 것 같아."

밀라이언의 말에 돌은 잠시 말이 없었다. 돌에서 언뜻 작은 웃음소리가 들린 것 같기도 했지만, 그뿐이었다.

-나도 당신이 보고 싶어요. 당신이 행복하게 잘 지냈으면 좋겠어요.

카리나는 여전히 다정하고 여전히 상냥한 목소리로 자신을 포근하게 감싸 안아 준다. 춥고 차가우며 호전적인 북부에선 결코 들을 수 없는 그녀만의 목소리였다.

"……응."

밀라이언이 어린아이처럼 대답하다가 천천히 손을 들어 제 눈두덩이를 꾹 눌렀다. 이미 서른이 훌쩍 넘었는데도 불구하고 마치 그 시절 그때로 돌아간 느낌이었다. 호기로움과 앞으로 직진할 줄밖에 몰랐던 그때로.

"당신은, 행복하게 잘 지내고 있어? 거기는 어때?"

-여기는 좋아요. 살기도 좋고 드래곤님도 있고요. 아지다하카 님은 신님이 됐어요? 알아요? 편의도 많이 봐주셔서 매일매일 당신과 세렌을 보고 있어요.

밀라이언이 서툴게 웃었다. 제 걱정은 하지 말라는 것처럼 퍽 재밌는 상상을 가미한 그녀의 배려에 절로 웃음이 새어 나왔다.

정말 그럴지도 모른다는 생각이 들었다. 아지다하카는 드래곤이었고 그녀에게 제법 호의를 가지고 있었으니까. 어쩌면 정말로 신이 되었을지도 모르겠지.

"그래, 그건 정말 다행이군. 세렌은 잘 지내고 있어. 쑥쑥 자라서 정말 난감해. 점점 내가 모르는 세렌이 되어 가는 게 생경하고 또 조금 무서워."

아이는 하루아침에도 불쑥불쑥 자라 있었다. 하나부터 열까지 모든 것을 알고 있던 때와는 다르게 아이는 그가 모르는 친구가 생기고 숨기는 것도 생기기 시작했다.

신력과 마력이라는 두 개의 힘을 가진 채 살아가는 세렌은 점점 힘든 내색을 하지 않게 되었다. 힘든 것이 정말로 없어진 건지, 아니면 이제는 혼자서 감내할 정도가 되었는지는 모르겠지만.

-········.

돌에서는 대답이 들려오지 않았다.

'여기까지는 예상하지 못한 모양이지.'

지금까지가 너무 소름 돋게 잘 맞아떨어졌지. 마치 진짜 카리나와 대화하는 기분이었다.

"나는 잘하고 있는 걸까? 카리나."

-네, 제대로 앞을 향해서 잘 걸어가고 있어요. 밀라이언이잖아요, 당신은 지금 잘하고 있어요.

카리나의 목소리에 밀라이언이 천천히 의자 등받이에 등을 기댔다. 그녀의 목소리를 듣는 것만으로도 기분이 좋았다.

"당신이 죽었는데도 세상은 멀쩡히 돌아갔어. 아무 일도 없었다는 듯이 해가 뜨고 밤이 지고 또 아침이 왔어. 나는 그게 너무 싫더라. 내 세계가 사라져도 세상은 바뀌지 않는 거."

밀라이언이 말했다.

"당신이 내게만 세상이었다는 사실이 싫었어."

당연한 일이지만, 그것이 너무도 고통스러웠다. 그녀가 없는데 멀쩡히 돌아가는 세상이라니 납득이 되지 않았으니까.

"예전에는 낮이 좋았는데, 지금은 밤이 좋아. 당신이 조금 더 가까이 느껴지고 당신이 조금 더 선명하게 생각나거든."

푸른빛이 조금씩 깜빡거리기 시작했다. 아마도 곧 그녀의 선물이 끝나려는 것이 분명했다.

"돌에 빛이 사라지고 있어, 당신이 곧 떠나는 거겠지. 당신 목소리를 또 들을 수 없다는 걸 아는데 이렇게 담담할 수 있는 건 내가 그동안 이 상황에 익숙해졌다는 걸까, 아니면 당신을 향한 감정이 그만큼 무뎌졌다는 걸까? 어느 쪽이든 무서워."

그녀가 없다는 사실에 익숙해지는 스스로가 무섭고 그것에 익숙해지는 자신이 두려웠다. 이런 하소연을 해 봐야 이미 녹음된 돌에선 대답을 해 주지 않겠지만.

돌아올 대답이 확실한 말을 그는 한 가지 알고 있었다. 몇 번이고 다시 듣고 싶고 앞으로 평생을 더 들어도 질리지 않을 말을.

"사랑해, 카리나."

당연히 대답이 들려올 줄 알았다. 사랑한다는 대답이. 몇 번이고 속삭여 주리라 기대한 그 말이.

그러나 돌은 조용했다.

"……."

"카리나?"

의아한 목소리로 되물었을 때였다.

……당신은 잘하고 있어요. 세렌이 아플 때 잠도 자지 않고 옆에서 간호했고 세렌이 하고 싶은 일이 있으면 얼마든지 하게 해 주고 잘못된 일을 하면 엄하게 혼냈잖아요. 힘들어도 꾹 참았죠. 세렌을 위해서 시가도 끊었잖아요.

돌에서 들려오는 목소리가 또렷하고 선명했다. 그리고 기이했다.

모두 그녀가 죽은 뒤, 밀라이언이 했던 일이다. 어쩌면 예상할 수도 있는 일이었을지도 몰랐다. 하지만 그렇다기엔 너무도 선명하고 디테일했다.

-우리가 울지 않고 담담하게 헤어질 수 있다는 건 성장을 한 거예요. 언젠가를 또 기약하면서요.

"……카리나, 당신."

목소리 끝이 떨려왔다.

이건 절대로 그녀가 예상할 수 있는 종류의 말이 아니었다. 그리고 이렇게 당연하게 대답할 수 있는 것도 아니었다. 마치 지금 눈앞에 있는 진짜 카리나와 대화를 하는 기분이었다.

-두려워하지 마요, 밀라이언. 당신은 내 영웅이에요. 그리고 세렌의 영웅이기도 하겠죠.

"카리나!"

-나도 사랑해요, 밀라이언. 매년 내 생일마다 선물을 가지고 와 줘서 고마워요. 매년 달라지는 꽃을 볼 때마다 기분이 좋아요. 위령제도 만들어 줘서 고마워요.

밀라이언의 눈빛이 잘게 떨렸다. 너무 놀라서 차마 말을 내뱉지도 못하고 빤히 푸른 돌을 바라봤다.

"당신 어떻게……."

-밀라이언, 난 정말 잘 지내고 있어요. 그러니까 당신도 이만 행복해져요. 당신 삶을 즐겨요. 바람도 안 피우고 신님 옆에 앉아서 기다릴 테니까. 나는 당당하게 자기 삶을 사는 밀라이언이 좋았지, 침울하게 죽을 날만 기다리며 억지로 사는 밀라이언을 좋아한 게 아니에요.

빛이 점점 꺼지고 있었다. 이제 곧 생이 다할 반딧불이의 마지막 힘찬 날갯짓을 보는 듯했다. 밀라이언이 다급히 두 손으로 돌을 붙잡았다. 그가 어찌할 줄 모르고 손을 움직였다가 천천히 떨구었다.

"나는……."

-아니면 정말 바람피울 거예요. 여기 남자 신들이 제법 잘생겼어요.

"누구 맘대로!"

밀라이언이 버럭 언성을 높이자 키득거리는 웃음소리가 작게 들렸다.

-그러니까요. 즐겨요, 모험하고 세렌과 많은 추억을 쌓아요. 그렇게 살다가 돌아와서 저한테 그 얘기를 해 줘요. 듣고 싶어요.

"응, 응. 그럴게."

밀라이언이 정신 없이 고개를 끄덕였다.

-이 밤이 지나면 또다시 세상은 움직이겠지만, 나는 언제나 당신 곁에 있어요.

"좋아해, 카리나. 기다려 줘. 내가 이 여행을 다 끝낼 때까지만."

-네. 천천히, 아주 천천히 와요. 세렌이 외롭지 않도록.

밀라이언이 다시 한번 사랑한다고 속삭이는 순간, 돌의 빛이 완전히 꺼졌다.

밀라이언이 돌을 꽉 쥔 채 숨을 크게 들이켰다. 눈시울이 퍽 뜨거웠으나 그는 견뎌 냈다.

"기다려 줘, 카리나."

그가 돌에 경건하게 입을 맞췄다. 그러고도 한참이나 자리에 앉아 있던 밀라이언이 세렌의 옆자리에 누워 불을 껐다.

내려앉은 새까만 밤은 이전처럼 막막하게 느껴지지 않았다.

"쓸데없이 개입하면 안 된다고 했을 텐데, 카리나."

"……음, 죄송해요. 저도 모르게 그만."

아지다하카가 퍽 마뜩잖다는 낯으로 카리나를 흘겨보다가 한숨을 내쉬었다. 어쩌다가 원하지도 않는 신의 자리에 앉아서 이런 지루하고 재미없고 무료한 일상을 보내야 하는 것인지 알 수가 없었다.

그녀와 함께 긴 잠에 들려던 그 순간, 그는 영혼이 빨려 들어가는 느낌이 들었다. 정신을 차리고 보니 신계에 소환되어 있었다는 것이 가장 내키지 않는 일이었다. 예술의 신이 그에게 소송을 걸었다나 뭐라나.

소송의 내용은 간단했다. 정해진 운명만을 살고 갔어야 할 카리나라는 인간을 아지다하카가 권력을 남용해 살려 냄으로써 질서를 어지럽혔다는 것. 그리고 예술의 신의 운명에 있어야 할 아이를 강제로 뺏어 가 영역을 침해했다는 것이 그 이유였다. 당연히 카리나도 그 당사자였기 때문에 영혼이 소환되었다.

그러나 소송은 생각보다 흐지부지, 그것도 아지다하카의 압승으로 끝났다. 이유는 하나였다. 재판을 열 필요도 없이 카리나가 예술의 신이라는 이름을 듣자마자 그의 멱살을 붙잡고 근처에 있는 판사봉으로 그의 몸을 사정없이 때려 대며 울분을 토했기 때문이었다.

사실 신계에서도 갓 죽은 인간의 영혼과 드래곤의 영혼을 불러들여 재판을 연 것도 드문 일일 텐데 심지어 예술의 신이 '가장 소중히 여긴 인간'이라는 수식어를 붙여 줄 정도로 아낀 그녀가 침을 뱉어가며 입에 담기도 힘든 욕설을 하고 있으니 당황할 법도 했다. 예술의 신도 제가 아끼고 있던 카리나에게 당한 일이 제법 충격이었던 모양인지 그 뒤로 몸져누웠다고 들었다.

하지만, '아지다하카가 질서를 어지럽혔다'라는 주장도 어느 정도 받아들여져서 그는 인력난인 신계의 신이 되는 벌을 받기로 했다. 그리고 카리나는 한동안 그의 곁에 머물게 되었다.

"넌 지루하지도 않나? 앞으로도 수십 년은 더 이 무료한 일상을 봐야 할 텐데. 너는 닿지도 못하고 닿을 수도 없는 일상을."

"음, 하루하루가 이렇게나 다른데 지루할 리가요. 닿지 못해도 괜찮아요. 보는 것만으로 행복하니까요."

그리고 자신을 잊지 않고 챙겨 주는 밀라이언이 있는데 불행할 리가. 그가 땅에 발을 딛고 살아가는 모든 순간을 그녀는 볼 것이다. 언젠가 그가 제가 있는 곳으로 돌아올 때까지.

"인간은 아무리 시간이 지나도 이해할 수 없는 종족이야."

"아지다하카도 매일 세렌이 성장하는 거 보면서 흐뭇하게 고개 끄덕이시면서."

"……크흠, 대부로서 대녀가 성장하는 모습을 보는 건 당연한 일이지."

멋쩍은 듯 헛기침한 아지다하카가 슬쩍 시선을 피하며 말했다.

"푸흡……."

"큭큭……."

서로의 행동이 퍽 우스웠는지 두 사람이 크게 웃으며 연못에 비치는 밀라이언과 세렌에게 다시 시선을 돌렸다. 아이를 품에 안고 새근새근 잠이 든 밀라이언은 최근에 봤던 어떤 모습보다도 더 편안해 보였다.

카리나가 그 모습을 눈으로 더듬으며 손끝으로 연못을 톡 건드렸다. 작은 파문이 일며 흔들리던 수면이 이윽고 서서히 잔잔해졌다.

가을이 지나고 겨울이 온다.

그리고 또 봄이 찾아올 것이다.

새싹이 돋고 꽃이 만발하며 더 이상 슬프지만은 않은, 누구에게나 다정한 계절이.

# Side Story 2
## 만약에

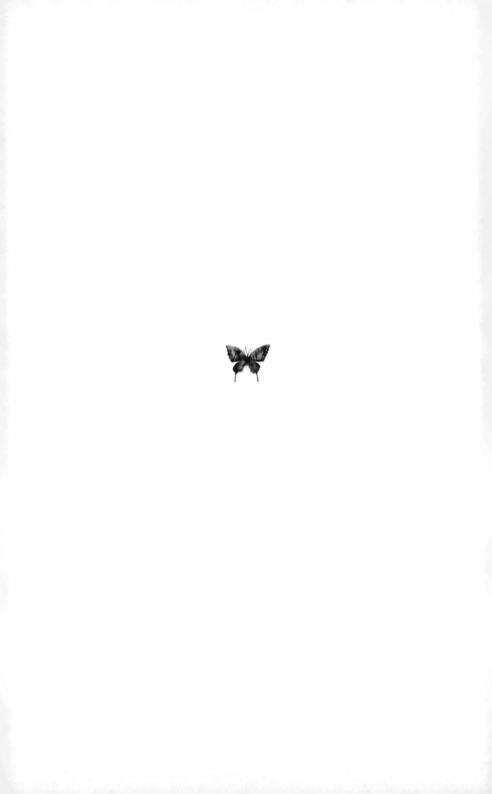

카리나 레오폴드는 특출난 것이라곤 하나도 없는 귀족가의 둘째였다.

문무에 부족함이 없는 완벽한 후계자 인프릭과 미워할 수 없고 누구에게나 사랑받는 쌍둥이 동생 사이에서 눈에 띄지도 않고 특출나지도 않으며 다른 형제들과 부모님과는 다르게 그리 아름답지도 않은 미운 오리 새끼.

하지만 카리나는 그것에 대해 유별난 생각은 없었다. 어릴 적에는 서운하고 서글프기도 했지만 몇 년 전에 꿈을 꾼 뒤로는 마음이 아주 평온해졌다. 그냥 어쩐지 그들과 자신이 남처럼 느껴졌다.

그녀가 10살쯤 되었을 때의 일이었다. 카리나는 아주아주 긴 꿈을 꾸었다. 잠들기 전에는 금요일 저녁이었는데 눈을 뜨고 나니 일요일 저녁이었다. 이틀을 꼬박 잠에 든 것이었다. 물론, 누구 하나 그런 그녀를 걱정하는 이가 없었다.

'애초에 몰랐던 것이겠지, 가족 중 누구도 그녀에게 관심이 없었으니까.'

본래라면 서운하고 서러울 법한 일인데도 그리 서운하지도 서럽지도 않았다. 마치 자신이 모르는 누군가가 제 마음을 나서서 정리해 주고 간 것처럼.

꿈속에서 카리나 레오폴드는 아주 즐거운 시간을 보냈다. 약혼을 했고 어른이 되었고 마지막을 준비하며 약혼자를 찾아갔다.

꿈속의 삶에는 슬픈 일이 너무나도 많았지만, 결국 마지막엔 소중한 사람을 만났고 아이를 낳았고 매 순간 순간을 최선을 다해 살아가는 것을 몸소 느꼈다.

꿈속에서 그녀는 많은 사람의 도움을 받았지만 '예술병'이라는 병에 걸려 이른 나이에 생을 마감했다. 죽고 싶지 않다고 우는 그 모습에 심장이 아릿해지고 절로 눈물이 흘렀다. 그녀의 죽음에 슬퍼하는 이들을 보며 카리나는 여러 가지 생각을 했다.

꿈을 꾸고 일어나서 가장 놀랐던 것은 꿈속에서 봤던 미래가 현실에도 고스란히 재현되고 있다는 사실이었다.

'나는 회귀를 한 걸까?'

카리나는 깨작거리며 입에 넣던 샐러드를 몇 번 우물우물 씹다가 내려놓았다.

"저는 식사를 끝냈으니 먼저 들어가 볼게요."

"그래, 그러려무나."

여전히 무심한 목소리와 무심한 눈빛은 전혀 달라진 것이 없었다. 그녀의 내적 심리에 큰 변화가 있었다고 한들, 부모님이 요구하는 것은 달라지지 않았다. 부모님은 여전히 카리나가 희생하기를 바랐다. 그녀가 여동생인 아벨리아를 챙겨 주길 바랐고 페르던을 어른스러운 마음으로 봐주고 감싸 주길 바랐다.

꿈을 보았다고 해서 카리나의 성격이 하루아침에 뒤바뀐 것은 아니었으나 가족에 대한 기대가 사라짐과 동시에 그녀는 노력하고자 하는 마음도 사라졌다. 카리나는 더이상 말을 잘 듣는 착한 딸이 아니었다. 귀찮으면 하지 않았고 굳이 동생들의 투정을 다정하게 어르고 달래려고 하지 않았으며 좋고 예쁜 말만 사용하려고 하지 않았다.

"언니! 나 외출하고 싶은데 내일 시간 돼요? 아침 먹고 점심쯤 나가면 될 것 같아요!"

아벨리아의 말에 막 식당을 벗어나려던 카리나가 걸음을 멈췄다. 그녀가 느리게 눈을 깜빡이다가 고개를 돌렸다.

"나 내일 일정 있고 귀찮아, 나중에 가자."

예전이라면 어물쩍거리다가 따라가게 되었겠지만, 카리나는 순전히 자신을 이유로 들어 무심하게 거절했다.

"에, 하지만! 어디 가는데요?! 저랑 같이 가면 되잖아요!"

"싫어."

"카리나, 동생이 이렇게 부탁하는 데 시간 좀 내 보렴."

"싫어요."

그녀의 거절에 부모님의 눈이 못마땅하게 찌푸려졌다.

"너는 언니가 돼서……."

"죄송해요, 언니이기 이전에 저도 사람이라 피곤한 건 어쩔 수가 없어요. 어머니, 그럼 더 하실 말 없으시면 이만 들어가 볼게요."

어린 시절에 꾼 꿈은 그녀는 조금 더 스스로를 생각할 수 있게 만들었다. 어차피 평생 돌아봐 주지 않을 사람들이라면 그들에게 힘을 쏟고 싶지는 않았다.

카리나는 그 꿈을 꾼 날 이후로 그림을 완성하는 것을 포기했다. 자신이 꿈을 꾸고 나서 며칠 되지 않아 저도 모르게 투정을 내뱉었고 어머니에게 뺨을 맞았을 땐 충격이 너무나도 심했지만, 부모님을 그리는 금기를 범하지는 않았다.

하지만, 그렇다고 해서 그녀에게 예술병이 발병하지 않았냐고 한다면 그것도 아니었다. 그녀가 진심을 담아 그림을 완성하면 그것은 생명을 가지고 되살아 났다.

당연하지만, 그녀는 여전히 창조의 예술병을 가지고 있었고 종종 그녀도 모르게 그림을 완성시켜 그 아름다운 광경에 넋을 놓은 적도 여러 차례 있었다.

카리나는 종종 과거를 더듬었다. 꿈속에서 보았던 기억을 더듬어 최근에는 윈스턴이라는 의원을 만나기까지 했다. 여전히 예술병을 앓고 있다는 사실을 그는 담담하게 짚어 주며 그녀를 염려했다.

그녀는 성인이 되면 북부로 떠날 생각이었다. 카리나는 올해 17살이 되었으니 앞으로 3년이 남았다. 그녀는 꿈속에서 남자가 죽어 가는 자신을 끌어안고 서럽게 우는 것을 보았다. 하지만, 약혼식에서 만났던 약혼자는 바늘 하나 들어갈 것 같지 않은 단단하고 날카로운 사람이었다. 어쩌면 지금의 자신은 꿈 같은 열정적이며 불 같은 사랑을 할 수 없을지도 몰랐다.

카리나는 계속해서 그렇게 생각했다.

그날 저녁, 밀라이언 페스텔리오가 연통도 없이 그녀의 저택 문을 두드리지 않았더라면.

저녁 식사가 막 시작되었을 때였다. 카리나는 그림을 그리기 위해

서 저녁 식사도 거르고 방에 틀어박혀 있던 여느 날과 다름 없는 날
이었다.

"……페스텔리오 공작? 연락도 없이 갑자기 무슨 일입니까."

식사를 하다 말고 급히 나온 레오폴드 백작은 흐트러진 기색이 역
력해 보이는 사내를 보며 인상을 찌푸렸다. 체통도 없고 예의도 없
는 방문이었다.

밀라이언 페스텔리오는 서늘한 시선으로 레오폴드 백작을 훑곤
짧게 한숨을 내쉬더니 곧 한층 차분해진 낯으로 입을 열었다.

"식사 중이셨던 모양이군요."

레오폴드 백작은 손에 쥐고 있는 포크를 내려다 보며 짧게 탄식
했다. 갑작스러운 방문에 급히 나온다고 식기를 두고 오는 것도 깜
빡했다. 레오폴드 백작이 재빨리 식기를 사용인에게 건네고 옷매무
새를 다듬었다.

밀라이언은 언뜻 예의를 차려 말하는 것처럼 보였지만, 말하는 내
내 연신 주변을 두리번거렸다. 그답지 않게 정신사나워 보였다. 그
는 세상만사에 무관심하고 사람에게 건성인 사람이었다. 전대 공작
처럼 성격이 대놓고 괴팍하진 않아도 한번 신경을 거스르는 사람이
있으면 봐주는 법이 없었다. 북부의 철옹성을 지키는 마지막 관문
이라는 단어가 어울리는 자였다.

그러나 지금은 어떤가? 조금 저급하기는 해도 이런 말이 딱 어울
렸다.

'뭐 마려운 개 같은 느낌이군.'

레오폴드 백작은 조금 무례한 생각을 해 버리고 말았다. 아닌 게
아니라 그는 지금 안절부절못하고 전전긍긍하지 못하는 것이 딱 그

런 꼴처럼 보였다.

"일단 안으로 들어오십시오. 가족들이 모두 식사를 하고 있으니, 괜찮으시다면 식사에 참석하셔서 차분히 이야기를 들려주실 수 있겠습니까?"

"……그러지."

밀라이언 페스텔리오는 그의 뒤를 따랐다. 그러나 그는 식당에 들어서는 순간 발걸음을 멈출 수밖에 없었다. 식당에는 분명히 레오폴드 백작가의 가족들이 모여 있었다.

단 한 사람만을 제외하고.

그가 북부를 비우고 잠을 자는 것도 아껴 가며 보름 넘게 달려온 이유가 이곳에는 없었다. 그의 표정이 대번에 험악해졌다. 당황스러움보다 분노가 먼저 치솟았다.

"레오폴드 백작께선 내게 가족들이 모두 식사를 하고 있다고 하지 않았나?"

"네, 그렇습니다만."

"내 눈에는 한 사람이 보이지 않는 것 같은데."

레오폴드 백작은 순식간에 서슬 퍼런 분위기로 날 선 목소리를 내는 밀라이언의 모습에 어리둥절했다. 방금까지는 뭐 마려운 개처럼 굴더니 지금은 마치 광견처럼 보였으니까.

"한 사람이라니……. 아, 카리나는 방에 있을 겁니다. 카리나를 보러 오신 겁니까?"

"왜 저녁 식사 시간에 식사를 하지 않고?"

"……그거야 뭐, 본인 마음이지요. 카리나가 식사를 거르는 것은 자주 있는 일입니다. 그 애는 내성적인 편이라서 가족들이 모두 모이는 자리엔 잘 오지 않으니 말입니다."

"쓰레기 같은 점은 변하지 않았군."

그가 낮게 읊조리곤 몸을 홱 돌려 식당을 벗어났다. 애초에 카리나가 없으면 밀라이언이 굳이 이 식당에 꾸역꾸역 있을 필요가 없었다.

그는 꿈을 꾸었다. 선명하고 또 선명한 꿈을. 그 꿈은 그가 아직 살아가지 않은 미래까지 보여주었다.

그 안에서 그는 스물여섯의 밀라이언 페스텔리오였다. 카리나 레오폴드를 사랑하고 또 그녀를 일찍 만나지 못하고 지켜 주지 못한 것에 후회하고 절망하는, 무엇 하나 대단치 않은 남자였다.

카리나 앞에서 그는 한없이 무력했고 무능력했으며 언제나 절망했다. 그가 할 줄 아는 건 그녀를 살리는 데는 하등 도움이 되지 않는 것들뿐이었다. 돈도, 명예도, 그가 가진 수많은 건물과 대지도, 심지어 권력조차도 그녀 앞에선 한낱 종이 부스러기보다도 가치가 없었다.

긴 꿈을 꾸고 일어난 자신의 얼굴은 누구에게 보여 주기도 부끄러울 정도로 눈물 범벅이었다. 그는 지금껏 살면서 그렇게 울어본 적이 없었다. 하나뿐인 반려를 잃어버린 자신의 감정이 전부 스며들어서 심장이 조여들고 숨이 막혀서 죽을 것 같다는 기분을 실감했다.

그것이 꿈이 아니라는 사실을 알게 된 것은 그가 찝찝한 기분에 산맥을 방문했을 때 드래곤의 무덤을 발견하고 드래곤의 형체를 목격했기 때문일 것이다.

밀라이언 페스텔리오는 그 즉시 말을 챙겨 단신으로 남부로 향했다. 마지막 기억이 너무나도 깊게 뇌리에 박혀서 쉽게 떠나가지 않앉으니까.

"미안해요."

약혼식에서 처음 봤을 땐 참으로 무신경한 여자라고 생각했다. 지루한 눈빛으로 질질 끌려다니는 것이 퍽 마뜩잖게 여겨지기도 했었다.
그러나 밀라이언은 지금 그때의 자신을 주먹으로 때려 주고 싶은 심정이었다.

"제발, ……제발, 카리나……. 내게 미안해하지 마. 그대는 내게 미안할 거 없어. 내가…… 전부 내가 잘못했어. 내가 미안해……."

꿈속의 자신은 울고 있었다. 울면서 빌고 있었다. 제발 하루라도 한 시간이라도 조금이라도 더 살아 달라고. 죽지 말아 달라고 애원하고 또 애원했다.
이루어지지 않을 소원임을 알면서도 차마 내뱉지 않고는 견딜 수가 없어서.

"내가 조금만 더 그대를 빨리 만났어도. 내가, 약혼식 때 그대에게 관심만 있었어도……!"

그러나 밀라이언은 이번 약혼식에서도 그녀에게 별다른 흥미를 느끼지 못했었다. 후회되는 일이었다.

"그렇게 말하지 말 걸 그랬어. 괜찮냐고 물어볼 걸 그랬어. 그때, 그대에게 손을 내밀었다면 좋았을 텐데. 조금 더 빨리 그대를 만나서……. 그래서…… 그대를 보듬어 줄 것을. 그랬으면 좋았을 텐데. 그랬으면…… 그랬으면……! 그대가 그렇게 죽기 직전까지 스스로 목숨을 깎아 먹을 일도 없었을 텐데! 우리가 함께할 시간도, 방법도 더 많았을지도 모르는데!"

서럽게 울면서 제 후회를 곱씹으며 고백하는 남자는 참으로 멋없고 작고 무력하게만 보였다. 그때의 기억과 느꼈던 감정이 몇 번이고 그의 머릿속을 더듬거렸다.

"나는…… 몇 번이나……. 몇 번이나 그때로 돌아가는 상상을 해. 그 시간으로 돌아가면 이렇게 해 줘야지. 저렇게 해 줬으면 좋았을 거야. 그러면 지금과는 조금 달랐을 거라고."
"밀라이언, 나는……."
"근데, 눈을 뜨면 꿈이고 내 상상이야. 나는 시간을 되돌리지도 못하고 그대를 살리지도 못해. 아무리 노력해도……."

아무리 노력해도 살릴 수 없다.
그 사실만큼은 결코 변하질 않았다. 그가 아무리 울고 아무리 버둥거려도 그녀는 죽을 것이다. 그리고 어쩌면 지금도 늦었을지도 모를 일이었다.
그녀가 북부까지 찾아오기가 겨우 3년이 남았다. 꿈이 사실이라면 그녀의 수명은 여전히 얼마 남지 않았을 것이다.

그 사실을 깨닫는 순간, 밀라이언은 이곳으로 달려오지 않고는 견딜 수가 없었다.

그는 2층으로 올라가 성큼성큼 복도를 걸었다. 그녀가 언젠가 말했던 복도의 가장 끝에 있는 어두컴컴한 방문 앞이었다. 그는 바짝 긴장한 채 주먹을 쥐고 가볍게 문을 두드렸다. 안에선 대답이 들려오지 않았다. 몇 차례 더 두드렸지만 여전히 마찬가지였다.

"……설마."

그가 급히 문고리를 잡았다. 언제나 작은 소음에도 예민하던 그녀가 이렇게까지 반응을 하지 않는 이유는 딱 한 가지였다. 그녀가 그림을 그릴 때뿐이다. 그가 급히 문을 열어 젖혔다.

"카리나!"

낯선 남자의 다급한 목소리에는 아무리 집중한 그녀라도 반응할 수밖에 없었던 모양인지, 바닥에 앉아 그림을 그리고 있던 그녀가 뒤를 돌아봤다.

"……어."

그가 급히 손을 뻗어 종이를 가져와 내용을 살폈다. 다행히 그림이 완성된 흔적은 없다. 스케치 중이었던 모양이다.

"……페스텔리오 공작 각하?"

작게 읊조리는 목소리에 당황함이 물씬 느껴졌다. 그가 그때서야 제가 한 짓을 깨닫고 아차한 표정을 했다.

"그, 미안하군. 밖에서 문을 두드렸는데 반응이 없어서 큰일이라도 난 줄 알았어."

밀라이언이 허리를 숙여 카리나에게 종이를 돌려주며 말했다.

그녀의 방은 크기가 넓은 데 비해 가구나 소품들이 아주 작았다.

침대도 제법 작았고 책상도 작았다. 마치 아직 작은 어린아이를 위한 방처럼.

"여긴…… 어쩐 일이세요?"

카리나가 제 그림을 조심스럽게 돌돌 말며 물었다.

"급한 일이 있어서 잠시 백작가에 왔는데 식사 자리에 그대가 없기에……."

차마 그녀의 아버지에게 패륜적인 말을 하고 왔다곤 말을 할 수가 없어서 밀라이언이 끝을 흐렸다.

솔직히 말해서 주먹으로 때리고 싶었지만, 아마 아직까지 그녀에게 레오폴드 백작은 사랑을 받고 싶은 아버지일 게 분명했다.

"급한 일이요……."

카리나가 작게 읊조렸다.

'이맘때에 공작이 오는 일이 있었나?'

꿈속 과거를 뒤져 봐도 이런 일은 없었던 것 같다.

"그래, 그대가 보고 싶어서."

"……제가요? 그, 왜요?"

밀라이언의 돌직구에 카리나가 벙찐 표정으로 멍청하게 더듬거렸다. 밀라이언이 물끄러미 꿈속 기억보다 한층 작은 그녀를 바라보다가 입을 열었다.

"그대가 내 약혼자니까. 그 이유론 부족한가?"

"……어, 아뇨. 그건 아닌데."

지금까지 교류가 전혀 없었으니 문제였다. 갑작스럽게 이런 행동을 하는 그의 본의를 전혀 알 수가 없다.

"오자마자 이런 말을 해서 좀 미안하지만, 혹시 나와 북부로 갈 생각은 없나? 그대가 불편하지 않도록 최대한의 준비를 해 줄 테니."

"……네?"

"내가 보기에 이 저택은 완전히 엉망이야. 사용인들의 수준도 낮고 무엇보다 레오폴드 백작을 비롯해서 가족들이 전혀 그대를 신경 쓰지 않는 것 같아."

"……."

카리나 레오폴드는 기어코 말문이 막히고 말았다. 갑작스럽게 찾아오더니 이번에는 가족 비하를 하고 있는 제 약혼자를 보며 어떤 반응을 보여야 할지 감이 잡히질 않았다. 게다가 그의 말은 조금 어폐가 있었다.

"저택은 수준급으로 관리되고 있고…… 제가 알기로 사용인들도 전부 교육을 수료한 엘리트라고……."

"그러면 뭐 하나, 정작 주인의 손발이 되어야 할 것들이 저녁 식사 시간에 그대를 이렇게 방치해 두고 있는 것을."

"아……."

물론, 사용인들이 수준급인 것은 맞지만 그건 어디까지나 카리나를 제외한 것에 해당하는 말이었다. 가족들에게 제대로 인정받지 못하고 있는 듯 없는 듯 살아가는 카리나를 사용인들이라고 제대로 대우해 줄 리가 없었으니까.

"하지만 저는 그냥……."

"뜬금없을진 모르겠지만 나는 내 사람이 불행해지는 건 절대 참지 못해. 그대는 나와 약혼을 했으니 내 사람이지."

"여태 관심 없으셨잖아요……?"

카리나가 정확히 정곡을 찔렀다. 그는 편지 한 통 한 적이 없고 딱히 선물을 보낸 기억도 없다. 정말 그야말로 교류라고는 아무것도 없었다는 말이었다. 밀라이언이 아무리 바쁜 사람이라고 한들 변명거리로 삼을 말이 없을 정도로 명백한 무관심이었다.

"그, 불현듯 깨달았다. 아버지께서 평생을 함께할 반려는 몸을 바쳐서라도 지키라고 했었고, 그리고…… 나도 외로운 게 싫다."

주먹구구식의 어설픈 변명이었다. 아버지는 그런 말을 한 적이 없고 밀라이언은 외로움을 느끼는 사람이 아니었다. 물론, 꿈을 꾸고 난 이후로 그녀를 갈망하긴 했지만 말이다.

"나와 가자, 카리나. 이번에는 내가 그대를 지킬 테니까."

카리나의 눈이 커졌다. 그는 꿈속의 밀라이언 페스텔리오가 아니었다.

그는 상상을 하고 있지도 꿈을 꾸고 있지도 않다. 이것은 현실이었다.

카리나는 살아 있다.

조금 더 일찍 만났으면 좋았을 것이다. 이것보다 훨씬 더 일찍 만나서 그녀를 끌어안아 주고 괜찮으냐고 물어봐 줬으면 좋았을 것이다.

겨우 3년.

그녀와의 만남을 앞당긴 것은 겨우 3년이었다.

"행복해지자."

그가 덜덜 떨리는 손을 내밀었다. 그녀가 미친놈 취급을 할 수도 있다는 생각은 들지 않았다.

오로지 행복하게 해주고 싶었다. 앞으로 5년, 10년, 20년이 지나고 50년이 지나도 함께 행복해지고 또 행복해져서 우리가 수십 년을 더 함께 있을 수 있도록.

카리나는 물끄러미 그가 내민 손을 바라보았다.

"날, 나랑…… 세렌을 두고 가지 마……. 제발…… 제발……. 제발, 카리나……. 다시 못 만나는 건 싫어……."

"미안…… 미안해요……."

"내가 날 소중히 여기지 않아서 그래. 내가, 내가……."

카리나는 꿈을 꾸면서 '후회'에 대해 뼈저리게 알게 되었다. 꿈속의 자신이 얼마나 후회를 했고 스스로의 선택에 얼마나 절망하고 시간을 되돌리고 싶어했는지를 알았다.

그녀가 절망적인 감정에 휩쓸리지 않고 펜을 들어 그림을 그리지 않은 것은 그 때문이었다. 다시는 과거를 후회하고 싶지 않아서.

다시는, 타인을 위해 나를 경시하고 싶지 않아서.

"죽기, 싫어요. 사실…… 세렌도 당신도 더 많이 보고 싶어. 시간이 너무 부족했어……. 두고 가는 게 무서워요. 죽는 게 무서워……."

"……카리나."

"우리가 함께했던 기억이 사라지는 게 무서워요. 세렌이 날 기억 못 하면 어떡해요? 난, 나는……."

"잊지 않아. 잊지 않을 거야. 잊을 리가 있겠어? 내가…… 세렌이, 당신을…… 어떻게 잊어."

기어코 공포와 두려움에 질려 죽기 직전에 내뱉었던 진심이 아직까지도 뇌리에 박혀 있었다. 그 기억은 결코 그녀를 떠나지 않을 것이다. 잊히지도 않을 것이다. 어쩌면 평생 그녀를 옭아맬지도 몰랐다.

그러니까 카리나는 이 생각지도 못한 미래를 기꺼이 받아들이기로 했다. 더 이상 불행한 세계에 스스로를 가둔 채 나라는 존재를 죽이고 싶지 않았으니까.

"있잖아요."

"응."

"이거 고백이에요?"

카리나의 물음에 밀라이언의 눈이 커졌다. 그의 귓불이 순간 붉게 달아올랐다. 당황한 그가 눈동자를 굴리더니 주먹에 힘을 주고 고개를 끄덕였다.

"그래, 나랑 평생 함께해 달라는 고백이야."

"……우와, 멋없는 거 알죠?"

"다음엔 더 성대하게 해 줄게."

카리나는 그가 내민 손 위에 조심스럽게 제 손을 올렸다. 그러자 그가 그녀의 손을 힘껏 맞잡았다.


그녀가 고개를 끄덕인 뒤로는 일사천리였다. 짐이고 뭐고 다 필요 없다고 한 밀라이언은 어디선가 마차를 구해 왔고 그 안에 그녀를 태우고 스스로 마차를 운전하기 위해 마부석까지 차지했다.

"대체 이게 무슨 무례입니까!"

"닥치고 꺼져."

그가 달려드는 인프릭을 가볍게 발로 밀어 내동댕이치곤 그대로 떠났다.

이후로 그들의 항의가 밀어닥칠 것은 불 보듯 뻔했지만, 밀라이언이 신경 쓸 일은 아니었다. 애초에 그런 걸 신경 쓰는 타입도 아니었고 북부는 그의 영역이었다. 그곳에서는 감히 황제도 함부로 할 수 없었다. 그걸 용납하지도 않을 것이었고.

"혹시 그대 아픈 곳은 없나?"

"아픈 곳이요?"

"그래, 그대는 피부도 새하얗고 마른 데다가 척 보기에도 비실비실해서 딱 어디 아프게 생겨서 말이야. 있다면 말해 줘. 필요한 의원이 있다면 어디서든 끌어올 테니까."

카리나는 상당히 직설적인 그의 말에 눈을 몇 차례 끔벅거리다가 작게 웃음을 터뜨렸다.

말투가 이렇게나 적나라하고 직설적인데도 불구하고 기분이 전혀 나쁘지 않은 이유는 무엇일까? 그가 자신을 걱정하고 있다는 사실이 물씬 느껴져서인 걸까?

"솔직하게 말해야 해. 그대는 앞으로 공작가의 안주인이 될 테니까."

밀라이언은 자신이 미친 사람처럼 보이지 않기 위해 무던히 이유를 붙이려고 애를 썼다. 사실 꿈속에서 네가 죽는 미래를 봤다, 라고 말을 한들 그녀가 믿어 줄 가능성은 그리 높지 않았다.

"……."

그녀에게서 대답이 쉽게 들려오지 않았다.

'그러고 보니 주치의가 쓰레기 중의 쓰레기였지.'

마음 놓고 검진을 받았을 리가 없지. 밀라이언은 제 혀를 깨물고 싶은 기분을 느끼며 다시 입을 열었다.

"혹시 검진을 제대로 받아 본 적이 없으면 페스텔리오령으로 가서 검진을 받아보면 되니까 걱정하진 말고."

"검진은 받아 봤어요. 지금 당장 아픈 곳은 없는데 병은 있어요."

카리나가 담담하게 대답하면서도 그의 눈치를 살폈다. 혹시나 제게 병이 있다는 얘기를 듣고 꺼림칙하게 여기면 어쩌나 하는 마음에서였다.

사실 그녀는 늦든 빠르든 북부로 갈 생각이었고 밀라이언을 만나서 그에 대해 알고 싶다고 생각했었다.

"……그래?"

"네."

"그렇군."

그녀가 제 병에 알고 있을 거라곤 생각지 못했지만, 사실 상정 내의 일이었다.

예술병은 대단히 까다롭고 불치병에 가까운 것이었지만, 병의 진행을 늦추고 싶다면 늦추지 못할 것도 아니었다. 다만, 꿈속의 밀라이언은 그녀를 만난 시기가 너무나도 늦었을 뿐이다. 더는 되돌릴 수 없는 지경이었으니까.

"무슨 병이지?"

"아실진 모르겠는데, 예술병이라는 거예요."

심장이 쿵, 바닥으로 떨어지는 소리가 들렸다. 밀라이언은 애써 내색하지 않으려고 노력하며 짧게 숨을 뱉었다.

"……그렇군. 그 병에 대해서 아예 모르는 바는 아니지만 그렇다고 조예가 깊지도 않아. 내 오랜 지인 중에 그런 쪽으로 능통한 이가 있으니 그쪽에 도움을 청해 보도록 하지."

"그래 주시면 고맙겠어요."

"그나저나 예술병이라는 건 검진을 받아서 알게 된 건가?"

밀라이언이 적당해 보이는 여관에 마차를 세우며 물었다.

바로 출발한다고 생각했던 카리나가 어리둥절해하고 있는데 그가 순식간에 그녀를 에스코트해서 마차 밖으로 안내했다.

"아, 어…… 네. 맞아요."

"내가 알기로 예술병에 관해서 아는 사람은 드물고 겉으로 드러나는 게 아니라 발병을 눈치채는 것도 쉽지 않다고 하던데."

"아, 네. 아무래도 흔한 질병은 아니라서……."

밀라이언은 무척 익숙하게 여관으로 들어가기 시작했다. 생전 가본 적 없는 여관이었던 탓에 그녀가 당황한 듯 눈동자를 이리저리 굴리다가 그의 뒤에 바싹 붙었다.

"제법 실력이 있는 의원 같은데 누군지 알려 주면 그도 스카웃해 가고 싶군. 알려 줄 수 있겠나?"

밀라이언은 정말 황소 같았다. 오로지 붉은 깃발을 보고 뛰어드는 황소처럼 앞만 보고 결정한 것을 밀고 나간다. 카리나는 평생 해 보지도 못했고 할 수도 없었던 행동이었다.

"윈스턴이라는 의원님이세요."

그가 고개를 끄덕였다.

화려한 여관의 카운터에 선 밀라이언이 익숙한 듯 종업원에게 입을 열었다.

"가장 좋은 방으로 한 개. 이틀 정도 묵을 예정이다."

그가 결제를 끝내고 돌아오자 결국 카리나는 머릿속을 가득 채운 질문을 입 밖으로 꺼낼 수밖에 없었다.

"근데 각하, 저희 북부에 가는 거 아니었어요?"

"이 밤에 가긴 어딜 가겠어. 그대를 무리하게 하고 싶지도 않고 가는 길에 먹을 식량이나 필요한 것도 비축해야 해. 그리고 사람도 좀 고용해야 할 것 같군. 그대를 도와줄 시녀나 요리사 같은 자들로."

뭔가 점점 화려해지고 있는 것은 제 착각일까? 그녀가 당황한 듯 잘게 떨리는 눈빛으로 그를 보았다.

"북부는 아주 멀고 긴 여정일 텐데, 인원수가 너무 많아지면 힘들지 않을까요?"

"돈이면 돼."

"그건…… 그런데요."

정말로 사람 할 말 없게 만든다. 그녀가 당황한 낯을 숨기지 못한 채 눈동자를 굴리다가 허탈하게 웃었다.

"식량은 괜찮아요. 육포나 가벼운 건식이면 되는데요."

"쯧, 그 몸으로 그런 걸 먹으며 갔다간 도착하기 전에 뼈만 남아서 아사하겠군."

"네? 아니, 그 정도까지는……."

"그대가 신경 쓸 일은 없어. 이틀 뒤 아침에는 예정대로 출발할 테니 신경 쓰지 말도록 해."

아니, 신경이 쓰이는 걸 어떻게 신경을 쓰지 않겠어.

……그리고 그는 정말로 겨우 하루 만에 그가 말한 모든 인원을 다 구해왔다.

"……이게 다 뭐예요?"

"북부까지 가는데 필요한 인원이지."

카리나가 입을 떡하니 벌렸다.

"그대가 불편할 것 같아서 최소한으로 줄였어."

"예?"

"본래는 조금 더 제대로 된 침구도 챙기려고 했는데 아무래도 그러면 인원과 짐이 너무 늘어날 것 같고 빠른 이동에도 무리가 있을 것 같아서 차라리 마차를 좀 더 괜찮은 걸로 업그레이드했지."

저기 저 화려하기 짝이 없어 보이는 거대한 마차가 그들의 마차였다니 예상하지도 못했다.

'장식물인 줄 알았지.'

보통 마차의 세 배는 되어 보이는 크기였다. 안을 열어보니 간이 침대와 이불이 있었다. 정말 안에서 잠만 자도 행복할 것처럼 보이는 수준이다. 여관방보다 크기가 조금 좁을 뿐 크게 다를 것도 없었다. 바닥은 부드러운 융단이 깔려 복슬복슬했고 내부는 따뜻했으며 간식들도 가득했다. 그야말로 호사였다.


그녀는 이틀 동안 여관에서 전혀 나오지 않을 수 있었다. 여관의 방은 상당히 넓고 화려한데다가 심심할 틈이 없을 정도였다. 때가 되면 식사를 가져다주었고 심심할 만하면 밀라이언이 찾아와 그녀와 시간을 보내 주었으니까.

그러니까 정말로 시간 가는 줄 몰랐다. 이틀이 지났다는 사실도 오늘 아침에서야 문득 깨달았을 정도니까 말이다.

"……과한데요."

"전혀, 그대를 모시기엔 부족할 뿐이지."

여전히 불만스러운 것이 많은지 세세한 부분까지 지시를 내린 그는 정말 아무렇지도 않다는 듯 제 말에 훌쩍 올라타 버렸다.

'아니, 왜 이런 화려한 마차를 두고 혼자서 말을 타는 거야?'

고생은 그가 했는데 누리는 것은 왜 자신뿐인지 모를 일이다.

"출발한다."

단 두 명뿐이었던 조촐한 인원에서 스무 명에 가까운 인원의 대행렬이 된 순간이었다.

"불편한 건 없나?"

출발한 지 이틀째쯤 되었을 때 카리나는 그의 이 물음을 한 열 번쯤 들었다고 생각했다.

"네, 정말로 불편한 거 없어요. 솔직히 너무 편해서 이렇게 편해도 되나 싶어요."

"다행이군, 식사는 주어지는 거 최대한 다 먹도록 해. 혹시나 속이 안 좋을 것 같으면 꼭 미리미리 말하고. 아픈 곳이 있으면 절대로 참지 말도록 하고. 알았나?"

"……네에."

카리나가 입술을 쭉 내밀었다. 밀라이언은 정말 잔소리광이었다. 얼마나 잔소리가 심한지 모른다. 하나부터 열까지 그녀의 컨디션을 살폈고 상태를 확인했다. 곧 깨질 유리구슬을 대하는 것처럼.

특히나 그는 식사에 무척이나 예민하게 굴었는데 함께 식사를 하지 않는 날이 없을 정도였다. 그는 그녀가 조금이라도 남기는 것을 보고 넘기지 못했다. 신기하게도 밀라이언이 주는 식사의 양은 평소 카리나가 먹던 식사의 양과 제법 비슷해서 먹는 것이 그렇게 곤란하진 않았지만 말이다.

"그러고 보니 윈스턴이라는 의원도 온다는 얘기를 했었나?"

"⋯⋯어, 정말요?"

"그래, 사정을 얘기했더니 흔쾌히 따라오겠다고 했어. 다만 준비할 것이 있어서 우리보다는 늦게 도착할 예정이야."

윈스턴이 오겠다고 했다니 조금 놀랐다. 그는 과거의 인연이었고 그녀가 당장 시한부 판정을 받은 것도 아니었기 때문에 당연히 그와의 인연이 이어질 거라곤 생각지도 못했다.

"그리고 여길 떠나기 전에 페리얼 칼로스에게도 전령을 띄웠다. 칼로스 가문은 예술에 조예가 깊은 가문이니 분명히 도움이 될 거야. 그가 북부로 오면서 윈스턴을 데리고 올 예정이야."

그녀가 고개를 끄덕였다. 꿈속에서만 봤던 인연들이 속속들이 북부로 모인다고 하니 기분이 이상했다.

꿈속의 카리나 레오폴드는 자신이지만 동시에 타인이라고 생각했다. 왜냐하면 현재의 그녀는 병에 걸리지 않기 위해 필사적으로 노력했고, 다행히 시한부 판정을 받지 않았으며, 죽을 위기도 없었다. 그리고 그렇기에 그녀는 꿈속의 인연을 이어 나갈 수 없을 거라고 생각했다.

"⋯⋯신기하네요."

"뭐가?"

"절 위해서 누군가가 와 준다는 사실이요."

카리나의 말에 밀라이언이 고개를 돌려 그녀를 보았다.

"저는 늘 아플 때마다 이불을 덮고 눈을 질끈 감고 몸을 웅크리고 양을 세곤 했거든요. 그렇게 하면 얼른 잠이 들고 잠이 들면 아프지 않으니까요."

실제로도 그렇게 이겨 낸 적이 많이 있었다. 아무리 아프다고 해도, 아무리 혼자 앓아도 누구도 제대로 들어주지 않았으니까 혼자 이겨 내는 법을 배웠다.

"올 거야."

"네, 오겠죠. 각하께서 부탁했잖아요."

당연히 올 것이 분명하지. 그는 자신과는 다르게 인망이 두텁고 자신감도 있는 사람이었으니까.

"그대가 아프거나 힘들 때마다 앞으론 내가 갈 거야. 앞으론 참을 필요 없어, 참지 않아도 돼. 언제든 말해도 좋아."

밀라이언의 말에 카리나의 눈이 커졌다. 그녀의 입술이 푸스스 무너져 내리며 이윽고 호선을 그렸다.

"네, 그럴게요."

"그리고…… 각하 말고 밀라이언이라고 불러 주면 좋겠군. 어쨌든 그대와 나는 약혼한 사이고 그대는 내 저택으로 가고 있는 거니까."

그의 제안에 카리나가 고개를 끄덕였다.

"잘 부탁해요, 밀라이언."

"……내가 할 말이야."

"……지금 뭐라고 했지?"

"……기적을 일으키는 걸 누군가한테 들킨 것 같다고 했어요."

카리나가 바짝 움츠러든 채 웅얼거리며 대답했다. 그녀도 그녀가 지은 죄를 잘 알고 있었다. 드러나서 좋지도 않은 일이 수면 위로 드러났으니 밀라이언이 화를 내도 할 말이 없었다.

"기적을 일으켰나?"

"네…… . 제가 창조의 예술병이라는 건 일전에 말씀드렸죠……?"

"그래."

"그게, 오늘 본 풍경이 너무 아름다워서 그림을 그리다가 나비 한 마리를 완성했어요."

밀라이언의 표정이 험악해졌다.

웬만하면 능력을 쓰지 말라고 말한 것이 최근의 일이었다. 하지만 때때로 충동을 참을 수 없을 때가 있었다. 그건 그녀가 아무리 노력한다고 한들 참아 낼 수 있는 요소가 아니었다. 마치 무언가에 이끌리듯 어느 순간 기적을 만들어 내고 있었으니까. 그래도 최근에는 어느 정도 이성을 부여잡고 있을 수가 있게 되었다.

"맹세해요. 정말로 나비 한 마리뿐이었어요."

카리나의 말에 밀라이언이 마뜩잖은 낯으로 고개를 끄덕였다. 그가 난감한 표정으로 숨을 뱉었다. 성마른 손길로 얼굴을 문지른 밀라이언이 인상을 찌푸렸다.

"누가 봤는지는 기억하나?"

"잘 모르겠어요. 사람이 있었다는 건 부스럭거리는 소리와 도망치는 소리로 알았는데…… 상대가 누구인진 보지 못했어요."

그녀의 조심스러운 말에 밀라이언이 짧게 침음을 흘렸다.

"일정을 당기는 게 좋겠어. 오늘내일 중으로 빠르게 준비를 끝내고 북부로 들어가는 것을 목표로 하지."

본래라면 느긋하게 가는 길 구경도 하고 휴식도 취하며 북부에 닿을 생각이었지만, 이렇게 되면 이야기가 다르다. 창조의 기적은 기적 중에서도 그동안 가장 말이 많았던 기적이다.

밀라이언 역시 꿈을 꾸고 난 뒤 창조의 기적에 대해 여러 방면으로 알아봤다. 그들은 그들 삶이 불행하기도 했지만, 주변이 그들을 불행하게 만들기도 했다. 평생을 이용당하다가 광기에 미쳐 죽어 버린 창조의 예술가도 있었다.

없는 것을 만들어 낼 수 있고 존재하지 않는 것을 상상만으로 실현할 수 있는 그들이 권력자들에게 얼마나 달콤하고 사랑스러운 먹잇감으로 보였을지는 굳이 상상하지 않아도 알 수 있었다.

"최대한 빠르게 북부로 돌아가야겠어."

단신으로 왔던 터라 기사단이 없어서 제법 실력이 좋고 쓸 만하다는 용병을 구하기는 했지만 미덥지 못했다. 돈으로 구한 용병은 더 큰 돈에 얼마든지 굴복하는 법이었으니 말이다. 게다가 실력도 북부의 기사단에 비해서는 떨어지니 걱정이 되지 않을 리가 없었다.

"미안해요."

"괜찮아, 그럴 수도 있지. 그대가 하고 싶어서 한 건 아닐 거 아니야."

"……그렇긴 하지만."

카리나는 밀라이언이 하지 말아 달라고 몇 번이나 부탁한 것을 순간의 감정을 이기지 못해 이성을 잃고 그림을 완성했다는 사실이 믿기지 않았다.

"걱정 말고 웬만하면 이 여관에서 벗어나지 말고 있어."

"그럴게요."

"한동안 그림 그리는 것도 조금만 참아 주면 좋겠어. 스케치라면 상관없지만."

"……알겠어요."

시무룩한 목소리로 대답하는 카리나의 모습에 밀라이언이 입을 꾹 다물었다. 잔뜩 풀이 죽어 버린 그녀를 어떤 식으로 달래면 좋을지 알 수가 없었다. 그도 꿈속의 밀라이언 페스텔리오도 그 방면으로 그다지 요령이 좋지 않았으니까.

"그대 잘못이 아니야. 내가 조금 더 신경을 썼어야지. 그대는 지금까지 꾹꾹 참아오다가 한 번 터뜨린 것뿐이잖아."

"……."

"지금까지 약속을 지키기 위해 최선을 다한 스스로를 책망할 필요는 없어. 겨우 나비 한 마리였잖아."

겨우 나비 한 마리였다.

그림을 그리고 그리고 또 그리다가 결국은 제 생명까지 바치고 말았던 그녀가 그를 위해서 여기까지 참아 준 것이다. 그것을 생각하면 차마 그녀를 탓할 수도 없었다.

"걱정하지 마, 그대는 내가 지킬 테니까."

밀라이언이 그녀의 손을 살짝 붙잡으며 말했다. 카리나의 눈이 한껏 벌어졌다.

"……그럴게요."

"나는 목격자를 좀 알아보고 이틀 내로 출발할 채비를 끝내야겠어. 쉬고 있어."

"네."

카리나의 대답이 끝나기가 무섭게 그가 자연스럽게 상체를 숙이다가 흠칫 놀라 뒤로 물러났다.

그녀가 숨을 삼켰다.

"아, 그…… 먼지가 있어서."

그가 쭈뼛거리며 말했다.

"아, 네……."

고개를 푹 숙인 카리나가 얼굴을 붉히며 웅얼거렸다. 밀라이언이 급히 모습을 감췄다.

카리나가 방에서 벗어난 것은 늦은 저녁 식사 시간이 되었을 때쯤이었다. 제법 허기가 졌는데 언제나처럼 식사가 오지 않아서 그녀는 하는 수 없이 방 밖으로 나왔다.

1층으로 내려가니 손님이 어찌나 많은지 정신없는 여관 식당이 보였다. 분주하게 움직이는 사람들 사이로 그녀가 익숙한 낮의 여관 주인에게 다가갔다.

"저기요."

"지금 바쁜데 왜…… 아, VIP룸의 손님이시군요. 어쩐 일이신가요?"

"시간이 지났는데 식사가 아직 오질 않아서요. 미안하지만, 식사를 좀 받을 수 있을까요?"

"아, 세상에. 너무 죄송합니다. 물론이죠! 근데 지금 보시다시피 너무 바쁜 터라 인력이 없어서…… 혹시 오늘 하루만 식당에서 드시고 가실 수 있을까요?"

카리나가 미간을 찌푸렸다.

난감함이 가득 묻어나는 여관 주인은 땀을 뻘뻘 흘리고 있었다. 아마 주방에 있다가 홀이 바빠서 뛰쳐나온 와중에 그녀를 마주친 것이 분명했다. 바쁜 기색이 역력한 주인에게 따지고 들 정도로 카리나는 무례한 사람이 아니었다.

'이런 곳에선 혼자 먹어 본 적이 없는데.'

주변이 어찌나 시끄러운지 고막이 터져 나갈 것 같았다. 하지만 모두 즐거운 낯으로 웃으며 먹고 있어서 그다지 싫지만은 않은 느낌이었다.

'이것도 나름 좋은 경험이겠지.'

여관 밖으로 나가지 말라고 했으니 나가서 식사하는 것도 썩 내키지 않았고 말이다.

한참을 고민한 카리나가 결국은 고개를 끄덕였다.

"감사합니다, 지금 빈자리가 이쪽 합석 자리밖에 없어서요. 이쪽 자리 괜찮으시죠? 식사는 금방 가져다 드리겠습니다!"

"아, 저기……."

자신을 의자에 앉히곤 순식간에 사라지는 주인을 보며 카리나가 눈을 몇 차례 끔뻑였다. 솔직히 생판 모르는 타인이랑 합석이라니 생각지도 못했다.

그녀가 한숨을 내쉬며 앞을 보자 조금 놀란 낯의 사내가 그녀를 보고 있었다.

"하하, 안녕?"

가무잡잡한 피부의 남자는 이국의 분위기가 물씬 풍기는 피부색과 황금빛 눈동자를 가지고 있었다. 그쪽도 예상하지 못한 상황이 분명했다.

무척이나 수려하고 화려하게 생긴 사내였다. 이국의 옷인 듯 보이는 펄럭거리는 가벼운 옷자락 사이사이로 비치는 근육은 제법 단단해 보였고 휘어지는 눈꼬리는 장난스럽고 가볍게 보였다.

"제국은 신기하네. 이렇게 아무렇지도 않게 초면인 남녀를 같은 테이블에 앉히고 말이야."

"……그러게요, 저도 조금 당황했어요."

상대가 하필이면 또 남자일 건 뭔지. 별 의미가 없는 우연한 만남이기는 했지만, 아무래도 밀라이언이 있으니 조금 신경이 쓰였다.

'얼른 식사 마치고 올라가야겠다.'

그녀가 짧게 한숨을 내쉬며 애꿎은 식기를 느리게 매만졌다.

"손에 굳은살이 있네. 혹시 뭔가 펜을 잡는 일을 해? 아니다, 그림을 그리는구나."

"……."

상대의 말에 카리나의 눈이 확 커졌다.

그녀가 바짝 긴장한 낯으로 목을 움츠리곤 조심스럽게 그를 살폈다. 예민한 초식동물이 날을 세우는 것 같은 모습에 상대가 웃음을 터뜨렸다.

"네게서 유화 냄새가 나."

사내가 코를 킁킁거리며 말했다.

가볍게 몇 차례 제 콧등을 문지른 그가 웃으며 손을 뻗어 그녀의 중지 손가락을 가볍게 손끝으로 쓸었다. 카리나가 화들짝 놀라 급히 손을 뺐다.

"그리고 손의 이 부분에 굳은살이 생겼다는 건 펜을 오래 쥔다는 거지. 유화 냄새와 펜을 쥔다는 걸 합치면 그림을 그린다는 결론이

나잖아. 그러니까 그렇게 경계하지 마."

"……초면에 남의 손을 만지고 반말을 하는 사람을 어떻게 믿고 경계하지 말라는 거죠?"

"아, 반가워서 그랬어. 나도 예술을 하거든."

그가 손바닥을 펼쳐 그녀에게 보였다. 손바닥 가득 단단한 굳은 살이 보였다. 그야말로 엉망인 손을 보며 카리나의 눈이 커졌다.

"카틀란이라고 들어봤어?"

"카틀란……? 아, 이름 정도는 들어본 것 같네요. 동쪽에 있는 나라 아닌가요?"

"맞아, 나는 그 나라에서 왔어. 세 개의 녹주(綠州:오아시스)를 품은 아름다운 사막의 나라지."

제국인들은 카틀란이 죽기 전에 반드시 가야 할 여행지 중의 하나라고도 했고 유명한 조각들은 전부 카틀란 출신의 조각가들이 만들었다는 소문도 있었다. 가기는 어렵지만, 한번 가면 헤어나올 수도 없다고 할 정도로 비밀스럽고 신비한 나라라고 들었다.

수많은 모래의 산 사이에 자리 잡고 거대한 녹주로 둘러싸여 있어서 도시의 중심으로 들어가기 위해서는 배를 타야만 한다고 한다. 비가 잘 내리진 않지만, 세 개의 녹주에는 언제나 물이 풍부해서 부족함이 없다고 들었다.

아주 먼 타국의 나라라서 그녀가 아는 거라곤 그 정도였다.

"카틀란에서 온 사람은 처음 봐요."

"그래? 흔하진 않지. 카틀란에 들어오려고 하든 나가려고 하든 반드시 사막을 거쳐야 하는데 사막에는 수많은 마물이 살거든."

"……사막에 마물이 살아요?"

"맞아, 제국에도 북부 쪽엔 마물이 많다고 들었는데 정말이야?"

"네, 북부의 공작 각하께서 수문장을 맡고 계시죠."

최후의 방어선이 그이기 때문에 수도를 비롯해서 북부 바깥에 있는 이들이 전부 이렇게 행복하게 살 수 있는 것이다. 그가 아니었다면 아마 제국의 모든 영지는 매일매일 방비를 하고 마물과의 싸움을 각오해야만 했을 테니까.

"우리도 마찬가지야! 사막을 지나는 건 오로지 용맹한 자만이 가능하지. 마물을 헤치고 나가야만 하니까 말이야. 본국이 타국과 교류를 하지 못하는 이유도 그 때문이지."

굉장히 자신감 넘치는 표정으로 그가 말했다. 나라에 대한 애정이 뚝뚝 묻어나는 목소리였다.

"식사 나왔습니다!"

여자 종업원이 잔뜩 상기된 낯으로 뛰어와 식사를 내려놓았다. 그녀는 사내를 힐끗거리느라 바빠 보였는데, 그 행동을 눈치챈 그가 눈꼬리를 휘었다.

"고마워."

"아, 아. 네! 맛있게 드세요!"

카리나는 제 앞에 놓인 먹음직스러운 식사를 보며 머리를 굴렸다.

'뭐부터 먹어야 맛이 있을까?'

이곳 음식은 무척이나 맛있어서 기왕이면 순서를 잘 지켜서 먹고 싶었다. 그녀가 고민 끝에 포근포근한 감자 샐러드를 먼저 입에 넣고 오물오물 씹었다.

바삭한 식빵에 계란을 올려 한 입 크게 베어 물고 야금야금 식사를 하고 있으니 맞은편에 앉아 커피와 후식을 먹던 카틀란 출신 남자가 웃었다.

"있잖아, 이름이 뭐야?"

"알려 줄 필요는 없잖아요."

"흐음, 그럼 네가 그린 그림 보여 줄 수 있어?"

"아뇨."

카리나가 그의 호기심을 가볍게 쳐냈다. 그렇지 않아도 밀라이언이 예민한 시기에 괜히 더 문제를 일으키고 싶지 않았다.

턱을 괸 남자의 귀에 달린 황금빛의 긴 일자형 귀걸이가 가볍게 흔들렸다.

"내가 사실 냄새를 좀 잘 맡거든."

"……네?"

"난 너한테서 동류의 냄새를 맡았어."

"무슨 소리를……."

그가 주머니에서 뭔가를 꺼내 내밀었다. 아주 작은 조각이었다. 손바닥보다 더 작은 토끼 모양의 조각이었다. 유려하게 떨어지는 선이나 질감, 그리고 꼿꼿하게 선 귀와 눈빛이 마치 살아 있는 토끼를 보는 것처럼 선명했다.

그가 끌을 꺼내 가볍게 한쪽을 긁어내리는 순간이었다.

"내 이름은 카산. 카산 에르하 카틀란이야."

돌에 불과했던 토끼가 귀를 쫑긋 움직이더니 이윽고 붉은 눈을 빛내며 폴짝폴짝 테이블 위를 뛰어다니기 시작했다.

"그리고 난 기적을 일으켜."

"……."

카리나의 눈이 한껏 커졌다.

놀라움을 숨기지 못한 그녀가 입을 꾹 다문 채 멍하니 상대를 보았다. 자신과 같은 창조의 기적을 가진 예술가를 보는 것은 처음이었다.

"그리고 기적의 대가는 생명이야. 예술병을 앓고 있거든."

"……."

"너도 그렇지? 카리나."

입술을 뻐끔거리던 그녀는 카산의 말이 끝나기가 무섭게 반사적으로 자리에서 벌떡 일어났다.

"너 대체 누구…… 윽……."

몸이 크게 흔들리는 느낌에 그녀가 급히 탁자를 짚었다.

머리가 어지러웠다. 눈꺼풀도 무거운 것이 느낌이 이상했다. 바로 서려고 하면 할수록 눈앞이 핑 도는 느낌에 그녀가 비틀거리며 숨을 삼켰다.

"……설마."

고개를 힘껏 내젓고 눈을 여러 차례 끔뻑였지만 정신은 점점 혼미해지기만 했다.

"조금 무례한 방법을 쓰게 돼서 미안해. 눈을 뜨면 다 끝나 있을 거야. 내겐 뛰어난 능력의 반려가 필요하거든. 너라면 그 역할을 다할 수 있을 것 같아."

"미친…… 놈……."

카리나는 생전 써 보지 않은 욕을 잇새 사이로 꾸역꾸역 내뱉었다.

진심으로 단언컨대 예상하지도 못한 일이었다. 여관에서 벗어나지 말라고 해서 여관에서 벗어나지 않고 밥을 먹었더니 이런 봉변을 당할 줄 누가 알았겠는가.

"……밀라……이……."

언제든지 달려와서 구해 주겠다고 했던 사내의 이름을 불렀지만, 멍청하게도 몸은 앞으로 기울어질 뿐이다.

"언제나처럼 잠깐 놀러 왔을 뿐인데, 네 능력을 본 순간 온몸에 전율이 일었어. 세상에 나와 같은 존재가 있을 거라곤 생각하지 못했거든."

"……이거, 싫……."

"푹 자도록 해, 카리나. 눈을 뜨면 내 아름다운 나라를 구경시켜 줄 테니."

쪽. 카산이 카리나의 이마에 경건하게 입을 맞추고 완전히 무너진 그녀를 단단히 품에 안았다.

"저기, 약속은……."

"아, 그래. 돈을 줘야지. 여기까지 잘 유인했다."

카산이 품에서 금화를 넉넉히 꺼내 탁자 위에 올렸다.

여관 주인이 헤벌쭉 입을 벌리며 누가 볼새라 황급히 금화를 제 품에 쑥 밀어 넣었다. 이 돈만 있으면 사업을 확장해서 더 많은 돈을 벌 수 있을 것이다.

"내가 준 돈은 빨리 쓰는 걸 추천하지."

어차피 얼마 가지 못하고 죽을 게 뻔하니까 말이야.

카산은 비릿한 웃음과 함께 뒷말을 삼켰다. 여관 주인에게서 짙은 죽음의 냄새가 풀풀 풍겨 오고 있었다. 아마도 이 일 때문에 카리나의 약혼자인 공작인지 뭔지에게 죽임을 당할 것이 분명했다.

물론, 그건 카산이 신경을 쓸 바는 아니었다.

"가자."

그녀의 주변으로 왁자지껄 떠들던 손님들이 언제 그랬냐는 듯 표정을 굳히며 자리에서 일어났다.

밖으로 나와 조용한 곳에서 카리나에게 로브를 씌우고 품에 끌어안은 카산이 가볍게 턱을 까딱였다. 앞으로 나온 사내 하나가 문처럼 생긴 조각을 바닥에 내동댕이치자 산산조각난 파편들이 바닥에 스며들며 환한 빛을 뿜는 문이 생겨났다.

"쿨럭."

문을 만든 사내가 쿨럭쿨럭 바닥에 피를 토했다. 카산이 그것을 무심하게 바라보다가 설핏 인상을 찌푸렸다.

"흠, 슬슬 효용을 다했나? 뭐 좋아. 이건 전부 나라를 위한 일이니 네겐 영관인 일이겠지."

이윽고 카산과 일행들이 모두 함께 문 안으로 들어갔다.

환한 빛과 함께 이윽고 문이 사라졌다. 자리에는 검붉은 핏자국만이 적막과 함께 남아 있었다.

'머리, 아파…….'

당장에라도 머리가 산산이 깨질 것만 같았다. 마치 끊임없이 입에 술을 콸콸 쏟아붓고 부은 다음 날 아침의 기분이었다. 물론 그녀는 숙취에 대해서 잘 알지 못하지만, 대개 사람들의 묘사대로라면 지금 자신의 상태와 비슷할 것이다.

"아……."

깨질 듯 아픈 머리에 차마 눈조차도 뜰 수가 없어서 그녀가 손에 닿는 이불을 부여잡고 몸을 버둥거렸다.

"일어나셨습니까?"

들려오는 목소리에 카리나의 몸이 흠칫 굳었다. 어색한 제국어가 귓가를 파고들었다. 부드러운 여인의 목소리였다.

카리나는 베개에 연신 이마를 부비며 이를 악물었다. 머리가 아파서 죽을 것만 같았다.

"잠시만 기다려 주십시오. '콰탄'의 해독제를 가지고 오겠습니다."

콰탄은 또 뭔데?

잠시 후 부스럭거리는 소리와 함께 카리나의 몸이 강제로 일으켜졌다. 부드러운 손을 가진 여인이 카리나의 한 손에 물 잔을, 다른 손에는 작은 종이를 쥐여 주었다.

"가루약과 물입니다. 알약보다는 가루약이 흡수력이 더 빠르니 가루약을 물과 함께 드시는 것이 나을 겁니다."

"……."

"콰탄은 해독제를 먹지 않으면 일주일은 더 괴로우실 겁니다."

정체 모를 여인의 차분하고 담담한 목소리를 들으며 카리나가 어깨를 흠칫 굳혔다.

이 고통이 일주일을 더 간다고?

뭔가를 의심할 여유도 없었다. 두통이 너무나도 끔찍했으니까. 게다가 상대는 아주 담담하고 차분했으며 흥분을 하거나 거짓말을 하는 것처럼 느껴지지 않았다.

카리나가 재빨리 가루를 입에 털어넣고 물을 꿀꺽꿀꺽 마셨다.

"욱……."

끔찍한 쓴맛이 입안을 가득 채웠다. 어찌나 쓴지 역하기까지 했다.

그녀가 손을 바들바들 떨며 물을 마저 마시자 입에 동그란 무언가가 쏙 들어왔다. 반사적으로 뱉어 내려고 했던 그녀는 입안에서 느껴지는 달콤함에 움직임을 멈췄다.

'사탕?'

카리나가 미간을 찌푸렸다.

"한 삼십 분만 누워계시면 괜찮아질 겁니다. 샤께서 아가씨가 깨어나시길 기다리셨으니 모셔오겠습니다."

카리나는 인상을 찌푸렸다. 상황을 파악하고 싶어도 무슨 생각이라도 하려 하면 머릿속을 누군가 계속 때리는 것 같았다.

20분쯤 지나니 카리나도 서서히 잦아드는 두통을 느낄 수 있었다. 간신히 눈을 뜨니 난생처음 보는 이국의 장식이 눈앞을 화려하게 수놓고 있었다.

그녀가 멍하니 천장을 바라보다가 손을 들어 가볍게 눈가를 쓸고 뺨을 문질렀다. 자신이 지금 또 다른 꿈을 꾸고 있는 건 아닌지 볼을 꼬집어 보고 싶을 정도였다.

"대체⋯⋯."

여기는 어디야?

정신이 어느 정도 드니 머리가 아픈 것도 신경이 쓰이지 않았다. 그녀가 급히 자리에서 벌떡 일어났다. 머리가 조금 지끈거리긴 하지만 참지 못할 정도는 아니었다.

뜨거운 태양이 내리쬐는 창문 앞으로 다가간 그녀는 그대로 말문을 잃고 말았다.

처음 보는 풍경은 그렇다고 치고 수평선 너머로 보이는 거대한 산은 전혀 푸릇푸릇하지도, 그렇다고 앙상하지도 않았다. 그냥 아무것도 없었다. 보이는 것은 그저 끝없이 펼쳐진 모래산이었다. 말문이 턱 막힐 정도로 광활하고 또 광활한, 열기가 느껴지는 사막이 눈앞에 있었다.

"……아."

그녀가 주춤주춤 뒤로 물러났다.

도저히 믿을 수 없는 광경에 목소리조차 제대로 나오지 않았다. 분명 어제까지만 해도 북부로 가는 길 위에 있었는데 자신이 왜 이곳에 있는지 알 수가 없었다.

*"푹 자도록 해, 카리나. 눈을 뜨면 내 아름다운 나라를 구경시켜 줄 테니."*

문득 떠오른 목소리에 그녀가 몸을 홱 돌리자 때맞춰 밖에서 짧은 노크 소리가 들리더니 문이 활짝 열렸다.

"일어났군, 카리나."

"……."

눈에 익은 인물이었다.

자신을 '카산'이라고 소개했던 남자는 저번과는 다르게 화려한 장식을 온몸에 걸친 채 상반신을 탈의하고 있었다.

그뿐이면 말문이 차라리 덜 막혔을 수도 있다. 그러나 그의 주변에는 반쯤 헐벗은 것처럼 보이는 가벼운 차림의 화려한 여자들도 가득했다. 몸을 감싼 천은 안이 비칠 듯 말 듯 아주 얇았고 가슴골과 허벅지가 확 파여 드러나 있었다.

"그대에게 거친 약물을 쓰게 돼서 미안할 따름이야. 사정이 조금 급했거든."

"……진짜 별 미친 새끼를 다 보겠네."

카리나가 헛웃음을 삼켰다. 밀라이언이 종종 쓰던 어투가 옮기라도 한 것인지 내뱉어진 말은 그렇다고 해도 부족함이 없을 만큼 닮아 있었다.

카리나의 말에 여자들이 얼굴을 확 구겼다.

"계집이 감히 샤께 무슨 말버릇이냐!"

"아아, 됐다. 내가 실례를 범한 건 맞으니 말이야. 갑자기 데려와서 화가 났을 건 이해해."

카산이 호쾌한 듯 손을 가볍게 흔들더니 그 손을 그대로 힘껏 휘둘렀다.

짜악—!

살결이 맞부딪히는 소리가 거세게 들린 것과 동시에 카리나에게 언성을 높였던 여자의 고개가 획 돌아갔다. 카리나의 눈이 커졌다.

"하지만, 그렇다고 한들 그녀는 너 같은 것이 범접할 수 없는 귀한 존재다. 함부로 말을 낮추지 말도록 해. 주제를 아는 것이 가장 중요하다고 했을 텐데."

"죄송합니다, 샤."

그녀가 무릎을 꿇고 이마를 바닥에 박으며 말했다. 그러더니 그대로 무릎걸음으로 몸을 돌려 카리나의 앞에서 다시 한번 고개를 숙였다.

"실례했습니다."

"……됐, 어요. 난 괜찮으니까 일어나세요."

불편하기 짝이 없는 태도였다.

카산이 손을 까딱하자 여자가 다시 일어나 뒤로 조심스럽게 물러났다. 발갛게 달아오른 뺨에 카리나의 인상이 찌푸려졌다.

"내 후궁이 무례를 범한 건 사과하도록 할게. 부디 기분 나빠하지 않았으면 좋겠어."

'후궁?'

카리나가 눈을 크게 떴다.

'지금 후궁을 때린 거야? '너 같은 것'이라고 하면서?'

도저히 이해할 수가 없는 행태였다.

애초에 카리나가 기분이 나쁜 이유는 여자가 언성을 높였기 때문이 아니었다. 솔직히 말해서 다른 여자가 남편에게 막말을 하면 한두 마디 정도 할 수도 있는 거지.

"무례를 범한 건 저 사람이 아니라 당신이야. 이건 데려온 게 아니라 납치고!"

카리나가 단호하게 말했다.

"당장 날 돌려보내 줘. 밀라이언이 기다리고 있을 거야."

"미안하지만, 그럴 마음은 없어. 예술의 '예' 자도 모르는 제국, 그것도 북부의 야만인 따위에게 그대 같은 보석을 넘겨줄 수 있을 리가."

카산이 손을 뻗어 그녀의 손을 붙잡더니 손등에 조심스럽게 입을 맞추며 말했다. 카리나가 입을 벌렸다가 이윽고 얼굴을 확 구겼다.

"나는 보석이 아니고 밀라이언도 야만인이 아니야. 당신이 바라는 게 무엇이든 나는 이뤄 줄 마음이 전혀 없어."

가녀리고 약하기만 할 거라고 생각했던 카리나가 으르렁거리는 것을 본 카산이 호탕하게 웃음을 터뜨렸다.

"아, 정말 그대는 재밌어. 하지만 북부로 가면 그대에게 기다리고 있는 건 어차피 죽음뿐이야."

카산의 말에 카리나가 인상을 찌푸렸다. 단호한 말이 퍽 기분 나쁘면서도 문득 꿈속에서 본 제 미래가 떠오르며 차마 아니라고 반박할 수가 없었다.

"장담하건대 그대는 내 곁에 있어야 해. 창조의 기적은 나나 내 국민들처럼 예술을 잘 아는 사람들 사이에서 존중받고 보호받아야 마땅한 거니까."

"……."

"그런 곳에 있어 봐야 마음은 썩어 문드러질 거고 그대는 망가지기만 할 뿐이야. 그러다 결국 기적의 광기에 먹혀 스스로의 몸을 불사르겠지."

카산의 말에는 확신이 있었다. 마치 지금껏 수많은 사람을 봐 온 사람처럼.

"많이 알려지진 않았지만, 내 나라에는 기적을 일으키는 예술가들이 아주 많아. 창조의 예술가는 나밖에 없지만 말이야. 우리는 예술의 신에게 선택받은 거야. 그대와 나는 아주 귀한 존재야."

그는 나르시즘에 빠진 사람처럼 가슴에 손을 얹고는 말했다. 시시각각 꺼져 가는 생명이 뭐가 저렇게 즐겁다고 그러는 걸까.

"나는 귀하지도 않고 예술의 신 따위에게 선택받고 싶지도 않았어. 궤변을 늘어놓을 거라면 날 다시 원래 자리로 돌려놓기나 해."

카리나의 말에 카산이 인상을 찌푸렸다.

'예상 외인데.'

조금 강압적으로 나가면 쉽게 굽힐 거라고 생각했다. 겉보기에 그녀는 유약하기 짝이 없는, 가녀린 꽃이라고 생각될 정도의 여자로밖에 안 보였으니까.

그러나 그녀는 단단한 나무였다. 게다가 17살 답지 않은 분위기나 말투를 구사하고 있었다. 그뿐만이 아니라 이런 위대한 힘을 내려준 신을 부정하는 말을 정면에서 들을 줄은 몰랐다.

"그대는 이 힘이 얼마나 위대한 힘인지 모르는군."

"알아, 대단하다는 것. 하지만 쓸 때마다 생명을 가져가는 저주 따위가 왜 기적이라고 생각하는데?"

"……인간이 신의 힘을 빌려 쓰는 데엔 어쩔 수 없이 대가가 따르는 법이야. 하지만, 대가를 다른 거로 치를 수도 있지. 굳이 우리의 생명력을 쓸 필요는 없어."

카산의 말에 카리나의 인상이 찌푸려졌다.

다른 대가를 지불하는 방법이 있다고? 전혀 생각지도 못한 일이다. 만약 그것이 사실이라면 왜 꿈속의 자신은 그렇게도 억울하고 허망하게 죽어 가야 했던 것일까?

"무슨 방법이 있는데?"

"당장 알려 줄 순 없으니, 차차 알려 주도록 하지. 나는 그대가 내 반려가 되어 주었으면 하거든."

오만하기 짝이 없는 남자가 근본도 없는 말을 내뱉었다.

카리나는 말문을 잃어버린 채 그저 멍청하게 헛웃음을 지었다. 자신을 여기까지 끌고 온 것에 대단한 이유가 있기라도 한 건가 했더니 이유는 무슨. 상대하고 싶지도 않았다.

"……방금 상대하고 싶은 마지막 이유도 잃었으니까 이만 돌려보내 주세요."

심지어 화를 내고 있던 스스로가 멍청하게까지 느껴졌다. 하찮기 짝이 없는 이유였으니까.

"'샤'라면 왕이라는 뜻이죠? 당신이 진짜 왕이고 나라를 위한다면 저 같은 걸 왕비 자리에 올리면 안 될 텐데요."

"왜지? 카리나, 그대는 제국 따위에 갇혀 있어서 몰랐겠지만 우린 남들과 다르다. 우리는 후대를 생산할 의무가 있어. 알고 있나?"

"아뇨."

카리나가 심드렁하게 대답했다. 아예 고개도 돌린 것이 더 대화를 나누고 싶어 보이지도 않았다. 창문으로 시선을 돌린 그녀의 뒤통수를 보며 카산은 큰 한숨을 내쉬었다.

"그대는 스스로가 얼마나 대단하고 위대한지, 우리가 얼마나 훌륭한 업적을 남길 수 있는지 모르는군."

"관심 없다고 몇 번 말해야 그 귀는 내 얘기를 들어줄 건데요?"

그림을 그려서 당장에라도 밀라이언에게로 통하는 문을 만들고 싶었다. 능력을 쓰지 않겠다고 했지만, 이런 위험한 상황에서까지 능력을 아끼면 무엇이 되겠는가. 다행히 그녀가 부리는 기적은 펜과 종이만 있으면 발현이 가능했다.

'능력을 그렇게 욕하면서도 이럴 때 능력에 기댄다는 게 우습긴 하네.'

그러나 카리나는 약한 스스로를 인정했다. 강인한 무력도, 대단히 뛰어난 두뇌도 없는 그녀로선 어쩔 수 없는 일이었으니까.

"우리 같은 선택받은 이들만이 서로 노력해서 더 위대한 후대를 생산할 수 있는 거야. 그대도 이 나라를 돌아보면 분명히 마음에 들어 할 거다."

"⋯⋯."

"일단 쉬도록 해. 아직 약 기운이 덜 풀렸을 테니 식사는 저녁에 하도록 하지. 간단히 요깃거리를 보내라고 해 두지."

그녀는 입을 꾹 다문 채 대답을 하지 않았다. 그가 대체 무엇을 보고 자신에게 매달리는지 그녀로선 전혀 이해할 수가 없었다. 그저 나비 한 마리가 만들어지는 그 장면이 그토록 탐이 났던 걸까?

"그리고 카리나, 이들 중에 마음에 드는 이를 골라보지 않겠어? 앞으로 네 시중을 들 사람이야."

"필요 없어. 날 내보내 줘."

"흠⋯⋯. 그대는 의외로 고집이 세군. 하지만 나도 제법 고집이 센 편이야."

카리나가 이마를 짚었다. 진짜 말이 통하질 않았다. 지금 누가 누가 더 오래오래 고집을 부리나 게임을 하는 것도 아니고 어떻게 이 상황을 저렇게까지 가볍게 여기는 건지 상식적으로 이해할 수가 없었다.

"그럼 이븐과 란으로 하는 게 좋겠군."

"당신 내 말을 듣고는 있어요?"

"듣고는 있지만, 그대도 내 말을 제대로 들어주지 않으니까 나도 마찬가지야."

"들어줄 수 없는 요구를 하는 데 대체 어떻게 들어주라는 건가요? 그리고 시중이고 뭐고 필요 없어요."

카산이 어쩔 수 없다는 듯 고개를 절레절레 저었다. 마치 말 안 듣는 어린아이를 보는 듯한 그 표정에 말문이 막힌 것은 도리어 카리나였다.

카산이 손을 들어 까딱하자 두 여인이 앞으로 나와 허리를 깊게 숙였다. 화려한 차림의 두 여인이었다. 한 사람은 검은색 머리카락에 새하얀 살결이 유독 눈에 띄었고 또 한 사람은 살짝 탄듯한 피부색에 자수정 같은 눈동자가 눈에 띄었다. 그녀들도 다른 여자들처럼 살결이 비치고 허리가 고스란히 드러나는 옷을 입고 있었고 움직일 때마다 얇은 실크로 된 옷이 망토처럼 펄럭거렸다. 카리나는 눈을 둘 곳을 모르고 얼굴을 붉혔다.

"후궁 중에서도 제일 뛰어난 아이들이야. 눈치도 빠르고 내가 가장 믿는 이들이지."

카리나는 입술을 달싹였다가 그냥 대화를 포기했다. 대화가 되지 않는다는 사실이 이토록 짜증스러울 수가 없었다.

"그럼 쉬도록 해."

"당신은 후궁이 이렇게나 많은데 나를 또 당신 여자로 들이겠다는 거예요?"

"그들은 후궁이지, 왕비와는 다르잖나?"

그냥 상식이 안 통하는 인간이었다. 그녀는 저 마지막 대답으로 대화하기를 완전히 포기했다.

"아, 그녀는 그림을 그리는 것으로 기적을 만들어. 그러니 펜과 종이 같은 건 물론 물감이나 붓으로 쓸 수 있는 어떠한 것도 절대로 주지 말도록 해."

"네, 샤."

두 여인이 허리를 숙였다. 완전히 카리나의 말은 배제된 채로.

'밀라이언.'

카리나는 한숨을 쉬며 갑자기 사라져 당황하고 있을 밀라이언을 생각했다.

❦

"끄윽…… 끅…… 흐어……."

"다시 한번 묻지. 누구를, 뭘, 어떻게 했다고?"

"허억…… 윽…… 사, 살려 주…… 흐어…… 살려 주세요……. 제발, 제발요. 제가 잘못…… 끄어어어억!"

온몸에서 피를 질질 흘리며 몸부림치던 주인이 비명을 내질렀다. 밀라이언은 그런 여관 주인을 내려다보며 주먹을 쥐었다. 용병 새끼들은 물론이고 여관 주인까지 매수가 될 줄은 생각지도 못했다.

"살려 줘? 내 약혼녀는 사지로 내몰아 놓고 지금 살려 달라는 소리가 잘도 나오는군."

"아닙…… 끅, 아닙니다……. 죽이진 않는…… 끅, 끄윽……."

푹. 섬뜩한 소리와 함께 바닥을 기던 여관 주인이 온몸을 비틀며 펄떡거렸다. 칼에 꽂힌 손을 이러지도 저러지도 못한 채 이리저리 몸을 비트는 모습을 밀라이언이 시뻘건 눈으로 감흥 없이 내려다보았다.

"아직도 못 찾았나?"

벌써 일주일이 다 되어 가고 있었다. 급히 날린 연통에 근처에 있던 기사단은 물론이고 북부에서부터 쉬지 않고 달려와 먼지 구덩이에 묻힌 채로 오늘 낮에 도착한 기사단도 있었다. 배신한 용병들은 밀라이언의 손에 이미 반쯤 죽어 있었다.

"주인의 증언과 용병들의 증언을 조합하고 추적한 결과 아마도 동쪽의 사막에서 오지 않았나 싶습니다."

"……동쪽의 사막?"

그가 알기론 그곳에는 사람이 거의 살지 않았다. 사막에 사는 유목민과 국교를 닫은 제법 큰 나라 하나가 전부라고 들었다.

스스로를 제국이라고 칭하는 나라, 카틀란 제국. 카틀란은 다른 나라와 거의 교류가 없는데다가 사막이 험난해서 전쟁에 휘말린 적도 없는 평화로운 나라였다. 알려진 정보도 그리 많지 않고 밀라이언 역시 크게 관심이 있던 곳이 아니었기에 알려진 것 외에는 정보가 전무했다.

"동쪽의 사막이면 카틀란 제국인 것 같은데, 자네도 그 나라를 생각 중이었나?"

"……페리얼 칼로스."

"윽, 냄새가 고약한데 적당히 청소 좀 해 가면서 하던가. 자네도 참 정갈하지 못하군."

그가 폐허가 된 여관 안으로 여유롭게 들어오며 말했다. 전보를 받고 호기심 가득한 낯으로 빠르게 달려온 페리얼 칼로스가 이곳에 도착한 것도 오늘 아침의 일이었다.

"신경 거스르를 거면 나가지."

"카틀란 제국이면 들어 본 적이 있어서."

"나도 이름 정도는 들어 봤어."

흥이 깨진 밀라이언이 한숨을 내쉬며 검을 그대로 꽂아둔 채 여관 밖으로 나갔다. 여기까지 찾아왔다는 건 페리얼 칼로스 역시 할 말이 있다는 걸 테니까.

"카틀란 제국은 사막 외에 별다를 게 없다고 알려져 있지만 의외로 예술 쪽에선 유명한 곳이야. 특히나 조각으로 아주 유명하지."

"……예술? 조각?"

"그래, 대대로 '샤'라고 불리는 카틀란의 황제는 뛰어난 예술가임과 동시에 기적을 일으키는 이들이기도 하지."

페리얼 칼로스의 말에 시가를 꺼내 들던 밀라이언이 움직임을 뚝 멈췄다. 그의 얼굴이 험악해졌다. 갑작스럽게 방금 전에 들은 말이 떠오른 탓이다.

*"모, 모릅니다. 그, 그냥…… 그 여, 여자분이랑 대화를 좀 나누고 싶다고 꺼흑…… 끄아아악! 그, 그래서 도움을 조금만…… 달라고 했던 거…… 히끅, 히끅! 한눈에 반했다고만 그냥……!"*

필사적으로 내뱉은 여관 주인은 거짓말을 하는 것 같진 않았다. 하지만, 갑자기 카리나에게 한눈에 반한다? 그것도 이국의 사람이? 어딘가 말이 조금 어긋나는 얘기였다.

'물론, 제법 귀여우니 그럴 수도 있겠지만…….'

겨우 그런 이유로 납치까지 감행하는 것은 드문 일이다.

하지만, 카리나의 예술가로서의 재능을 알아봤다면 가능성이 있었다. 실제로 그녀는 최근에 누군가에게 기적을 쓰는 것을 들켰다고 했고 하루 뒤에 그녀가 사라졌다. 타이밍을 따지자면 아주 미묘했다는 말이다.

"카틀란 제국……."

그가 시가 끝을 가볍게 짓씹었다. 설마 타국까지 연관되어 있으리라곤 생각지 못한 터라 머리가 좀 아팠다.

"카틀란 제국에 무슨 일이 있습니까? 공작 각하."

"……윈스턴 의원. 별것 아니다. 일자리를 준다고 해 놓고 여기에 계속 머무르게 해서 미안하군."

밀라이언의 말에 윈스턴이 고개를 저었다.

매캐한 시가 냄새와 연기가 적막에 찬 그들 주변을 맴돌았다. 밀라이언이 숨을 깊게 들이마실 때마다 시가 끝의 불꽃이 시시각각 점멸했다.

"카틀란 제국이라면 젊을 적에 다녀온 적이 있습니다. 방황하면서 이곳저곳을 많이 떠돌아다녔었거든요."

제국을 떠난 적도 잠깐 있었다. 사막에 오른 것은 스스로를 어떻게든 괴롭히고 혹사하고 싶었기 때문이었다. 스스로의 멍청함을 피로로 잊고 싶었으니까.

"……정말인가?"

"네, 하지만 그곳은 외지인에게 무척이나 적대적인 곳이었습니다. 저도 겨우 닷새 정도 있었고 제대로 대화를 나눈 적도 드물었을 정도로요."

"아는 게 있나?"

밀라이언이 가볍게 시가를 비벼 끄며 물었다. 윈스턴이 잠깐 미간을 좁히더니 이윽고 고개를 끄덕였다. 많지는 않지만 거기에서 보고 들은 것은 있었다.

"많지는 않지만, 짧게 있어도 무척 특이한 나라라는 건 느낄 수 있었습니다."

"특이하다?"

"네, 나라 자체가 일부다처제를 지향하는 나라였습니다. 남자고 여자고 옷차림이 무척이나 가벼웠고 사고방식도 제국과는 굉장히 달랐죠."

여자든 남자든 자신의 몸을 드러내는 것을 전혀 부끄럽게 여기지 않았고 남자가 여자보다 더 상위에 있는 것은 분명했다.

"특이했던 것은 국민이었습니다. 그들 대부분이 예술가였으니까요."

보통 아무리 나라에 예술가의 비율이 높다고 해도 길 가는 사람마다 예술가의 기질을 가질 수는 없다. 그러나 그 나라는 모든 사람들이 예술을 즐기는 것처럼 보였다.

"그리고 그곳은 '샤'라는 황제가 통치를 하는 모양이었는데 그의 입지가 상당했습니다. 모든 이들이 샤를 신처럼 숭배하더군요."

"……왕권이 강한 나라인 모양이군."

"네, 그리고 우연히 제 능력을 써서 도와줬던 카틀란인에게 들었던 이야기지만…… 카틀란 황실은 근친끼리의 결혼을 허용하는 듯했습니다."

밀라이언과 페리얼의 눈이 커졌다. 근친혼은 제국의 율법에서도 엄히 다스리는 범죄였다. 결코 허용될 수 없는 종류의 범죄였기에 근친혼을 저지른 이들은 사형이 선고되었다.

"근친혼을 허용한다고?"

"네, 그런 듯했습니다. 이유를 물었더니 이렇게 말하더군요."

윈스턴이 잠시 말을 멈췄다.

"샤께서 그리시는 대의를 위해선 어쩔 수 없는 희생이라고."

"……샤의 대의를 위한 희생?"

거창하기 짝이 없는 말처럼 들렸지만, 속 알맹이는 전혀 느껴지지 않는 허무맹랑한 얘기기도 했다. 페리얼이 대놓고 비웃음을 흘렸다. 대의를 위한 희생 같은 것이 세상에 존재할 리가 없지 않은가.

"네, 그 뒤엔 쫓겨나게 돼서 자세한 건 잘 모르지만 말입니다."

"……씨발."

그가 짓씹듯 욕설을 읊조렸다. 꿈속에서 보았던 밀라이언 페스텔리오와는 다르게 날것 그대로의 적나라한 욕설이 튀어왔지만, 페리얼은 익숙한지 그것에 가볍게 어깨를 으쓱이기만 했다.

"……자네도 같은 생각을 했나."

"아주 정신이 나갔군."

황당해서 할 말이 없었다. 밀라이언이 여관 안으로 성큼성큼 들어갔다.

"살려……!"

안에서 피비린내가 확 밖까지 풍겼다. 몇 차례 살덩이를 가르는 소리가 들리더니 이윽고 인기척이라고는 아무것도 느껴지지 않는 여관이 되었다.

밤이 되면 이곳은 조용히 불에 탈 것이다. 표면적으로는 사정이 있어서 여관 문을 닫는다고 했으니 소문만 잘 수습하고 덮으면 문제가 크게 번지지도 않을 것이다.

'치밀하네.'

아니, 여관을 이런 꼴로 만든 것부터가 어쩌면 문제일지도 모르겠다.

'치밀한 건 취소하지.'

피 묻은 검을 그대로 들고나오는 걸 보니 숨길 마음도 별로 없어 보이고 말이다.

"카틀란 제국……. 감히 누구한테 손을 댄 건지."

어떻게든 백작저에서 끌고 나와서 혹시나 부서질까 깨어질까 조심해 가며 겨우 보름이면 될 거리를 무려 두 달이나 걸려 가며 데리고 가고 있었는데, 이런 일이 벌어질 줄은 생각지도 못했다.

"가는 건가?"

"그래."

"나도 가지. 어차피 할 일도 없고."

"방해된다."

"하하, 방해는 무슨. 자네가 나한테 방해가 되면 방해가 됐지."

페리얼이 코웃음을 치며 말했다. 각자의 말을 끌고 와 올라타는 두 사람을 보던 기사단 중 한 명이 밀라이언에게 성큼 다가왔다.

"저도 가겠습니다."

"고레든."

"많은 인원은 무리더라도 두 분께서만 움직이는 건 좋지 못합니다. 인원 두셋을 더 추가하는 게 좋겠습니다."

밀라이언이 미간을 좁혔다. 나쁘진 않은 제안이지만 인원을 더 늘릴 필요가 있는지에 대해서는 고민이 필요했다. 게다가 북부를 방비할 인력도 있어야 했다.

"둘만 더 데리고 오도록. 다섯이면 충분하다. 몸이 날래고 제 몸은 자기가 지킬 수 있는 놈들이어야 한다."

"알겠습니다."

고레든은 밀라이언의 말이 바뀔까 무섭기라도 했는지 급히 사라졌다.

곁에서 그 모습을 지켜보고 있던 윈스턴이 자수가 놓인 손수건을 내밀었다.

"윈스턴, 내가 아무리 좋아도 출정에 떠나는 남자가 여인에게나 받을 물건을 자네에게서 받을 수는……."

"아닙니다."

페리얼이 내뱉는 헛소리에 윈스턴이 단호하게 말을 끊었다.

"사막에 도착하고 무사히 카틀란 제국에 들어가게 되신다면 이 손수건을 불에 태우십시오. 카리나 아가씨가 있는 곳을 알려 줄 겁니다."

"……이건 설마."

그 짧은 설명에 대번에 반색한 것은 페리얼이었다. 페리얼 칼로스가 미간을 찌푸린 채 그를 바라보다가 조심스럽게 손수건을 받아 갔다.

"어디까지나 소소한 취미입니다. 이 늙은이가 죽을 때가 되었는지 최근에 꿈자리가 좀 사나웠지 뭡니까. 왜 그 아가씨를 생각하면서 자수를 놓고 싶다는 생각을 했는지 모르겠지만, 어쩌면 이런 일을 예견했을지도 모르겠군요."

윈스턴의 말에 밀라이언의 표정이 순간 묘해졌다. 그가 물끄러미 윈스턴을 내려다보다가 고개를 끄덕였다.

"이걸 알리는 게 좋은 일도 아니었을 텐데 신경 써 줘서 고맙군. 그대는 다른 기사단과 함께 북부로 가 있도록 해. 내 소개로 왔다고 집사인 팽에게 말하면 잘 대해 줄 거다."

"알겠습니다. 조심해서 다녀오십시오. 사막은 무척 뜨거우니 햇빛을 가릴 로브와 물과 육포를 넉넉히 가져가시는 걸 추천합니다."

"알겠다. 또 다른 주의 사항은?"

"사막에는 마물이 있으니 조심하십시오."

"우습군, 그런 건 내게 장애물 거리도 되지 못해."

밀라이언과 페리얼이 돌아온 고레든과 기사 둘과 함께 빠르게 떠났다.

"……참 신기한 아가씨야."

왜 볼 때마다 사람 가슴을 미어지게 하는지 알 수 없는 아가씨였다. 처음 찾아와서 담담하게 고개를 끄덕일 때도 가만히 그 새파란 눈을 마주 보고 있을 때도 사람의 가슴을 미어지게 한 사람.

"잘 해결됐으면 좋겠군."

그의 작은 목소리가 바람을 타고 흘러나갔다.

보름이 지났다.

여전히 카리나는 이 답답한 사막의 나라에 갇혀 있었다. 얼마나 철저하게 감시를 하는지 그림을 그리는 것은 꿈도 꾸지 못할 일이었다. 그렇다고 방에만 가만히 있을 수 있느냐를 묻는다면 그것도 아니었다.

"대체 뭘 하자는 거예요?"

"오늘은 그대에게 내 나라를 보여 주고 싶어서. 그대도 이 나라를 보면 분명히 얼마나 아름다운지 알게 될 거야."

그가 은색 링으로 된 팔찌를 꺼내 그녀의 오른쪽 손목에 채우더니 자신도 같은 팔찌를 왼쪽 손목에 찼다.

우우웅—

팔찌가 울리는 느낌이 든다고 생각한 순간, 강력한 자력이 그녀를 잡아당겼다. 카리나의 오른쪽 팔이 카산의 왼쪽 팔에 바싹 달라붙었다.

"내게서 멀리 가지 못하도록 한 안전장치야. 멀리 떨어질수록 강하게 당기니 주의하도록 해."

카리나가 불쾌한 낯으로 얼굴을 구겼다.

카리나는 다른 여자들과 마찬가지로 가슴이 파이고 살결이 비쳐 보이는 옷을 입고 있었다. 그녀는 더위에 강한 편이 아니었고 이런 곳을 이런 차림으로 돌아다니고 싶지 않았다. 다행히 중요 부위는 속옷을 입기는 했지만, 그렇다고 해서 수치스럽지 않은 것은 아니었다.

"나는 전시물도, 당신의 애완동물도 아니에요. 이런 차림으로 나가고 싶지도 않고요."

"그대는 이렇게 아름다운 몸매를 왜 드러낼 마음이 없는지 모르겠군. 내 나라의 사람들은 자신이 가꾼 몸매를 드러내는 것을 좋아하거든."

"당신의 가치가 내 가치가 되진 않아요. 당신네 나라 사람들이 좋아하는 게 내가 좋아하는 것이 될 수도 없고요."

가치관이라는 것은 사람마다 다른 것이라서 누가 옳고 누가 그르다고 결코 말할 수 없다. 그리고 카리나는 그런 소소한 것을 존중해 주지 않는 사람을 상대하고 싶지도 않았다.

"흠, 그대는 제법 까다로워."

그가 어딘가에서 로브를 가져오더니 그녀의 머리에 푹 뒤집어 씌워 주었다.

"이대로 나가면 불만은 없겠지?"

"……내가 싫다고 해도 데리고 나갈 거 아닌가요?"

"물론이지, 그대는 내 나라를 보고 사랑해 줬으면 하거든. 머지않아 그대가 통치하게 될 나라니까."

"꿈도 크네요."

사내가 씩 웃었다. 아름다운 미남자가 호쾌하게 웃는 것은 확실히 시각적인 자극이 강했다.

그는 카리나의 허리를 가볍게 휘감고 옆구리에 끼더니 그대로 창문으로 뛰어내렸다.

"잠, 잠깐! 뭘……!"

카리나가 채 비명을 지르지도 못한 채 눈을 질끈 감았다. 그녀가 겁에 질린 낯을 한 채 반사적으로 상대에게 매달렸다.

"눈을 떠 봐, 카리나."

"……."

카산의 재촉에 그녀가 결국 이를 악물며 천천히 눈을 떴다.

카리나의 눈이 커졌다. 그들은 아래로 추락하고 있지 않고 허공에 떠 있었다. 그뿐이랴, 그녀는 눈앞에 장엄하게 펼쳐진 풍경에 말문이 턱 막혔다. 거대한 모래산이 가장 먼저 보였고 그 다음으로 보인 것은 이 나라의 중앙에 자리한 아주아주 거대한 오아시스였다.

광활한 모래산 사이에 웅장하게 펼쳐진 드넓은 오아시스는 그야말로 말문을 막히게 했다. 물빛은 에메랄드빛으로 빛났고 하늘은 어찌나 새파란지 몰랐다.

"어때? 카리나."

"······당신은 최악이지만 이 나라의 풍경만큼은 정말 아름답네요."

카리나는 살면서 이런 풍경을 단 한 번도 본 적이 없었다. 당장에라도 그림을 그리고 싶어지는 풍경이었다. 이것을 고스란히 캔버스 한 장에 담아 내고 싶었다. 그녀의 눈동자가 열기를 담아 일렁거렸다.

순간 그녀의 푸른빛 눈동자 안으로 황금색 불꽃이 타오른 듯했다.

"······아, 역시."

카리나의 눈 속 그 아름다운 광경을 마주한 카산의 표정이 한층 돌변했다.

"그대는 내 옆에 있어야 할 인물이야."

"······."

산통을 깨는 소리에 카리나의 표정이 굳었다. 이 광활한 풍경을 보고 있노라니 그가 하는 이 행동이 얼마나 무의미한 일인지 알 것만 같았다.

"이런 나라라면 나보다 이곳을 더 사랑하는 사람이 많을 텐데요."

"카리나, 세상에서 가장 아름다운 황금이 뭔 줄 아나?"

"글쎄요."

"기적을 일으킬 때 예술가들의 눈에서 타오르는 황금의 불꽃이야. 특히 그대는 내가 본 어떤 황금보다도 더 아름다운 황금을 가졌어."

카산의 말에 카리나가 한숨을 내쉬었다. 하지만 그것과 별개로 눈앞에 펼쳐진 풍경이 이토록 아름다울 수가 없었다. 이 남자만 아니었다면 아마 온종일 여기에서 이 풍경을 지켜만 보고 있을 수 있을 것 같았다.

"이건 제 생명력을 잡아먹는 불꽃인데도요?"

"그건 얼마든지 해결할 수 있는 부분이다. 카리나, 그대가 원한다면 그대는 원하는 그림을 자유롭게 그릴 수 있고 또 그걸 현실로 만들 수도 있지."

그가 느리게 내려와 카리나를 내려놓았다. 수도 근처에 내린 그가 그녀의 손을 잡은 채 시장 골목 구석구석을 누볐다.

"……병자들이 많네요."

주변을 둘러보던 카리나가 인상을 찌푸리며 말했다. 발을 저는 사람, 한쪽 팔이 없는 사람, 그리고 눈이 보이지 않는 장님도 있었다. 화려한 나라처럼 보이지만 거리 이곳저곳에 병자들이 제법 많았다.

"예술병에 걸린 이들이 많으니까 어쩔 수 없는 일이지."

"……예술병에 걸린 사람이 많다고요?"

아무리 많다고 해도 이렇게 길거리에 많은 사람이 어딘가 불편한 신체로 살아간다는 것은 믿기질 않았다.

"그래, 내 나라가 조각으로 유명한 것은 알고 있지? 이 건물도 저 석상도 내 성의 작은 세공품까지도 전부 내 나라의 뛰어난 조각가들이 직접 조각한 거야."

카리나의 입이 다물어졌다. 미쳤다고밖에 표현할 수가 없었다. 그러면 이 모든 사람이 조각을 하다가 예술병으로 인해서 신체의 일부를 잃어버린 사람들이라는 말을 하고 싶은 것인가?

'어떻게 이렇게 많이?'

예술병이라는 건 굉장히 적은 발병률을 기록하고 있는 것이라고

들었다. 실제로 백 년을 찾아봐도 그리 많은 수의 사람이 걸리는 병
은 아니었다. 그런데 이렇게 한곳에 수많은 예술병자가 모여 있을 수
가 있는 걸까?

"말도 안 돼요. 이렇게 많은 사람이 어떻게요?"

"내 나라는 가능해. 내 나라의 국민들은 모두가 뛰어난 예술가
니까."

그가 어딘가로 그녀를 이끌었다. 아이들이 모여서 생활하는 공
간처럼 보이는 건물이었다. 새하얀 건물 안에는 카틀란 특유의 복
장을 한 아이들이 가득했다. 모두 손에는 끌과 망치를 들고 있었
고 사방에는 돌이나 싸구려 수정 같은 것들이 잔뜩 늘어져 있었
다. 아이들은 땀을 뻘뻘 흘려 가며 연신 망치를 두드리기에 바빠
보였다.

"와, 와아! 선생님! 하산이 만든 조각이 빛나요!"

"역시, 늘 특출난 작품을 만든다고 생각했더니 대단하구나, 하산.
이건 분명히 기적의 힘이란다. 네 부모님이 누구였지?"

새하얀 터번을 쓴 선생이 만족스럽게 웃으며 고개를 끄덕였다. 작
품을 바라보는 눈은 날카로웠으나 목소리는 한없이 부드럽게 느껴
졌다.

"아버지는 칼리프고 어머니는 할란입니다."

"칼리프가 만든 조각은 확실히 아름다웠지. 실패작인 할란과 결
혼한 것이 썩 내키지 않았건만, 핏줄이 어디 가지는 않는구나."

그렇게 읊조린 선생이 조심스럽게 아이의 머리카락을 쓰다듬었
다. 그가 품에서 상자를 꺼내어 작은 금색 모양의 뱃지를 꺼내더니
소년의 가슴에 달아 주었다.

"너는 충분히 성공한 사람이다. 기적이 발현했으니 앞으로 조금 더 나은 작품을 만들기 위해 연마하면 된다."

카리나의 미간이 찌푸려졌다. 사람이 가축도 아니고 핏줄로 평가하는 것도 불쾌함을 자아내는데 기적을 만들지 못하면 사람을 실패작 따위로 취급하는 것이 여실히 느껴져서 불쾌함이 한층 배가되었다.

그뿐이 아니다. 실제로 저 말에 다른 아이들이 박탈감을 느낀 듯 이를 악문 채 번들거리는 눈으로 다시 조각을 하기 시작했다. 아이들의 손엔 멀쩡한 곳이 없었다.

"……대체 이게 다 뭐예요?"

"내 나라는 예술의 신께서 축복을 내리신 나라지. 매년 공물을 바치고 뛰어난 예술가와 예술가가 결혼해서 후대를 생산한다."

"……."

"그 후손들은 또 뛰어나고 위대한 예술가가 되는 것이다. 그리고 그들이 또 뛰어난 예술가를 만나고 그렇게 내 나라는 막강해져 왔다."

속이 울렁거렸다. 자신이 지금 듣고 있는 말이 제대로 된 언어인지도 의아해졌다.

그녀가 숨을 삼켰다. 머리가 지끈거렸다. 그가 내뱉는 논리는 가축 시장의 논리와 크게 다르지 않았다.

"그래서 나도 그 일환으로 데려온 건가요?"

"나 역시 뛰어난 예술가로서 후대를 남길 의무가 있으니까. 그대와 내가 아이를 낳으면 전에 없을 막강한 기적을 발현하는 아이가 되겠지."

카리나가 입을 다물었다. 이건 어딘가 이상했다. 강제로 기적을 일으키려는 사람이 세상에 존재할 줄은 몰랐다.

당연하지만, 기적을 일으킬 수 있게 되어도 멀쩡한 사람들은 존재했다. 하지만 그렇다고 해도 기적을 쓸 수 있는 사람이 늘어난다는 것은 예술병에 걸리는 환자의 수도 확연하게 올라간다는 것이다. 단순히 낙관적으로 생각하기엔 예술병에 걸릴 수 있는 1할이라는 확률이 너무나도 크다는 것이다. 무엇보다 이렇게 억지로 만들어 낸 기적이 멀쩡할 리가 없었다.

"……당신 스스로가 지금 미친 짓을 하고 있다는 자각은 있어요?"

"무슨 소린지 모르겠군. 그대가 아직 이 큰 뜻을 알지 못해서 그렇다. 생각해 봤나? 그저 예술만 하면 만들어지는 최강의 생물이나 군대를."

"……."

"막강하고 무적인 지상 최강의 마법사는?"

"사람을 만들어 내는 건 금기시 되는 일이라고……."

"다 약하고 멍청한 겁쟁이들의 헛소리지. 우리는 긴 시간 예술의 신의 가호를 받았고 그 가호를 가장 강력하게 발현할 수 있도록 노력했다, 카리나."

카산이 두 팔을 쫙 벌리며 말했다.

"그리고 내가 찾아낸 최고의 보석이 바로 너야. 창조의 기적을 가진 그대. 수많은 기적 중에서도 창조의 기적은 아주 드물거든."

광기마저 느껴지는 모습에 카리나가 인상을 썼다. 그는 일단 제정신이 아니었다. 이곳을 어떻게든 벗어나는 것이 좋을 듯했다.

"……나는 이 능력을 써서 죽고 싶지 않아요. 당연하지만 기적을 쓸 마음은 없어요."

"그런 거라면 해결해 줄 수 있다. 우리가 독자적으로 개발한 진에 올라가서 능력을 사용하고 그와 짝을 이루는 진 안에 나를 대신할 대가를 넣어 두면 내 생명력을 뺏기지 않을 수 있어."

이곳저곳을 보여준 카산이 손가락을 까딱하자 누군가가 모습을 드러냈다. 남자는 어떤 조각 하나를 바닥에 내던졌다. 그러자 바닥에 문이 생겨났다.

"커흑…… 쿨럭."

남자가 크게 비틀거리며 바닥에 무릎을 꿇었다. 거의 끊어질 듯 미약한 숨소리에 카리나의 눈이 커졌다.

"이봐요, 괜찮아요?"

"……괜찮, 괜찮습니다. 모든 것은 대의를……."

남자의 몸이 앞으로 푹 고꾸라졌다. 그러자 다른 사내들이 다가와 남자를 어깨에 대충 들쳐 멨다. 아직 가슴이 움직이는 것을 보아 숨은 분명히 붙어 있었다.

"의사를 불러야 해요."

카리나의 말에 카산이 그녀의 허리춤에 손을 얹었다.

"그대는 상냥하기도 하군. 저자는 조각을 하는 예술가고 이동의 기적을 가지고 있지. 능력을 쓸 때마다 폐가 점점 나빠졌는데 아마 한계인 모양이지. 의원을 불러도 살릴 수 없어. 슬슬 처분하도록 해."

"처분이라니 미쳤어요? 아직 산 사람한테."

"방금 말을 듣지 않았나, 저자도 원하는 일일 거다."

골이 띵했다. 그녀가 말문이 막힌 얼굴로 한참이나 자리에 우뚝 서 있자 그가 그녀의 등을 가볍게 떠밀어 바닥에 생긴 입구로 밀어 넣었다.

"꺄악!"

아래가 훅 꺼지는 기분에 그녀가 비명을 지르자 카산이 낮게 웃었다.

"그대는 정말로 심약하군."

"……나는 당신을 이해할 수가 없어요. 왜 이런 짓을 하죠? 이런 아름답고 평화로운 나라에서요."

"아름다워? 평화? 지금은 그렇게 보일 수도 있겠지. 하지만 우리의 역사는 그리 아름답지 않았어. 마물에게 침략받고 하루하루 간신히 선인장 수액 같은 걸 빼 먹으며 살아가던 유목민이었거든."

성으로 돌아온 카산이 이번엔 지하 계단을 내려가기 시작했다. 아무래도 그녀를 이곳에 완전히 가두기로 정한 것이 분명했다. 그렇지 않으면 이렇게 치부로 생각될 수 있는 것들을 외지인인 카리나에게 보여 줬을 리가 없었다.

"하지만 지금은 어떤가. 예술의 신에게 축복을 받은 초대 샤께서 만든 이 나라는 이토록 강대하고 아름다운 나라가 되었어."

분명히 초대 샤는 이 모든 것을 좋은 의도로 시작한 일이었을지도 몰랐다. 어쩌면 시간이 지나면서 변질되었을 확률도 있었다.

하지만, 이건 분명하게도 잘못된 일이다. 태어나는 아이들은 하나의 가치로 자신에게 점수가 매겨지는 것을 감내하며 혹사당하고 있었다. 오로지 예술만으로 평가당하는 세상에서 살고 있으니 자연스럽게 조각에 인생을 바칠 수밖에 없었을 것이다. 기적이 발현되는 것도 아마 그런 이유일 확률이 높았다.

"마치 수백 수천 년은 된 것 같은 이 모든 문화도 초대 샤께서 시작하시어 현재까지 이어온 일들이야. 언젠가 나도 위대한 작품을 남길 것이다."

"……."

"그리고 여긴 그대를 자유롭게 해 줄 장소지."

지하 계단을 다 내려간 그가 문을 활짝 열며 말했다. 카리나의 눈이 커졌다. 달콤한 향내가 거대한 광장 같은 곳에 가득 차 있었다.

"으어어……."

바닥에는 거대한 진이 그려져 있었고 그 안에는 병자와 정신을 잃은 자들이 뒤섞여 약에 취한 듯 히죽히죽 웃고 있었다. 다들 제정신이 아니었다.

"이게 뭐예요?"

"내 생명력 대신 이들의 생명력을 기적의 대가로 바치는 것이다. 어차피 살날이 얼마 남지 않은 이들이니 의미 없이 죽어가는 것보단 나라에 도움이 되는 것이 더 행복하겠지."

"……미친 새끼."

"……그대는 심약한 것에 비해선 입이 좀 험하군. 때때로 기분을 상하게 해."

욕이 나오지 않게 생겼냐고 되묻고 싶었다. 지금 뭘 대가로 바친다고 말한 건지 이 남자는 알고 있는 것일까?

"이건 모두 저들이 원한 일이야. 그대도 봤겠지만 원하지 않은 자들은 전부 지상에 있어. 이 향은 이들이 조금이라도 고통스럽지 않도록 환각제와 진통제를 섞은 것이고."

이들의 생명이 이 땅에 스며든 것이라고 생각하니 모든 광경이 역겹게 느껴졌다. 기분 좋은 향기를 맡고 있음에도 불구하고 속이 울렁거렸다.

"하, 그래서 뭘 얻었는데요?"

"뭐가 말인가?"

"이렇게 많은 생명을 앗아 가면서 뭘 얻었어요? 아름다운 경관? 멋진 조각들? 그래서요? 그게 사람의 생명과 국민의 목숨보다 더 중요한가요?"

"……중요하지. 나라를 발전시키는 것이야말로 세상에서 가장 중요한 일이 아닌가?"

"그게 당신 목숨이 되어서라도 이렇게 쓰고 싶을까요?"

"물론이야, 기쁘게 받아들일 것이다. 내가 아름다운 하나의 예술 작품에 이바지했다고 생각한다면."

미쳐도 단단히 미쳤다. 왕이 미치니 국민도 미쳐 버렸다. 예술이 아닌 다른 곳에서 행복을 찾을 수 있었으면 이보다 더 즐거운 일이 많았을 텐데 그들은 겨우 이것에 행복을 찾고 있었다.

"나는 그대가 마음에 들어. 그러니 그대도 내 나라를 사랑해 주었으면 해."

카산이 그녀의 손등에 입을 맞추며 말했다. 카리나가 매정할 정도로 냉정하게 손을 빼냈다.

"여러 번 말했지만, 여전히 이해하지 못한 거 같으니 한 번 더 말할게. 나는 약혼자가 있어. 그리고 이런 방식에 찬성하지도 않아. 또 타인의 목숨을 무기 삼아서 내 그림을 완성하고 싶은 마음은 조금도 없어. 알겠어?"

"……그대야말로 나를 전혀 이해해 주지 못하는군."

카산의 눈이 살짝 어두워졌다. 빛이 미묘하게 들어오는 탓에 음영이 져서일까? 분위기가 기묘하게 느껴졌다.

"나는 내 나라를 약소국으로 만들고 싶지 않은 것뿐이야. 내 국민들이 이 사막을 벗어나서 안정적인 삶을 살 수 있게 하고 싶은 거지."

"그들을 혹사해서요? 예술병이라는 게 얼마나 비참한 줄 알면서 왜 이런 짓을 하죠?"

"그대는…… 아무래도 조금 교육이 필요하겠어. 좋아, 그렇게까지 저들이 걱정된다면 이곳에 있어 보도록 해. 그들이 얼마나 나라의 도움이 되고 싶어 하는지 몸소 느끼면 알게 되겠지."

"……무슨."

"카리나, 나는 네게 잘해 주려고 노력했어. 네 능력을 아주 높이 사니까."

손을 뻗은 카산이 그녀의 뺨을 부드럽게 쓸었다. 서늘한 감각이 등줄기를 오싹하게 스쳤다.

"그들은 원해서 이곳에 있는 거야. 그리고 그대는…… 제국에서 너무 오래 살아서 스스로를 억누르고 있는 것 같아. 카리나, 너는 조금 더 자유로워질 필요가 있어."

카산이 말하며 그녀를 안쪽 깊숙이, 넓은 공간의 정중앙에 밀어 넣었다.

그가 몸을 돌렸다.

"그대는 위대한 예술가야. 그림을 그려야지. 창조하는 그대는 무엇보다 아름다울 거야."

"……야."

카리나가 작은 목소리로 그를 부르며 느리게 눈동자를 굴렸다. 익숙하지 않은 발음을 몇 번이고 혀끝에 올려 속으로 읊조리다가 짧은 한숨을 내쉬었다. 배에 힘을 주고 딱 한 번 밀라이언이 자신이 없다고 생각해서 했던 말을 입에 올렸다.

"X까."

"……."

성큼성큼 다가간 그녀가 그를 밀어 내고 도리어 제 손으로 문을 닫아 버렸다.

"으아……."

그러곤 냉큼 쪼그리고 앉아서 홧홧하게 달아오른 얼굴을 무릎에 푹 파묻었다. 해선 안 될 말을 한 것처럼 심장이 쿵쿵 뛰고 손끝이 바들바들 떨렸다. 그녀가 눈동자를 도르륵 굴렸다.

"내가 나쁜 건 아니니까."

누가 봐도 이 상황을 만든 장본인이 제정신이 아닌 것 아니겠는가.

카리나가 짧은 한숨을 내쉬고 자리에서 벌떡 일어났다. 사방에 미친 사람들이 가득했다. 무슨 냄새인지 퀴퀴한 냄새도 풍기는 것이 기분이 좋지 않았다.

"……일단 밀라이언에게 합류하는 게 먼저겠지."

아니면 이 상황을 해결하는 게 먼저일까?

오지랖이기는 하겠지만, 이대로 두는 것은 그다지 옳은 방법 같지는 않았다. 예술병은 분명히 사라져야 할 병 중 하나였고 기적을 쓰기 위한 대가인 생명력을 이상한 곳에서 찾는 것은 해선 안 되는 일이다.

"뭘 어떻게 하면 좋으려나."

이미 이 나라의 사람들은 모두 카산처럼 생각하며 살아가고 있을 텐데. 그들에겐 어쩌면 이렇게 사는 것이 행복일 수도 있었다.

"예술병을 없앨 순 없는 건가."

이런 병 따윈 완전히 세상에서 사라지면 좋을 텐데.

'아니, 그림을 그리지 않으면 사라지는 거였던가.'

평생 예술을 포기하기만 한다면, 자유를 얻을 수 있을지도 몰랐다.

'그나저나 자세히 보니까 여기…… 서고인가?'

아주 커다란 책장들이 가득 있었다. 낡고 먼지가 가득 쌓인 책도 가득 쌓여 있었다.

"검을, 만들 순 없는 걸까?"

예술병을 치료할 수 있는 검이나 신물이 하나 있다면 얼마나 좋을까? 그걸 그려서 만들 수 있다면 좋을 텐데. 하지만, 정보가 없었다.

툭.

고민하는 그녀의 근처로 책 한 권이 데굴데굴 굴러왔다. 카리나가 미간을 좁히며 책을 주웠다. 이렇게 각진 책이 대체 어떻게 여기까지 굴러왔는지 이해가 되지 않았다.

"……〈한 권으로 끝내는 예술병과 기적〉? 저자 아틀리에?"

그녀가 조금이라도 밝은 곳에서 책을 보기 위해 조심스럽게 걸음을 옮겼다.

"……되게 투박한 책이네."

멋없는 표지에 금박으로 된 제목만 떡하니 박혀 있었다. 먼지가 쌓인 다른 책에 비해 먼지도 별로 쌓여 있질 않아서 약간 의아함마저 들었다.

게다가 얇기는 얼마나 얇은지 모른다. 사실 이걸 책이라고 할 수 있을지 의문이 들 정도였다. 조금 두꺼운 공책 수준밖에 안 되었으니 말이다.

[나는 예술병에 대해서 무척이나 잘 아는 존재이다. 기적도 잘 안다. 왜냐하면, 나는 위대하고 대단한 존재기 때문이다.

혹시나! 예술병으로 인해 곤란에 처했거나 어디에 갇히는 위기에 처했거나 예술병으로 인해 죽는 미래를 본 사람이라면 반드시 필독하기를 바란다.

제목에 써둔 것처럼 이거 한 권이면 예술병과 기적에 관한 모든 것이 끝난다.]

카리나의 인상이 찌푸려졌다.

"사이비 책인가?"

이렇게 얇은 한 권으로 끝나긴 뭐가 끝나겠는가. 카리나가 한숨을 내쉬었다. 하지만 어차피 이곳에 갇혀서 할 일도 없었다. 헛소리라도 어쩌면 쓸모있는 헛소리가 있을지도 모르는 일이기 때문에 그녀는 순순히 책장을 넘겼다.

[일단, 이 책을 읽고 있는 사람이라면 아주 간절한 사람이겠지. 먼저 말하고 싶은 것은 기적을 발현할 수 있는 이들은 위대한! 예술의 신의 사랑을 깊이 받았기에 예술의 재능을 타고났다는 걸 잊어서는 안 된다.]

카리나가 입을 다물고 책을 덮은 뒤 표지를 살폈다.

"역시 사이비 종교 책인가?"

괜한 헛소리만 늘어놓으면 조금 짜증이 날 것 같은데. 카리나는 퍽 내키지 않는 낯으로 짧게 숨을 뱉었다.

"신의 사랑은 무슨……."

그리 기쁘지 않다. 아무리 신이 자신을 사랑했다고 한들, 결국 제 삶을 불행하게 만들고 있지 않은가.

물론 그림을 그리는 건 즐겁고 기적을 사용하는 것도 황홀했지만, 그럼에도 그 기적이 제 생명을 깎아 내고 종국에 꿈에서 본 것처럼 행복해지려던 제 삶을 송두리째 망가뜨리는 거라면 원하지 않는다.

'하지만……'

기적이 있었기에 꿈속의 자신은 머나먼 북부로 움직일 용기를 내었다. 죽음 앞에서 용기를 낸 것이다. 그렇게 생각하면 이 기적이라는 것은 카리나에게 애증일 수밖에 없었다. 이 힘을 놓고 싶지만, 그럼에도 이 힘이 그려내는 아름다움을 눈에 담으며 살고 싶기도 했다.

생각을 마친 카리나가 다시 책을 펼쳤다.


[창조는 신이 가진 권능 중에서도 가장 위대하고 대단한 능력이다. 특히나 위대한 예술의 신은 심미안이 무척이나 뛰어나기 때문에 결코 사람을 함부로 고르지 않는다는 점을 명심해 주길 바란다.

창조의 기적을 가진 이들은 모두 위대하신 예술의 신이 직접 선택하고 돌본 재능이 있는 자들이다.

신의 과한 애정은 때때로 인간에게 버틸 수 없는 짐이 된다는 것을 아쉽게도 위대한 예술의 신은 알지 못했다.]


카리나는 당최 뭘 얘기하고자 하는지 알 수 없는 책을 읽어 내려가며 한숨을 삼켰다.

[그러니까 이 책을 읽고 있는 그대가 난감함에 처했다면 그건 위대하신 예술의 신이 원하던 본의가 아니었음을 알아주길 바란다.

기적은 기본적으로 예술의 신이 내리는 축복이고 예술을 하는 모든 이들에게 기회가 주어진다. 예술을 삶의 무엇보다도 우선시 하는 이들에게는 드물게 기적이 발현되기도 한다. 그러나 기적은 신이 내린 권능이기 때문에 인간의 무른 몸으로는 견뎌 내기가 어려울 것이다.(물론 이것 역시 예술의 신이 원하는 바는 아니었다. 예술의 신은 무엇보다 위대하고 대단하지만 아쉽게도 완벽한 것은 아니라서 때때로 실수할 때가 있기도 하다.)

그럴 때를 대비해서 예술의 신은 한 가지 대책을 마련해 두었다. 절대 급하게 마련한 것은 아니다! 이건 아주 오래전에 적혀진 '고대의 서'이기 때문에 이 기법도 아주 오래 전인 고대부터 줄곧 내려오고 있었으나 아마도 시간이 지나면서 잊혀졌으리라고…… 본인은 생각한다.]

이 책의 저자는 예술의 신을 무척이나 좋아하는 모양인지 그를 감싸 주는 일에 급급해 보였다. 그렇다고 한들 결국 저자 역시 인간일 테니 신에게까지는 목소리가 닿지 않겠지만 말이다. 그럼에도 필사적으로 예술의 신을 감싸려는 노력이 퍽 가상해 보이기까지 했다. 어쩌면 예술의 신을 믿는 사이비 종교일지도 모른다는 생각까지 들었다.

[예술의 신은 이럴 때를 대비하여 '신의 권능을 빼앗는 검'을 세상에 남겨 두었다.

당연하지만, 이 검을 사용하게 되면 기적은 사용할 수는 없게 될 것이다. 예술병은 기적의 사용으로 인해 생기는 부작용인 만큼 예술병의 치료 방안이라고도 볼 수 있다.]

무슨 검을 어디에다 뒀다는 거지?

그녀가 인상을 찌푸렸다. 검의 위치는 말해 주지도 않은 채 있다고만 적은 것이 조금 당황스러웠다.

[다만, '신의 권능을 빼앗는 검'은 예술의 신이 창조했기 때문에 같은 권능에 근원을 두고 있는 창조의 권능은 빼앗지 못한다.]

카리나가 멈칫했다. 입술을 살짝 깨문 그녀가 다음 문장으로 일단 시선을 돌렸다.

[사실 예술의 신은 본래 무척 자유분방하고 아름다운 것을 찾아다니며 풍류를 즐기는 운치가 있는 자로, 인간계에는 그다지 관심을 두지 않았었다.

그런 예술의 신이 인간에게 관심을 두게 된 계기는 한 인간이었다. 아주 아름다운 예술품을 조각하는 여자였다.

예술의 신의 심미안은 신계에서도 아주 뛰어났는데, 그녀는 그런 예술의 신조차 감격하게 하는 조각을 했다.

구릿빛 피부를 가진 그녀는 터번을 두르고 사막을 횡단하며 작은 끌과 칼로 나무, 돌 따위에 조각을 하거나 때때로 마을에 머물며 작은 대가로 조각을 해 주는 유목민이었다.

한 번은 그녀가 예술의 신을 상상하며 조각한 적이 있었는데, 예술의 신은 그 조각상에 한눈에 반해 버렸다.

소년의 형상을 한 그 조각상은 장난기가 짙은 짓궂고 자유분방한 표정을 하고 있었고 황금빛 눈동자는 벌꿀처럼 아름다웠으며 곱슬곱슬한 머리카락이 사랑스러운 외향이었다.

그것에 감격한 예술의 신은 여인이 상상해서 조각한 그 모습과 같은 형상으로 그녀의 앞에 강림하였다.

신이 강림했음에도 여인은 그저 가볍게 웃고 말았다.

"좋은 밤이네요, 신님."

여인이 말했다.

"……너는 놀랍지도 않은 모양이구나."

예술의 신은 의아함을 숨기지 않으며 대답했다.

"놀라긴 했지만, 늘 상상하던 모습으로 눈앞에 서 계시니 아주 익숙한 듯도 합니다. 제 작품이 마음에 드셨나요?"

"아주 마음에 들었다. 나는 이것을 가지고 싶다. 대가로 원하는 것이 있느냐? 네게 선물을 해 주겠다."

여인은 눈을 동그랗게 뜨며 고개를 저었다.

그러나 예술의 신은 그것을 내켜 하지 않았다. 이토록 위대한 예술적 재능을 가진 인간을 어떻게든 자신과 연결해 놔야 한다는 욕심이 생겼으니까.

예술의 신이 포기하지 않자 여인은 결국 입을 열었다.

"저희 같은 유목민이 안정적으로 정착할 수 있는 나라를 원합니다. 누구나 즐기며 조각을 하고 예술을 펼칠 수 있는 나라를요."

여인과 여인의 친구들, 그리고 그들의 가족들은 사막을 횡단하고 길

거리를 집으로 삼는 유목민이었다. 그들은 그들이 정착할 수 있는 장소를 무척이나 원했다.

예술의 신의 집착에 못 이겨 여인이 바라는 것을 말하자 예술의 신은 크게 기뻐했다.

"그러하면 내가 네게 그런 장소를 만들어 주겠다. 그리고 네게는 내가 가진 권능 중 가장 강력한 권능인 '창조'의 힘을 주겠느니라."

예술의 신의 도움은 거기서 그치지 않았다. 예술의 신은 여인이 더욱 정진하여 멋진 작품을 만들어 주기를 바랐다.

그리하여 예술의 신은 친히 연약하고 무른 인간들이 정착하여 살아가기 좋은, 조용하고 타국에도 쉽게 침략당하지 않을 장소를 만들어 주었다. 오아시스 세 개에 둘러싸인 사막 한가운데에 있는 장소였다.

여인은 대단히 기뻐하며 말했다.

"이 나라의 신을 당신으로 삼아도 괜찮을까요? 신님."

예술의 신은 본래 신도를 원하지 않았지만, 여인과 여인의 친구들과 지내는 시간이 무척 즐거웠기 때문에 흔쾌히 허락했다.

"그리해도 좋다."

여인은 무척 기뻐하며 예술의 신을 나라가 모실 신으로 삼고 온 힘을 다해 예술의 신을 조각하여 그의 신상을 나라의 한가운데에 세워 두었다.]


숨 쉬는 것조차 잊어버린 채 빨려 들어가며 읽고 있던 카리나의 눈이 커졌다. 그녀가 퍼뜩 시선을 떼고 숨을 뱉었다.

"……이건, 카틀란 제국의 얘기인가?"

마치 옛 설화를 재현해 놓은 것 같은 이야기였다. 처음에는 사이비가 적은 이상한 글이라고 생각했는데, 옛날이야기가 제법 사실적으로 적혀 있었다.

'이상하다곤 생각했어…….'

보통 오아시스라는 것은 한 개가 생기기도 무척 어려운 것인데 이 주변에는 오아시스가 무려 세 개나 있지 않던가. 사막의 어디쯤인지는 정확히 알 수 없었지만 말이다. 하지만 이게 누군가가 강제로 만든 것이라면 있을 법한 일이다.

'초대 샤가 설마 여자였을 줄은 몰랐는데.'

카틀란은 남자가 더 권력을 쥐고 있는 나라라고 생각했는데 첫 권력은 여자가 쥐고 있었다는 사실은 몰랐다. 이 제국이 그렇게 만들어졌을 거라곤 생각지도 못했다.

'신이 진짜로 존재하기는 하는구나.'

이 이야기가 거짓말이 아니라고 했을 때 신이 존재한다면 왜 자신이었냐고, 이유를 묻고 싶었다. 아무리 생각해도 알 수가 없었다. 지은 죄가 없는데 죄인처럼 살아야 했던 이유를. 정말로 그 모든 불행이 다 예술의 신의 축복을 받았기 때문인지를.

그러나 그에 대한 답은 누구도 해 주지 않겠지. 그것을 알기에 카리나는 그저 차분히 다음 줄로 시선을 내렸다.


[여인의 작품은 세상 널리 알려졌다. 모두가 진가를 알아보았고 모두가 그 아름다움에 감탄했다.

여인은 매년 예술의 신을 위한 제사를 지내며 그에게 그해의 가장 아름다운 조각을 신에게 바쳤다.

예술의 신은 때때로 인간계에 강림해 여인의 작품과 여인이 양성한 후배들의 작품을 감상하고 돌아가곤 하였으며, 여인이 시름을 앓고 있을 때면 몰래 나타나 축복을 내려주고 사라지곤 하였다.

그러나 위대한 예술의 신이 그토록 보듬어 준 여인은 이른 죽음을 맞이하고 말았다.

여인은 나라를 건국하기 위해서 쉬지 않고 조각을 했고 창조의 기적을 행했기에 그녀의 이른 죽음은 나라에 혼란을 가져왔다.

국민들은 기적을 신처럼 떠받들기 시작했다. 기적에 눈이 먼 이들은 또 다른 창조의 예술가를 만들기 위해서 공물을 바치고 누이와 동생이 짝을 맺고 뛰어난 예술가와 뛰어난 예술가를 강제로 결합시켰다.

축복은 피에서 피로, 땅에서 땅으로 이어졌다. 카틀란의 인간은 감히 신의 축복을 땅에 가둬 버리려고 한 것이다.

섞여선 안 될 피와 피가 섞이고 슬픔과 슬픔이 뒤섞이며 기이한 방향으로 성장한 나라를, 예술의 신은 오랜 시간 잊고 말았다.

"허망하구나."

예술의 신은 허탈하게 중얼거렸다.

예술의 신이 가장 처음 사랑했던 인간은 너무나도 강대한 권능을 견디지 못하고 영혼까지 부서져 내리고 말았기에 예술의 신은 큰 슬픔에 잠겼다.

예술의 신은 여인과 같은 뛰어난 인재를 찾아 인간계의 이곳저곳을 살폈다.

많은 이들에게 축복을 내리고 여인처럼 활짝 날개를 펴기를 기다렸지만, 그토록 가슴을 울리게 하는 예술을 하는 사람은 없었다.

예술의 신의 축복은 세계를 돌아다녀야 비로소 제힘을 발휘할 수 있는 것이다. 예술의 신의 본성이 그러하기 때문이다.

한곳에 오래 고여 있는 축복은 썩고 썩어 가며 이윽고 축복이 아니라 저주가 된다.

창조자들은 병들고 권능은 약해지며, 이윽고 권능을 가지고 있는 것 자체만으로도 독이 된다.

이것은 예술의 신이 바라던 바는 아니었다.

······결코, 아니었다.]

카리나가 몸을 쪼그리고 앉은 채 한참이나 소리 없이 글자를 곱씹었다. 마지막 저 단어가 왜 저렇게 가슴에 박히는지 모를 일이다.

그래, 이런 상황을 누가 바라기라도 했을까. 아무리 신이라고 한들 그가 타인의 고통을 즐기는 것이 아니라면 이런 상황을 바랐을 리는 없을 것이다.

['신의 권능을 없애는 검'은 여인이 건국한 나라 지하에 있는 거대한 방에 존재한다.

방 중앙의 바닥에 존재하는 작은 틈에 손을 밀어 넣어 당기면 검이 나올 것이다. 그 검으로 병에 걸린 사람을 찌르면 권능은 사라진다. 권능을 없애면 예술병도 사라지며, 병증도 완화될 것이다.]

그녀가 짧게 한숨을 내쉬곤 가볍게 이마를 문질렀다. 그렇다고 한들 이 상황이 어떻게 바뀌는 것은 아니겠지만 말이다.

'지하의 방······.'

······설마 여기인 걸까?

카리나가 인상을 썼다. 하필이면 마침 그녀도 정확히 방의 정중앙에 있었다. 우연에 우연이 겹치자 어딘지 모르게 오싹한 느낌이 들었다.

"설마……."

그녀가 손을 뻗어 바닥을 더듬거렸다. 아니나 다를까 대리석 바닥에 검지가 간신히 들어갈 정도로 좁은 구멍이 나 있었다. 그녀가 그것을 보며 인상을 찌푸렸다.

"……진짜네."

그녀가 힘껏 잡아당기자 대리석 하나가 쏙 뽑혔다. 그 안에는 금으로 된 보자기에 쌓인 물건이 있었다. 살짝 열어 보자 단검이 보였다. 무슨 알 수 없는 문자가 가득 쓰인 단검이었다.

"……이걸로 사람을 찌르라고?"

이 책이 이상한 거면 어떡하지?

잘못했다가 사람을 죽이게 될 수 있다는 생각을 하니 선뜻 움직일 용기가 나지 않았다. 카리나가 혹시 몰라서 책장을 펼쳤다.

[참고로! 이 검으로 인간을 찔러도 다치지 않는다. 통증이나 아픔도 느껴지지 않을 것이다. 의심된다면 자신의 손에 살짝 찔러 봐도 좋다. 위대한 예술의 신은 그런 실수를 하지 않는다.]

마침 또 페이지에 그녀가 궁금해하는 것이 적혀 있었다. 이쯤 되면 조금 황당하고 당황스러운 감이 없지 않아 있었다. 그녀가 인상을 찌푸린 채 다음 장으로 넘겼다.

'그러고 보니 창조의 기적은…….'

생각하며 첫 번째 줄로 시선을 옮긴 그녀가 멈칫했다.

[창조의 권능은 검으로는 없앨 수 없다. 예술의 신이 그 권능을 거둬 가려면 인간의 목숨 또한 함께 취할 수밖에 없기 때문이다.

다만, 죽지 않을 방법은 있다. 아래와 같은 진을 그리고 그 위에 피를 몇 방울 떨어뜨린 뒤에 작품을 완성하면 기적의 대가로 생명력 대신 그대의 숨결이 담긴 피를 가져갈 것이다.

굳이 피가 아니어도 좋다. 피가 가장 소량으로도 기적의 대가가 될 수 있지만, 그게 아니라면 머리카락이나 신체 일부도 대가로 사용할 수 있다.

다만 큰 기적을 일으키기 위해서는 그에 상응하는 대가를 치러야 한다. 생명에는 같은 크기의 생명이 필요하다는 걸 잊지 않도록 해야 할 것이다.]


또 원하는 대답이 곧바로 나왔다.

카리나는 고민했다. 예술도 그만두지 않으면서 병을 신경 쓰지 않아도 되는 건가?

그녀가 그리는 그림은 대개가 풍경화였다. 그 앞에 서면 냄새와 촉감과 그때 그 감정까지 사람에게 스며 들게 하는, 그게 아니면 작은 짐승이나 나비 같은 것을 아주 잠시 잠깐 되살리는 정도의 기적밖에 일으키지 않았다.

'짐승을 살리면 같은 짐승의 사체가 있으면 되는 건가?'

카리나가 짧게 고민했다.

이미 책은 끝을 보이고 있었다. 겨우 몇 페이지가 남은 것이 고작이었다. 그녀가 다음 장으로 넘기자 마지막 이야기가 적혀 있었다.

[인간을 창조하는 것은 온전한 인간의 생명이 필요하며, 짐승의 생명을 살리는 데는 인간의 시체나 짐승의 생명이 필요하다. 부족한 대가는 언제든 창조자의 생명력에서 빼앗아 가니 그 점을 늘 주의해야 할 것이다.

마지막으로, 예술의 신은 창조자를 가장 아끼고 사랑한다. 예술의 신은 카틀란을 건국한 여인을 가장 아꼈으나 미래에서 뛰어난 화가의 자질을 보이는 아이를 만나고 그 아이의 그림에 또 한눈에 반하고 만다.

창조의 권능을 받은 자는 스스로가 신에게 사랑받고 있다는 사실을 자랑스럽게 여겨도 좋을 것이다. 무려 예술의 신이 직접 간택하여 권능을 내린 것이니까.

핏줄로 이어져 고여 버린 거짓된 창조의 권능 역시 검이 뿜어 내는 빛 속에서 그 명을 달리할 것이다.]


마지막 페이지였다.

카리나는 한참이나 글자를 곱씹어 보다가 천천히 단검을 제 손가락 끝에 가져다 대었다. 살짝 힘을 주어 눌렀지만 정말로 조금의 통증도, 한 방울의 피도 내비치지 않았다. 확실히 놀라운 검이었다.

'이게 잘하는 일일까?'

카리나는 꿈을 직접 겪었다. 아마 그것은 꿈이 아니라 자신의 과거였을 것이다. 죽어도 놓을 수 없었던 그림을 끝까지 붙잡다가 결국 삶을 끝마친 미련한 자신의 과거.

이들에게도 그랬을 것이다. 목을 매달 것이 오로지 예술뿐이었을 것이다. 이 나라에 자리 잡은 문화가 그러했다. 예술이 삶의 전부라는 생각을 가지게 되었을 것이다.

'그걸 내가 뭐라고 강제로 끝내?'

자의로도 끊어낼 수 없었다. 심지어 카산이 말하지 않았던가. 이들은 이것을 바라고 있다고. 스스로 예술의 제물이 되기를 바라는 것이라고. 실제로도 이 안에서 도망치려고 하는 사람은 없었다. 그저, 아무것도 하지 못하는 무력한 삶에 모든 것을 포기하고 최후의 최후를 준비한 사람들이었다.

'내가 감히 재단해도 되는 걸까?'

감히 자신이 그들의 삶을 정할 권한이 있는 것일까?

카리나는 검을 쥔 채 자리에서 벌떡 일어나 그대로 움직임을 뚝 멈췄다.

'만약 이 검이 내 예술을 빼앗아 간다고 한다면…… 나는 허락했을까?'

카리나가 천천히 눈을 감았다가 떴다.

아니, 그러지 않을 것이다. 그녀는 자신이 욕심쟁이임을 잘 알고 있었다. 그녀가 바라는 것은 기적도 쓸 수 있으면서 생명력도 닳지 않는, 아주 이기적이고 욕심이 가득한 삶이었다.

그녀가 흔들리는 눈동자로 검을 꽉 쥐었다.

밀라이언이 카틀란에 도착한 것은 그리 오래 걸리지 않은 일이었다. 페리얼 칼로스가 플루트를 이용해 지치지 않도록 그들에게 치유를 걸어 준 덕에 일행은 잠을 거의 자지 않고도 쌩쌩한 낯으로 카틀란 제국에 도착할 수 있었다.

경비들을 쓰러뜨리고 침입하는 건 어려운 일이 아니었다. 외부인을 상당히 경계하며 신고를 넣으려고 했던 탓에 무력을 쓸 수밖에 없었다.

들키지 않도록 로브를 푹 뒤집어쓴 그들이 인적이 드문 곳으로 걸음을 옮기기 시작했다.

"……확실히 무척 아름다운 나라네."

페리얼 칼로스는 웅장한 그 풍경에 말문을 잃었다. 그러나 밀라이언은 오로지 앞만 보고 있었다. 밀라이언은 사람들이 많이 없어진 골목길에서 윈스턴이 준 손수건에 불을 붙이고 허공으로 날렸다.

"……뭐지?"

손수건에서 나온 빛이 어딘가로 날아가려는 것처럼 꿈틀거리더니 순식간에 갈 길을 잃은 듯 허공을 8자로 뱅글뱅글 돌기 시작했다.

"이건 왜 이러지?"

"……글쎄? 나도 처음 보는데."

갈 곳을 잃은 것처럼 한참을 돌아다니던 빛이 이번에는 갑자기 밀라이언이 서 있는 골목의 벽면 앞을 서성거리며 뱅글뱅글 돌기 시작했다.

"고장이라도 난 모양이군."

밀라이언이 낮게 혀를 찼다. 이런 일까진 예상하지 못했지만 없어도 크게 문제는 없다. 손수건이 제 역할을 했다면 수고를 상당히 덜었겠지만 직접 찾아도 밀라이언으로선 문제가 없었으니까.

"일단 황성 쪽으로 가는 게 낫겠지."

그가 막 몸을 돌리려고 할 때였다. 갑자기 빛이 머물던 벽에 문이 생겨나더니 누군가가 훅 튀어나와 그의 품에 파고들었다.

익숙한 체향에 밀라이언의 눈이 커졌다. 밀라이언이 반사적으로 그녀를 끌어안았다.

"……아, 카리나."

그가 급히 그녀의 목덜미에 얼굴을 묻은 채 작게 중얼거렸다. 생각지도 못하게 밀라이언의 품에 안긴 카리나가 느리게 눈을 깜빡였다. 한 손에는 어정쩡하게 검을 든 그녀의 목이 화끈하게 달아올랐음에도 불구하고 그는 쉽게 떨어질 생각이 없어 보였다.

"그, 잘…… 지냈어요?"

카리나의 물음에 밀라이언이 그제야 정신이 돌아온 듯 흠칫 놀라며 천천히 그녀에게서 몸을 떨어뜨렸다.

"……미안하군. 잘 지냈냐고? 잘 지내지 못했어. 그대가 걱정돼서."

"미안해요, 실수로 납치를 당해서…… 그래서 도망을 쳤는데…… 왜 여기에 있어요?"

"그대를 납치했으면, 대가를 치르게 해야 할 테니까."

"아…… 그거 말인데."

카리나가 느리게 눈동자를 굴렸다.

지하의 사람들은 전부 허락을 맡고 원하는 이들만 권능을 빼앗아 주었다. 그들과 대화도 나눴다. 권능이 사라질 것이라는 사실을 직시하게 해 주었다. 한사코 거부하는 이도 있었고 긴 기다림에 지치고 질려서 고개를 끄덕인 이들도 있었다. 사실은, 대부분의 이들이 처음에는 거부했지만 그럼에도 그녀는 이지 없는 그들을 향해 설명을 했다.

"이건 가지고 있으면 독이 될 거예요. 시간이 지나면 몸을 썩게 할 거고 어쩌면 당신들 자녀의, 그리고 또 그 자녀가 낳은 아이의 인생까지 망치겠죠. 제가 보기에는 이 나라는 틀렸어요. 하지만…… 당신들이 살아온 삶이 전부 거짓이라고 말하는 건 아니에요. 예술이 아니더라도 세상에는 조금 더 즐거운 일이 많아요. 예술이 당신들의 전부가 될 수는 없어요. 이건…… 행복이라고 할 수 없어요."

실제로도 그랬다.
오로지 그림만 보던 그녀의 인생엔 사실 더 행복하고 즐거운 일도 많이 있었을 것이다.
꿈속의 그녀가 하지 못했던 일이었다. 꿈속에선 볼 수 없었던 일이었다. 꿈속의 그녀와 지금 이곳의 그들이 다른 점이 대체 무엇인가.

"예술이라는 건…… 이렇게 갇혀서 즐겁지도 않은데 한다고 되는 일이 아니에요. 조각을 즐긴 적이 있나요? 예술을 즐겁다고 생각해 본 적이 있어요? 타인에게 인정받지 않아도 괜찮은, 내 작품을 해 본 적은 있나요? 당신들은 지금 정말로 행복한가요?"

카리나의 말에 누구 하나 입을 열지 못했다. 그들은 모두 같은 학습을 하고 같은 교육을 받으며 살아온 사람들이었다. 작은 우물이 세상의 전부라고 믿은 사람들.
카리나가 그렇게 살아왔듯, 그들도 그렇게 살아온 것이다. 세상에 자신을 위로해 줄 것이라곤 오로지 그림밖에 없었다.

당신들도 그랬음을 안다. 손에서 놓을 수 있었을 리가 없었음을 안다. 설령 그것이, 자신의 삶을 갉아 먹으며 평생 제 몸을 망가뜨리는 원인이라고 하더라도 그럴 수밖에 없었음을.

그럼에도 그들은, 우리는, 바뀌어야만 한다. 지금껏 걸어온 길이 올바른 길이 아니었음을 인정해야만 한다. 정도(正道)만을 걸으라는 것은 아니다. 하지만…… 어떤 길을 걷더라도 스스로 선택해서 걸었으면 했다.

"이 검은, 예술병에 걸린 사람들의 권능을 뺏는 힘이래요. 원하는 사람이 있다면 이 검으로 그들을 찔러 주세요. 그러면 아마도 이 일은 해결이 될 거예요. 거절하는 사람이 더 많겠지만요. 제가 다 설득하고 다니기에는 너무 많아서요."

"그래, 사람을 시키도록 하지."

"하지만, 가장 먼저 해야 할 사람이 있어요."

이 모든 사태를 해결하기 위해서 강제로나마 먼저 권능을 빼앗지 않으면 안 되는 사람이 있다. 아마도 이 검을 두고 간다면 어떻게든 수를 쓸 것이다.

카리나가 채 입을 열기도 전에 그녀가 만든 문에서 손이 뻗어 나와 그녀를 잡아챘다.

"……아!"

"카리나!"

"네가, 한 거냐."

카산이었다.

한껏 험악해진 얼굴로 살벌한 낯을 한 그는 더이상 자유분방한 사내로 보이지 않았다. 그는 그저 교육받아서 그렇게 생각하게 된

철창에 갇힌 가여운 짐승처럼 보였다.

"네가 뭔데 내 나라를 어지럽히지? 네가 뭔데…… 그들의 권능을 멋대로 빼앗아 가냐."

"미쳤군, 감히 어디에 손을 대."

검을 뽑으려던 밀라이언이 카리나를 방패막이로 삼는 카산을 보며 인상을 찌푸렸다.

카리나가 조용히 눈짓을 하자 밀라이언이 그녀에게 받았던 단검을 쥔 손에 힘을 주었다.

"네가 뭔데! 내 나라는 이대로도 좋아. 너 같은 계집 따위가 멋대로 헤집어도 되는 게 아니라고! 어디에 가서도 불행한 삶이었잖아? 누구도 널 이해해 주지 않았을 테고 누구도 네 고독을 알아 주지 않았을 텐데. 남들보다 특출나고 뛰어난 우리를 이해해 줄 사람은 서로밖에 없다는 사실을 왜 모르지?"

카리나의 낯이 순식간에 어두워졌다. 그는 군주의 자격이라곤 조금도 존재하지 않았다. 그의 나라는 이미 곪고 곪아서 엉망진창이었다.

"고독한 사람들끼리 만나 봐야 고독함은 한층 더 배가될 뿐이야. 우리는 사랑받는 법도 모르고 사랑하는 법도 모르니까, 결국 서로를 또 갉아먹을 테야."

카리나는 카산에 대해 자세히 듣지는 못했지만 그가 무척이나 고독하고 외로운 시간을 보냈으리라는 것은 대충 짐작할 수 있었다. 그가 이러는 것도 결국 타인에게 인정을 받고 싶어서라는 것 또한 알 것 같았다.

"당신은 조각하는 걸 정말로 좋아하지?"

"……뭐?"

"그런 것 같아서. 당신이 조각한 걸 보면 그런 느낌이 들어. 그러니까 미리 사과할게. 미안해. 나는 모든 사람의 의견을 존중하지만 당신의 의견만큼은 존중할 수가 없어."

카산의 예술병은 반드시 그의 죽음을 불러올 것이다. 그러기에는 그가 조각하고 그가 사랑한 것들이 너무나도 아까웠다. 그리고 그 죽음은 타인을 멋대로 휘두르려고 한 죗값이기도 했다.

"나는 당신이 차라리 세상을 보고 다양한 걸 조각했으면 해."

카리나가 밀라이언에게서 순식간에 단검을 건네받아서 그대로 몸을 돌려 그의 심장에 검을 찔러 넣었다. 예상하지 못한 습격에 카산의 눈이 커졌다.

"권능 없이도 분명히 좋은 작품을 만들 수 있을 테니까."

새하얀 빛이 퍼져나오며 순식간에 그의 몸을 감싸 안았다. 카산이 새하얗게 질린 얼굴로 연신 고개를 내저었다. 끔찍하다는 듯 비명을 내지르는 그 표정에 카리나가 주춤주춤 뒤로 물러났다.

"하지마아아아!"

절규와도 가까운 목소리에 카리나가 숨을 삼켰다.

"신경 쓰지 마. 그대에게 손을 댄 대가를 치르는 것뿐이니까."

밀라이언이 그녀를 뒤에서 끌어안으며 속삭였다. 헤어지기 전보다 한층 자연스러워진 스킨십에 그녀가 뺨을 긁적였다.

"그리고 당신이 한 나라의 주군이라면, '내 나라'라고 칭하지 마요. 여자들은 당신 도구가 아니에요. 보필해 주는 후궁들도 모두 뛰어난 여인들이었을 텐데 왜 그렇게 무시했는지도 모르겠고……."

그도 애정을 받으려면 충분히 받을 수 있었을 텐데 말이다. 무너지는 카산을 보며 카리나가 고개를 돌렸다.

"난 이제 쓸모없는 존재가 됐어……."

중얼거리는 목소리에 절망감이 가득 담겼다.

하지만, 이제부턴 그녀가 신경을 쓸 일은 아니었다. 나라는 바뀔
것이다. 작든 크든 바뀔 수밖에 없겠지. 이 검으로 해결을 해 버린
다면 더는 강제적인 권능이 생겨나지 않을 테니까 말이다.

"당신이 바뀌고자 하면 바뀔 수 있어요. 나도, 그러려고 그 작은
집안을 벗어난 거니까."

카리나가 작게 중얼거렸다. 그렇지 않았다면 여전히 그녀는 꿈속
의 자신처럼 아프고 아픈 계절을 모두 지내고 상처를 받으며 죽기
직전에나 그 집을 떠났을 것이다.

그러나 지금 카리나는 곁에 밀라이언이 있었다. 자신을 찾기 위해
이 먼 사막을 건너와 준 사람이. 그리고 그로부터 받은 애정이 있
었다.

그러니까, 그녀도 변할 것이다. 꿈속에서와 같이 목숨을 걸고 그
림을 그리는 것에 집착하지 않을 것이다. 공존하며 살 것이다.

그의 말대로 행복해지기 위해서.

"돌아가자, 카리나."

"네."

결국, 이 변화 또한 시간이 지나면 익숙해질 것이다. 사실 그녀가
납치되지 않았다면 이런 나라에서 어떤 일이 있었는지 알지도 못하
고 살아갔겠지. 신의 권능이 사라지고 나면 그들도 또 다른 방법으
로 살아가기 위해서 노력할 것이다.

'어쩌면 정말 예술의 나라가 될 수 있을지도 모르는데.'

예술의 신이 사랑한 첫 번째 신도가 만든 제국이라니 얼마나 아름다운가. 하지만 어쩌면 결국 신이 개입해서 문제가 생긴 거였을지도 모르는 일이다.

"이런 기적은 없어도 좋았을 텐데."

그저 축복을 내려준 것만으로도 사람들은 감사하며 살아갔을 것이다. 물론 사랑하는 아이에게는 뭐든지 해 주고 싶은 마음이었겠지만.

"언젠가 당신의 작품을 어딘가에서 보면 좋겠네요. 카산."

"……!"

무너진 카산을 내려다 보던 카리나가 몸을 돌렸다.

"구하러 와 줘서 고마워요, 밀라이언."

"천만에."

그가 그녀의 이마에 입을 맞췄다.

볼수록 사랑스럽기 짝이 없는 여인은 왜 이렇게 눈에 담을 때마다 제 품에 힘껏 끌어안고 싶어지는지 모르겠다. 기왕이면 꼭꼭 숨겨서 누구도 볼 수 없게 해 버리고 싶었다.

"안녕하세요, 카리나. 처음 뵙겠습니다. 페리얼 칼로스라고 합니다."

"……아, 네!"

카리나의 눈이 둥글게 휘었다.

"반가워요, 페리얼."

그녀의 친근한 부름에 페리얼 칼로스의 눈이 살짝 커졌다가 이윽고 제자리로 돌아왔다. 부드럽게 웃은 사내가 고개를 끄덕였다.

"문제가 있다고 해서 도와 드리려고 왔는데요."

"그거 어쩌면 해결이 된 것 같기도 해요. 드릴 것도 있어요. 보면 분명히 좋아하실 거예요."

"그런가요?"

의아한 낯으로 페리얼 칼로스가 물었다.

"네, 가면서 얘기해 드릴게요."

"저야 좋죠, 밀라이언이 하도 말을 안 하기에 어떤 분인가 했는데 아주 유쾌한 분이셨군요."

"둘이 대체 무슨 이야기를 나누는 거야?"

"별거 아니네. 북부까지 길이 멀군. 빨리 가도록 하지."

페리얼이 두 사람을 재촉했다.

성큼성큼 앞서 걸어가는 페리얼 칼로스를 보며 밀라이언이 픽 웃음을 터뜨렸다. 옆을 걷던 카리나가 조심스럽게 그의 손을 붙잡았다. 밀라이언이 어깨를 움찔 떨더니 흘긋 그녀를 보았다. 카리나가 낮게 웃으며 입을 열었다.

"있잖아요, 밀라이언."

"그래."

"사실은요, 저 꿈을 꿨어요. 아주 서글프고 가슴 아프고, 그렇지만 분명히 마지막엔 행복했던 꿈을요. 미련이 가득 남아서 어떻게든 살고 싶었지만 살지 못했던 꿈이요. 기적만이 오로지 제 세계였던 삶에 어느 날 태양이 찾아온 꿈이었어요."

"……."

밀라이언의 눈이 커졌다. 그녀가 무슨 이야기를 하는지 어렴풋이 알 것만 같아서.

"밀라이언, 우리 언젠가 겨울 산맥에 가요. 둘이서도 가고 아이가 생기면 아이랑도 가고요."

밀라이언의 동공이 크기를 키웠다. 꿈속에서 보았던 서럽게 울던 자신의 모습이 떠오른 밀라이언이 놀란 듯 한참이나 그녀를 바라보다가 주먹을 꽉 쥐었다.

"응. 응, 물론이지. 가자, 몇 번이고 몇 번이고 가자."

"좋아요."

카리나가 웃으며 밀라이언의 마주 잡은 손에 힘을 주었다. 그녀가 천천히 웃으며 그의 뺨에 수줍게 입을 맞추곤 훌쩍 멀어졌다.

*"우리 결국 겨울 산맥 못 간 거 알아요?"*

*"……그러게. 가 볼 걸 그랬어. 이것도 해 보고 저것도 해 볼걸."*

후회로 가득 찼던 어느 봄날, 과거의 기억 하나가 멀리서부터 불어오는 산들거리는 봄바람에 흩어졌다.

"밀라이언, 우리 행복해져요."

그가 어떤 마음으로 제게 그런 말을 했었는지 알 것 같았다.

"……내가 할 말이야. 잊지 마, 그대는…… 아마도 내가 평생 사랑하게 될 유일한 사람일 거야. 그러니까 이번에는…… 나 두고 떠나지 마."

"네, 그러도록 노력할게요."

불어오는 바람결 위로 서로에게 속삭인 두 사람이 손을 맞잡은 채 느리게 정원을 거닐었다.

"무슨 바람인가? 아틀리에, 자네는."

"몰라."

"얼마 전에 시간의 신에게 다녀오더니 뭐 재미없는 미래라도 봤나? 아무리 자네가 아끼는 아이라고 한들 인간에게 미래를 보여 주는 건 금기에 해당한다는 걸 알 텐데."

"……."

턱을 괸 예술의 신, 아틀리에가 인상을 찌푸렸다.

"봐, 결국 운명이 완전히 뒤틀렸지 않나. 내 아이까지도 말이다."

전쟁의 신이 왜 그 무거운 걸음을 떼고 제 영역까지 넘어왔나 했더니 자신의 아이가 얽혔기 때문이었던 모양이다.

불만스러운 건 도리어 이쪽이다.

'정확히는 시간을 돌린 거지만.'

미래를 겪고 나서 한동안 충격에 시름시름 앓던 아틀리에는 결국 시간의 신을 찾아가 그가 원하는 대가를 내주고 시간의 신이 가진 권능을 이용해서 시간을 되돌리기에 이르렀다.

아마 주신에게 들키면 크게 혼이 나고 꽤 긴 시간 근신형에 처할 수도 있는 일이었다. 그것을 감안하고 벌인 짓이었다.

'내 아이를 두 번이나 잃는 것보다는 낫지.'

되지도 않는 책을 써서 내려보낸 것이 꽤 효과가 있었던 모양이다. 아틀리에는 과거에 저질렀던 멍청한 짓을 이제야 해결할 수 있게 됐다.

'대대손손 축복을 내리는 게 아니었지.'

그것을 악용해서 저렇게까지 뿌리가 썩게 될 줄은 몰랐다. 카틀란을 처음 건국했던 그 녀석이 보면 아마 크게 슬퍼했을 것이다.

"이봐, 듣고 있나?"

"시끄러워. 전쟁의 신이면 가서 전쟁이나 하던가. 귀찮으니까 옆에서 왱왱거리지 마."

곱슬머리 소년의 형상을 한 아틀리에가 귀를 후비며 침상에 대충 누워 버렸다. 벌꿀색 눈동자에선 권태감이 짙게 묻어났다.

무게라곤 조금도 느껴지지 않은 가벼운 그 행동에 전쟁의 신의 고지식한 표정이 한층 굳었다. 전쟁의 신이라곤 믿기지 않을 정도로 아름다운 사내는 팔짱을 낀 채 뻐딱하게 아틀리에를 내려다보았다.

"너는 여성체이면서 왜 그 모습을 고집하는지 알 수가 없군."

"내가 무슨 모습을 하든 네가 뭘 상관이야? 잔소리꾼 새끼가 왁왁 시끄럽게 우네."

"네놈은 체통이라는 게 없나?"

소년이 이를 악물곤 벌떡 자리에서 일어났다. 소년이 한 걸음 앞으로 발을 내디디며 침상에서 내려오는 순간, 소년의 형상이 점점 커지더니 이윽고 연두색 머리카락을 길게 늘어뜨리고 황금빛 월계관을 쓴 여인이 되었다.

"시끄럽고, 나가. 곧 시간의 신 녀석이 올 거니까."

"……시간의 신? 크로노스 놈이 여긴 왜 오지?"

"내가 그것도 알려줘야 해? 짜증나게 굴지 말고 좀……."

"왜 오냐고 물었는데."

전쟁의 신, 카일론이 그녀의 손목을 붙잡았다. 코앞까지 다가온 아름다운 얼굴에 그녀가 가볍게 그를 밀었다.

'내 아이에게 멱살 잡힌 것에 충격을 받아 뭐든 해 줄 테니 시간을 되돌려 달라고 했다고 어떻게 말해? 그리고 그 대가가 시간의 신

놈의 시중을 드는 거라니.'

제 아이에게 잡힌 것은 멱살뿐만이 아니었다. 솔직히 말해서 영혼까지 탈탈 털려 버렸다. 한동안 재기불능이 된 제 꼴은 정말 말이 아니었다.

"네가 알 게 뭐야?"

"나도 있을 거다. 그 미친 사이코 같은 놈이 뭘 할 줄 알고. 자네는 상대를 봐 가면서 사귀는 걸 추천하지."

"아, 모르겠다."

여인이 다시 소년의 형상으로 돌아가 이불 속에 몸을 파묻었다.

카리나라는 그릇은 아틀리에가 최초의 아이 다음으로 눈여겨보고 보듬었던 아이였다. 이번 아이는 죽으면 언젠가 제 곁에 두려고 생각하기까지 했었다.

그래서 권능을 듬뿍 주었다. 영혼이 부서지지 않도록 나름대로 애도 썼다. 혼자서 단단해지기를 바랐다.

그뿐이랴, 어릴 때부터 정성을 다해 보듬었고 축복을 내리기도 했다. 그의 바람에 보답하듯 아이는 혼자서도 웅장한 그림을 그릴 수 있게 되었다.

아이의 부쩍 늘어가는 실력을 보며 아틀리에는 제법 놀랐다. 물론, 혼자 뿌듯해하고 있던 것과는 다르게 아이는 그 안에서 고통스러웠다고 하니 할 말은 없었다.

하지만, 아이의 실력은 대단했다. 죽을 날이 가까워졌을 때 아이는 마치 자신처럼 권능을 사용했다. 그림을 매개로 하지 않아도 상상으로 움직이고 만들었으며 눈앞에 펼쳤다.

그러나 아이가 죽은 뒤에 드러난 진실은 정말 가관이었다. 그가 쓸데없이 재판을 건 이유는 망할 드래곤을 핑계 삼아서 아이를 제 곁에 데리고 올 생각이었기 때문이다.

그런데 재판이 열리기는커녕 설마 재판장에서 멱살을 잡혀서 욕을 먹을 줄은 예상하지도 못했다. 아무리 그래도 제 아이에게 멱살을 잡히고 욕설을 듣다니. 아직도 그 일이 꿈만 같았다.

"마음에 안 들어. 내 아이가 뭐가 아쉬워서 네 아이 따위에게 매여서 이렇게 살아야 하는 건지."

아틀리에가 불만스럽게 중얼거렸다. 그렇다고 해서 아이가 정한 일에 또 손을 쓰고 싶진 않았다. 괜히 손을 썼다가 아이가 죽었을 때 멱살이 잡히는 경험을 다시 하고 싶지는 않았으니까.

"너는 말을 해도 꼭 그런 식으로 하는군."

"맘에 안 들면 꺼지던가. 남의 영역에 들어와서 난리야."

아틀리에는 허공에 비치는 인간계를 보았다. 손을 붙잡고 거니는 카리나와 밀라이언을 보고 있노라면 한숨을 푹푹 흘렸다. 솔직히 여러모로 불만스럽지만 제 아이의 행복해 보이는 얼굴을 보니 아무런 말도 할 수가 없었다.

"어쩔 수 없지."

이렇게 좋다는데 자신이 져 줄 수밖에.

'나도 다 죽었군.'

아무것도 모른 채 행복해 보이는 두 아이를 보며 아틀리에가 픽 웃었다.

행복하게 생을 마치고 오면 그때 다시 제 곁에 있으라고 권해 봐도 될 일이 아니겠는가. 어차피 전쟁의 신도 제 아이를 쉽게 만드는 편이 아니고 만들면 항상 자신을 보필하게 만들었으니 저 인간도 언

젠가 신계에 들어오게 될 것이다. 그럼 이번에는 제 아이도 곁에 있
어 주겠지.

"이봐, 아틀리에. 그놈은 언제 와서 뭘 하고 언제 간다고 하나?"

"닥쳐, 좀."

오랜만에 분위기 잡는데 다 망친다. 이래서 전쟁에 미친 놈들은.

아틀리에가 툴툴대며 고개를 돌려 창문을 보았다.

"아, 날 좋네."

짜증을 억누르며 낮게 중얼거린 아틀리에가 손을 휘저어 허공에
비치는 카리나와 밀라이언의 모습을 없앴다.

내리쬐는 햇볕이 퍽 따뜻한 하루였다.

# Side Story 3
## Modern

"자, 신부님. 정면을 봐 주세요. 자꾸 움직이면 안 되세요."

"아, 네……."

여자가 작게 대답하며 슬쩍 시선을 아래로 내리깔았다.

얼굴도 본 적 없는 남자와 정략결혼이라니 말문이 턱 막혀서 할 말이 없었다. 이게 21세기 현대사회에서 일어나는 일이라는 사실도 믿기지 않았고 말이다.

'어차피 무심한 사람이라고 들었으니까.'

듣자 하니 집에 잘 들어오지도 않고 여자에는 관심도 없는 사람이라고 했다. 뭘 하든 신경 쓰지 않는다는 얘기도 들었으니 가서 조용히 지내며 그 집안에 누를 끼치지 말라던 어머니의 말을 떠올리며 강리나는 인상을 찌푸렸다. 결벽증이 심한 사람이라는 얘기도 있어서 방을 따로 쓰게 될 확률도 높다고 들었다.

그녀는 신부 대기실에 앉아 거울에 비치는 자신을 보았다. 새하얀 드레스를 입고 화장을 받는 제 모습이 무척 낯설었다. 어울리지도 않는 것 같고.

갈색 머리카락에 푸른색 눈동자가 유독 튀었다. 먼 핏줄 중에 외국인이 있었던 모양인데, 그 옅어졌을 DNA가 하필이면 이 세대에 와서 제게 또렷하게 나타날 건 또 무슨 일인가 싶다. 오죽하면 자신이 태어났을 때 유전자 검사를 했다는 얘기까지 있다.

상대는 외국계 기업을 운영하는 한국인이라고 들었다. 이름이 백사후라고 했던가. 이름에 '사자'를 뜻하는 한자가 들어가 있어서 제법 특이하다고 생각했었다.

리나는 이런 제 상황이 썩 마음에 들지 않아서 연신 한숨을 내쉬었다.

상대가 바빠서 얼굴을 한 번도 보지 못하고 결혼식장에서 영원을 맹세해야 한다니, 정말 최악이었다.

그동안 신경이 쓰여서 작품 작업도 제대로 하질 못했다. 들어와 있는 주문도 몇 개 있었는데 전부 양해를 구해야만 했다. 아틀리에도 오픈하려고 했었는데 갑작스럽게 정해진 결혼식에 다 뒤로 일정을 밀어야 했고.

상대의 무례함에 짜증이 일었다.

'그래도 이걸로 더는 시끄러운 소리 듣지 않아도 될 테니까.'

상대가 웬만한 정신이상자 변태가 아닌 이상 웬만한 건 감내할 마음이 있었다. 어차피 언젠가 누군가와 정략결혼을 해야 하는 건 정해진 일이었다.

"자, 이제 입장하시면 됩니다."

속전속결로 끝난 세팅에 결혼식도 빠르게 시작되었다. 최소한의 하객으로만 진행되는 작은 결혼식인 탓에 오히려 오래 걸리지 않아서 더 좋은 것 같았다.

평생에 한 번뿐인 결혼인데 아쉬움이 없느냐고 묻는다면 그건 아니지만, 딱히 로망이 있는 것도 아니었던 터라 나쁘지도 좋지도 않았다.

리나가 안으로 들어가니 이미 단상 위에 남자가 올라가 있었다. 키가 제법 큰 사내였다.

흘긋 보기만 했는데도 몸의 비율이 아주 좋았고 자잘한 근육도 있어 보였다. 딱 달라붙는 검은색 예복은 그에게 상당히 잘 어울렸다.

새까만 머리카락에 새까만 눈동자를 가진 사내는 외모가 무척 단정하고 수려했는데 눈매는 살짝 날카로웠다. 자신보다 머리통 하나는 더 큰 데다가 근육 탓인지 몸도 상당해서 그 앞에 서면 자신이 보이지 않을 것 같았다.

"안녕하세요."

그가 인사를 건넸다. 가벼운 웃음기를 머금은 채 건넨 듯한 목소리는 낮고 울림이 있었으며 귀에 쏙쏙 박혔다.

리나의 눈이 커졌다. 솔직히 사진조차 받아 보지 못한 탓에 외모에 관해서는 어느 정도 포기를 했었는데, 그는 정말 그녀가 봤던 어떤 남자보다도 외모가 출중했다.

'……스물일곱이라고 하지 않았나?'

그 나이라곤 믿기지 않을 정도로 어려 보이기도 했다. 그러나 쉽게 범접할 수 없는 분위기를 풍겼다.

"……네."

그녀가 바짝 긴장한 채 조심스럽게 고개를 끄덕이곤 시선을 아래로 내리깔았다. 맹수를 눈앞에 마주한 듯한 기분을 차마 감출 수가 없다.

다행히 그는 더 말을 걸지 않았다. 주례가 시키는 대로 행동을 하

고 고개를 끄덕이고 인사를 건네고 퇴장을 하는 내내 그녀의 정신
은 반쯤 나가 있었다.

'빨리 끝나고 쉬고 싶다.'

익숙하지 않은 구두 때문에 발은 아프고 조일 대로 조이는 코르
셋은 불편하고 거추장스러웠다. 그리고 옆의 사내는 조금 무섭고 부
담스럽기까지 했다.

화려한 5성급 호텔에서 진행한 결혼은 속전속결로 끝을 맺었다.
애초에 하객도 서로간 가까운 사이의 친인척을 제외하곤 거의 없기
도 했다.

신혼여행은 딱히 없었다. 상대가 이후에도 계속 일정이 있다고 들
었으니까. 처음에는 조금 아쉬워했는데 지금 보니 차라리 다행이라
는 생각마저 들었다.

'이 남자랑 무슨 신혼여행이야.'

불편해서 먹는 것마다 체할 것이 분명하다.

대충 인사를 건네고 먼저 저택에 가 있겠다고 말하려던 그녀는 먼
저 들려오는 목소리에 흠칫 어깨를 떨었다.

"제가 불편합니까?"

"네? 아…… 아뇨."

"그렇습니까, 오징어인 줄 알았습니다. 사람들이 끌어당기는 대로
이리 흐느적 저리 흐느적 다니시기에."

상대의 무례한 말에 리나의 눈이 몇 차례 끔뻑였다. 그의 말이 쉽
게 이해가 되지 않았던 탓이다.

"……네?"

"결혼식 다음에 정말 미안한 말이지만, 오늘까지는 일이 있습니

다. 최대한 다 끝내려고 했는데 멍청한 것들이 제대로 정리를 못 해서 일이 터진 모양이더군요."

반듯한 미간 사이에 골이 패고 한쪽 입술 끝이 비뚜름하게 올라갔다. 단정하고 수려한 외모와는 다르게 무척이나 거칠기 짝이 없는 말투와 단어였다.

"저녁에는 반드시 돌아가겠습니다. 그 뒤로 열흘 정도는 일정을 비웠으니……."

"어, 아뇨……. 괜찮은데요. 일 편히 하시고 오셔도 되고 굳이 돌아오지 않으셔도 괜찮아요."

리나가 솔직하게 말했다. 그러자 남자의 몸이 멈칫했다.

애초에 서로가 서로의 일을 방해하지 않겠다는 조건이기도 했고 정략결혼인 만큼 굳이 그에게서 뭔가를 바라는 마음도 없었다. 남편과 아내로서의 의무도 후계자를 낳는 정도면 되겠다고 생각했고.

"……지금 바로 돌아가는 게 불편하시다면 일단 집까지 모셔다 드리죠."

"아니에요, 정말 그럴 필요 없어요."

그녀가 손사래와 도리질까지 쳐 가며 거듭 거절했다. 핸드폰을 꺼내던 그가 결국 움직임을 뚝 멈췄다.

"급하게 일 끝내실 필요도 없고 남편의 의무라던가 그런 것도 할 필요는 없어요. 어차피 정략이기도 하고 저는 제 방이랑 작은 화실 정도만 있으면 쥐 죽은 듯 조용히 살 수 있어요."

"쥐 죽은 듯, 조용히?"

사내가 단어와 단어를 뚝뚝 끊어 그녀의 말을 따라 했다. 리나가 고개를 끄덕였다.

"네, 그렇다고 안주인 일을 하지 않겠다는 건 아니고요. 그러니까 그냥, 일을 방해할 마음이 없다는 거예요. 그리고 급한 게 아니면 아이는 이번 년에 있을 전시회가 끝나면 날짜 잡고 진행했으면 좋겠어요."

"……."

그는 언뜻 사나운 시선으로 그녀를 내려다보았다. 리나는 자신이 무엇을 잘못 말했나 싶어 바싹 몸을 움츠리며 숨을 삼켰다. 확실한 것은 그의 심기가 상당히 상해 보인다는 것이다.

"뭔가 말을 잘못 전한 것 같은데."

그의 목소리가 딱딱했다.

"첫 번째, 나는 그대와 신혼을 충분히 듬뿍 즐길 생각이야."

사내가 손을 뻗어 그녀의 팔을 가볍게 쓸며 말했다. 그의 엄지손가락 끝이 리나의 손목 부근을 꾹 눌렀다. 명백히 의도를 담은 손짓에 그녀의 얼굴이 확 달아올랐다.

"두 번째, 내 집에 그대의 방은 없어. 우리의 방이 있을 뿐이지. 화실은 따로 만들어 뒀으니 거길 이용하면 돼. 당연하지만 쥐죽은 듯 조용히 살 필요는 더욱이 없다고 말해 두지."

언뜻 서늘하기까지한 목소리가 분노를 눌러 꾹꾹 눌러 담아 말을 이어 갔다.

"그리고 마지막으로 아이는 그대가 원하는 대로 해도 좋아. 날짜도 일정도 그대에게 전부 맡길 테니까 억지로 의무감을 가지지 않아도 돼."

"……아, 네."

그녀가 입을 꾹 다물었다. 사내가 시선을 내리깐 그녀를 보다가 짧게 한숨을 내쉬더니 엄지로 그녀의 미간을 꾹꾹 누르곤 입을 열었다.

"강리나."

그가 조심스럽게 그녀의 이름을 불렀다.

"네."

"외국 이름도 있다고 들었는데, 맞나?"

"……네."

"이름이 뭐지?"

"……카리나예요."

그 낮은 울림에 그의 입가가 느리게 호선을 그렸다. 웃는 것으로 분위기가 확 바뀌었다.

"카리나, 드디어 만났군."

허리를 살짝 굽힌 사내가 그녀의 뺨에 입을 맞췄다. 외국에서는 흔히 하는 인사인데도 어쩐지 뺨이 홧홧해지는 기분에 그녀가 눈을 크게 떴다.

"나는 화가 나지 않았어. 태도가 다소 고압적일 수 있지만…… 그대를 위협하려고 한 건 아니야. 미안하군."

"헉."

누군가 숨을 크게 들이켜는 소리가 사내의 뒤에서 들려왔다. 사내의 운전기사로 보이는 이가 당황한 듯 입을 탁 틀어막고 있었다.

사내의 눈빛이 순간 맹수처럼 빛났다.

"넌 좀 이따가 보지."

운전기사의 얼굴이 새하얗게 질렸다.

"……자세한 얘기는 저녁에 하고 싶은데 괜찮을까?"

"……아, 네. 그럼 저녁에 뵐게요."

한결 부드러워진 상대의 태도에 리나가 고개를 끄덕였다. 사내가 고개를 끄덕이곤 그녀를 조심스럽게 차에 태워 주었다.

"부족함 없이 모시도록 해."

"네."

이내 그가 가볍게 눈인사를 건네더니 곧바로 다른 차를 타고 멀어졌다.

그녀는 차량에 앉아서야 긴장했던 몸을 풀며 차 시트에 몸을 깊게 묻었다.

'피곤해.'

이른 아침에 일어나 계속 긴장하고 있던 탓인지 피로가 몰려왔다. 눈이 가물가물했다. 고개를 꾸벅꾸벅 졸던 그녀는 타이밍 좋게 오르는 차 안 온도에 그대로 고개를 떨구었다.

"변한 게 없군."

백사후, 아니, 밀라이언은 작게 중얼거리며 설핏 웃었다.

환생한 세계가 퍽 당황스러웠던 것도 잠시였다. 그가 환생했다면 그녀도 환생했을 거라는 생각까지 미치자 그는 카리나를 수소문하는 데 온 신경을 쏟았다.

그림을 그리고 있을지도 모른다는 생각에 열리는 전시회라면 이름 없는 작가의 전시회라도 전부 참석했다. 그리고 우연히 한 화가의 그림을 보고 그녀임을 직감했다.

그녀가 자주 쓰던 기법, 그녀가 그린 그림에서 느껴졌던 감각이 고스란히 느껴졌으니까.

그렇게 수소문을 한 끝에 찾아낸 작가가 한 기업의 둘째 딸이라는 이야기를 듣고 그대로 청혼서를 넣었다.

외국계 기업의 본사를 한국으로 옮기느라 얼굴 한 번 볼 수 없었고 열흘의 시간을 내기 위해 근 석 달간을 잠도 제대로 자지 못하고 일을 해야 했지만 억울한 마음은 전혀 없었다.

이 세계의 그녀는 여전히 가정환경은 다소 유복하지 못한 듯했다. 그러나 그녀는 하고 싶은 일을 하고 있었고 몸이 조금 약했으나 크게 아픈 곳도 없었다. 게다가 이 세계는 과학이 무척이나 발달한 세계였다.

아픈 곳이 있다면 돈과 재력으로 얼마든지 약을 개발하고 치료할 수도 있었다. 예술병이나 마물, 그리고 검과 활 같은 종류는 존재하지 않았고 모든 것이 과학으로 해결되었다.

"찾으셔서 기쁘십니까? 근 십 년이 넘도록 찾아다니지 않으셨습니까."

"그래, 아주 만족스러워. 그러니 오늘이 지나면 열흘간 내게 연락하지 마. 핸드폰 꺼 놓을 거니까."

"곤란합니다, 급한 건은 연락드릴 수밖에 없을 겁니다."

"팽, 짜증 나게 굴 건가?"

"팽이 아니라 폴입니다."

30대나 되어 보이는 젊은 비서가 웃으며 대꾸했다. 사후가 인상을 찌푸렸다. 아까의 운전기사는 겁 없이 숨을 들이켜더니 옆에 있는 놈은 한술 더 떴다.

"그래도 카리나 아가씨가 무사하셔서 다행이군요."

"그대도 윈스턴을 찾는다고 하지 않았었나?"

"네, 이미 찾았습니다. 여전히 의사를 하고 있으면 저택의 주치의로 고용할까 싶었거든요."

기억이 나는 사람들을 만나러 가 보았으나 전생의 기억이 있는 것은 팽과 밀라이언 둘 뿐이었다.

아쉽기는 했지만 그렇다고 두 사람이 새로운 관계를 쌓아 나가는 것에 망설임이 있진 않았으니 큰 타격은 없었다. 오히려 카리나를 비롯한 다른 이들이 기억이 있었다면 상처를 입었을지도 모를 일이니 차라리 다행스럽기도 했다.

"윈스턴은 뭐 하고 지내던가?"

"서원이라는 이름으로 무려 펠로우로 실습을 돌고 있는 모양이더군요. 갓 레지던트를 졸업한 듯했습니다. 하필이면 응급의학과를 가선 고생을 하고 있었습니다. 뻔뻔하게도 펠로우를 무급으로 부려먹는 대학 병원도 있더군요."

활짝 웃는 회색 머리카락의 비서는 심기가 퍽 불편해 보였다. 하긴, 윈스턴은 제법 호구 같은 기질이 없지 않아 있었으니 새삼 놀랍지도 않았다. 자신이 남을 밟고 일어서기보단 손해를 보는 타입이기는 했다.

"적당히 해라."

"네, 당연히 문제 되지 않는 선에서만 압박을 줘야겠지요."

팽, 아니 폴이 고개를 끄덕였다.

기억보다도 훨씬 어린 얼굴로 여기저기 뛰어다니고 있던 것이 제법 기특했다. 구박을 받으면서도 멍청하게 웃는 꼴은 썩 마음에 들지 않았지만.

"일을 빨리 끝내고 돌아가야겠군. 카리나와 제대로 대화를 나눠 보고 싶어."

"네, 평소 처리하시는 속도를 생각하시면 아마도 오늘 저녁 전에 는 들어가실 수 있을 것 같습니다."

지이이잉−

지이이잉−

울리는 진동에 폴이 전화를 받았다. 미간을 찌푸린 채 상대와 몇 차례 대화를 나누던 그는 전화를 끊고 주머니에 핸드폰을 집어넣은 후 조심스럽게 입을 열었다.

"취소하겠습니다, 오늘 자정 전에 들어가실 수 있으면 다행일 것 같습니다. 잠수 퇴사한 놈이 누락시킨 게 있었는지 거래처가 뒤집어 졌다고 합니다."

"……미쳤군. 다 뒈졌어, 진짜."

사후가 까득, 이를 악물었다. 시가가 아쉬운 듯 손끝을 움찔거리 던 그가 고개를 홱 돌렸다. 카리나의 존재가 확실시됐을 때부터 담 배는 완전히 끊어 버렸다.

"니코틴 패치라도 붙여 드릴까요?"

"됐어, 조금이라도 냄새나는 것도, 그녀에게 악영향이 생길 수 있 는 것도 싫다."

사나운 낯으로 대답한 그가 핸드폰을 열어 한참이나 무언가를 썼 다 지우길 반복하다 회사에 도착하기 직전에 간신히 전송 버튼을 눌렀다.

"가지."

그가 냉기를 풀풀 풍기며 차에서 내렸다. 뒤따르는 폴이 슬쩍 주머니에서 위염약을 꺼내 물도 없이 꿀꺽 삼키곤 재빨리 그의 뒤를 쫓았다.

지잉.

자기 전에 맞춰 놨던 알람이 울리는 소리에 비몽사몽 잠을 자던 리나가 느리게 눈을 떴다. 아까 차에서 잠들었다가 도착했다는 이야기에 휘청거리며 방으로 들어온 그녀는 옷만 대충 갈아입고 침대에 들어와 다시 잠을 자던 참이었다.

"뭐야……?"

핸드폰을 보니 문자가 와 있었다. 이상한 일이다. 제게 연락을 줄 사람은 딱히 많지 않았으니까. 친구가 없는 것은 아니지만, 친구 대부분은 리나가 재벌가의 딸이라는 사실도 모르고 오늘 결혼을 한다는 사실도 몰랐다.

[미안합니다, 퇴사한 직원이 인수인계를 제대로 하지 않아서 조금 더 늦어질 것 같습니다. 자정까지는 반드시 들어가겠습니다. 혹시 피곤하다면 먼저 주무십시오.]

꽤 거침없던 말투와는 상반되는 굉장히 정돈되고 정갈한 문자였다. 이모티콘 하나 없이 띄어쓰기 하나 쉼표 하나까지 완벽하게 찍은 것이 그가 완벽주의자는 아닐까 고민하게 했다.

"정말 괜찮은데."

굳이 이렇게 사과 문자까지 보내지 않아도 되는데 신기한 사람이었다.

그녀가 픽 웃었다. 그래도 얼굴도 보지 못하고 결혼을 한 것치고는 생각보다 상대가 나쁘지 않은 것 같아서 다행이다.

'배불뚝이 아저씨나 허세에 찌든 남자면 어쩌나 했는데.'

의외로 과묵하고 생각보다도 다정했다. 사실은 조금 그에게 압도되기는 했었으나 그가 직설적으로 위협하려는 건 아니라고 말도 해 줬고.

'잘생기긴 했지.'

그녀가 지금껏 봐 온 누구보다 시선을 확 사로잡았다. 한국인이라는데도 그렇게 이목구비가 또렷한 남자는 처음이었다. 분위기만으로 압도당하는 느낌이 든 것도 처음이고.

"……잘 지낼 수 있으면 좋겠는데."

그녀는 말이 적고 소심한 편이어서 직설적인 그와 성격이 얼마나 맞을지 걱정스럽기는 했다.

이런저런 생각을 하고 있으려니 시간이 순식간에 흘렀다. 밖에서부터 부산스러운 걸음 소리가 들렸다. 뭔가 조금 조급한 것처럼 들리는 게 무슨 일이 나기라도 했나 싶을 정도였다.

밖에서 들릴 듯 말듯 아주 작은 노크 소리와 함께 조심스럽게 문이 열렸다. 안으로 들어오던 사후와 그녀의 눈이 허공에서 마주쳤다.

"……아직 주무시지 않았습니까."

"네, 이런저런 생각을 하다 보니까 이 시간이네요. 낮에 낮잠을 자기도 했고요."

"……그렇군요, 늦어서 미안합니다. 고의는 아니었습니다."

"알아요, 퇴사한 직원이 인수인계를 제대로 하지 않아서 그렇다고 문자 주셨잖아요."

그녀가 말하자 사후가 고개를 끄덕였다.

그녀가 가볍게 어깨를 으쓱였다. 신혼 첫날밤이라고는 하지만 그녀가 무슨 준비가 된 것도 아니었고 첫 만남인 사내와 뭔가를 할 수 있을 것 같지도 않았다.

"일단 간단히 서로 소개를 하는 시간을 가져보는 건 어떻습니까? 서로 갑작스러운 결혼이었으니까요."

"네, 근데 청혼은 그쪽에서 하셨다고 들었는데 혹시 절 어떻게 아시고……."

"……우연히 당신의 작품을 보았습니다. 작가가 궁금해졌고 작가에 대해 알아보다가 당신을 알게 되었습니다. 그리고 한눈에 반했습니다."

"……네?"

"실례인 줄은 알지만 관심이 생겨서 깊게 알아보았습니다. 그러다가 작품 활동에 있어서 가족들의 반대가 심하다는 걸 알게 되었고 일을 급하게 진행하게 됐습니다."

사후의 말에 그녀의 눈이 커졌다. 예상하지도 못한 고백에 연이은 충격적인 사실이었다. 제 집안 사정을 알아봤다고 말하는 그의 표정은 전혀 실례라거나 미안해하는 표정으로 보이진 않았다. 리나가 당황한 얼굴로 그를 올려다보았다.

그가 살짝 허리를 굽히더니 그녀에게 가볍게 사과를 건넸다.

"제가 당황스러울 것 압니다. 그러니 당장 뭘 권하지는 않겠습니다. 의무로 뭘 할 필요도 없습니다. 당신께선 그저 제집에서 하고 싶은 걸 하시면 됩니다."

"……."

"단, 마지막엔 반드시 이 방으로 돌아오겠다고만 약속해 주십시오. 다른 곳에서 자는 건 용납하지 않겠습니다."

소유욕인지 질투인지, 그것도 아니면 또 다른 감정인지 영 알 수가 없는 사내였다.

새까만 눈동자 안쪽에서 일렁거리는 감정을 가만히 바라보던 그녀가 결국 고개를 끄덕였다. 그의 눈동자가 부드럽게 휘었다.

"근데 말 편하게 해도 돼요. 아까도 그랬었고……. 저는 사후 씨라고 부르면 될까요?"

"그건, 실례했습니다. 아까는 조금 흥분해서 그만."

그가 순순히 사과를 건넸다.

솔직히 말해서 그때는 눈에 보이는 게 없었다. 간신히 만난 그녀가 쥐죽은 듯 조용히 살 테니 각자 할 일 하고 살자는 식으로 말을 하는데 흥분하지 않을 리가 없지 않은가.

"그리고 이름은 편한 대로 부르시면 됩니다. 저도 외국 이름이 하나 있으니 그쪽을 불러 주셔도 상관없습니다."

"외국 이름이요?"

"네, 밀라이언이라고 합니다."

그녀의 눈이 동그래졌다. 어디 판타지에나 나올 법한 독특한 이름이었다.

"밀라이언……."

그런데도 어딘가 입에 달라붙는 이름이다. 그녀의 작은 읊조림에 그의 표정이 살짝 바뀌었다. 얼굴에 무거운 음영이 졌다.

"특이한데 좋은 이름이네요."

"다행입니다. 일단 너무 늦었으니 자는 게 좋겠습니다. 내일부턴 한동안 여기에 저희 둘만 있을 테고요. 말은 저도 편하게 할 테니 리나 씨도 편하게 하세요."

"그래요…… 아니, 그래……."

리나가 고개를 끄덕이자 그가 그녀를 한쪽 팔로 번쩍 들더니 침대에 앉혔다. 그녀가 놀란 눈으로 고개를 들었다. 그녀가 당황한 표정을 보던 사후가 저도 모르게 손을 뻗어 그녀의 머리카락을 가볍게 매만졌다.

"그, 원래 이렇게 사람을 덥석덥석…… 잘 안으세요?"

"그래 보이나?"

"아뇨……."

"맞아, 아니야. 너 한정이지."

그가 코앞까지 얼굴을 들이밀며 숨결이 섞이는 아슬아슬한 거리까지 다가와 읊조렸다. 그 순간 리나의 눈이 확 커졌다.

사후가 훅 치고 들어올 때마다 얼굴이 홧홧하게 달아오르는 걸 참을 수가 없었다. 가볍게 얼굴을 문지른 그녀는 그가 이불을 덮어 주는 것을 보고 순순히 몸을 뉘었다.

"그대는, 생각보다 겁이 없는 모양이야. 첫날 밤인데도 긴장한 기색이 전혀 없어 보이는군. 내가 그렇게 남자 구실을 못할 것처럼 보이나?"

그가 협탁 옆에 있는 스탠드를 끄며 물었다. 사후의 목소리에 괜히 이불에 스치는 소리가 더욱 크게 느껴졌다. 침대가 분명히 크다고 생각했는데 그가 바싹 붙어오니 열기가 느껴졌다.

"……당장 뭘 할 필요가 없다고 말씀하셨으니까."

"남자를 너무 쉽게 믿는군."

"……그리고 이유는 모르겠지만, 그냥 당신이 그러지 않을 것 같아서요. 사후 씨는 나쁜 사람 같지 않거든요."

그녀의 말에 사후가 움직임을 뚝 멈췄다. 그의 시선이 느리게 그녀에게 닿았다. 온몸에 오르는 열기를 애써 갈무리하며 그가 이불 속에서 팔을 뻗어 조심스럽게 그녀의 손을 붙잡았다. 그녀의 손끝이 움찔 떨렸다.

'이상하게 기분이 안 나쁘네.'

지금껏 타인의 손길은, 특히나 남자의 손길은 무척이나 불편했었다. 몇 차례 누군가와 사귄 적도 있었지만 제일 오랫동안 간 것이 3개월 정도였다. 그런데 이 남자는 불편하지도 않고 거북하지도 않았다.

'이상한 일이네.'

겉만 보면 그동안 봐 왔던 어떤 사람보다 냉정하고 과묵하고 무서운 데다가 쌀쌀맞기까지 한데 말이다. 물론, 실제로 대화를 나눠 보니 그렇게까지 쌀쌀맞지는 않은 것 같지만.

특히나 훅훅 치고 들어오는 플러팅은 리나가 감당하기 어려운 종류였다. 지금 이 스킨십도 마찬가지고.

"그대는 모를 거야. 내가 너를 얼마나 만나고 싶어 했는지. 얼마나 찾아 헤맸는지."

"……그렇게 정보 찾기가 어려웠어요? 제 정보가 그렇게 없진 않았을 텐데요."

"없었어. 어디에도 없었어. 어디에도 그대가 없었지."

사후가 그녀를 끌어당겨 느리게 품에 가뒀다. 너른 품에 안기는 것이 썩 익숙하지 않았으나 그의 목소리가 어쩐지 처연하게만 들려서 리나는 가만히 눈을 감았다.

늘 침대에 누워서 두세 시간은 뒤척이곤 했었는데 오늘따라 눈이 가물가물했다. 심지어 오늘은 낮에 낮잠까지 잤음에도 불구하고 말이다.

"잘 자, 카리나."

"……."

멀어지는 현실 사이로 애정이 듬뿍 담긴 다정한 목소리가 내려앉았다.

"좋은 아침, 리나."

며칠째 눈을 뜨면 사후가 웃는 낯으로 그녀를 보고 있었다.

첫날에는 화들짝 놀랄 정도였지만, 이제는 솔직히 너무 익숙해져서 무덤덤하게 고개를 끄덕일 수 있게 되었다. 물론 그렇다고 해서 정말로 무덤덤했느냐고 한다면 그건 또 아니고.

"네……."

리나가 푹신한 침대에서 몸을 일으켰다. 듣자 하니 침대 가격만 1억 가까이 한다고 들었는데, 정확히 알고 싶지도 않아서 그냥 푹신함을 즐기기만 하기로 했다.

"아까부터 핸드폰이 울렸어, 연락이 올 곳이 있었나?"

"아, 글쎄요."

그녀가 미간을 찌푸린 채 손을 뻗었다. 학과에서 온 문자였다. 단톡방에 쌓인 연락이 산더미였다. 리나는 단톡방을 대충 훑곤 개중에 눈에 띄는 제 친구의 연락을 확인했다.

[야, 강리나! 오늘 12시 오리엔테이션 오지? 끝나고 뭐 먹을래? 떡볶이 어때? 새로 생겼대.]

한참이나 문자를 보던 리나가 슬쩍 시선을 들어 화면 상단에 있는 시간을 보았다.

'11시 15분?'

그녀의 얼굴이 새하얗게 질렸다. 그녀가 벌떡 자리에서 일어나 허둥지둥 화장실로 뛰어 들어갔다.

시퍼레진 그녀의 얼굴을 보던 사후가 당황한 낯으로 입을 열었다.

"리나? 왜 그래? 무슨 문제라도 있나?"

"학교 오리엔테이션 까먹었어요. 12시까진데! 으악! 나가 주세요!"

"……학교? 학교를 아직 다녔다는 건가? 하지만 이미 졸업을…….."

"네! 이번이 마지막 학기예요. 일 년 휴학했었거든요. 저 12시까지 가야 해서……."

리나가 정신없는 얼굴로 사후의 등을 떠밀어 그를 방에서 내쫓았다. 졸지에 같이 쓰는 방에서 쫓겨난 사후가 픽 웃음을 흘리며 핸드폰을 꺼냈다. 차량을 준비해 두라고 문자를 한 그가 옷방으로 들어가 가볍게 옷을 갈아입었다.

정신없이 씻고 옷을 갈아입은 그녀가 15분 만에 방에서 뛰어나왔다.

"내려왔군. 차를 대기시켜 놨으니 바로 타고 가지."

"어…… 고마워요. 근데 사후 씨도 어디 가요?"

"그래."

"어딜요?"

"그대를 데려다주러 가야지. 오늘은 내가 그대의 운전기사야."

그녀가 눈을 동그랗게 떴다. 리나도 면허는 있었고 굳이 그의 시간을 빼앗을 만큼 운전을 못 하지도 않았다. 게다가 급하면 택시를 타면 그만인 일이기도 했다.

"……난 괜찮은데요. 기왕 쉬는 날일 텐데 푹 쉬세요. 금방 다녀올게요."

"아니, 외출도 하고 싶었어. 대학교 구경은 오랜만에 가네. 어느 대학으로 가면 되지?"

사후는 이미 그녀의 짐을 대신 들고 뒷자리에 넣어 버렸다. 그러더니 리나의 어깨를 가볍게 붙잡고 조심스럽게 보조석에 태우기까지 했다. 당황한 얼굴의 그녀에게 안전벨트까지 손수 매어 준 그가 운전석에 앉았다.

"어디?"

"아, 그…… A대학교요."

"교실까지 들어가는 걸 생각하면 아슬아슬하겠군."

조금 지각해도 어쩔 수 없는 노릇이었기 때문에 그녀가 고개를 저었다.

"괜찮아요, 지각은 어쩔 수 없죠. 잠깐 민망하면 될 일이니까 신경 쓰지 마세요."

애초에 미리 체크하지 못한 제 잘못이었고 말이다.

그가 엑셀을 밟으며 빙긋 웃었다.

"널 민망하게 만들 순 없지. 미안하지만, 조금 운전이 거칠 수 있어. 그리고 근처에서 기다릴 테니 끝나고 연락해."

사후가 연락처 하나를 종이에 적어 그녀에게 쥐여 주며 말했다.

"네? 돌아갈 때는 혼자서 돌아갈 수 있어요."

"그대와 식사라도 하고 싶어서 그래. 나랑 밥 먹기는 싫나?"

"아니, 그런 건 아닌데……."

그녀가 결국 고개를 끄덕였다. 핸드폰을 꺼내 떡볶이를 권해 준 친구에게 조금 늦을 것 같다고 답변을 하며 떡볶이 제안에 대해서는 좋게 거절의 말을 전했다.

차마 방학 동안 남편이 생겨서 이제 예전처럼은 돌아다닐 수 없단 얘기는 할 수가 없었다. 리나가 이제 겨우 24살임을 생각하면, 무척 이른 결혼이라고밖에 할 수 없었고 말이다.

그녀의 생각이 끝나기가 무섭게 그의 차가 무섭게 앞으로 튀어 나갔다. 그리고 그 날, 그녀는 영혼과 몸이 분리되는 것이 어떤 느낌인지 온몸으로 체험할 수 있었다.

"조심히 다녀와, 리나."

"아, 아…… 아……. 네……."

사후가 고개를 밖으로 내밀자 어딘가 정신이 멍해 보이는 그녀가 허리를 숙여 가볍게 뺨 인사를 받았다. 외국에서 자랐던 때가 있어서 그런지 그녀는 이런 소소한 스킨십에는 제법 관대한 편이었다.

'……슬슬 다음 단계로 나가도 될 것 같기는 한데.'

며칠 지나지 않았지만 의외로 리나는 그에게 그리 거부감을 가지고 있지 않았다. 어쩌면 전생의 기억 같은 것이 아직 몸에 남아 있는 것은 아닌가, 괜한 기대감이 들 정도였다.

"미치겠군."

그녀를 볼 때마다 반응하는 제 온몸의 기관들을 가끔은 조금 때려 부수고 싶은 심정이었다. 하반신은 정말 의지대로 되는 일이 없었다. 그는 주먹을 쥐고 허벅지를 세게 내리쳤다.

"천천히, 차분히."

사후가 스스로에게 세뇌하듯 낮게 읊조렸다. 천천히, 차분하게 가지 않으면 그녀에게 실망을 줄지도 몰랐다. 그런 것은 사절이다.

"사랑스러워서 미치겠군."

볼 때마다 입을 맞추고 싶고 품에 끌어안고 싶고 온몸을 쓰다듬고 싶고 뽀얀 살결에 입을 맞추고 싶었다.

같은 방을 쓰고 일을 쉬는 최근에는 대화를 많이 나눈 탓인지 처음보다 거리감이 훨씬 가깝게 느껴지기는 했다.

"오늘은 분위기를 좀 만들어 봐야겠군."

집에만 있는 것보단 아예 호텔 레스토랑을 예약해서 호텔에서 하룻밤을 묵는 것도 좋을 것 같았다.

사후는 제게 연락하지 말라고 신신당부를 해둔 폴에게 전화를 걸었다. 짧은 신호음이 몇 번 지나가고 전화가 금세 연결되었다.

-네, 열흘 동안 연락이 한 번이라도 오면 죽인다는 협박을 당해서 혼자서 과중한 업무를 떠맡은 채 하루에 세 시간도 잠을 자지 못하고 있는 폴이라고 합니다.

"팽, 지금 나한테 시위하나?"

-세상에, 이게 누구십니까. 핸드폰 열지도 않을 거니 절대 연락하지 말라고 하셨던 대표님이 아니십니까?

"……죽고 싶나?"

-아이고, 팽 죽네. 자꾸 이러시면 이직하겠습니다.

사후는 전화 너머로 들려오는 능글맞은 목소리에 미간을 좁혔다. 전생의 팽도 제법 능글맞은 면이 있기는 했지만 이렇게까지 경박하진 않았던 것 같은데.

'세상이 바뀌긴 했지.'

그는 50대, 60대의 팽이 아니라 30대의 폴이었다. 게다가 이곳은 딱히 계급제라는 것이 존재하지 않는 사회기 때문에 어쩌면 사람이 바뀌는 것은 당연했다.

다만, 이렇게 짜증 나는 쪽으로 바뀌는 건 얘기가 좀 다르지.

"시끄럽고 이번에 오픈한 호텔 오늘 가려고 하는데 가장 좋은 룸 하나 잡아 둬. 레스토랑 예약도 해 두고."

-호텔이요? 호텔? 사람을 이렇게 업무의 구렁텅이에 빠뜨리고 대표님은 마님이랑 호텔을 가시겠다뇨.

"보너스 얹어 줄 테니 그만 좀 징징거리지."

-얼마 주실 겁니까?

"두 배."

-네, 대대표님. 금방 예약해 놓도록 하겠습니다. 그리고 오늘 저녁에는 저도 약속이 있어서 연락받기 어려울 수 있습니다.

"약속?"

-네, 윈스턴…… 아니, 서원 씨와 만나기로 했거든요. 그쪽도 오늘은 시간이 나는 모양이라.

"……환자나 동료에겐 친절한데 외부인에겐 너무 경계심이 많아서 힘들다고 한 게 엊그제면서 그새 친해졌나?"

사후는 차량 시트에 몸을 묻으며 말했다. 어쩐지 폴이 제법 텐션이 높다 했더니 저쪽도 기분 좋은 일이 있었던 모양이다.

예전부터 팽은 윈스턴을 여러모로 아낀 데다가 오랜 시간 친구로서 잘 지냈으니 그의 소식이 반가울 법도 했다. 현대에서도 친구는 사귈 모양이지만 옛 친구는 소중한 법이니 말이다. 아무리 상대가 기억이 없다고 한들.

-조금 주변을 맴돌았더니 그렇게 됐습니다. 어쨌든 확인해서 문자 보내 드리도록 하겠습니다.

"알겠다."

그가 전화를 끊고 짧은 한숨을 내쉬었다.

'학교에 다니고 있는 줄은 꿈에도 몰랐는데.'

그랬다면 아마 조금 더 일정을 미뤘을지도 몰랐다.

보고서에 왜 그게 빠져 있었지? 생각하다가도 생각해 보니 생년월일 같은 가벼운 신상 정보에는 관심을 두지 않았던 기억이 떠올랐다. 학력 소개 같은 건 가볍게 뛰어넘었을 확률이 아무래도 가장 높지 않을까 싶었다.

재깍재깍 흘러가는 시간이 퍽이나 더뎠다. 그는 짧은 한숨을 삼키며 핸들을 가볍게 두드렸다.

시간은 여전히 잘 가지 않았다.

[지금 끝나서 내려갈 거예요.]

그녀에게서 문자가 온 순간만을 기다렸다는 듯 사후는 순식간에 안전벨트를 차고 액셀을 밟았다.

대학교 정문 앞 근처에서 잠시 차를 세워 둔 그가 썰물처럼 밀려 나오는 사람들 사이에서 리나를 찾았다. 그녀는 여러 명의 또래 친구에게 둘러싸여 밝은 낯으로 웃고 있었다.

문득, 전생의 기억이 스쳐 지났다.

*"평생을 함께해 준 유일한 친구를 어떻게 놓아 버릴 수 있겠어요."*

그녀의 서글픔을 담은 목소리가.

*[친구 사귀기]*

그녀가 죽은 뒤 흔적처럼 남았던 버킷리스트의 한 줄이.

*"페리얼과 친구를 하기로 했어요."*
*"친구?"*
*"네. 제 인생에서 처음으로 사귄 친구라 무척 기뻐요. 물론 친구끼리 뭘 어떻게 해야 하는지는 잘 모르겠지만요."*

페리얼과 친구가 되어 기뻐했던 그 모습까지도 하나하나 떠올랐다.

그를 만나기 전 그녀의 유일한 친구였던 것이 그림이었다. 그림만큼은 죽어서도 포기할 수 없었던 것처럼 그녀는 환생해서도 그림 쪽에 종사하고 있었다.

가족과의 사이는 또 여전히 좋지 않은 모양이라서 그저 외롭고 고독한 줄 알았는데, 다행히도 그건 아니었던 모양이다.

'친구가 많이 생겼군.'

질투해야 옳은 것은 알지만, 그녀가 얼마나 이것을 꿈꿔 왔는지 알기 때문에 그는 솟아나는 추잡한 마음을 애써 억누르려고 노력했다.

리나의 곁에 있는 이들은 아마도 같은 학과 사람들이 아닐까 싶다. 여자, 여자, 여자. 나쁘지 않다. 그사이에 시커먼 남자 새끼들이 끼어 있는 것만 아니라면 말이다.

"저건 아니지."

누가 봐도 그녀에게 관심이 있는 것이 뻔히 보이는 남자 놈들이 그녀의 주변을 맴돌며 커다랗게 웃고 있었다. 차에 기대어 있던 사후가 더는 참지 못하고 한 걸음 앞으로 내디뎠다.

"리나야."

답지 않은 목소리에 정문으로 걸어 나오던 그녀가 걸음을 뚝 멈췄다. 대화를 나누던 시선을 옮겨 정면을 보자 누가 봐도 고급스러운 차의 주인처럼 보이는 새까만 슈트를 입은 그가 보였다.

"와, 대박. 누구야? 리나 네가 아는 사람이야?"

"아, 응."

"저거 벤틀리 아니야? X나 간지 난다. 누나, 아는 분이에요?"

"저 사람 누군데 리나야?"

웅성거리는 동기와 후배들에 그녀가 어색하게 웃었다. 뭐라고 말을 하면 좋을지 알 수가 없었다. 결혼했다는 사실을 밝히고 싶지는 않고 그렇다고 타인이라고 하면 사후 씨가 기분 나빠할까 봐 걱정이 되었다.

"애인입니다. 리나 학과 동기분들이신가 보네요."

"헉, 맞아요. 세상에 애인이라고요? 야, 너 저런 존잘남 숨겨 두고 뭐 했어! 미쳤다, 수트가 저렇게 잘 어울리는 사람 처음이야……. 머리부터 발끝까지 조각으로 만들어 놓고 싶어……."

"뭐? 무슨 소리야!"

"하, 완벽한 피사체잖아. 진짜 모델 각이다……. 완전히 9등신이네. 8등신은 봤어도 9등신은 처음이다, 처음이야. 진짜 탐난다."

"다들 좀!"

그녀가 빽 소리를 지르곤 냉큼 그에게 달려가 손을 붙잡았다. 이야기를 듣는 당사자는 아무렇지도 않아 보이는데 도리어 그녀의 얼굴이 새빨갛게 달아올라서는 당황스러움이 물씬 느껴졌다.

"뭐야, 애인이라고 단속 들어가는 거야?"

"으휴, 장난이야, 장난~ 거기에 좀 진심을 곁들인?"

"좋겠다, 리나야. 이번 졸업 과제 모델 해 달라고 해 봐."

그녀가 벌겋게 물든 얼굴로 손을 연신 휘휘 저었다.

당황스러운 낯을 하는 그녀의 표정을 내려다보며 사후가 가볍게 웃었다. 확실히 그녀는 행복해 보였다.

"와, 근데 몇 살인데 리나 누나랑 사귀는 거예요? 나이 많아 보이시는데."

들려오는 목소리에 사후의 눈이 느리게 한 번 깜빡였다. 명백히 시비를 걸어오고 있었다. 머리에 피도 안 마른 애송이가.

'새롭네.'

전생에서는 보통 이런 일이 없었으니까 말이다. 환생해서도 어린 시절 몇 번 건방진 놈들의 기를 눌러 주었던 것을 제외하곤 그가 높은 위치에 오른 뒤로는 전혀 만나 보지 못한 케이스였다.

"야, 강한솔. 너 왜 그래?"

"아니, 맞잖아요. 리나 누나 이제 겨우 스물넷인데, 저쪽은 못해도 서른쯤 되어 보이고요. 리나 누나 착하시니까 걱정돼서 그렇죠."

사후가 입술을 비뚜름하게 올렸다.

'걱정은 무슨.'

누가 봐도 사심이 그득하게 들어 있는 시비가 아니던가.

이 작은 애송이의 시비가 그다지 위협적이지 않았다. 그는 어쨌든 마수와 싸웠던 전생의 기억이 있고 이곳에서 쌓아온 연륜이 있으니까 말이다.

"너는 이 와ㄲ…… 아니, 이 얼굴이 어떻게 서른으로 보여?"

"복장도 올드하고 차도 올드한데요."

가만히 듣기만 하던 리나의 표정이 딱딱하게 굳었다. 그녀가 표정을 굳히곤 한 걸음 앞으로 나섰다.

"강한솔, 너 대체 무례하게 무슨 말을 하는 거야? 너보다 한참 나이 많은 사람이고 내 애인이야. 네가 뭔데 그런 말을 해?"

그녀의 말에 척 보기에도 어리숙하게 생긴 소년이 얼굴을 확 찡그렸다. 당황한 듯 입을 꾹 다문 것이 반박할 말을 찾지 못한 것이 분명했다.

"저는 그냥 누나가 걱정돼서……."

"좋은 사람이고, 설령 나쁜 사람이라고 한들 네가 신경 쓸 일이 아니야. 어디까지나 내 개인적인 문제니까."

"……죄송해요."

리나가 평소와는 다르게 강하게 나가자 강한솔이라는 애송이도 당황한 듯 어물거리며 결국 입을 꾹 다물었다. 살짝 발갛게 물든 눈가를 사후는 어렵지 않게 발견했다.

'곧 울겠군.'

그가 몇 마디 더 해서 눌러 주는 것도 체면을 죽이는 일이었다. 그가 한숨을 내쉬며 입을 다물었다. 뭣보다 그녀가 자신을 위해서 나서 주었다는 사실이 이렇게 기쁠 수가 없었다.

"리나, 난 괜찮으니 이만 가지. 레스토랑을 예약해 뒀어."

"아, 네. 그럼 난 이만 가 볼게."

"개강 날 나와~! 리나 애인 분, 다음에 기회 되면 모델 한 번 부탁드려요!"

그가 가볍게 웃으며 고개를 끄덕였다.

"알겠습니다. 가자."

그가 보란 듯이 그녀의 허리에 팔을 휘감고 차로 걸어갔다. 흘긋 소년을 보자 주먹을 꽉 쥐고 시뻘겋게 물든 모습이 고스란히 보였다.

'저렇게 어리숙해서야.'

그런 어린애에게 괜한 질투를 하는 제 꼴도 썩 말이 아니기는 했지만 말이다. 그렇다고 해서 그녀에게 관심을 보이는 것이 마음에 들었다는 얘기는 절대 아니고.

"학교는 잘 다니고 있는 것 같군. 친구는 많이 사귀었나?"

"네, 그럼요. 그림을 그리는 것도 재밌지만 친구들이랑 노는 것도 즐거워요."

"친구들이랑 자주 놀러 다녀도 괜찮아."

그가 안전벨트를 매어 주며 말했다.

"정말요?"

"그래, 남자들만 없다면."

그의 말에 리나가 어색하게 웃었다.

"한솔이가 불쾌하게 해서 죄송해요. 본래 그런 애가 아닌데, 저를 좋아하는 거 같거든요. 그래서 기분이 좀 상했을 거예요."

제 안전벨트를 매단 사후가 멈칫했다.

그의 표정이 살짝 어두워졌다. 그 남자애가 그녀를 좋아한다는 사실을 그녀가 알고 있으리라곤 생각지도 못했다.

"알고 있었나?"

"네, 평소에도 티를 많이 냈거든요."

"……제대로 눌러 줄 걸 그랬군."

그가 작게 중얼거렸다. 그녀가 편을 들어 준다고 물러나는 것이 아니었다. 짧게 혀를 찬 그가 핸들을 잡았다.

"하지만 제대로 한번 말해 둘게요."

"그래."

그가 액셀을 밟자 그녀가 바짝 긴장하며 슬쩍 차 문을 잡는 것이 보였다. 그가 설핏 웃음을 터뜨렸다.

"아까처럼 거칠게 가진 않을 거야. 아깐 그대가 급한 것 같아서 서두른 거였으니까."

"아, 네."

그녀가 슬쩍 손을 놓았다.

사후가 부드럽게 차를 출발시켰다. 목적지는 오늘 그들의 관계를 부쩍 가깝게 해 줄, 5성급 호텔이었다.

"와, 화려하네요."

"최근에 오픈한 호텔이야. 내 계열사의 호텔이고 제법 돈이 들어 갔지. 인테리어부터 시작해서 작은 가구나 대리석까지 전부 최고급 자재로만 만들었어."

유해물질이 최대한 나오지 않게 했고 힐링을 할 수 있도록 호텔 옥상에는 정원도 마련했다. 각 방마다 풍경이 다 달랐으며 방 안에 서 뭐든지 할 수 있도록 마련했다.

헬스장 수영장 볼링장 골프장 등 없는 것이 없었고 스파부터 마사 지까지 고객을 위한 서비스도 완벽했다. 그리고 전시회가 열릴 수 있도록 작은 회장도 마련되어 있었으며 바깥으로는 풀 빌라도 있어 서 도심 속에서 완벽한 휴양을 할 수 있도록 꾸며졌다.

심지어 작품 활동을 할 수 있도록 아틀리에가 딸린 룸도 존재했 으며 호텔 내부에는 각종 미술 자재도 판매되고 있었다.

그뿐이랴, 호텔에 고용된 요리사들은 모두 세계에서 이름을 날린 이들로 룸서비스 음식 하나조차 맛이 없는 것이 없었다. 사후가 하 나하나 전부 맛을 보고 평가를 했고 수준에 맞지 않는 이들은 전부 내친 탓이었다. 서비스하는 이들도 마찬가지다. 전부 베테랑들이 근 무하는 곳이 이 호텔이었다. 그렇게 세계 각국에서 힘들게 고용된 만큼 그들은 타의 추종을 불허할 정도의 월급을 받고 있었다.

방 하나하나의 가격이 상당히 높았지만, 의외로 재벌들 사이에서 회자되는 터라 생각보다 큰 적자는 나지 않고 있었다. 국내는 물론

해외 유명 예술가들 사이에서도 소문이 퍼지고 있는 모양이니 아마도 대단한 흑자를 낼 순 없어도 적자를 보진 않을 듯했다.

사실 적자와 손해를 감수하고 오로지 한 사람만을 위해서 만든 호텔이었다. 이곳은 그녀가 조금이라도 더 편한 환경에서 조금 더 즐겁게 작업을 할 수 있었으면 하는 마음으로, 멀리 가지 않고도 이곳에서 푹 쉴 수 있도록 만든 곳이었다. 적어도 그녀가 그가 볼 수 있는 곳에 있었으면 했다.

"안내서는 따로 주겠지만, 그대는 언제든지 와서 이용해도 괜찮아. 이곳의 방 하나는 그대의 거니까. 시설 이용도 전부 무료야."

"……세상에, 이건 너무 과해요."

"애초에 그대를 위한 곳이었어. 안내서를 가져다주라고 할 테니 읽어 보고 언제든 이용해. 이곳엔 아틀리에도 여러 곳 있고 전시회를 할 전시장도 있어. 유명 예술가들도 아마 많이 묵으러 올 테니 도움이 될 거야."

전생에 그녀의 그림에 대해 전혀 몰라준 것이 아쉬웠던 적이 있었다. 그래서 이번에는 그림에 대해 깊게 배우려고 노력했다. 어쨌든 가슴으로 느끼지 못한다고 한들, 작품을 평가할 눈을 만들고 그녀가 느끼는 감정을 어쭙잖게나마 느낄 수 있도록.

"……정말요?"

"그래, 내가 직접 안내해 주고 싶지만, 식사 시간이 다가와서."

사후가 리나를 조심스럽게 잡아끌었다. 그녀를 데리고 간 곳은 호텔 내에 있는 정갈한 한식당이었다. 그녀는 식사하는 내내 감탄사를 족족 흘려 댔다. 먹고 싶은 것을 원하는 만큼 먹는 리나를 보며 그의 표정이 부드럽게 풀렸다.

늘 조금만 먹어도 음식을 게워 내던 모습이 눈에 선하기 때문일지도 몰랐다. 그때의 그녀가 아닌데도 그는 그녀가 당장에라도 쓰러지거나 침대에서 눈을 감을 것만 같았다.

"오늘은 호텔에서 잘 건데 괜찮아?"

"네, 좋아요!"

한층 밝아진 얼굴로 그녀가 대답했다. 물끄러미 그녀를 바라보던 사후가 결국 성큼성큼 다가가 몸을 숙여 그녀의 입술에 짧은 입맞춤을 했다. 충동적이었다.

그녀는 움직임을 뚝 멈췄다.

"미안하군. 하지만, 그대는…… 너무 귀여운 것 같아."

그의 말에 그녀가 눈을 끔뻑였다.

식사를 마치고 막 일어나는 도중이었던 터라 뒤늦게 상황을 파악한 리나가 주변을 훑어보더니 손바닥에 얼굴을 묻었다.

"당신……."

"미안."

벌겋게 달아오른 리나의 목덜미를 보며 사후가 으득 이를 갈았다. 움찔움찔 떨리는 리나의 손끝이 눈에 들어왔고 유독 새하얀 그녀의 가느다란 목이 탐스럽게 보였다.

"……."

"다음은, 방에 가서 해도 될까?"

그의 말이 무엇을 의미하는지 그녀가 모르는 바는 아니었다. 어깨를 움찔 떤 그녀가 눈가까지 새빨갛게 물들어서는 거의 울 것 같은 낯으로 고개를 들었다가 이윽고 고개를 푹 숙였다.

아주 미세한 끄덕임을 확인한 사후는 냉큼 그녀를 품에 안았다.

"사랑해, 리나."

그가 그녀의 귓가에 작게 속삭이곤 그대로 엘리베이터에 올라 탔다.

호텔 최상층의 룸에 들어간 그가 그녀에게 급히 입을 맞췄다.

사방이 뻥 뚫린 유리로 되어 있는 호텔의 최상층은 아름답기 그지없었다. 눈앞에 보이는 풍경은 그녀의 시선을 빼앗았다. 창밖의 풍경은 다른 건물이 전혀 방해되지 않을 정도로 높이 뻗어 있었다.

"으응……!"

그러나 사후의 혀가 입안을 파고드는 순간 리나의 시선은 자연스레 그에게로 옮겨 갈 수밖에 없었다. 그녀가 밭은 숨을 몰아쉬며 눈을 질끈 감았다.

"하, 진짜. 그대는 변한 게 없어."

입을 맞출 때 상대를 배려해서 숨이 막혀도 꾹 참는 버릇이나 눈을 마주치기를 부담스러워하는 모습도 전부 그때와 같았다.

그러나 그리 마르지 않은 손목과 그때처럼 약하지 않은 단단한 몸은 분명히 달랐다. 다갈색 머리카락도 푸른색 눈동자도, 그녀를 구성하는 모든 것들이 그는 사랑스러웠다.

"그대는 내 거야. 그러니까 행복하게 오래오래 같이 살자. 먼저 가지 말고 곁에 오래 있어 줘."

그가 그녀의 입술을 덮으며 읊조렸다.

어쩐지 애절한 느낌이었다. 왜 그를 보면 항상 가슴이 아릿하고 이상하게 믿음직한지 알 수가 없었다. 이 순간까지도, 무서운 기분은 전혀 들지 않았다.

"제가, 부탁하고 싶은 말인데요. 혼자 남는 건…… 너무 외로우니까요.”

리나의 작은 속삭임에 사후가 어리광을 부리듯 그녀의 어깨에 이마를 묻었다.

“응, 외로워. 너무 외로워. 죽고 싶을 정도로 외로웠어. 그러니까…… 건강하게 오래 살자. 아이도 낳고 행복해지자. 나는…… 아주 오랜 시간 오늘을 기다렸거든.”

이렇게 다시 만날 날을, 몇 번이고 몇 번이고 기다렸다.

그리고 수천 년의 세월이 흘렀는지, 아니면 아예 세계가 바뀐 것인지 모를 시대에 그들은 다시 태어났다.

그리고 이렇게 만났다.

“사랑해, 사랑해.”

그가 몇 번이고 읊조리며 조심스럽게 그녀를 침대에 눕혔다. 그가 방의 불을 어둡게 하자 노을이 지는 풍경이 고스란히 투명한 유리창에 스며들었다.

“이상해요, 사후 씨는…… 아주 오래전부터 나를 알았던 사람 같아요. 아까 나온 식사도 제가 좋아하는 거 위주였고.”

“입맛에 맞았다니 다행이야. 노력했거든.”

사후가 리나를 품에 끌어안은 채 속삭였다. 안심하고 언제든지 어디에서든지 그의 품에서 하고 싶은 일을 할 수 있도록. 그녀가 원하던 대로 다양한 예술가들과 이야기를 나눌 수 있도록. 무엇을 먹어도 맛있게, 양껏 먹을 수 있도록.

“사후라는 이름보다 밀라이언이라는 이름이 더 어울리는 것 같기도 하고.”

“나도 마찬가지야, 카리나.”

어쩌면 우리가 서로 만난 것은 운명이었을지도 모를 것이다. 전생의 서러움을 달래 주고자 다시 만나게 되었을지도 모른다. 품 안에 그녀를 끌어안는 순간 세상 모든 것이 충만해지는 기분이었다.

"그런 예감이 들어요, 머지않은 미래에 난 당신에게 분명히 흠뻑 빠질 거라는 거."

"……그날이 빨리 오면 좋겠군. 천천히 와도 물론 기다릴 순 있겠지만 그래도 하루라도, 일 초라도 더 빨리 온다면 기쁠 거야."

그가 그녀의 목덜미에 입을 맞추며 중얼거렸다.

무엇도 할 수 없이 허망하게 손에서 떠나보내야 했던 사람을 이렇게 품에 끌어안고 있는 것이 마치 꿈만 같았다.

"결혼은 갑작스러웠지만…… 그래도 당신을 만나서 기뻐요."

"응, 나도."

다시는 품에서 놓지 않을 것이다. 간신히 찾아낸 그녀는, 그의 일생 전부를 바쳐도 부족함이 없을 테니까.

그렇게 행복해질 것이다. 아이를 낳고 가정을 꾸리고 그녀가 하고 싶다고 편지에 적고 갔던 모든 것들을 전부 하면서.

"사랑해, 카리나."

밀라이언이 수십 수백 번 했던 말을 몇 번이고 읊조렸다. 그날 그 순간, 그녀에게 닿지 못했던 그 말을.

"이제 곧 가을이네요."

"……그러게."

그날, 그 시간에 멈췄던 계절이 다시 흘러가기 시작했다. 앞으로 그들은 수십 번의 봄을 더 맞이할 것이다. 슬픔을 흘려보내며 새로운 추억을 가득 쌓으면서.

"만나서 기뻐요, 밀라이언."

그녀의 말에 눈을 크게 뜬 그가 힘껏 그녀를 끌어안았다. 뜨거운 열기가 방 안을 금세 가득 채웠다.

# Side Story 4

재회, 그리고 이어지는

콰앙-!

"크아아악!"

단말마의 울음을 내지르며 육중하고 거대한 마수가 엎어졌다. 엎어진 마수 근처에 묵직한 창 하나가 툭 내려앉았다. 피가 뚝뚝 떨어지는 창을 내려다보며 여자가 짧은 한숨을 내쉬었다.

"토벌은 이 정도면 되려나."

숨이 턱 막힐 정도로 아름다운 여자에게서 시원스러운 목소리가 툭 튀어나왔다.

남색 머리카락을 하나로 질끈 묶은 오드아이의 여자였다. 새하얀 피부와 오똑하게 선 콧날의 여자는 길게 늘어진 속눈썹과 살짝 올라간 눈꼬리가 유독 새초롬하게 보였고 수려하게 떨어지는 턱선과 둥글게 말려 올라간 입술 끝이 사랑스럽기 짝이 없었다.

여자의 새하얀 뺨에 붉게 자리 잡은 핏자국이 유독 도드라졌다.

"네, 예상보다 조금 더 토벌한 것 같습니다. 세레누스 공작 각하."

"응, 뭐 이 정도면 됐지."

병사의 말을 들은 여자가 씩 웃더니 창에 묻은 검을 가볍게 털어내곤 휙 몸을 돌렸다. 힐긋 고개를 돌리자 세레누스의 시선 끝에 마수를 베어 내는 붉은 눈동자의 청년이 눈에 담겼다.

"아, 하란 공께서도 거의 끝나신 모양입니다. 정말 실력이 대단하시죠."

세레누스가 병사를 힐긋 보더니 어깨를 으쓱이며 몸을 돌렸다.

"다행이네, 오늘은 일찍 들어가야 해."

"생신 때문이신가요?"

"응, 어머니랑 아버지랑 보내는 날이니까."

세레누스가 새까만 말에 오르자 후다닥 그녀를 좇아온 금색 머리카락의 청년이 새하얀 다른 말에 올라 세레누스의 옆에 바짝 따라붙었다.

"……세렌, 다친 곳은 없으십니까?"

"없어, 너도 잘 싸우던데."

"네, 아무래도 사막은 척박해서 온갖 짐승과 변이한 마수가 득실거리니까요. 다만, 조금 춥기는 하군요."

뜨거운 사막에서만 살아온 탓에 추위를 잘 타는지 그는 몸을 부르르 떨었다. 세레누스가 픽, 웃으며 제 어깨에 걸치고 있던 두툼한 망토를 그에게 둘러 주었다.

"……세렌?"

"너 그렇게 약해 빠져서 어떡해? 그거 덮어."

그의 얼굴이 확 달아오르더니 이윽고 익은 곡식처럼 푹 숙어졌다. 귓불까지 붉게 달아오른 하란이 천천히 고개를 돌리며 제 뒷목을 몇 번이고 쓸었다.

"오늘, 생일이시라고 들었는데…… 저녁에 잠깐 시간 될까요? 선물을 준비했는데 드리고 싶습니다."

"오늘은 안 되는데."

"아……."

대번에 실망에 젖은 낯으로 하란이 손을 쥐었다 펴길 반복했다.

"가족들이랑 시간을 보내는 날이라서 아버지께 갈 거야."

"그러고 보니 선대 공작은 어떻습니까? 토벌에 나갔다 습격을 당해서 크게 다치셨다는 말을 들었습니다."

"응, 마물이 습격한 마을에 있는 어린애들을 구하려다가."

등과 다리가 크게 다쳤다. 다시는 검을 들 수 없을 거라는 말을 들은 밀라이언은 최근 방에서 거의 나오지도 않는 생활을 이어 가고 있었다. 마기에 몸이 중독돼서 치료사를 북부까지 불렀음에도 불구하고 그의 상태는 확실히 좋지 않았다. 세레누스의 표정이 어두워졌다.

"금방 괜찮아지실 겁니다."

"응, 그러면 좋겠지만…… 어쩐지 그렇지 못할 것 같은 기분이 들어. 아버지는 예전부터 어머니를 많이 보고 싶어 하셨으니까."

"어머니라면…… 그 예술병에 걸려서 돌아가셨다는……."

"응. 지금은 윈스턴과 페리얼 삼촌이 예술병 치료제를 만들어서 죽는 사람들은 거의 없어졌지만, 예전에는 치료제라는 게 없었거든."

세레누스의 말에 곁에 있던 하란의 표정도 살짝 어두워졌다. 그가 이러지도 저러지도 못하는 표정으로 허공에 손만 휘젓다가 조심스럽게 세레누스의 등을 가볍게 두드렸다.

"세렌, 많이 슬프셨겠네요."

"그렇게 슬프진 않았어. 예전에는 어머니가 정말로 아주 멀리 여행을 갔다고 생각했거든. 매년 꿈에도 나왔고 편지도 있었으니까.

그리고 아버지도 있었고."

세레누스가 희미하게 웃었다.

"그건 그렇고 넌 대체 언제 네 나라로 돌아가는 거야? 내가 널 주워오기는 했지만, 상처는 다 나았잖아."

"……제가 돌아갔으면 좋겠습니까?"

"돌아가야지? 왕자라며."

"네, 근데 어차피 제가 없어도 잘 돌아가는 나라니 굳이 급히 돌아갈 필요는 없을 겁니다."

하란이 생긋 웃었다. 순박하게 생긴 낯을 가만히 바라보던 세레누스가 어깨를 으쓱였다. 넓디넓은 북부에 군식구가 하나 더 는다고 재정이 휘청거리는 것은 아니었으니까.

"그럼! 세렌!"

"응?"

"저기, 그렇다면…… 내일은 시간이, 되십니까?"

"응, 당연하지."

"그럼, 그럼……! 내일, 시간 내주실 수 있겠습니까?"

"좋아, 같이 점심 먹으면 되겠네."

"네, 너무 좋습니다."

가무잡잡한 피부의 하란이 순박한 낯으로 활짝 웃으며 대답했다. 이제 갓 24살이 된 청년은 확실히 앳된 낯이 있었다. 세레누스가 제 뺨을 가볍게 긁적이곤 빠르게 말을 몰았다. 가슴께가 간지러운 이유를 명확히 알 재간은 없었다.

❦

주먹을 살짝 그러쥐고 문을 두드리자 한참 만에 안에선 아주 느린 대답이 들려왔다. 세레누스가 조심스럽게 문고리를 돌리고 안으로 들어갔다.

침대의 헤드에는 밀라이언이 기대어 낡은 일기장을 손에 쥔 채 책장을 넘기고 있었다. 회색빛으로 샌 머리카락은 그의 세월이 한껏 흘렀음을 보여 주었다.

"아빠."

작은 부름에 고개를 돌린 밀라이언의 옅어진 붉은 눈동자가 한층 가느다래졌다.

"피 냄새가 나는구나. 어딜 다녀왔니?"

"토벌 날이었어요."

"아, 벌써 그렇게 됐었나. 요즘은 시간이 가는 것도 제대로 모르겠구나."

"엄마 편지 읽고 있었어요?"

"그래, 이미 다 읽은 부분을 또 읽은 것뿐이지만 말이다."

느리게 나오는 목소리는 확연히 나이가 들었음을 나타내고 있었다. 그가 창문 밖을 흘긋 보더니 피식 웃었다. 의자를 끌고 온 세레누스가 그의 곁에 앉았다.

"왜요?"

"저 카틀란의 왕자인지 뭔지는 도통 돌아갈 생각을 안 하는 모양이구나. 몇십 년 전에 카틀란에 큰 내란이 있었다곤 들었는데."

"아…… 네. 예술에 자신을 버리는 사람들이 많은 나라였대요. 하란이 자기는 3왕자라 굳이 서둘러 갈 필요가 없대서 마음대로 하라고 했어요."

"내가 보기엔 흑심이 그득한 것 같은데 말이다. 잘 키워 놨더니 웬 놈팡이가 또 채가려고 하는군. 이제는 실무에서도 물러나서 뒤에서 압박을 줄 수도 없는데 말이다."

"……그랬어요?"

"그랬지, 세렌, 너는 네 엄마를 닮아서 남자 보는 눈이 없구나."

웃음기 섞인 목소리에 세레누스는 그간 스쳐 지나갔던 제게 고백했던 수많은 영식을 떠올렸다. 좋은 관계로 발전할 뻔했던 영식도 있었는데 어째서인지 중간에 연락들이 뚝 끊기더니.

"아빠는 과보호예요."

"그럴 수밖에 없지. 이렇게 예쁜 딸인걸."

손을 뻗은 밀라이언이 세레누스의 뺨을 가볍게 쓸었다. 굳은살이 가득 박인 상처투성이의 손을 세레누스가 조심스럽게 두 손으로 감쌌다.

"그리고 왜 엄마가 남자 보는 눈이 없어요? 아빠를 만났는데요."

"나를 만난 게 네 엄마가 남자 보는 눈이 없었던 거지. 첫 만남부터 신사답지 못했거든."

"난 아빠 같은 남자가 좋은데."

"나 말고 네게만 다정하고 상냥하고 네 말이라면 뭐든 할 수 있는 남자가 더 좋지. 참고로 모두에게 상냥한 남자는 페리얼의 젊은 시절 같은 놈이니 절대 안 돼."

밀라이언의 말에 세레누스의 눈이 동그래졌다.

"그러고 보니 샤나가 파티에 절 초대했어요. 16번째 남자친구가 생긴 기념 파티래요."

"……제 아빠에 제 딸이구나. 페리얼 그놈도 갈아치운 여자가……."

지금이야 페리얼 역시 착실하게 잡혀 살고는 있지만 말이다. 계약 결혼이었다는 처음과는 다르게 그들은 5년, 7년, 10년이 지나도 이혼을 하지 않았다. 지금도 알콩달콩 신혼생활을 보내고 있다고 들었다. 때때로 여행을 다니며 그림엽서를 보내오는 것이 얼마나 눈꼴 시리던지.

"아빠."

미간을 찌푸리는 와중 들려온 목소리에 밀라이언이 세레누스에게 고개를 돌렸다.

"왜?"

"엄마가 보고 싶어요?"

"늘 보고 싶지. 늘 네가 보고 싶고 걱정이 되는 것처럼."

"내가 없었으면, 그때 멍청하게 납치되지 않았다면, 엄마는 더 오래 살 수 있었을까요?"

문득 떠오른 질문이 생각할 겨를도 없이 입 밖으로 튀어 나갔다. 세레누스의 말에 밀라이언의 눈이 살짝 커졌다.

"세렌, 넌 우리에게 행운이었다. 두 배만 행복할 수 있었던 삶이 네가 있어서 세 배, 네 배는 더 행복했으니까. 엄마의 죽음은, 정해진 거였어. 그런 생각은 말 거라."

세레누스가 어린애처럼 침대에 기어들어 가 밀라이언의 옆에 자리를 잡고 어리광을 부렸다.

"아빠."

"응?"

"아빠도, 엄마한테 가요?"

세레누스의 말에 밀라이언의 눈이 커졌다. 예상하지도 못한 말이었으나, 아이가 그런 말을 하는 이유를 어느 정도 짐작할 수 있었다.

마물의 독에 당한 몸은 쉽게 원래대로 돌아오지 않았고 저리는 다리는 점점 더 굳어 가는 것이 느껴졌다. 그는 어느새 볼품없어진 제 손으로 세레누스의 머리를 쓰다듬었다.

아이는 예전부터 남이 볼 수 없는 것을 보았다. 마력과 신력을 가지고 태어나서 평탄치 않은 어린 시절을 보내면서도 꿋꿋하게 자라 자신의 힘으로 무엇이든 이룩할 수 있는 사람이 되었다.

아이는 스스로가 마력과 신력으로 편하게 살 수 있음에도 불구하고 스스로 일궈 내는 사람이 되기를 바랐다. 어쩌면 아이는…… 자신들과는 다를지도 몰랐다. 그러한 것들에 의지하던 부모와는 다른 사람이 되고 싶은 것일 수도 있었다.

자신의 죽음을 보기라도 한 것일까?

"글쎄, 내가 제법 오래 살기는 했지. 하지만 네 생일엔 가지 않을 테니 걱정하지 말렴. 생일에는 언제나처럼 네가 행복했으면 하니까."

"……그런 게 아니에요. 저는……."

"나는 늘 아이는 언젠가 부모의 손을 놓고 떠나는 거라고 생각했단다. 지금 네가 곁에 있는 것을 보니 내가 네게 그리 나쁜 아버지는 아니었던 모양이라 다행이야."

밀라이언의 말에 세레누스가 그를 확 끌어안았다.

"네가 이끌어 가는 공작가도 아주 훌륭해. 그래도 아무 놈팡이랑 결혼하진 말고."

"……걱정하지 마세요. 몸은 많이 안 좋아요? 치료사가 독기가 쉽게 빠지질 않는대요."

"글쎄, 이런 상처야 늘 달고 살았으니까 말이다. 나쁘지도 좋지도 않아."

"그 어린애들만 구하려고 하지 않았으면……."

흘러나오는 목소리에 밀라이언이 커다란 손으로 아이의 눈을 조심스럽게 덮었다. 세레누스도 자신이 무슨 말을 했는지 깨달은 듯 입술을 깨물었다.

"세렌, 어릴 때의 나도 아마…… 그렇게 생각했을 거란다. 하지만 부모가 되고 나니, 무시할 수가 없더구나. 어렸던 네가 떠올라서."

"……."

"네가 만약 같은 상황에 처했을 때 누군가 구해 주지 않는다고 생각하면…… 무척 심장이 아프구나."

밀라이언의 다정한 목소리에 세레누스가 눈을 질끈 감았다. 그녀에게는 희미해지는 밀라이언의 영혼이 보였다.

세레누스는 이 현상을 누구보다 잘 알고 있었다. 영혼과 육체가 분리되는, 이 지독히도 외롭고 또 고독한 현상을.

누구도 알아주지 않는 그 아픈 현상을 말이다.

"그러니, 원망하지는 말렴. 내가 현역이 아니라는 걸 잊어버린 탓이기도 하니까."

"아이들을 지켜가며 혼자서 마수 40마리를 토벌하고 왔잖아요! 아빠는 아직도 강해요."

세레누스의 말에 밀라이언이 옅게 웃었다. 아이에게는 강하고 든든한 사람이 되려고 노력했다. 마수에게 둘러싸였을 때 죽음을 직감하면서도 포기할 수 없었던 것은, 세레누스에게 끔찍한 아비의 시체를 보여주고 싶지 않아서였다.

복수에 눈이 돌아서 망가지질 않길 바라서. 언제나 행복하기를 바라서. 사랑하는 제 아이가 자신을 기다리고 있을 것을 누구보다 잘 알았기 때문에.

다가오는 세레누스의 생일에 죽고 싶지 않았다. 아이에게 절망을 안겨 주고 싶지 않았다. 생일이 다가오면 아비의 죽음에 슬퍼하거나 아파하지 않았으면 했다.

"하란이라는 남자가 마음에 드느냐?"

"네? 뭐, 지금껏 만나봤던 영식 중에서는 제일 괜찮은 것 같아요."

"그렇구나, 내일쯤 자리를 마련해 주지 않겠니? 대화라도 한 번 해보고 싶은데."

"……또 이상한 압박 넣으려고 하죠? 하란은 저한테 고백하거나 그러지 않았어요. 그냥 조금 순진한 강아지 같은 거죠."

세레누스가 입술을 쭉 내밀며 말했다. 밀라이언이 낮게 웃으며 어깨를 으쓱였다.

"그냥, 호기심이란다."

"몰라요, 엄마 편지나 읽을 거예요."

토라진 아이의 머리카락을 쓰다듬으며 밀라이언은 최근 한시도 곁에서 떼 놓고 있지 않은 일기장을 손에 가볍게 움켜쥐었다.

"아빠는 전부 다 읽었어요?"

"아니, 한 장이 남았지."

세레누스가 고개를 끄덕이며 제 일기장을 꺼냈다. 이미 반 이상을 훌쩍 읽어 버린 일기장은 이제 남은 부분이 읽은 부분보다 훨씬 적었다. 영원할 줄 알았던 일기장도 이렇게 줄어들고 만다. 세레누스가 빛바랜 표지를 몇 번이고 쓸며 천천히 페이지를 넘겼다.

[안녕, 세렌.

내 소중한 세레누스.

오늘도 엄마를 잊지 않고 찾아줘서 고마워. 29번째 생일을 축하한
단다.

드디어 우리 세렌이 엄마는 살아보지 못한 영역에 이르렀네. 엄마는
경험해 보지 못해서 이제 상상할 수 있는 게 너무 없네. 하지만 걱정
하지 말렴. 그래도 해 주고 싶은 말은 아주 많으니까.

그 나이의 세상은 무언가 다르게 보이니? 엄마는 아쉽게도 29살이
되어보지 못했어. 앞자리 3이 되어보고 싶었는데, 그것도 불가능했단
다. 아쉽지만, 우리 세렌이 대신 겪고 엄마에게 얘기해 줄 테니 아무렇
지 않아.

잘 지내고 있니? 지금까지는 아빠의 방해로 좋은 남자를 만나진 못
했을 것 같은데 혹시 지난 일 년 동안 새로운 사람이 생기진 않았니?

세렌, 남자를 고르는 방법은 하나란다.

그냥 널 가장 사랑해 줄 수 있는 남자를 찾으렴. 진심으로 너를 위
해 무엇이든 해 줄 수 있는 사람. 돈이 많지 않아도 되고 명예가 없어
도 돼. 하지만, 반드시 너와 네 아이를 지켜 줄 수 있는 사람이어야 해.

위험에 처했을 때 언제든, 어디에 있든지 신화 속 영웅처럼 찾으러
와 줄 그런 사람.]

세레누스가 천천히 글자를 썼다.

아주 어릴 때의 기억이지만 어렴풋이 기억이 났다. 항상 위험에
처할 때마다 어디에 있든지 달려와 주었던 밀라이언의 모습이. 힘껏

끌어안고 안도의 숨을 내뱉었던 아빠의 품이.

[엄마가 아빠랑 처음 만났을 때 얘기를 해줬던가? 첫 만남은 최악이었어. 아빠가 엄마보고 흐느적거리는 오징어 같다고 했거든.

하지만 그렇게 엄마를 똑바로 직시해 준 사람은 처음이었어. 사실 엄마는 아빠와의 약혼이 너무너무 싫었거든. 전혀 모르는 사람인데 엄마 의견이 전혀 없이 정해진 거라서. 엄마가 약혼을 싫어한다는 걸 아무도 눈치채지 못했는데 아빠만 알아주더라.

아가, 내 사랑하는 세렌.

네가 누굴 선택하든 엄마는 응원할 거야. 그렇게 네 남편과 네가 아빠와 아주 오래 행복하게 살았으면 좋겠구나.]

세레누스는 제 옆에서 눈을 감고 있는 밀라이언을 보았다. 한껏 쇠약해져서 다시는 눈을 뜨지 못할 것 같았지만 여전히 소중한 가족.

세렌의 세계에 남은 유일한 가족이었다. 긴 시간, 오로지 서로가 서로의 유일한 버팀목이자 가족이었다. 좋은 일도 슬픈 일도 전부 함께였다. 엄마의 기일에도 늘 손을 잡고 함께 엄마에게 갔다.

'아빠가 돌아가시면, 그걸 전부 내가 혼자 해야 하나?'

덜컥 두려움이 밀려왔다. 한 번도 그런 생각을 해 본 적이 없었다. 밀라이언은 늘 세레누스에게서 태산 같은 존재였다. 공작위를 물려받을 때조차 그는 정정했고 언제까지고 함께해 줄 것 같았다.

눈시울이 뜨거워지는 느낌에 세레누스가 급히 고개를 숙였다. 손바닥으로 눈두덩이를 꾹꾹 누른 세레누스가 아랫입술을 깨물었다. 혹여나 곤히 잠이 든 밀라이언을 깨울 것만 같아서였다.

책 위에 닿은 시선엔 카리나가 쓴 글씨가 마저 있었다.

[하지만, 세렌.

엄마는 알고 있어, 세상에는 원치 않은 이별을 해야 할 때도 있다는 걸. 엄마는 그런 날이 오지 않았으면 좋겠지만…… 그럴 수밖에 없는 것도 있다는 걸 담아 두렴.

어쩐지 조금 불안한 기분이 들어서 세렌의 생일에 이런 글을 적고 있네.

세렌, 세상에는 어쩔 수 없는 것들이 존재해. 만약 그런 날이 오게 되면 이 책의 마지막 장을 펼치렴.

엄마는 네가 언제나 웃었으면 좋겠어. 이별은 헤어짐이지만, 결국 또 다른 만남이기도 하단다.

하지만, 그 날이 부디 빨리 오지 않기를 바란단다.

다시 한번 생일 축하해, 세렌.

네 탄생이 우리에게는 행운이었음을 언제나 잊지 말렴.]


세레누스가 한참이나 글을 보다가 천천히 눈을 감았다. 그림은 있지만, 그가 곤히 자는 터라 굳이 깨우고 싶지 않았다. 색은 내일 칠해도 되니까 말이다.

"아빠, 편히 누워요."

세레누스가 불편하게 침대 헤드에 기대어 있는 밀라이언을 조심스럽게 당겨 침대에 눕혔다. 그가 흘긋 눈을 뜨더니 작게 웃었다.

"고맙다, 세렌. 생일 축하한단다."

아침에도 해 준 인사를 밤에도 해 주는 밀라이언의 모습에 세레누스가 밀라이언의 품에 파고들어 천천히 눈을 감았다.

아직 살아 있음을 느끼게 해주는 세찬 심장의 고동 소리와 온기가 그녀를 안도하게 했다.

❦

다음 날, 세렌이 느지막이 눈을 떴을 때 밀라이언은 이미 일찍 일어나 일기장을 보고 있었다. 마지막 장이었다.

"아빠……?"

"그래, 세렌."

"다 읽었어요?"

"그렇지. 그녀다운 마지막이었어."

세레누스가 천천히 자리에서 일어났다.

"하란이랑 점심을 함께하기로 했어요, 아빠도 갈 거죠?"

"물론, 먼저 준비하고 있으렴. 나도 시간이 되면 곧 정원으로 나가도록 하마."

"……괜찮겠어요?"

"물론이지."

"아빠, 하란은 정말로 절 이성으로 보지도 않고 그냥 물정 모르는 강아지예요. 너무 심하게 하진 마세요."

밀라이언이 눈을 가늘게 뜨곤 어깨를 으쓱였다. 명확한 대답을 해주지 않는 그 모습에 세레누스가 한숨을 푹 내쉬었다.

"네가 이렇게 남자를 감싸는 모습은 처음 보는구나."

"감싸는 게 아니라……."

"언젠가 그랬었지, 너랑 손이라도 잡아 보려면 날 쓰러뜨려야 한다고 말이다."

세레누스가 뺨을 긁적이곤 방 밖으로 쏙 나갔다. 밀라이언은 인기척이 멀어진 것을 느끼며 협탁 서랍 깊숙한 곳에서 약통을 꺼내 약을 넉넉히 입에 넣고 삼켰다.

"카리나, 세렌이 드디어 관심 있는 놈이 생긴 모양이야."

지금까지는 떨어져 나가든 말든 연락이 뚝 끊기든 말든 별다른 관심이 없었으면서 말이다.

그가 잘 움직이지 않는 몸으로 움직이기 편한 옷으로 갈아입었다. 등에 크게 난 상처는 이미 시커멓게 물들어 몸 곳곳으로 퍼져 나가고 있었다.

대충 옷을 입은 그가 검을 챙겨 한쪽에 세워 두곤 편지가 쓰인 노트의 마지막 부분을 펼쳤다.

[안녕, 밀라이언.

결국, 여기까지 왔네요. 나는 이 글을 쓰면서 두 가지 생각을 했어요.

첫 번째로는 당신이 무사히 수십 년을 채워서 여기까지 왔을 거라는 생각과 또 한 가지는…… 당신이 피치 못할 사정으로 마지막 장까지 빠르게 읽어야만 하는 상황에 처한 거면 어떡하지, 라는 생각이요.

……저는 분명히 첫 번째를 바라고 있건만, 어쩐지 제 감은 두 번째일 거라는 느낌이 가시질 않네요. 나이가 든다고 해서 당신이 검을 내려놓거나 유유자적한 생활을 할 것 같진 않아서요.

당신은 퉁명스럽지만 이기적이지도 못하고 다정한 사람이기까지 하니까요.

……안녕, 밀라이언.

잘 지냈나요? 세레누스는 많이 자랐을까요? 분명 제가 살다 간 나이보다 훨씬 더 어른이 되었겠죠.

혼자서 많이 힘들었죠? 내가 당신에게 너무 많은 짐을 안긴 것 같아서, 나를 원망했나요? 내 욕심을 위해 당신을 이용한 것 같아서 화가 나진 않았나요?

……늘 괜찮다고, 잘 지내고 있을 거라고 했지만, 사실은 여기까지 오는 내내 저도 꾹꾹 참은 게 있어요.

저는 당신이 이 페이지를 읽지 않고 있을까 봐 그게 두려워요.

긴 시간 당신이 너무 힘들어서 사랑이 식어 버리진 않았는지, 제가 당신에게 아무것도 아닌 존재가 되지는 않았는지…… 당신이 너무 힘들어 지쳐 버린 건 아닌지.

매 페이지, 매 페이지 쓸 때마다 늘 묻고 싶었어요.

밀라이언, 잘 읽고 있나요?

하지만, 이런 말을 하는 것도 욕심이라는 걸 알아요. 사랑한 시간보다 그렇지 못한 시간이 더 많으니까요. 평생 해 줄 수 있는 사랑한다는 말을 해주려고 노력한 6년이었지만, 그 이후 당신 혼자 살아간 세월이 더 많을 테니까요.

……만약 당신이 너무 힘들어서 포기했다고 해도 나는 이해할게요. 더는 예전 같지 않을 수 있는 걸 알아요. 어쩌면 수십 년이나 지났을 테니까요.

마지막이라고 하니까 뭘 적어야 할지 모르겠어요. 사랑한다는 말도 보고 싶다는 말도 너무 적어서 이제는 무슨 말을 하면 좋을까요?

……그냥 지금 생각나는 말을 적어볼게요. 지금 제가 보고 있는 풍

경, 느끼고 있는 감정을 지금에서야 당신에게 얘기해 봐요.

지금은 잠이 오지 않는 새벽이에요. 당신과 세렌은 잠이 들었고 나는 오늘 하루만 혼자 자고 싶다고 했죠. 기억하나요?

사실은 오늘이 지나면, 어쩐지 다시는 은은히 빛나는 달도 떠오르는 태양도 볼 수 없을 것 같다는 느낌이 들어요. 그래서 이걸 얼른 마무리해야겠다고 생각했어요.

이런 생각이 머릿속을 가득 채워서 잠도 오지 않고 눈도 감고 싶지 않아요. 아침엔 분명 아무렇지도 않게 당신에게 웃고 말겠지만, 지금은 너무 무섭고 두려워요.

그래요, 난 사실 죽고 싶지 않아요. 살고 싶어요. 옆 방에 있는 당신에게 당장에라도 달려가서 품에 안겨 울고불며 매달리고 싶은데, 그럴 수 없는 나를 알아요.

나는, 내일 죽는 걸까요?

아니, 아마 죽겠죠.

글을 적는 손끝의 감각이 희미해요. 아픔도 고통도 모든 것이 희미해요. 언제나처럼의 막연한 불안감조차도 없어요. 그냥 이렇게 모든 감각이 완전히 사라지면, 그게 끝인 것 같다는 생각이 들어요.

그런데 절 가장 힘들게 하는 건 제 죽음이 아니에요.

당신이 혼자 남겨질 게, 그게 미안하고 무서워요.

미안해요. 사실 이 글을 쓰면서 가장 하고 싶었던 말은 이거예요. 이 글을 읽지 않고 있다고 해도, 나를 더는 사랑하지 않는다고 해도 괜찮아요.

당신은 충분히 잘했어요.

수고했어요, 밀라이언.

나는 늘, 당신의 행복을 바라요. 그것만큼은 늘 진심이었어요.]

몇 번이고 글을 읽어 내린 밀라이언이 천천히 책을 덮었다. 어린 날의, 한창 치기 어린 나이의 사랑에 이렇게까지 평생이 옥죄일 줄은 몰랐다.

"사실, 이제 잘 모르겠어, 카리나."

밀라이언이 나직하게 대답했다.

"원래는 당신 생각만 하면 눈물이 나고 고통스럽고 심장이 뜯어질 것 같았는데, 지금은 아무 생각이 들지 않아. 이 글을 읽는 내내 당신 생각에 가슴이 아플 것 같다가도 더듬어 보면 아무런 느낌도 나질 않아."

누구도 들어주지 않지만, 언제나 이맘때면 이어온 대화였다.

"어쩌면 당신 말처럼 나도 이제 무뎌졌는지도 모르겠어. 그러니까, 이제 용서해 주라. 땅에 발을 딛고 서 있기엔…… 나는 너무 늙고 약해졌어."

밀라이언이 천천히 자리에서 일어나 노트를 협탁 위에 올려 두었다. 약효가 도는 듯 통증은 희미해졌다. 몸을 움직이기엔 큰 문제가 없을 것이다.

그는 허리를 펴고 천천히 정원으로 향했다. 처음이자 마지막으로 검을 들기 위해서.

"처, 처음 뵙겠습니다! 선대 공작 각하."

"그래, 객식구라고 들었는데."

"아…… 네! 세렌의 배려로……."

"세렌?"

밀라이언이 퍽 뾰족하게 반문하자 하란이 숨을 크게 삼켰다. 거대한 맹수가 자신을 노려보는 기분이었다.

'마수 한 마리에게 당했다고 하지 않았었나……?'

크게 다쳐서 몸이 좋지 않다고 들었는데, 대체 이 기백은 무엇이란 말인가. 차라리 마수 수십 마리를 한 번에 상대하는 게 나을 것 같았다.

"고, 공작 각하께서 배려해 주셔서 신세를 지고 있습니다."

"그래, 우리 세렌이 배려심이 뛰어나긴 하지."

"네, 맞습니다! 상냥하십니다."

"흠."

밀라이언이 가볍게 와인을 한 모금 하려는데, 잔이 휙 뒤바뀌었다. 투명한 물이 가득 담긴 잔이었다.

"……세렌."

"치료사가 술이랑 약은 같이 먹는 게 아니랬어요."

"……알았다."

아쉬운 낯으로 와인을 바라보던 밀라이언이 순순히 물 잔을 들었다. 밍밍한 물로 목을 몇 모금 축인 그가 짧게 한숨을 내쉬었다.

"일단 식사나 하지."

"네!"

"선대 공작께서 마수에게 다쳐 몸이 많이 좋지 않아 세레…… 아니, 공작 각하의 걱정이 크십니다."

"……하란, 쓸데없는 소리 하지 마. 마수가 40마리만 아니었어도 아빠가 다치는 일은 없었을 거야."

불만스럽게 웅얼거리는 목소리에 하란의 눈이 동그래졌다.

"······40마리요?"

"응."

"한 마리가 아니라?"

"한 마리로 아빠가 어떻게 다쳐?"

보통은 한 마리로 다치지 40마리랑 싸우진 않지. 40마리랑 싸우면 즉사 아니던가.

"세렌."

"네?"

"방에 가면 엄마 노트가 있을 텐데 가져오지 않을래?"

밀라이언의 말에 세레누스가 눈을 끔뻑였다. 엄마의 일기장이니 타인의 손을 타게 하고 싶지 않은 건가? 평소엔 하지 않는 말이긴 해서 의아한 낯을 해 보였지만 그녀는 순순히 일어났다.

"알겠어요."

세레누스가 저택으로 들어갔다. 어색하기 짝이 없는 자리에 둘만 남은 탓에 하란의 표정이 새하얗게 질려 갔다.

"너, 내 딸 좋아하지?"

"······예?"

"안 좋아하면 얼쩡거리지 말고 꺼지고."

방금까지만 해도 있던 상냥하고 다정한 아버지는 어디로 간 것인지 갑작스럽게 돌변한 말투에 하란의 눈이 파르르 떨렸다.

'뭐야, 이 건달 같은 말투는······.'

그가 숨을 크게 들이켰다.

"내가 곧 죽을 것 같아서 말이다."

"네······?"

"쓸데없는 놈팡이를 오래 두게 할 순 없어서. 오랜만에 좀 과격한 방법을 써야겠다. 네 나라로 돌아가라, 풋내기 왕자야."

"무슨…… 말씀을 하시는 겁니까?"

자리에서 일어난 밀라이언이 검을 뽑았다.

"뽑아라, 죽기 싫으면."

"아니, 대체 무슨…… 저는 환자와 대련을 하지 않습니……."

말이 끝나기도 전에 살기를 담아 날카롭게 찔러오는 검에 하란이 반사적으로 검을 뽑아 그의 검을 막았다. 밀라이언의 눈이 가늘어 졌다.

"아깝군, 조금만 늦었으면 목을 뚫는 거였는데."

"……헉, 저, 정말 죽을 뻔했다고요! 이게 국가 간 문제로 번질 수 있는……."

"죽이려고 한 거다. 국가 간 문제? 어쩌라고. 그건 황실이 알아서 할 일이지."

하란의 커다래진 눈이 잘게 떨렸다.

검과 검이 부딪히며 날카로운 파공음을 쉼 없이 냈다. 제대로 상대하지 않으려던 하란도 어느새 진심으로 그를 상대하고 있었다.

'이게 정말…… 북부 공작의 말투야? 아니, 정말로 다친 사람이 맞아……?'

빠르게 쇄도하는 검을 막아 내며 하란이 이를 악물었다.

"나도 이기지 못하는 놈이 세레누스의 옆에 설 자격이 있을 리가."

"그건……! 아버님께서 정하시는 게 아닙니다!"

밀라이언에게 밀리던 하란이 이를 까득 악물었다. 강아지처럼 유순하던 눈매가 날카롭게 올라가고 손등에는 핏줄이 돋아났다.

까앙-!

푸욱-

하란의 반격에 밀라이언의 검이 날아가 바닥에 꽂혔다. 밀라이언이 눈을 크게 뜨며 제 손을 바라봤다. 몇 번인가 주먹을 쥐었다가 펴던 그가 천천히 고개를 들었다.

"허억, 허억……."

"몸을 숙일 때 허리랑 다리가 고스란히 빈다. 고개를 들면 위가 비지. 애초에 자세부터 틀려먹었어. 이런 무르기 짝이 없는 검으로 뭘 죽이겠다고. 내 딸이 납치됐을 때도 그런 무른 검으로 싸울 건가?"

"세렌이 납치되면 당연히 온몸을 바쳐 구하러 갈 겁니다!"

"그러려면 한량처럼 지내는 것보단 권력이 있는 게 나을 텐데. 아니면, 내 딸 권력에 빌붙어서 기생충처럼 살 건가?"

"그건……."

"왕위를 이으라는 말은 하고 싶지도 않다. 그건 귀찮으니까. 하지만 공작에 버금가는 권력 하나는 있어야지. 그게 싫다고 타국에 와서 데굴데굴 굴러 봐야 원하는 건 얻을 수 없다."

하란이 멈칫했다. 그가 지금 무슨 말을 하는지 이제야 이해를 했기 때문이다. 그는 하란이 도망친 것을 정확히 짚어서 꼬집어 내고 있었다. 하란이 권력 싸움도 다툼도 싫어서 3왕자라는 핑계로 도망쳤다는 것을.

"정작 세레누스에게 네가 필요할 때 아무것도 아닌 존재로 무력감을 느끼고 싶진 않겠지."

"……."

"네가 정말 진심이라면 최선을 다해라. 진심이 아닌데 옆에서 말 잘 듣는 개새끼처럼 꼬리를 흔들고 있었던 거라면…… 죽어."

밀라이언의 사나운 시선에 하란이 주먹을 꽉 쥐며 호흡을 멈췄다. 그에게는 어떤 것도 말하지 않았는데 모든 것을 다 꿰뚫은 사람처럼 보였다.

"내가 네게 주는 처음이자 마지막 말이다. 범 새끼가 손톱 발톱 감추고 헥헥거리며 개가 되는 것보단, 날개 달린 범이 되어 오는 게 낫지. 네 재능을 귀찮다는 이유로 썩히지 마라."

"……."

"권력도 돈도 인맥도 가지고 있을 만큼 가지고 있어. 필요할 때 이용할 수 있을 만큼. 소중한 사람이 세상에 없는 불치병을 안고 있어도 그걸 고칠 수 있을 만큼 말이다."

하란의 눈이 커졌다. 그렇게 말하는 밀라이언의 목소리가 짙은 회한에 젖은 것처럼 느껴졌기 때문이다.

세레누스는 항상 하란에게 밀라이언의 대단함을 칭송했다. 제 아버지는 거대한 산맥이나 바위 같은 사람이라고.

그는 처음으로 그 말을 진심으로 이해할 것 같았다. 이런 사람을 보고 자랐다면, 그렇게 단단하고 강한 사람으로 자랄 수밖에 없을 것이다.

"그리고 세렌을 부탁한다. 강한 것처럼 보여도 외로움을 싫어하는 아이야."

"……세렌과…… 더, 오래 있어 주실 순 없습니까? 세렌은 아버님을 많이 좋아합니다."

"……그게 사람의 인력으로 어떻게 할 수 있는 거였다면, 나는 이미 오래전에 그 죄를 저질렀을 거다."

밀라이언이 말했다. 그래, 그는 아주 오래전에 저지르고 말았을 것이다. 그것이 설령 해서는 안 되는 금기라고 할지라도.

"그리고 누가 네 아버님이냐."

"……"

"세상엔, 어쩔 수 없는 일도 있는 거다."

밀라이언이 몸을 돌렸다. 멀리서 세렌이 오고 있었다. 그가 아무렇지 않은 낯으로 아이에게 다가가 노트를 넘겨받았다. 아니, 받으려고 했다.

몸이 크게 휘청거렸다. 눈앞이 흐릿했다. 어느새 손목까지 시커멓게 물든 것이 보였다. 몸을 억지로 움직인 대가인 듯 독기가 온몸을 거의 잠식해 있었다.

"아버님……!"

"아빠!"

밀라이언은 바닥으로 떨어지는 노트와 함께 무너져 내렸다.

쿵―

시야가 암전됐다.

"……죄송하지만, 며칠을 넘기기 어려우실 듯합니다."

"……왜! 어떻게든 해 봐! 최고의 치료사라며! 딱 일 년만, 아니, 딱 반년이라도 좋아. 아직, 헤어질 준비를 못 했는데……."

세레누스의 울음기 섞인 목소리에 모두가 침묵을 흘렸다. 의학에 지식이 없는 사람이 보아도 확연히 상태가 좋지 않은 밀라이언의 모습에 세레누스가 몸을 휘청거렸다.

"세렌, 괜찮니?"

"삼촌……! 아빠가, 아빠가……!"

영상구로 소식을 들은 페리얼이 곧장 게이트를 타고 북부까지 들어왔다. 세상은 너무나도 빠르게 발전했다. 더는 기적에 의지하지 않아도 될 정도로.

노년의 페리얼은 밭은 숨을 몰아쉬며 핏기 없는 낯으로 시체처럼 누워 있는 밀라이언을 보았다. 함께 아카데미를 휘젓고 진실된 우정을 나누며 행복했던 시절을 보낸 것이 바로 엊그제 같은데, 세월은 무상하게도 끝없이 흘러만 갔다.

"……밀라이언."

그는 낮게 침음하며 천천히 밀라이언의 손을 붙잡았다. 차가운 손끝, 언제나 뜨겁게 타오르던 그가 아닌 것처럼 느껴졌다.

"크게 다쳤다는 얘기는 들었었지만……."

"삼촌, 삼촌은 아빠 못 살려요? 조금만요…… 반 년만이라도 요……. 삼촌은 치유할 수 있잖아요."

페리얼이라고 다쳤다는 소식을 들었을 때 와서 상처를 치료하지 않았던 것은 아니다. 세레누스도 알고 있을 것이다. 그럼에도 다시 해 달라는 말이겠지.

"한 번 해 보기는……."

"……됐어."

"밀라이언!"

"아빠!"

곧이라도 꺼질 것 같은 목소리에 두 사람은 대번에 반응했다. 밀라이언이 퉁명스럽게 페리얼의 손을 내쳤다.

"넌 여기까지 쓸데없이 뭐 하러 왔어."

"자네는 말을 좀 곱게 할 수 없나?"

"너는 그 꼬장꼬장한 노인네 같은 말 좀 그만할 순 없어?"

"이 상황이 되어서도 참."

페리얼이 한숨을 내쉬었다. 밀라이언이 살짝 눈짓하자 페리얼이 흘긋 세레누스를 보곤 미간을 찌푸렸다.

"세렌, 미안하지만 잠깐만 밖에 있어 주겠니? 아빠가 삼촌이랑 할 얘기가 있는 모양이구나."

"하지만……!"

"금방 다시 부를게, 세렌."

밀라이언의 말에 세레누스가 결국 아무런 말도 하지 못하고 벌겋게 물든 낯으로 물러났다.

"……."

"……."

세렌이 피해 준 자리엔 잠시 적막이 흘렀다. 페리얼은 몇 번이고 얼굴을 문지르며 천천히 숨을 뱉었다.

"자네도, 가나?"

"……그렇겠지."

"기쁘겠군. 그렇게 기다리고 바랐지 않나. 카리나를 다시 볼 수 있을 테니까."

"글쎄……. 감각은 희미해지고 감정도 옅어져서 이제는 내가 무슨 생각을 하는지, 카리나를 다시 만나면 무슨 마음이 들지도 모르겠어. 어쩌면 긴 세월을 버티고 버티다 풍화되고 마모되어 감정도 사라졌을지도 모르지."

"그럴 리가. 자네의 모습을 떠올리면 가능성은 현격히 낮군."

페리얼이 픽, 웃었다.

두 사람 모두 이것이 서로를 마주할 마지막임을 직감하고 있었다. 그래서일까? 언제나처럼 흐르는 적막 사이로는 초조함이 느껴졌다.

"카리나도 가고 윈스턴도 가고 팽도 가고…… 이제 자네도 가는군. 이제는 만나러 갈 친구도 없겠어. 너무 건강식만 챙기지 말 걸 그랬나 보군. 이렇게 혼자 오래 살 줄 알았다면 말이야."

페리얼의 주름진 뺨을 타고 눈물 한 방울이 툭 떨어져 흘러내렸다.

"……울기는 왜 울어? 늙어서 주책이군."

밀라이언이 작게 타박했다.

"먼지가 들어가서 그렇네, 먼지가."

"그럼 다행이고."

"이제 투덜대며 갈 곳이 없다고 생각하면…… 그래, 나도 조금 많이 외롭다네."

"……미안해."

밀라이언의 말에 페리얼의 눈이 동그래졌다. 평생 들어 보지 못한 단어가 아니던가.

"죽을 때가 되니 이제 좀 사람다운 생각을 할 수 있게 됐나 보군. 천하의 밀라이언 페스텔리오의 이렇게 적의 없는 사과를 듣게 될 줄이야."

부러 밝게 낸 목소리에도 금세 분위기는 다시 축 처졌다. 밀라이언이 천천히 몸을 일으켜 침대 헤드에 몸을 기댔다.

"카리나가 편지에, 죽을 때가 되면 온몸의 감각이 희미해진다고 했는데…… 정말이네. 점점 감각이 둔해져."

"……."

"미안하지만, 페리얼. 세렌을 부탁할게. 이제 그 애도 곧 서른이 될 텐데, 아직도 물가에 내놓은 어린아이 같아서 걱정이야. 카리나가 그 어린 핏덩이를 두고 어떤 마음으로 눈을 감았는지 짐작조차 가질 않아."

"세렌은 내 조카기도 해. 걱정하지 마. 잘 돌봐 주고 꾸준히 연락도 하고 세렌의 아이도 보고 죽을 테니까."

"……그래, 그래도 네가 있어서 다행이다."

밀라이언이 가볍게 웃으며 대답했다. 당당하게 웃던 페리얼의 얼굴이 기어코 일그러졌다. 그가 주먹을 꽉 쥐며 밀라이언을 힘껏 품에 끌어안았다.

"그동안 즐거웠네, 밀라이언. 자네가…… 카리나를 만나서 행복해지기를, 진심으로 기도하겠네. 자네를 만나서, 카리나를 만나서, 윈스턴과 팽을 만나서, 나는 정말 행복한 놈이었다네."

"그래, 나도."

"자네에게는 인사할 시간이 주어져서 다행일세, 잘 가게."

페리얼이 밀라이언을 한 번 꽉 끌어안곤 천천히 방을 나왔다. 뺨을 가볍게 닦아 내고 흔적을 완전히 지운 그가 빙긋 웃으며 밖에서 기다리고 있던 세레누스를 마주했다.

"삼촌……."

"……인사를 나눴어, 한동안은 공작저에 머물려고 하는 데 괜찮을까?"

"……네, 준비하라고 해 둘게요."

세레누스의 뺨을 가볍게 매만진 페리얼이 몸을 돌렸다. 남은 시간은 오롯이, 밀라이언과 세레누스의 시간이었다.

"……."

안으로 들어간 세레누스는 문도 닫지 못하고 밀라이언에게 가까이 다가가지도 못한 채 머뭇거렸다. 창밖을 보고 있던 밀라이언이 천천히 고개를 돌렸다.

"왜 이리 오지 않고, 세렌."

"……아빠."

"그래, 아가."

그가 양팔을 벌리자 세레누스가 더듬더듬 다가가 그의 품에 안겼다.

"아빠가, 없어지면 전 어떡해요. 혼자는 싫어요, 아직 모르는 것도 많고…… 어엿한 공작이 되지 못했어요."

"내가 보기에 세렌은 훌륭한 공작이란다. 토벌 완벽하게 하면 충분해."

"……아직 준비하지 못했어요."

세레누스가 어리광을 부리듯 고개를 저었다. 뺨을 타고 흐르는 눈물을 가만히 보던 밀라이언이 손을 뻗어 아이의 뺨을 닦아 냈다.

"나는 참 나쁜 남자인 모양이다."

"왜요……."

"사랑해 마지않는 여자를 두 사람이나 이렇게 울리고 마니까."

세레누스가 고개를 붕붕 저었다. 그렇지 않다고 말하려는데 목구멍이 부은 듯 빠듯해서 목소리가 제대로 나오질 않았다.

"걱정하지 말렴, 오늘내일 죽진 않을 테니. 네 생일에서 최대한 멀

어져야지. 그러니 언제나 생일은 온전히 행복하고 축하받는 날이
되렴."

"……네."

"내가 이 세상에 태어나서 가장 사랑한 건 네 엄마였지만, 네 엄
마 못지않게 너도 사랑했단다. 너와 네 엄마는 내가 세상에 태어나
사랑한 유일한 존재들이야."

세레누스의 눈에서 눈물이 퐁퐁 쏟아졌다. 짓궂게 웃으며 강인하
게 살아온 아이에게선 볼 수 없으리라고 생각했던 눈물이었다.

"미안해, 조금 더 있어 주지 못해서."

밀라이언은 그때야 이해할 수 있었다. 왜, 죽음이 다가오면 올수
록 카리나는 그들에게 사과만을 내뱉었는지.

그저 할 말이 그뿐이었던 것이다. 어떤 것도 할 수 없는 무력함에
몸을 떨면서 나오는 말이라곤 단지 그 단어뿐이라서.

"엄마, 만나러 가요?"

"……엄마가 아직도 아빠를 기다리고 있다면, 아마도."

세레누스가 밀라이언의 품으로 파고들어 어린아이처럼 엉엉 울어
젖혔다. 돌이킬 수 없다는 것은 알고 있다. 떼를 써도 안 되는 건 세
상에 분명히 존재하는 법이다.

그래도, 욕심을 부리고 싶을 때가 있었다.

"일이 있으면 페리얼에게 항상 도움을 청하렴. 카틀란의 그 남자
애는, 네가 지금껏 어영부영 정한 남자들과 비교해선 제법 괜찮더구
나. 확신이 있다면 함께하렴."

"……아빠."

"사랑한단다, 아가. 나는 조금 피곤해서…… 잠을 자야겠구나."

세레누스의 손을 잡고 있던 밀라이언의 고개가 살짝 떨어졌다. 세레누스가 급히 맥박을 쟀다. 아주 느리게 뛰는 심장이었지만, 분명히 그는 아직 살아 있었다.

밀라이언은 세레누스의 생일에서 가장 먼 날에 죽겠다는 약속을 지키려는 것처럼, 아주 오랜 시간 잠을 잤다. 그리고 잠이 든 지 일주일이 됐을 때, 밀라이언의 심장은 완전히 아주 조용히 멈췄다.

그가 잠이 든 뒤론 언제나 아침, 저녁으로 찾아오던 세레누스는 평소와 같은 모습으로, 그러나 햇볕 아래에서도 차가워진 밀라이언을 보며 이마에 천천히 입을 맞췄다.

"잘 가요, 아빠. 엄마한테 안부 전해 줘."

파르르 떨리는 눈썹으로 세레누스는 그에게 작별을 고했다.

그리고 이윽고 터져 나온 울음소리에, 공작저의 분위기는 침통함에 가라앉았다.

밀라이언은 아주 길고 어두컴컴한 길을 걸었다. 사방의 크기를 짐작할 수도 없고 그저 앞으로 길만 쭉 늘어져 있는 알 수 없는 공간이었다.

밀라이언은 걷고, 걷고, 걷고 또 걸었다.

몇 날 며칠을 걸었을까? 어쩌면 한 달도 더 넘게 걸었을지도 모른다는 생각이 들었다. 머릿속엔 수많은 생각과 걱정이 떠다녔다. 그러나 걷는 시간이 길어질수록 지겹지도 않았고 상념도 들지 않았다. 크게 다쳐서 오늘내일하던 몸도 이상하게 아프지 않았다. 마치 한창

전성기 때로 돌아간 듯했다.

마침내 모든 상념을 떨쳐 내고 아무런 생각이 들지 않는다고 생각한 순간 밀라이언은 스스로의 죽음을 깨달았다. 이 공간은 존재할 수도 없고 이 상황은 있을 수도 없는 일이었으니까.

그리고 그것을 깨달은 것과 동시에 밀라이언은 새하얀 빛이 뿜어져 나오는 출구를 발견했다. 드디어 길의 끝을 향해 걸어갔을 때, 그는 우뚝 걸음을 멈추고 그 자리에 멈춰 서고 말았다.

"……."

그토록 그리고 그리던, 꿈에서도 그리고 또 그리다가 종국에는 그 그림조차 그릴 수 없게 되어서 절망하고 또 절망했던, 이윽고 색이 바래 버린 그녀가 있었다.

"……오랜만이에요, 밀라이언."

카리나가 한 걸음 내딛는 순간이었다. 밀라이언은 도리어 반사적으로 뒤로 물러났다. 겁에 질린 듯, 뒤로 물러난 밀라이언의 얼굴이 일그러졌다.

"……."

"……보지 마, 카리나."

밀라이언이 제 얼굴을 가렸다.

"왜요."

"당신은 여전히 아름다운데, 나는 늙고 못생겨졌잖아."

그 말에 눈을 크게 뜬 카리나가 얼굴을 가린 밀라이언의 손을 조심스럽게 떼어 냈다. 그러곤 손을 들어 그의 양 뺨을 조심스럽게 감쌌다. 주름이 생기고 마지막으로 봤을 때보다 상처가 더 늘어난, 세월의 흔적과 치열한 삶의 흔적이 느껴지는 얼굴이었지만 그럼에도 카리나에겐 언제나처럼 사랑스러웠다.

카리나는 손에 닿는 온기에 저도 모르게 눈꼬리를 휘고 말았다. 그토록 갈망하고 그렸던 온기가, 사람이, 눈 앞에 있었다.

"밀라이언, 날 좀 봐 줘요. 당신은 여전히 멋있어요. 늙고 못생기지도 않았고 여전히 멋있고 잘생겼어요."

애초에 어차피 이곳은 영혼의 세계기 때문에 나이는 관계없었다. 원한다면 얼마든지 외향을 바꿀 수 있는 곳이 이 세계였으니까. 밀라이언은 갓 죽음을 경험했기 때문에 죽은 외향을 그대로 가지고 있는 것뿐이었다.

"카리나……."

"네, 밀라이언."

"카리나, 카리나…… 카리나."

"네, 밀라이언."

몇 번이고 확인하듯 카리나의 이름을 부르던 밀라이언이 얼굴을 확 일그러뜨렸다.

"드디어, 만났어."

그가 작게 읊조렸다.

"내 시간이 가면 갈수록, 당신이 흐릿해져 간다고 느꼈어. 나는 내가, 당신을 그리다 못해서 이제 무던해졌다고 생각했거든. 너무 긴 시간이었어서…… 죽어서 당신을 다시 만나도 어떤 감정도 느껴지지 않을 것 같았으니까."

그렇게 뜨겁게 타오르던 사랑도 시간 앞에선 무용지물이라고 생각했다. 다시 보는 그 순간이 기대가 되면서도 두려워서 떨렸다. 예전 같지 않을 스스로를 발견할까 봐. 그래서 그녀를 실망하게 만들까 봐.

그러나 우스운 걱정이었다. 그녀의 실망을 걱정하는 것부터, 밀라이언 자신은 틀려먹었다. 밀라이언이 주먹을 꽉 쥐었다.

"근데 아니야. 여전히 나는…… 당신을 사랑해. 이제 육체도 심장도 없지만, 당신을 보며 드디어 돌아왔다는 안도를 하는 내가 있어. 드디어 당신을 만났어……."

"……저도요. 보고 싶었어요, 밀라이언. 몇 번이고 당신을 찾아가서 사랑한다고, 보고 싶다고 끌어안고 입 맞추고 애정을 속삭이고 싶었어요."

하지만, 그녀는 엄연히 죽은 사람이었고 그는 산 사람이었다.

"……보고 싶었어. 몇 번이고 몇 번이고 당신을 보기 위해서 죽고 싶다고 생각할 만큼 보고 싶었어."

"……죽지 않아 줘서 고마워요. 마지막까지, 세렌의 곁에 있어 줘서 고마워요. 아, 너무 보고 싶었어요. 너무 긴 시간을…… 떨어져 있어서."

카리나가 밀라이언에게 매달리듯 그를 끌어안았다. 밀라이언의 모습이 천천히 그녀와 함께했던 시절로 돌아오고 있었다. 영혼이 가장 강렬했던 삶의 순간으로 모습을 되돌리고 있는 것이다.

"할 얘기가 너무 많아. 하고 싶은 얘기도 너무 많고. 하고 싶은 것도 너무 많아."

"……저도요, 일이 많았어요."

"그럼 서로 하나씩 얘기하자."

"좋아요, 이젠 넘쳐 나는 게 시간이니까요. 페리얼이 올 때까지 기다려도 좋겠죠."

"그런 걸 기다리긴 대체 왜 기다려?"

불만스럽게 툴툴거리는 밀라이언의 모습에 카리나가 까르르 웃음을 터뜨렸다. 카리나와 밀라이언이 서로를 마주 보며 고개를 비스듬히 기울였다. 두 사람의 입술이 천천히 맞물렸다.

"……사랑해, 카리나."

"저도요, 밀라이언."

"……꼴값을 떤다. 아주."

헛웃음을 터뜨린 아지다하카가 팔짱을 낀 채 훼방을 놓았다. 어디서 나타났는지 알 재간이 없던 탓에 밀라이언의 미간이 좁아졌다.

"뭐야?"

"아, 여긴 아지다하카의 영역이거든요. 빌려 쓰고 있어요."

"그렇군, 적당히 방에 들어가서 대화를 나누도록 하지."

"대화만요?"

"……대화엔 여러 종류가 있지. 입으로 하는 것도, 몸으로 하는 것도 대화잖아. 아주 많이 쌓였으니까 각오하는 편이 좋을지도 몰라."

두 사람이 손을 맞잡은 채 키득키득 웃었다. 막 신혼을 시작한 신혼부부처럼 찰싹 달라붙은 채로.

"야, 네놈들 다 내 영역에서 나가."

"이쪽에 제 방이 있어요."

"좋아, 가지."

"야! 내 말 안 들리느냐?!"

"빌리지. 응."

"저, 저 싹수없는……!"

대놓고 아지다하카에게서 등을 돌린 두 사람이 손을 맞잡은 채 천천히 걸어가기 시작했다. 꽉 맞잡은 손은 한동안 놓지 않을 것처럼 보였다.

"……참나, 저걸 기다리겠다고 이 앞에서 몇 년을 앉아 있었으니."

사람이 죽어서 이곳까지 오는 데 걸리는 시간은 짧으면 몇 분에서 길면 수십, 수백 년이 걸리기도 했다. 새까맣게 늘어진 길에서 벗어나기 위해서는 상념을 떨쳐 내고 스스로의 죽음을 깨닫는 과정이 필요했다. 온전히 제 죽음을 깨닫고 인정한 자만이 그 길을 통과해 이곳까지 넘어올 수 있었다.

밀라이언이 이곳까지 건너오는 데 무려 이 세계의 시간으로 5년이 걸렸다. 카리나는 5년 동안 이곳에 붙박이처럼 앉아 그가 도착하기만을 기다렸다.

매일, 매일, 매일.

지루하기 짝이 없을 시간을 꿋꿋하게 견뎌 내면서. 자리에서 옴짝달싹도 하지 않은 채로. 도착했을 때 자신이 없으면, 분명히 실망할 것이라고 말하면서.

"……저건 뭐 말리지도 못하겠군."

화를 내는 쪽이 한심해질 것 같으니 말이다. 아지다하카가 한숨을 내쉬며 집무실로 돌아갔다.

이곳이 그의 영역인 탓에 이 안에서 일어나는 모든 일이 그의 귀로 실시간 중계가 되는 것만 제외한다면, 모든 것은 평화로웠다.

"젠장, 적당히 좀 하라고! 매일 같이 돌아 버리겠군! 지금 몇 달째야!"

……아마도.

모든 장례가 끝났다.

세레누스는 밀라이언의 시신을 카리나의 옆에 안치했다. 많은 이들이 방문했다가 떠났다. 마지막까지 무덤 앞에 남아있는 것은, 세레누스 뿐이었다.

한동안은 엉엉 울며 식음을 전폐했고 정신을 차린 뒤엔 장례를 준비했고 순식간에 시간이 흘러 장례가 끝이 났다.

모든 일이 정신없이 바삐 흘러가고 무덤 앞에 혼자 선 끝에야 세상에 혼자 남았음을 실감했다.

세레누스는 술 한 병과 함께 무덤에 기대어 앉아 어머니의 편지가 담긴 노트의 마지막 장을 펼쳤다.

갑작스러운 이별을 하게 됐을 때, 펼치라고 한 그 페이지를.

[안녕, 세레누스.

네가 이 페이지를 펼쳤다는 것은 너도 예상치 못한 이별을 겪었다는 거겠지. 아마도, 아빠의 죽음이 아닐까?

일단, 상심이 클 거라고 생각해. 여린 너는 분명히 크게 슬퍼했겠지. 어쩌면 아빠를 닮아서 겉으로는 티를 내지 않고 강한 척을 했을 수도 있어.

알고 있단다. 누군가의 죽음이 아무렇지 않을 순 없지. 특히나 소중했던 사람이라면 더욱더 말이야.

하지만, 세렌. 생각보다 너는 잘 이겨내고 말 거야.

사실, 엄마도 아빠도 부모이기 이전에 너와 같이 작은 시절을 보냈어. 하지만 엄마와 아빠는 서로 함께할 수 있는 시간이 너무 없어서 빨리 어른이 되어야 했단다.

그러니까, 세렌은 그러지 않았으면 해서 아빠는 필사적으로 노력했을 거야. 줄 수 있는 최대한의 사랑을 너에게 전부 줬을 거란다. 그러니까 너무, 상심하지 말았으면 좋겠어.

지금은 분명히 혼자가 된 슬픔에 울고 있겠지. 강인하게 컸더라도 가족을 아주 많이 사랑하는 여린 아이로 자랐을 걸 알고 있어. 아픈 사람을 지나치지 못하고 다친 동물에게 손을 뻗을 거야.

네 아빠처럼 말이야.

세렌, 지금은 이별이 너무도 크게 느껴지겠지만 시간이 지나면 이것 또한 추억이 될 거란다. 별로 위로가 되진 않을 수도 있겠지만, 엄마도 아빠도 언제나 곁에 있을 거야. 정말로.

괜찮아질 거야. 언젠가 세렌의 옆에도 슬픔과 기쁨을 함께 나눠 줄, 엄마에게 아빠 같은 존재가 생길 거야. 네가 울고 있으면 달려와서 안절부절못하며 서툴게 널 달래 주고 네가 위험에 처하면 눈에 쌍심지를 켜고 날아와서 검을 휘두를 사람이.]


세레누스가 코를 훌쩍였다. 공작저에 들어가면 보는 눈이 많아서 쉽게 울 수 없으니 여기서 한껏 울고 들어갈 생각이었다.

읽어도 읽어도 그리움만 커졌다. 흐르는 눈물을 손등으로 벅벅 문지르는 순간이었다.

"세렌! 허억, 헉, 헉……."

"……하란?"

"어, 어…… 왜, 왜 우시는……. 자, 잠시만요. 여기 손수건이……. 어라? 어디에 있더라. 분명히 있었는데, 자, 잠시만요!"

허둥지둥 주머니와 가방을 뒤지기 시작하는 하란의 모습에 세레누스의 표정이 설핏 일그러지더니 이윽고 작게 웃음을 터뜨렸다.

"지금 뭐 하는 거야……. 신사 실격이네, 너."

"아, 아닙니다! 여기 있습니다. 여기요……. 왜, 왜 혼자 우십니까."

"다들 비웃으면 어떡해. 난 공작인데."

"……누가 비웃습니까? 제가 전부 때려눕히겠습니다."

"내 사용인들을 네가?"

"……아뇨, 그럼 저를 불러 주세요. 언제든 달려오겠습니다. 혼자 울지 마세요. 세렌이 혼자 울면, 저는 어떻게 하면 좋을지 모르겠습니다."

하란이 안절부절못한 낯으로 입술을 달싹였다. 세레누스의 눈이 커졌다.


[그런 사람이 나타난다면, 더는 외롭지 않을 거야. 내 소중한 세렌에게 빨리 그런 날이 왔으면 좋겠구나.

네가 언제나, 생을 다 채우고 죽는 그 순간까지도 행복하기를. 세상의 모든 행운이 전부 네게 쏟아지기를. 네가 걷는 모든 길에 축복만이 가득하기를.

엄마는 감히 언제나 바라고 있단다.

사랑한다, 세렌.]


세레누스가 천천히 노트를 덮었다. 술을 챙겨 자리에서 일어나며 그녀가 한숨을 내쉬었다.

"너 때문에 분위기가 다 깨졌어."

"……죄, 죄송합니다. 제가 뭘 잘못했나요? 저는 단지 세렌이 혼자서 울지 않았으면 해서……."

세레누스가 흘긋 곧 울 것 같은 낯의 하란을 보았다.

"내가 울고 있으면 언제든지 달려올 거야?"

"네? 물론이죠. 우시는 이유까지 전부 참수하겠습니다."

"과격하네."

세레누스가 키득키득 웃으며, 천천히 무덤가를 벗어났다. 저택으로 돌아가는 세레누스의 발걸음에는 더이상 그림자가 드리워 있지 않았다.

오늘도 시간은 흐르고 계절은 쉼 없이 돌고 돈다.

누구에게나 공평하게, 그리고 끊임없이.

그렇게 세상은 여전히 움직인다.

〈시한부 엑스트라의 시간〉 완결